SARINA BOWEN

Was niemand von uns weiß

Burlington University

SARINA BOWEN

WAS NIEMAND VON UNS WEISS

BURLINGTON UNIVERSITY

Roman

Ins Deutsche übertragen von Wanda Martin

LYX

LYX in der Bastei Lübbe AG
Dieser Titel ist auch als E-Book erschienen.

Die Bastei Lübbe AG verfolgt eine nachhaltige Buchproduktion.
Wir verwenden Papiere aus nachhaltiger Forstwirtschaft und verzichten darauf, Bücher einzeln in Folie zu verpacken. Wir stellen unsere Bücher in Deutschland und Europa (EU) her und arbeiten mit den Druckereien kontinuierlich an einer positiven Ökobilanz.

MIX
Papier aus verantwortungsvollen Quellen
FSC® C014496

Die Originalausgabe erschien 2021 unter dem Titel
»Roommate« bei Tuxbury Publishing LLC.

Textredaktion: Nicola Härms
Umschlaggestaltung: © Andrea Janas unter Verwendung eines Motivs von Shutterstock (© ArtisticPhoto)
Satz: Greiner & Reichel, Köln
Gesetzt aus der Adobe Caslon
Druck und Verarbeitung: GGP Media GmbH, Pößneck
Printed in Germany
ISBN 978-3-7363-1769-7

1 3 5 7 6 4 2

Sie finden uns im Internet unter lyx-verlag.de
Bitte beachten Sie auch: luebbe.de und lesejury.de

Liebe Leser:innen,

dieses Buch enthält potenziell triggernde Inhalte.
Deshalb findet ihr auf der letzten Seite eine Triggerwarnung.

Achtung: Diese enthält Spoiler für das gesamte Buch!

Wir wünschen uns für euch alle
das bestmögliche Leseerlebnis.

Euer LYX-Verlag

Dieses Buch ist den Lesern
aus der Sarindipity-Gruppe gewidmet.
Ihr bringt mich dazu, Tag für Tag
zur Arbeit zu erscheinen.
Danke!

1

Roderick

Manchmal nervt Erwachsensein einfach nur.

Das sind meine Gedanken, als ich meinen klapprigen VW Käfer die Kieseinfahrt meiner Eltern entlangsteuere. Ich habe einen Großteil des letzten Jahrzehnts nicht hier verbracht und mache mich auf alle Eventualitäten gefasst. In der Zwischenzeit könnte alles Mögliche passiert sein. Sie könnten weggezogen sein. (Wobei das unwahrscheinlich ist.) Sie könnten sich haben scheiden lassen. (Auch schwer vorstellbar.)

Durchaus denkbar, dass einer gestorben ist oder auch beide.

Ich habe keine Ahnung, was ich empfinden werde, falls Letzteres eingetreten ist. Meine Eltern und ich sind nicht im Guten auseinandergegangen, um es milde auszudrücken. Aber Menschen können sich ändern.

Das tun jedoch nicht alle.

Auf den ersten Blick sieht das Grundstück meiner Eltern völlig unverändert aus. Das kleine eingeschossige Haus hat noch immer eine billige Fassadenverkleidung aus PVC, und der ockergelbe Farbton ist genauso, wie ich ihn in Erinnerung habe.

Die großen Kiefern wurden im unteren Bereich sorgsam von toten Ästen befreit, was für das Fortleben meines Vaters spricht, der immer gern seine Kettensäge angeworfen hat, um für Ordnung zu sorgen. Außerdem ist Dads alter Sitzrasenmäher in der Garage zu sehen.

Er lebt also noch. Unsinnigerweise überkommt mich kurz Erleichterung. Der Mann wird mir wahrscheinlich die Tür vor der Nase zuschlagen, wenn er sieht, wer da zu Besuch gekommen ist. Das hier wird übel ausgehen. Da bin ich mir schon zu neunundneunzig Prozent sicher.

Trotzdem muss ich sie um Hilfe bitten. Nachdem ich das Benzingeld für die Fahrt von Nashville hierher ausgegeben habe, kann ich weniger als vierhundert Dollar mein Eigen nennen. Und keinen Job. Wenn sie mich abweisen, schlafe ich heute Nacht wieder in meinem Auto.

Das wird mich nicht umbringen, aber ideal ist es nicht.

Ich halte vor der Garage, steige aus und hätte den Wagen beinahe abgeschlossen, so sehr bin ich daran gewöhnt, in Nashville zu parken. Ich wohne seit acht Jahren nicht mehr unter diesen großen Kiefern.

Damals konnte ich es nicht erwarten, von hier wegzukommen. Ich hatte meine Gründe, und zwar so manche triftige. Außerdem hasste ich die Bäume und die kurvenreichen Landstraßen genauso sehr wie die Einstellung meiner Eltern.

Bis heute hasse ich, was meine Eltern alles zu meinem Teenager-Ich gesagt haben. Aber Vermont macht auf mich einen besseren Eindruck als in früheren Zeiten. Ich bin reif dafür, irgendwo zu leben, wo kein Smog und Verkehr herrschen. Ich vermisse den Geruch von Holzfeuer in der Abendluft und den Anblick der hinter den Green Mountains versinkenden Sonne.

Vielleicht ist es seltsam, Heimweh nach einem Ort zu haben, der mir nicht gutgetan hat. Aber mir ist danach, Vermont eine zweite Chance zu geben. Ich hoffe, es gibt mir genauso eine zweite Chance. Und gleich werde ich herausfinden, ob tausendeinhundert Meilen weit zu fahren, eine gute Idee war oder einfach nur dämlich.

Schon als ich mich dem Haus nähere, geht die Eingangstür auf. Mein Dad bleibt hinter der Fliegengittertür stehen, die Fernbedienung für den Fernseher in der Hand, und starrt mich an, als hätte er einen Geist gesehen.

»Hallo«, sage ich vorsichtig.

»Roddy«, flüstert er. Er macht keine Anstalten, die Fliegengittertür zu öffnen, ich allerdings auch nicht. Vielleicht brauchen wir beide einen Augenblick, um den beiderseitigen Schock zu überwinden.

Er sieht älter aus. Erschrocken registriere ich das viele Grau in seinen Haaren und die neuen Fältchen um seine Augen.

Ich bin mir ziemlich sicher, dass ich auch nicht mehr wie der dürre Achtzehnjährige aussehe, der ich einmal war. Folglich starrt er mich ebenso an und versucht, das zu verdauen.

»Du bist zurück?«, fragt er noch immer verdattert.

»Na ja …« Ich stoße ein leises, nervöses Lachen aus. »Bis jetzt habe ich in Nashville gelebt. Und gestern bin ich in mein Auto gestiegen und einfach so hergefahren. Ich habe zwei volle Tage gebraucht.«

Ich werde ihm nicht erzählen, warum ich Nashville verlassen habe. Er wird nicht hören wollen, wie schrecklich meine Beziehung geendet hat. Er wird überhaupt nichts von meiner Beziehung hören wollen, verdammt.

»Also«, fahre ich fort, »ich freue mich, wieder in Vermont zu sein. Allerdings fange ich quasi noch mal ganz von vorn an. Und da habe ich mich gefragt, ob …«

»Ralph?«, ertönt die Stimme meiner Mutter von irgendwo innerhalb des kleinen Hauses.

Mir bleibt kaum Zeit, mich darauf einzustellen, da erscheint sie schon hinter ihm. Sie trocknet sich die Hände an einem Geschirrtuch ab, ihre Haare sind zu einem lockeren Knoten geschlungen.

Mir zieht sich vor lauter Vertrautheit ein wenig das Herz zusammen, ehe ich mich dagegen wappnen kann.

»Roderick«, flüstert sie und macht große Augen. »Oh, Schatz. Was ist passiert?«

»Tja, nicht viel«, stammele ich. »Ich musste bloß raus aus Nashville und brauche einen Neuanfang. Da dachte ich mir, den könnte ich hier machen.«

»Hier?« Sie wringt das Geschirrtuch in ihren Händen, ein Leuchten in den Augen.

»Vielleicht«, sage ich, damit es nicht so klingt, als hätte ich gar keine andere Wahl. Aber wenn ich über die Türschwelle trete und bei ihnen unterkomme, dann nur, wenn ich auch willkommen bin. Ich werde mich nicht mit ihrer Verachtung abfinden. Da wäre es besser, im Auto zu schlafen.

»Du willst hier unterkommen«, stellt mein Vater klar. Er hat immer noch die Fernbedienung in der Hand. Und er hat immer noch nicht die Fliegengittertür aufgemacht.

Das ist kein gutes Zeichen.

»Nur für ein Weilchen«, sage ich. »Bis ich einen Job und eine eigene Wohnung gefunden habe. Ich bin Bäcker.«

»Du … was?«, fragt meine Mutter. »Kuchen und so?«

»Hauptsächlich Brot. Ich war auf der Kochschule. Ich bin aufs Brotbacken spezialisiert.«

Mein Vater sieht mich aus zusammengekniffenen Augen an, und das ist ein weiterer Hinweis darauf, dass es nicht klappen wird. »Kochschule«, wiederholt er. Ablehnung klingt in seiner Stimme mit. *Backen ist kein Beruf für einen echten Mann.* Ich hätte genauso gut sagen können, ich wäre Balletttänzer oder träte in einer Dragshow auf. Meines Vaters Ansichten darüber, was ein Mann mit seinem Leben anfangen sollte, stammen geradewegs aus den Fünfzigern.

»Keine Gitarre mehr?«, fragt meine Mutter. Sie hofft, ich

hätte meine Phase als queerer kleiner Musiknerd, den mein Vater nicht ertragen konnte, hinter mir gelassen. Sie versucht, ihn umzustimmen.

»Keine Gitarre«, bestätige ich, obwohl es mich ein bisschen fertigmacht zu suggerieren, ich hätte mich Dads Vorstellungen irgendwie angepasst und genug von der Musik. In Wahrheit habe ich meine Gitarre aus Versehen in Nashville zurückgelassen.

Von Musikern allerdings habe ich genug. Aber das ist eine andere, lange Geschichte.

»Wenn du bleibst …« Mein Vater presst die Lippen zusammen. »Dies ist unser Haus, unsere Regeln.«

Ich schlucke schwer. »Ich bin ein toller Gast. Ich koche sogar. Und putze.«

Meine Mutter jauchzt glücklich auf und greift zum Riegel der Fliegengittertür. Sie schiebt meinen Vater sogar leicht mit dem Ellbogen beiseite.

Er rührt sich jedoch nicht. Er starrt mich immer noch an, als wäre ich ein Rätsel, das er zu lösen versucht. »Aber du bist nicht … Du wirst nicht …« Er stockt.

»Was werde ich nicht?«, frage ich, wobei ich bereits weiß, worauf es hinausläuft.

Dad kriegt die abstoßenden Worte nicht mal raus. »Hast du eine Freundin?«, fragt er.

Feigling. Ich schüttele den Kopf. »Ich habe niemanden. Deswegen stehe ich vor eurer Tür. Ich musste raus aus einer schlimmen Beziehung, mit nichts als Klamotten und einer Kiste Bücher. Aber ich stehe immer noch auf Männer, wenn es das ist, was du wissen willst. Ich bin immer noch schwul.«

Meine Mutter seufzt bestürzt auf. Und dadurch, wie sich die Miene meines Vaters verdunkelt, weiß ich, dass ich umsonst hergekommen bin.

»Du bist nicht zur Kirche gegangen«, sagt mein Vater, als wäre das eine logische Schlussfolgerung. Aber für ihn ist es das vermutlich.

»In letzter Zeit nicht«, gestehe ich. »Mein Leben ist ein Trümmerhaufen, Dad. Ich kann nirgendwohin. Ich bitte euch, für ein paar Wochen in meinem alten Zimmer wohnen zu dürfen, bis ich mich neu sortiert habe. Und ich würde selbstverständlich hier mit anpacken.«

Während wir einander anstarren, herrscht grausames Schweigen. Und dann schüttelt er langsam den Kopf. »Erst wenn du Gottes Vergebung suchst.«

Es ist echt erstaunlich, dass man mit achtzehn mitten in einem Wortgefecht aus dem Haus stürmen und dann acht Jahre später sofort am selben Punkt weitermachen kann. Wir stecken immer noch in derselben Unterredung fest, die wir mein gesamtes letztes Highschooljahr über geführt haben.

»Ich ehre den Herrn«, sage ich leise. »Aber ich werde nicht bei Ihm um Vergebung dafür bitten, was ich bin und wen ich liebe.«

Mein Vater sieht mich angeekelt an, als hätte ich gerade verkündet, ich wäre ein glühender Anbeter Satans. Er verschränkt die Arme vor der Brust. Die Pose ist unmissverständlich. *Geh. Du bist nicht länger mein Sohn.*

Botschaft angekommen. Ich spüre den alten Schmerz in mir aufflackern, doch darauf folgt schnell Erschöpfung. Meine Wut wird gedämpft durch die zwei Tage hinterm Steuer meines Autos und dadurch, dass ich schon jahrelang mit seiner Ablehnung lebe.

Trotzdem sehe ich ihm geradewegs in die Augen. *Du arrogantes Arschloch. Wer gibt dir das Recht, über mich zu urteilen?*

Als meine Mutter schnieft, weiß ich, dass sie weint. Mom möchte, dass ich reinkomme. Aber sie will es nicht genug, um sich gegen ihn durchzusetzen.

Da wird mir schließlich klar, dass ich hier fertig bin. Wahrscheinlich endgültig. Es bleibt mir nichts anderes mehr, als mich umzudrehen und zu gehen.

Ich sehe ihn ein letztes Mal an. Doch da ist keine Milde zu erkennen. Keine Zuneigung für das Kind, das er einmal geliebt hat, obwohl ich schon immer so war wie heute. Ich bin derselbe Junge, dem er in den diversen Vorgärten überall im ganzen Land, wo wir während seiner Dienstzeit bei der Air Force gelebt haben, unzählige Baseballs zugeworfen hat. Ich bin derselbe Sohn, der den Rasen gemäht hat und zum Angeln früh aufgestanden ist, weil ich mich nach seiner Aufmerksamkeit sehnte.

Er blinzelt nicht mal. Seine Ablehnung ist unumstößlich.

Also drehe ich mich um und zwinge mich zum Weggehen.

Das Geräusch der sich hinter mir schließenden schweren Holztür kommt noch prompter, als ich es erwartet hatte. Und ich verspüre plötzlich den fürchterlichen Drang, herumzuwirbeln und mich gegen diese verdammte Tür zu werfen. *Mach auf, du feiges Arschloch!*, würde ich womöglich rufen. Ein Teil von mir will eine Riesenszene machen, so wie damals während meines Abschlussjahrs an der Highschool, als er mir Moralpredigten gehalten hat.

Doch der andere Teil von mir ist bereits abgestumpft. Ich habe den ganzen Weg nach Vermont in dem Glauben zurückgelegt, ich hätte vielleicht eine Chance. *Wenn Gott eine Tür schließt, öffnet er ein Fenster.* Es ist das übelste Klischee, aber ich habe mir gewünscht, dass es stimmt. Auf dem ganzen Weg hierher habe ich mich gefragt, ob meine Trennung so etwas wie ein Zeichen war, dass ich mein Leben woanders führen soll. Ich dachte, ich sei vielleicht aus einem bestimmten Grund wieder nach Hause geschickt worden.

Doch offenbar nicht. Wenn Gott diese Woche eine Tür schließt, schiebt er gleich auch noch den Riegel vor.

Ich gehe zurück zu meinem Auto und starte den Motor wieder. Hätte ihn genauso gut laufen lassen können. Ohne zum Haus zu sehen, wende ich in drei Zügen, wobei braun gewordene Kiefernnadeln unter meinen Reifen knistern. Es ist an der Zeit, sich einen Plan B zu überlegen. Also lenke ich meinen Wagen in Richtung Stadtzentrum von Colebury.

Jede Wette, dass mein Vater sich bereits weiter das Play-off-Spiel anguckt. Vielleicht genehmigt er sich ein zweites Bier, bloß um die nervige Störung im fünften Inning durch seinen queeren Sohn wegzuspülen.

Und meine Mutter weint im Bad in ein Handtuch. Stumm. Damit sie keinen Wirbel macht.

Ich darf jetzt nicht an die beiden denken. Ich habe dringendere Probleme – zum Beispiel, wie ich umgehend an einen Job komme. Und wo ich heute Nacht schlafe. Im besten Fall gibt es wie durch Zauberhand eine offene Stelle bei der *King Arthur Flour Bakery*, wo ich meine berufliche Laufbahn begonnen habe. Aber selbst wenn sie mich morgen einstellen würden, könnte ich frühestens in zwei Wochen mit dem ersten Lohn rechnen.

Ich muss mir überlegen, wie ich mit ein paar Hundert Dollar mehrere Wochen überlebe.

Während ich in die Stadt fahre, bemerke ich, dass der Tank fast leer ist. Wieder fünfundzwanzig Mäuse futsch. Trotzdem fahre ich langsam, schaue mich um, überlege, was sich verändert hat. Kurz vor der Abzweigung nach Colebury entdecke ich einige neue Geschäfte. Es gibt eine Bar namens *Gin Mill* mit jeder Menge Autos auf dem Parkplatz. Der Laden sieht nach Spaß aus, aber ich habe kein Geld übrig, nicht mal für ein einziges Bier.

Auf demselben Gelände gibt es aber noch ein weiteres Geschäft, das mich sogar noch mehr interessiert. Das *Busy Bean*.

Ein Café. Im Moment ist es zu, aber ich nehme mir vor, ihm bald einen Besuch abzustatten. Falls es sich um ein großes Café handelt, können sie vielleicht einen Bäcker gebrauchen, einen, dem es nichts ausmacht, auch Kaffee auszuschenken.

In der Not frisst der Teufel Fliegen. Und da ich *ganz* kurz davor bin, tatsächlich Fliegen zu fressen, muss ich mir alle Möglichkeiten offenhalten.

Ich lasse den Motor aufheulen, als ich den Hügel zum Hauptplatz hochfahre. Die Häuser scheinen etwas besser in Schuss zu sein als letztes Mal, als ich hier war. Es ist ein warmer Herbstabend, und draußen vor dem alten Diner stehen Leute zum Quatschen. Auch der Laden hat sich rausgeputzt. Seit wann ist Colebury denn hübsch? Ich bin erstaunt, wie freundlich es wirkt, mit sämtlichen Straßenlaternen in Betrieb und lauter Blumenkästen vor den Schaufenstern der Geschäfte.

Erneut geht das Heimweh in mir auf wie Hefe. Dies ist meine Heimatstadt, auch wenn ich mich hier noch nie willkommen gefühlt habe. Ich wurde hier geboren. Und obwohl ich den Großteil meiner ersten achtzehn Lebensjahre auf verschiedenen Militärstützpunkten rund um die Welt verbracht habe, habe ich hier auch meinen Schulabschluss gemacht.

Und es gefällt mir hier, verdammt noch mal. Ich verspüre die Anziehungskraft dieser Stadt auf mich.

Wäre es nicht lustig, wenn ich direkt vor den Augen meiner Eltern in Colebury ansässig werden würde? Ich möchte den Gesichtsausdruck meines Vaters sehen, wenn ich Händchen haltend mit meinem nächsten Freund ins Diner komme.

Also das ist jetzt mal ein schöner Gedanke, auf den ich noch mal zurückkommen muss, wenn ich nachher auf dem Beifahrersitz einzuschlafen versuche.

Hinter dem alten Diner sehe ich etwas, das mir wirklich gelegen kommt. Ein Fitnessstudio. JETZT KOSTENLOSE

PROBEWOCHE MACHEN, steht auf einem Schild im Fenster.

Das ist der erste glückliche Zufall heute. Oder vielleicht sogar diesen Monat, um ehrlich zu sein. Sofern das Fitnessstudio auch nur eine halbwegs annehmbare Umkleide hat, kann ich dort jeden Abend duschen. Für die Jobsuche muss ich seriös aussehen.

Ich parke den Wagen und steige aus. *Komm schon, Colebury. Enttäusch mich nicht.*

2

Kieran

Ich lehne auf dem Parkplatz des Fitnessstudios an meinem Auto. Mir ist bewusst, dass es nicht Sinn der Sache ist hierherzukommen, wenn man dann nur draußen herumsteht, aber ich hänge am Telefon und höre zu, wie mein älterer Bruder mich anbettelt, seine Aufgaben zu Hause auf dem Hof zu übernehmen.

»Ach, komm schon, ich hab die Gelegenheit, hundert Flocken extra zu verdienen. Du kannst zur *Gin Mill* kommen, dann spendiere ich dir ein Bier.«

»Wie soll ich denn auf ein Bier vorbeikommen, wenn ich zu Hause bin und für dich die Kühe umstelle?«, frage ich. Ich kriege immer gesagt, ich hätte eine Grummelstimme. In letzter Zeit fällt sie allerdings besonders grummelig aus, wenn ich mit Kyle rede.

»Komm später her«, sagt er. »Nachdem du das erledigt hast.«

Nur Kyle kann so tun, als wäre das machbar. Er erwartet, dass ich mein Work-out sein lasse, vierzig Minuten nach Hause fahre, den Weidezaun der Kühe umsetze, bevor es dunkel wird, und dann die restlichen Arbeiten im Stall erledige.

Danach noch eine vierzigminütige Fahrt zurück für ein kostenloses Bier? Lächerlich.

Und jetzt kommt das Mieseste daran: Kyle wird von unserem Dad für die Farmarbeit bezahlt. Ich aber nicht. »Du hast schon zwei Jobs, außerdem erledigt Kyle den Großteil der Arbeiten auf der Ranch«, sagte er letztes Jahr, als er Kyle endlich mit auf die Gehaltsliste setzte.

Das wäre ja sinnvoll, wenn es denn stimmen würde. Aber gleich danach wurden Dads Rückenprobleme schlimmer, weshalb ich seitdem drei Abende die Woche mit anpacke. »Lass mich das klarstellen: Ich soll unbezahlt deine Aufgaben erledigen, damit du anderswo Geld verdienen kannst?«

»Bitte?«, bettelt er. »Wie wär's, wenn ich dir zwanzig Flocken zahle? Es ist bloß eine Zwei-Stunden-Schicht, aber Alec sagt, Leute aus der Braubranche geben fett Trinkgeld.«

Ich schaue entmutigt zum Fitnessstudio. Wäre ich zehn Minuten eher hergekommen, wäre ich schon drin gewesen, nicht erreichbar. Ich tue alles, worum man mich bittet. *Alles.* Und niemand weiß es wirklich zu schätzen.

»Verrate mir was: Wie sehen deine Pläne für den Rest der Woche aus?«, frage ich nach. Im Planen ist er furchtbar schlecht. Er muss einmal für mich seinen Verstand einschalten, bevor ich meinen verliere.

»Na, für morgen habe ich Dad versprochen, mit ihm in Montpelier in den neuesten *Robot-Wars*-Film zu gehen …«

Während er redet, erregt ein Mann, der gerade aus einem knallblauen VW Käfer gestiegen ist, meine Aufmerksamkeit. Er liest das Schild an der Tür zum Fitnessstudio. Ich kann sein Gesicht nicht sehen, weil er seitlich zu mir steht. Doch ich habe einen guten Blick auf seine muskulösen Schultern, die sein schwarzes T-Shirt dehnen. Dazu sind seine Unterarme herrlich definiert …

»Kieran?«, hakt mein Bruder nach. »Hast du zugehört?«

Nein, ich habe gerade einen Typen bewundert. Ich schließe die Augen und versuche, den heißen Kerl auf der anderen Seite des Parkplatzes zu vergessen. Dies ist schon das volle Ausmaß meines Sexlebens – Männer bewundern und dann deswegen verwirrt sein. Die ersten zwanzig Jahre meines Lebens habe ich gedacht, dass ich mich nur für attraktive Männer interessiere, weil ich sie als Mensch bewundere und so sein möchte wie sie.

Aber das stimmte nur halb. In letzter Zeit ist es schwieriger geworden, die Tatsache zu ignorieren, dass ich noch dazu *unter* ihnen sein möchte. Oder über ihnen. Oder auch nebeneinander.

Gerade als ich diesen verwegenen Gedanken habe, greift der Kerl nach der Eingangstür. Und er dreht seinen Körper so, dass ich sein Gesicht sehen kann …

In dem Moment gerät alles ein bisschen aus den Fugen. Denn ich erkenne dieses Gesicht wieder. Allerdings ist es Jahre her, dass ich es zuletzt gesehen habe. Und ich würde jeden Dollar in meiner Brieftasche darauf verwetten, dass er nicht mal meinen Namen kennt.

Gott sei Dank.

Hitze steigt mir ins Gesicht, während es meinen Körper eiskalt durchläuft. Es ist egal, dass er nicht in meine Richtung gesehen hat, bevor er im Fitnessstudio verschwunden ist, und dass er sich nie und nimmer ebenso an mich erinnert wie ich mich an ihn. Noch heute überkommt mich blanke Scham.

»… deswegen brauche ich also auch die nächsten paar Abende deine Hilfe«, sagt mein Bruder gerade.

»Die nächsten paar Abende«, wiederhole ich blöde.

»Hör zu, ich weiß, das ist viel verlangt. Aber diese Sache mit Dads Rücken ist echt Mist, nie im Leben kommen wir ohne Mehrarbeit durch den nächsten Monat.«

Der Adrenalinrausch muss bei mir wohl immer noch anhalten, denn ich explodiere plötzlich. »Mehrarbeit für *wen?* Du willst nur eine Schicht in der Bar übernehmen, damit du zusätzliches Geld verdienen und Frauen anbaggern kannst. Und morgen willst du ins Kino, allerdings mit Dad, deshalb glaubst du, das entschuldigt deine mangelnde Planung. Und bei dem, was du zuletzt gesagt hast, hab ich nicht mehr zugehört, aber ich bin sicher, es kommt nicht darauf an. Denn wenn du nicht gerade verkündet hast, dass du Babys aus einem brennenden Haus retten willst, verstehe ich nicht, wieso du glaubst, es wäre okay, mich drei, vier Abende in Folge hängen zu lassen.«

Nachdem ich diese Tirade vom Stapel gelassen habe, herrscht tiefes, erstauntes Schweigen. Ich gehe sonst nie auf Kyle los, aber vielleicht war es mal an der Zeit. Mein Leben ist lachhaft. Ich schufte wie ein Tier und beschwere mich niemals. Ich mache nie etwas nur für mich selbst, und heute Abend wollte ich bloß trainieren gehen, Herrgott noch mal.

»Gut«, sagt er einen Augenblick später. Dann räuspert er sich. »Sag mir, was du wirklich denkst.«

Ich denke, ich bin ein Trottel, das denke ich. Eine Welle des Bedauerns überkommt mich kalt.

»Gut, ich werde die Schicht in der Bar sein lassen«, sagt Kyle. Dann legt er zum ersten Mal im Leben in einem Telefonat mit mir einfach auf.

Hier auf dem Parkplatz des Fitnessstudios stehe ich da, atme etwas zu schnell, und mein Herz rast. Ich fasse es nicht, dass ich so ausgerastet bin. Ja, es wird Zeit, damit aufzuhören, stets zu tun, was meine Familie von mir erwartet. Für mich selbst einzustehen ist prima. Deshalb muss man aber nicht so ein Arsch sein.

Und Roderick Waites ist wieder zurück.

Mein Blick wandert zur Eingangstür des Fitnessstudios. Er ist noch dadrin. Was bedeutet, dass ich meinen Bruder gerade völlig umsonst angeschnauzt habe, denn ich werde da nicht reingehen.

Ehe ich es mir anders überlegen kann, tippen meine Daumen schon eine Nachricht an Kyle. Übernimm die Schicht in der Bar, schreibe ich. Ist in Ordnung. Ich bin schon auf dem Heimweg, um die Kühe umzustellen.

Als ich in meinen Pick-up einsteige und den Motor starte, hat er schon geantwortet.

Sicher, Mann? Du bist eben voll ausgerastet.

Ganz sicher. Aber wenn du heute nach Hause kommst, müssen wir einen Plan für die restliche Woche aufstellen. Ich übernehme morgen nämlich nicht noch mal alle deine Arbeiten, nur damit du ins Kino gehen kannst.

In Ordnung, antwortet er. Danke. Bis später!

Ich parke aus und lenke den Wagen heimwärts. Schätze, morgen könnte stattdessen auch ich mit meinem Dad ins Kino gehen. Aber er wünscht sich nicht meine Gesellschaft, sondern Kyles. Das Privileg, meines Vaters Liebling zu sein, gehört meinem Trottel von Bruder. Kyle kann sich gar nicht vorstellen, dass das Leben nicht für jeden bloß Regenbögen furzt wie für ihn.

Es muss sich was ändern, sage ich zu mir selbst, während ich die Meilen zwischen Colebury und zu Hause zurücklege. Eben war nicht das erste Mal, dass ich aus meinem Trott ausbrechen wollte. Ich bin fünfundzwanzig Jahre alt und wohne immer noch zu Hause. Meine Familie gleicht einem Minenfeld, nichtsdestotrotz brauchen sie meine Arbeitskraft auf der Farm.

Und – was am schlimmsten ist – mir ist immer noch viel zu wichtig, was andere Leute denken. Bestes Beispiel: Ich bin gerade wegen eines Typen, der sich nicht mal an mich erinnern wird, vom Fitnessstudio abgehauen. Das ist lächerlich.

Aber wenigstens bin ich mir dessen bewusst. Das ist immerhin ein Anfang.

Zu Hause angekommen, erledige ich alle Arbeiten und noch mehr.

Zuerst treibe ich die Kühe auf die Nordweide. Das geht bei gutem Wetter ganz leicht. Dazu muss ich nur den mobilen Zaun versetzen und sie durch das Gatter winken. »Na los, tobt euch aus«, sage ich, als sie eifrig an mir vorbeiziehen. Unsere Herde wird mit Gras gefüttert, und die Tiere lassen sich nicht zweimal bitten. Die hohen, saftigen Gras- und Getreidehalme, die ich ihnen biete, sind wie ein frisch aufgefülltes All-you-can-eat-Büfett.

Mal ehrlich: Die Kühe sind leichter im Umgang als meine Familie. Sie gehen fraglos dahin, wo sie hinsollen. Mein Hund Rexie bellt die Kühe trotzdem mit einem schönen, lauten *Wuff* an, bloß um den Anschein zu vermitteln, er würde hart arbeiten.

Rexie und Kyle haben wirklich viel gemeinsam. Sie führen sich beide ein bisschen lächerlich auf. Sie nehmen sich beide ein bisschen zu wichtig. Und ich habe sie trotzdem alle beide lieb.

Nachdem die Kühe durchgezogen sind, schließe ich das Gatter und schalte den Strom an. Da wir Oktober haben, wird es rasch dunkel. In ein paar Wochen werden die Uhren zurückgestellt, und dann wird es vor siebzehn Uhr stockdunkel sein. Ich kneife jetzt schon die Augen zusammen, als ich in den Nistboxen der Hennen nach Eiern schaue und die Wassernäpfe auffülle, und ich muss meine Stirnlampe anmachen, um hier den elektrischen Zaun einzuschalten.

Den Großteil ihres Einkommens verdient unsere Farm mit Rindern aus Weidehaltung. Wir bauen auch etwas Getreide an und Biohafer als Futtermittel. Um diese Jahreszeit sollte die Arbeit auf den Feldern eigentlich schon erledigt sein, Kyle und ich müssen aber noch das Haferstroh zu Ballen pressen.

Das wäre schon vor Wochen erledigt gewesen, wenn die Rückenschmerzen meines Vaters sich nicht verschlimmert hätten.

Ich nehme mir innerlich vor, meinen Bruder daran zu erinnern, dass das Haferstroh ganz oben auf seine Liste muss. Wieder einmal. Danach bringe ich eine Dreiviertelstunde damit zu, im Dunkeln Kuhdung auf dem unteren Hof einzusammeln.

Das ist langweilige Plackerei, deshalb fangen meine Gedanken an abzuschweifen. Und, verdammt, sie schweifen geradewegs zu Roderick Waites – dem Kerl, der aus einem blauen VW und direkt wieder in mein Hirn gestiegen ist.

Ich wünschte, ich könnte behaupten, dass ich seit der Highschool nicht mehr an ihn gedacht habe, doch das wäre gelogen. Wäre ich ein spiritueller Mensch, würde ich Rodericks Wiederauftauchen wohl als ein Zeichen interpretieren. Als einen Weckruf.

Kein Mensch kennt alle Irrungen und Wirrungen meines Gehirns, aber als wir Teenager waren, ist Roderick mal für einen Sekundenbruchteil nah dran gewesen, hinter eins meiner größten Geheimnisse zu kommen.

Als ich ihn zum ersten Mal vor einem anderen Typen knien sah, war das ein Zufall.

Es war damals ebenfalls Herbst. Ich hatte ein Footballspiel unserer Highschool besucht. Es war ein kühler Abend, und kurz bevor ich zum Spiel gegangen war, hatte ich mir die Jacke meines Dads vom Haken neben der Tür geschnappt. Als ich an der windigen Seitenlinie stand, schob ich die Hände in die Taschen und fand darin einen Flachmann mit Whiskey. Mein Vater musste die Jacke zuletzt getragen haben, als er mit seinen Kumpels auf dem Hochsitz hockte. *Schöne Zugabe.*

Aber ich musste mich natürlich wegschleichen, um mir ein

Plätzchen zu suchen, wo ich einen Schluck aus der Flasche nehmen konnte.

Ich ließ Spiel und Zuschauermenge hinter mir und stahl mich durch die Tür der Turnhalle. Versteckt unter der Tribüne holte ich den Flachmann meines Dads raus und schraubte ihn auf. Gerade als ich ihn an meine Lippen hob, erstarrte ich beim Klang von Geflüster. Wer auch immer da redete, war vom anderen Ende der Tribüne her in die Halle gekommen.

Die schattenhaften Gestalten waren nicht leicht zu erkennen. Aber ich nahm an, dass es sich um ein Pärchen handelte, das einen ungestörten Ort zum Rummachen suchte. Und weil zwei, die sich zusammen weggeschlichen hatten, keine Bedrohung für mich darstellten, blieb ich, wo ich war.

Ich trank einen Schluck vom Schnaps meines Vaters. Der erste Schluck hatte nichts Lebensveränderndes – er brannte im Hals und trieb mir Tränen in die Augen –, aber das, was danach passierte, änderte alles.

Nachdem ich die Flasche wieder zugeschraubt und eingesteckt hatte, schlich ich mich aus der Halle zurück in den Flur. Weil ich neugierig war, ging ich lautlos in meinen Nikes zum anderen Eingang der Turnhalle. Als ich bei der Tür angelangte, stellte ich mich so hin, dass ich das Pärchen, das ich miteinander hatte flüstern hören, sehen konnte. Sie waren jetzt still, und ich wollte wissen, warum.

Als ich sah, um wen es sich handelte, blieb mir ungelogen fast das Herz stehen. Ein Spieler aus der Schul-Fußballmannschaft – Jared Harvey – stand unter der Tribüne und stützte die Hände an einer der Stufen über sich ab. Roderick Waites kniete vor ihm und zog ihm den Reißverschluss der Jeans auf.

Ihr könnt euch sicher sein, dass ich in den folgenden fünf Minuten nicht mal zu blinzeln gewagt habe. Die Anspannung in Jareds Körper fesselte mich. Beim Festhalten an der Stufe traten seine Armmuskeln hervor, seine Brust hob und senkte sich schnell, während er zusah, wie Roderick ihm die Unterhose herunterzog und seinen Schwanz befreite.

»Blas mir einen, Mann«, presste Jared hervor.

Roderick zögerte nicht. Er umfasste Jareds Schwanz mit einer Hand und nahm begierig die Spitze in den Mund. Jared gab einen erstickten Laut von sich und legte vor Lust den Kopf in den Nacken.

Ich schaffte es kaum weiterzuatmen, als Roderick die Wangen einzog und zu saugen anfing. Und mir wurde ganz schwindelig, als er auf und ab zu wandern begann.

»Ungh!«, keuchte Jared. »Schneller. Verdammt.«

Stattdessen wurde Roderick langsamer und schaute mit leuchtenden Augen zu Jared hoch. Und verflucht noch mal, was für Geräusche er machte – das Schmatzen und Schlürfen brachte mein Teenagerhirn zum Schmelzen.

Jared hielt sich nur noch mit Mühe an der Tribüne fest, und endlich wurde Roderick schneller. Jared keuchte, eine seiner großen Hände landete in Rodericks Haar. Als dieser erneut zu ihm hochschaute, schien der Blickkontakt für Jared unerträglich zu sein. Er riss die Hand hoch und schaute weg.

Ich sah, wie Roderick mit der freien Hand an Jareds Hoden zog. Nein, ich *spürte* es. Plötzlich wurde mir schmerzlich bewusst, wie erregt ich selbst war, dermaßen hart, dass meine Jeans unbequem wurden.

Fluchend erschauerte Jared, und jeder Muskel seines Körpers spannte sich an. Dann, nach der Erlösung, erschlafften seine Gesichtszüge, und Rodericks Adamsapfel hüpfte, als er schluckte. Es war das Erotischste, was ich mit meinen siebzehn Jahren je gesehen hatte. Mein Herz donnerte, und das Blut pochte in meinen Ohren.

Und an anderen Stellen.

Endlich setzte mein Selbsterhaltungstrieb ein, sodass ich von der Tür zurückwich und in die Männerumkleide auf der anderen Seite des Flurs huschte.

Im Spiegel sah mein Gesicht gerötet aus, meine Lider schwer, meine Augen dunkel. Ich sah aus wie ein Mann, der erlebt hatte, wie seine schmutzigsten Fantasien Wirklichkeit wurden. Denn genau das hatte ich erlebt.

Ich glaube, ich konnte danach tagelang keinen einzigen vernünftigen Gedanken fassen. Sowohl Roderick als auch Jared waren im Abschlussjahrgang – eine Klasse über mir –, und es war gut, dass wir keinen Unterricht zusammen hatten. Ich wäre wahrscheinlich in Flammen aufgegangen, wenn ich mit einem der beiden hätte sprechen müssen. Ich dachte viel über das nach, was ich gesehen hatte, und fragte mich, ob die beiden schwul waren.

Das Seltsame daran war, dass ich mir alle diese Gedanken über sie machte, ohne zu überlegen, warum ich so von ihnen besessen war. Dazu brauchte es noch einige Jahre.

Aber die Geschichte ist damit noch nicht zu Ende. Zwei Wochen später hatte unsere Footballmannschaft wieder ein Heimspiel. Während ich mit meinem Bruder und unseren Freunden auf der Tribüne saß, sah ich, wie Jared aufstand und Richtung Schulgebäude ging. Rodericks dunkler Schopf kam eine Minute später an der Tribüne vorbei.

Sicherlich wisst ihr, was ich daraufhin gemacht habe.

»Ich muss mal schiffen. Bin gleich wieder da«, murmelte ich an meine Freunde gewandt. Dann huschte ich in das Schulgebäude und lief erneut auf Zehenspitzen den dunklen Flur entlang. Ich habe mich nie dermaßen geschämt wie beim Zuschleichen auf die Turnhalle. Was zum Teufel hatte es zu bedeuten, dass ich ihnen zusehen wollte?

Die Neugierde fraß mich jedoch regelrecht auf. Würde diesmal Jared auf den Knien hocken? Oder würden sie etwas ganz anderes machen?

Ich bin sicher, dass mir vor Aufregung ein Schauer über den Rücken lief, als ich vorsichtig durch die Tür lugte. Der Anblick war derselbe. Roderick blies Jared einen. Jared keuchte und wand sich verzweifelt. Ich schaute so lange zu, wie ich mich traute.

Und das auch nicht zum letzten Mal. Es brauchte noch einige weitere heimliche Ausflüge zur Turnhalle, bis ich meine Lektion lernte. Mir war bewusst gewesen, dass ich damit aufhören musste, doch ich schaffte es einfach nicht, mich fernzuhalten. Außerdem stand das letzte Heimspiel der Saison an, was kam es jetzt also noch auf eine Sünde mehr oder weniger an?

Bei diesem letzten Mal war es anders. In seiner üblichen Position am Boden zog Roderick mit einer Hand seinen eigenen Reißverschluss auf und streichelte sich, während er seinem Freund einen blies. Ich starb in meinem Versteck tausend Tode, mein Blick klebte an seiner Hand um seinen Schwanz. Jared war kurz davor zu kommen und ich ebenso – ganz ohne Anfassen.

Doch dazu kam es nicht. Denn Rodericks Blick schweifte im Dunkeln umher.

Seine blauen Augen landeten geradewegs auf mir. Und der Ausdruck darin sagte mir, dass er von mir gewusst hatte. Er hatte es die ganze Zeit gewusst.

Man möchte meinen, dass ich mich umgedreht hätte und abgehauen wäre, doch ich erstarrte, überwältigt von Scham. Und dann? Blickte er mich fest an, während er sich über seine Hand ergoss.

Oh Gott. Selbst jetzt – Jahre später – bekomme ich bei der Erinnerung einen Ständer. Dass diese Jungs überhaupt den

Nerv hatten, auf dem Schulgelände rumzumachen. Sie lebten sich aus, und ich schaute zu.

Aber, *Mann*, was gefiel es mir, zuzuschauen.

Ein schriller Pfiff aus Richtung unseres Farmhauses holt mich aus meinen Tagträumen. Es ist meine Mutter, die mich zum Essen hereinruft. Ich hänge den Rechen an die Seitenwand der Scheune, rücke meine Jeans zurecht und gehe zum Haus.

Acht Jahre später denke ich immer noch an Roderick Waites. Und ich habe immer noch Geheimnisse, mache immer noch genau, was alle von mir erwarten.

Es hat sich im Grunde nichts geändert. Überhaupt nichts.

3

Kieran

Während ich im Windfang die Schuhe ausziehe, atme ich einmal tief durch und versuche, mich zu sammeln. Ich wohne hier schon mein ganzes Leben, aber in letzter Zeit zieht es mich echt runter, hier zu sein. »Hallo, Ma«, sage ich, nachdem ich die Küche betreten habe. »Wie geht's dir?«

»Ganz gut«, sagt sie vom Herd aus. Dann senkt sie die Stimme. »Aber dein Vater ist heute ein echter Brummbär. Außerdem müssen wir beim Essen etwas besprechen.«

»Okay. Klar«, bin ich einverstanden. Wobei mein Vater fast immerzu ein Brummbär ist, das wissen wir beide. »Machen wir uns Sandwiches?«

»Nein, ich habe gekocht!«, sagt sie. »Hähnchenauflauf.«

»Super«, kommentiere ich halbherzig.

Meine Mom kocht fade, und dieses Gericht ist besonders geschmacksarm. Sie war nie eine tolle Köchin, aber als ihr Arzt ihr riet, sie solle sich salzärmer ernähren, nahm ihre Rezeptpalette eine Wendung zum Schlechtesten. Hähnchenauflauf ohne Salz? Glaubt mir, den wollt ihr nicht probieren. Selbst Rexie frisst lieber sein Trockenfutter als Moms Auflauf.

Ich werde ihn trotzdem essen, weil ich Hunger habe und er nichts kostet. Seit einigen Jahren spare ich schon auf eine eigene Bude. Mein Traum ist es, in der Stadt zu wohnen.

Inzwischen sind meine Ersparnisse ziemlich angewachsen;

sobald Dad also wieder arbeitet, kann ich anfangen, mir etwas Günstiges zu suchen. Es besteht sogar die Möglichkeit, dass ich von Zara, meiner Chefin im Café, ein Haus in Colebury mieten werde. Ihre Mieter nebenan ziehen wahrscheinlich nächsten Monat aus. »Er hat ein Jobangebot in einem anderen Bundesstaat«, hat sie gesagt. »Falls sie wegziehen, vermiete ich dir das Haus günstig, wenn du mir dafür mit der Gartenarbeit und im Winter mit dem Schneeschippen hilfst.« Und dann nannte sie eine Miete, die zu meinem Budget passt, erst recht, wenn ich mir noch einen Mitbewohner suche.

Mann, ich würde *Unmengen* Schnee schippen, wenn ich dafür eine eigene Bude haben kann.

Bis dahin decke ich denselben Küchentisch wie schon mein ganzes Leben. Er ist viereckig und hat eine Fuge genau in der Mitte. Meine Mutter und ich sitzen immer auf der einen und mein Vater mit Kyle auf der anderen Seite. Wenn das mal keine verdammte Metapher ist.

»Wie war der Bürojob heute?«, fragt mein Vater, als er in den Raum geschlurft kommt und seinen Stuhl hervorzieht. Er sagt *Büro*, wie manche Leute *Akupunktur* sagen. Als würden sich nur Verrückte einen Bürojob zulegen.

»Gut. Viel zu tun.« Ihm gegenüber halte ich mich an einsilbige Antworten. Wir haben sehr wenig gemeinsam und sind uns in nichts einig.

»Warum stellen die dich nicht in Vollzeit ein, wenn es so viel zu tun gibt?« Dad setzt sich vorsichtig hin, nimmt von meiner Mutter einen Teller entgegen und verzieht das Gesicht, als er auf den beigefarbenen Klecks Essen hinunterschaut.

Bitte mecker nicht übers Essen, flehe ich ihn im Stillen an. Dads Wut auf mich kann ich ertragen, aber wenn er auf meiner Mutter herumhackt, neige ich dazu, die Beherrschung zu verlieren.

»Ich meine, wie sollst du denn was über Werbung lernen, wenn du nur vier Nachmittage die Woche dort bist?«, fragt er und nimmt sich mit einem skeptischen Blick auf das Essen seine Gabel.

»Ich lerne jede Menge«, sage ich milde. In Wahrheit habe ich nie viel über meinen Job in Burlington erzählt. Genauso wenig habe ich den Collegekurs erwähnt, den ich hoffentlich nächstes Frühjahr belegen werde. Er wird dagegen sein. Und es gibt keinerlei Gesetz, wonach ich verpflichtet wäre, mich ihm gegenüber zu erklären.

Ich werde einfach mein eigenes Ding durchziehen und jedem, der fragt, bloß das Allernötigste erzählen. So wahrt man in diesem Haus den Frieden.

»Warst du gar nicht im Fitnessstudio?«, fragt meine Mutter, bloß um das Tischgespräch aufrechtzuerhalten.

Eine Welle des Unbehagens überkommt mich, denn die Frage bringt mich auf Roderick. Schon wieder. Ich frage mich, ob ich jemals an den Kerl werde denken können, ohne mich zu schämen. »Ich hätte es fast hingeschafft. Aber dann hat Kyle mich angerufen und mich nach Hause geschickt, damit ich seine Aufgaben übernehme.«

»Heute Abend war er doch dran, oder?«, fragt meine Mutter. »Wo ist der Junge denn?«

»Hilft für ein paar Stunden in der Bar aus, um sich Geld dazuzuverdienen.« Ich schaufele noch mehr Auflauf in mich hinein und kaue, damit ich nicht ausspreche, was mir durch den Kopf geht.

»Sich was dazuzuverdienen ist gut«, nimmt mein Vater Kyle in Schutz. »Es wird in nächster Zeit eng für uns werden.«

»Wieso?« Ich lege meine Gabel ab. »Ist eins der Tiere gestorben?«

»Nein.« Er schüttelt den Kopf.

Da geht die Küchentür auf, und Kyle kommt grinsend herein. »Komme ich rechtzeitig zum Essen?«

»Ja, und ob!«, sagt mein Vater und lächelt zum ersten Mal, denn sein Ältester – sein Junge – ist zu Hause.

»Ist meine Superkraft.« Kyle hängt seinen Mantel auf.

»Sally, hol ihm einen Teller«, sagt mein Dad.

Meine Mom steht auf und füllt für Kyle einen Teller, während mein Bruder auf seinen Stuhl rutscht. Er legt zwanzig Mäuse vor mir auf den Tisch. »Danke für deine Hilfe.«

»Klar doch«, brumme ich und wünsche mir, ich hätte keine große Sache daraus gemacht. Trotzdem stecke ich den Schein ein. Mein Mietsparkonto kann ihn gebrauchen.

Mom stellt meinem Bruder den Teller hin und setzt sich wieder. »Da Kyle jetzt hier ist, können wir auch über den kommenden Winter reden.« Die finstere Miene meines Vaters verrät mir, dass mir nicht gefallen wird, was sie zu sagen hat. »Euer Vater wird am Rücken operiert. Schon bald. Er wird monatelang ausfallen.«

»Wochen«, korrigiert sie mein Vater unwirsch.

Sie verdreht die Augen. »Es geht um eine Wirbelkörperverblockung. Ein großer Eingriff mit einer langen Genesungszeit.«

Wirbelkörperverblockung. Eieiei. Das muss ich nachher googeln, aber es klingt schon schrecklich. Ich verspüre einen seltenen Anflug von Mitgefühl für Dad. Aber als ich zu ihm schaue, verbietet der stählerne Ausdruck in seinen Augen jedes Mitleid.

»Okay«, sage ich und leere mein Glas. »Ihr wisst doch, dass Kyle und ich einspringen werden.« Ich werfe meinem Bruder einen Blick zu.

»Ja, wir kriegen das hin«, sagt er. »Gut, dass du es machst, bevor die Kühe kalben und die neue Aussaat ansteht.«

»Das war der Gedanke dahinter«, sagt meine Mutter. »Für

eine Weile wird es hart werden. Aber ich wusste, dass ihr zwei einspringen würdet. So machen das die Shipleys.«

»Genau«, stimme ich, darum bemüht, jede Bitterkeit aus meiner Stimme herauszuhalten, zu. »Ich kann samstags- und sonntagsnachmittags und jeden Montag für euch arbeiten. Montags muss ich nicht ins Büro.«

»Was, wenn du dir stattdessen einen Job suchen würdest, der näher an zu Hause ist?«, fragt mein Vater.

Moment mal, wie bitte? »Glaubst du, das wäre so leicht?«

»Es muss doch was Leichteres geben, als für diesen Bürojob quer durch Vermont zu fahren. Und vormittags schenkst du bloß Kaffee aus. Scheint mir, als könntest du dir viel Ärger ersparen, wenn du im Baumarkt in der Stadt arbeiten würdest.«

»Ich soll also im *Busy Bean* aufhören und Audrey und Zara hängen lassen? Machen das die Shipleys so?« Das *Bean* gehört Audrey Shipley, der Frau meines Cousins. Wenn meine Mom schon den Familientrumpf ausspielen will, dann scheint mir dieser Aspekt genauso erwähnenswert zu sein.

Mein Vater zuckt mit den Schultern, als wäre das lächerlich. »Audrey wird doch wohl jemand anders finden, der Muffins verkaufen kann, oder nicht?«

»Wie wär's, wenn du *mich selbst* entscheiden lässt, wie ich am besten Geld verdiene?«, frage ich, und jedes Wort ist ein kleiner Eissplitter. Auch die unterschwellige Botschaft ist glasklar: Solange *er* mich nicht bezahlt, soll er verdammt noch mal die Klappe halten. »Ich habe dir gerade sämtliche Zeit angeboten, die ich noch freihabe. Ist das denn nicht gut genug?«

»Es ist super«, sagt Kyle schnell. »Wir kriegen das schon geregelt, ja?«

»Ja. Aber du musst dich gut organisieren. Für die Haferstrohballen braucht es zwei Mann, du wirst dich also in der Zeit bereithalten müssen, wenn ich nicht arbeite.«

»Kein Problem«, sagt er.

»Das bedeutet, sich um die Strohballen und die Zäune zu kümmern, selbst wenn gerade Football im Fernsehen läuft.«

»Das weiß ich. *Meine Güte.*« Auch Kyle wirft mir einen grummeligen Blick zu.

Aber ich weiß jetzt schon, wie das laufen wird: einen langen, kalten Winter lang auf der Farm schuften, nachdem ich den ganzen Tag bei meinen zwei anderen Jobs gearbeitet habe.

»Wenn wir uns alle zusammenreißen, wird es gehen«, sagt meine Mutter.

»Genau«, stimmt Kyle zu. »Und nach getaner Arbeit gibt's Kaltgetränke. So machen das die Shipleys.«

Bei ihm klingt es ganz einfach. Unterdessen sitze ich ihm am Tisch gegenüber und bemühe mich, nicht laut zu schreien.

So machen das die Shipleys in diesem Haus.

4

Roderick

Ich verbringe eine anstrengende Nacht auf dem Beifahrersitz meines Autos.

Zunächst mal ist es schwieriger, als man meint, einen sicheren Parkplatz zu finden. Unbemerkt zu bleiben ist nicht leicht. Ich habe Sorge, irgendwo zu stehen, wo die Cops womöglich auf mich aufmerksam werden. Schätze, ich könnte *Obdachlosenheime in Vermont* googeln und mir eines raussuchen.

Aber das will ich nicht. Mit achtzehn habe ich einige Zeit in Obdachlosenheimen verbracht. Diese Erfahrung möchte ich lieber nicht wiederholen. Nie wieder werde ich dieser verängstigte Teenager sein. Ich will nicht in diesen Geisteszustand des Gescheitertseins zurückkehren. Das Wort *obdachlos* möchte ich nicht mal aussprechen. Ich bin nur gerade in der Zwischenphase zwischen zwei Wohnungen. Wenigstens habe ich diesmal ein Auto. Es ist verriegelt, und ich bin in Sicherheit.

Jedenfalls versuche ich, mir das einzureden. Aber mein Schlaf ist unruhig. Beim kleinsten Geräusch wache ich auf. Ich parke hinter dem Müllcontainer von einem Karate-Dojo. Die ganze Zeit rechne ich damit, dass ein Streifenwagen mit Blaulicht angefahren kommt.

Außerdem sind meine Beine taub, und jedes Mal, wenn ich mich umdrehen will, stoße ich mit dem Knie gegen die Tür.

Ich döse unruhig. In den dunkelsten Stunden der Nacht

wandern meine Gedanken irgendwann zu meinem Ex Brian. Er schläft jetzt bequem ausgestreckt in unserem Bett. In *seinem* Bett. Es war eigentlich nie wirklich unseres. Drei Jahre lang habe ich ihn zu seinen Bedingungen geliebt. Unsere Beziehung vor der Öffentlichkeit geheim gehalten. Von den Krümeln Zuneigung gezehrt, die er zu geben bereit war.

Irgendwo tief in mir wusste ich immer, dass er nicht in der Lage war, meine Liebe zu erwidern, auch wenn er es ab und zu sagte. Aber genauso oft hat er mich weggestoßen. Er »vergaß«, was wir vorgehabt hatten, oder entschied sich in letzter Minute um. Er machte das nur, damit ich mir nie zu sicher war – um zu beweisen, dass er mich eigentlich nicht in seinem Leben brauchte.

Irgendwann wurde ich zur Klette und stellte ihm ein Ultimatum, das er vorgab, sich zu Herzen zu nehmen. Aber dann? Ging er fremd, nur damit ich auch ja wusste, dass er das Sagen hatte.

Das ist die Kurzfassung. Und jetzt schlafe ich in meinem Auto, weil er sofort unser Bankkonto eingefroren hat, als ich die Stadt verließ. An einer Tankstelle in Massachusetts stellte ich fest, dass er auch meine Kreditkarten gesperrt hat.

Mein tauber Hintern mal außen vor – es ist schwer, Schlaf zu finden, wenn man alle seine Lebensentscheidungen anzweifelt.

Schließlich bricht der Tag an. Ich blinzele den Schlaf aus den Augen und mache einen Plan. Zuerst werde ich ins *Colebury Diner* gehen und mir ein günstiges Eiergericht bestellen. Dann putze ich mir dort auf der Herrentoilette die Zähne und wasche mein Gesicht.

Es sind dreißig Minuten Fahrt nach Norwich, wo ich nach der Kochschule mal ein einmonatiges Praktikum bei *King Arthur Flour* gemacht habe. Ich werde gegen acht Uhr dort sein, dann ist Frühstückspause. Mein ehemaliger Chef wird immer noch auf deren Website aufgeführt. Ich werde ihn mit meinen neu hinzugewonnenen Erfahrungen beeindrucken, sodass er mir sofort einen Job anbieten wird.

Und falls das nicht klappt, fahre ich bei jeder Bäckerei in Vermont vorbei. Irgendwo wird es klappen.

Zwei Stunden später komme ich entmutigt aus dem schicken neuen Gebäude von *King Arthur*. Die gemütliche, zu klein geratene Küche, in der ich gelernt habe, Sauerteig anzusetzen, ist Geschichte. Der glänzende neue Verkaufsraum war mir genauso fremd wie die Gesichter darin. Mein ehemaliger Chef ist inzwischen im Management und arbeitet jetzt in einem anderen Gebäude.

»Ich stelle dir ein klasse Empfehlungsschreiben aus, Rod«, sagte er, als ich die Nummer anrief, die mir die Verkäufer in der neuen Bäckerei gegeben hatten. »Füll ruhig schon mal einen Bewerbungsbogen aus. Ich weiß allerdings, dass unser Bäcker mehrere Bewerbungen pro Woche bekommt.«

»Super, das mache ich«, sagte ich, während meine Zuversicht sank.

»Meld dich nächsten Monat noch mal, falls du dann immer noch etwas suchst. Für die Weihnachtszeit brauchen sie immer zusätzliche Verstärkung hinter der Ladentheke.«

»Mach ich. Danke.« Ich füllte die Bewerbung aus, was ganze fünf Minuten dauerte.

Doch jetzt steige ich wieder in mein Auto und werfe den Motor an. Noch nie habe ich mich so von der Welt im Stich gelassen gefühlt wie jetzt gerade. Ich habe keinen Wohnsitz. Keinen Job. Und auch keine echten Freunde, denn sie sind alle Kollegen von der Arbeit in Tennessee, die ich hinter mir gelassen habe, oder – noch schlimmer – Kumpel von Brian.

Die beängstigende Wahrheit lautet, dass niemand es merken oder nach mir suchen würde, wenn ich heute vom Erdboden verschwände.

Außerdem brauche ich Kaffee. Niemand sollte seine Beinahe-Midlife-Krise auf Koffeinentzug lösen müssen, stimmt's?

Also steuere ich den Wagen zurück nach Colebury. *Kopf hoch*, coache ich mich selbst. Ich kann doch nicht erwarten, dass sich meine Probleme nach einer Stunde Jobsuche erledigt haben. Ich gehöre zu den Menschen, denen nichts einfach in den Schoß fällt, sondern die sich für alles abrackern müssen. *King Arthur* ist die größte Bäckerei der Gegend, aber es ist nicht die einzige, die mich einstellen könnte.

Hoffe ich.

Es ist noch Vormittag, als ich das *Busy Bean* erreiche. Beim Aussteigen aus dem Auto riecht es nach gutem Kaffee. Der Duft nach starkem Kaffee in der kieferngeschwängerten Vermonter Luft ist wie Sirenengesang für mich. Während ich auf die Tür zugehe, steigt bereits meine Hoffnung. *Komm schon, Vermont. Gib mir was, woran ich mich halten kann.*

Als Erstes bemerke ich die von den breiten Holzdielen widerhallende Akustikgitarrenmusik. Der Kaffeeduft ist hier noch stärker. Und der Laden ist schnuckelig. Er ist voller bunt zusammengewürfelter Sitzmöbel mit dunklen Polstern und Animal Prints. Mit Kreide wurden freche Sprüche auf die breiten Deckenstützbalken geschrieben. Ein Reim sticht mir besonders ins Auge:

Rosen sind rot,
Veilchen sind blau,
Meinen Kaffee liebe ich
und nervst du mich, ehe ich ihn getrunken hab, mach ich dich zur Sau.

Ich stoße ein vergnügtes Schnauben aus. Könnte es etwa sein, dass ich unter meinesgleichen gelandet bin?

Vorsichtig nähere ich mich der Vitrine mit dem Gebäck. Ich hoffe, sie ist nicht voll mit den immer gleichen halb rohen Cookies und gummiartigen Bagels.

Aber nein! Sie ist voller hausgemachter Backwaren. Sie sind unspektakulär – hauptsächlich Muffins und Scones –, sehen aber zu gut aus, als dass sie fertig vom Großhändler angeliefert worden sein könnten. Mir knurrt der Magen, als ich die Auslage betrachte.

»Was darf's sein?« Die Frage kommt von einer großen Frau mit dunklen, welligen Haaren. »Ich empfehle die Zitronenmuffins, die hat meine Partnerin nämlich eben frisch gebacken, und wenn du keine nimmst, esse ich wahrscheinlich umso mehr davon.«

»Ich nehme liebend gern zwei«, sage ich. Nicht nur, weil ich regelrecht am Verhungern bin, auf die Art lässt sich auch viel einfacher ein Gespräch anfangen. »Und einen kleinen Kaffee, schwarz, bitte.« Ich nehme mein Portemonnaie heraus. Bloß weil ich pleite bin, heißt das nicht, dass ich den Tag ohne Koffeinnachschub überlebe.

»Die dunkle Röstung oder die Frühstücksmischung?«

»Die dunkle Röstung. Frühstücksmischungen sind für Memmen.«

Die dunkelhaarige Schönheit lacht. »Das macht dann vier fünfzig.«

Das ist ehrlich gesagt ziemlich günstig. Ich schiebe ihr einen Fünf-Dollar-Schein hin. Nachdem sie mir das Wechselgeld herausgegeben hat, lasse ich die Bombe platzen. »Also, falls ihr zufällig Personal sucht, kann ich dann meine Kontaktdaten dalassen? Ich bin ausgebildeter Bäcker. Aber ich mache auch superguten Espresso.«

Die Frau erstarrt mit einer Hand an der Kassenschublade. »Du bist *Bäcker*«, sagt sie langsam. »Suchst du eine Teilzeit- oder eine Vollzeitstelle?«

»Na ja, eigentlich Vollzeit. Aber im Moment bin ich da nicht wählerisch. Wenn ich nicht das Passende finde, werde ich mehrere Jobs kombinieren müssen.«

»Hat er was von Vollzeit gesagt?«, fragt eine andere Stimme. Plötzlich erscheint eine hellhaarige Frau im Türrahmen hinter dem Tresen.

»Ja, hat er.«

Die Blondine kommt aus der Küche und klopft sich Mehl von den Händen. »Schätze, wir besprechen das jetzt also?« Sie tritt hinter dem Tresen hervor, sodass ich sie richtig sehen kann. Sie ist klein und zierlich und scheint schwanger zu sein.

»Also …« Ich weiß nicht recht, was ich sagen soll. »Wollt ihr eventuell jemanden als Verstärkung einstellen?«

»Wir müssen unbedingt«, sagt die Dunkelhaarige. »Aber wir haben es vor uns hergeschoben. Ich bin übrigens Zara Rossi.«

»Freut mich, dich kennenzulernen, Zara. Ich bin Roderick.«

»Und ich bin Audrey Shipley«, sagt die niedliche Blonde.

»Ach, die Shipleys.« Bei diesem Familiennamen horche ich auf. »An deine Familie erinnere ich mich. Ihr wart immer die, die alle Preise in der Schule gewonnen und Veranstaltungen in der Kirche organisiert haben.« Alle liebten die Shipleys. Und von ihnen gab es jede Menge.

»Tja, ich war nicht Überfliegerin genug, um in die Familie hineingeboren zu werden«, sagt Audrey. »Ich musste erst einen heiraten.«

»Da ist jedes Mittel recht«, sage ich, und sie lacht.

»Betreibt ihr zwei diesen Laden?«, frage ich, um ein Gefühl dafür zu bekommen, bei wem ich Eindruck schinden muss.

»Yepp!«, erwidert Audrey, während sie hinter dem Tresen herumwuselt und die unbenutzten Tassen geraderückt. Sie erinnert mich an eine fröhliche Hummel. »Wir sind Partnerinnen.«

»Oh«, sage ich zögerlich, weil ich mir nicht ganz sicher bin, was sie damit meint.

Zara lacht los, und es ist ein tiefer, volltönender Klang. »Keine *Lebens*partnerinnen. Uns gehört nur beiden das Café.«

»Okay.« Ich stoße ein nervöses Lachen aus. »Sorry, dass ich gleich voreilige Schlüsse gezogen habe. Erzählt mal, wonach ihr sucht.«

»Wir brauchen jemanden in Vollzeit. Jemand Verlässliches mit guten Referenzen«, sagt Zara ohne jedes Zögern.

»Das trifft alles auf mich zu«, versichere ich. »Ich habe mal ein Sommerpraktikum bei *King Arthur Flour* gemacht. Das ist zwar schon ein paar Jahre her, aber sie verbürgen sich immer noch für mich. Bis vor Kurzem habe ich in einer großen Bäckerei in Nashville gearbeitet. Von dort habe ich ebenfalls ein Arbeitszeugnis.«

Zara nickt. »Dann kommst du ursprünglich aus Vermont?«

»Sozusagen. Ich bin ein Soldatenkind. Ich wurde hier geboren, dann sind wir aber weggezogen. Für meine letzten zwei Highschool-Jahre kamen wir wieder zurück.«

»Du warst in Colebury auf der Highschool, oder?«, fragt Zara. »Dachte ich es mir doch, dass du mir bekannt vorkommst.«

»Und jetzt bist du frisch wieder hergezogen?«, fügt Audrey hinzu.

»Ja«, sage ich und bemühe mich dabei, nicht unsicher zu wirken. »Ich möchte in Vermont bleiben, vorausgesetzt, ich finde einen Job.« Die Wahrheit lautet, dass ich nicht weiß, wie viel Zeit ich mir mit der Arbeitssuche lassen kann. Der sicherste

Weg wäre, direkt wieder ins Auto zu steigen und zu versuchen, meinen Job in Nashville wiederzubekommen.

»Wieso bist du weg aus Tennessee?«, fragt Zara.

Soll ich die Wahrheit sagen oder lügen? Keine leichte Entscheidung. »Ich habe eine schwierige Beziehung beendet. Mir schien, die einzige Lösung war, gleich den Bundesstaat zu verlassen.« Das ist etwas untertrieben, aber die zwei brauchen nicht alle fiesen Einzelheiten zu wissen.

»Jetzt nimm ihn doch nicht so in die Mangel«, empört sich Audrey.

Zara lacht. »Ich habe fünf Jahre lang eine Bar geführt. Indem man die Leute in die Mangel nimmt, sortiert man die Spinner aus.« Sie lächelt mich verlegen an. »Entschuldige, aber so ist es nun mal.«

»Ach, das glaub ich gern«, sage ich in der Hoffnung, gefällig zu klingen.

»Na gut«, sagt Audrey. »Zara ist die Geschäftstüchtige. Sie bewahrt mich davor zu verkacken.«

Ich lache schallend, weil es verkehrt scheint, wenn eine derart niedlich wirkende Person Schimpfwörter raushaut.

»Aber lass mich dir noch ein bisschen was über das *Busy Bean* erzählen. Wir haben vor rund einem Jahr eröffnet. Bisher sind es nur Zara, ich und eine Aushilfe. Er kann allerdings nicht noch zusätzliche Stunden für uns arbeiten, deswegen brauchen wir jemanden in Vollzeit. Ich bekomme diesen Winter ein Baby.« Sie tätschelt ihren Bauch. »Und in Zaras Leben ist auch jede Menge los. Wir brauchen Vollzeitunterstützung, haben das aber bislang vor uns hergeschoben, weil wir knauserig sind.«

»Ihr backt selbst, oder?« Ich zerteile einen der Muffins, den Zara mir serviert hat, und schiebe mir einen Happen davon in den Mund. »Wow. Gutes Zitronenaroma.«

»Danke!« Audrey strahlt. »Unser Gebäck machen wir alles selbst, aber die Bagels kaufen wir ein.«

»Ich kann Bagels für euch backen«, sage ich, bevor ich mir noch ein Stück Muffin in den Mund stecke. »Ist ein Klacks.«

»Aber müsstest du dann nicht um vier Uhr morgens damit anfangen?«, fragt Audrey. »Aus dem Grund backen wir kein Brot.«

»Nee. Also, mit Baguettes muss man schon um vier Uhr morgens anfangen. Aber Bagels und Brezeln müssen nicht zweimal aufgehen. Für den Geschmack würde ich einen Sauerteigansatz verwenden, aber dafür, dass der Teig aufgeht, sorgt Trockenhefe. Bloß eine Gehzeit. Dann kocht man die Rohlinge ab und bäckt sie zwanzig Minuten.«

»Brezeln?«, fragt Audrey mit einem sehnsüchtigen Seufzen. »Das klingt wunderbar.«

»Ihr könntet mich doch ein paar Tage Probe arbeiten lassen, dann zeige ich es euch«, verspreche ich. »Wie steht's mit eurem Backofen?«

»Der ist ganz okay«, sagt Audrey. »Kein topmodernes Gerät, wie sie es bei *King Arthur* haben.«

»Man braucht keinen topmodernen Backofen, um kleine Brote und Brötchen zu backen«, erwidere ich schnell. »Einen großen Ofen braucht man für knusprige Brotlaibe und Baguettes. In einem kleineren Ofen kann man Brötchen backen, Bagels, Pizzen, Brezeln, Windbeutel …«

»Pizza!«, ruft Audrey aus. »Jetzt möchte ich Pizza.«

»Du hast mir doch eben noch erzählt, dass du mit den Kohlenhydraten aufpassen musst«, wirft Zara ein. »Deswegen haben wir uns auf Hühnersalat-Salat zum Mittag geeinigt.«

»Und weil es Spaß macht, Hühnersalat-Salat zu sagen«, hält Audrey fest.

»Also, das ist Hühnersalat …«

»Auf Salat!«, sagen beide Frauen gleichzeitig.

Ich habe so das Gefühl, es würde Spaß machen, hier zu arbeiten. Außerdem ist der Erfolg des Ladens garantiert, wenn die Shipleys ihn betreiben.

»Schickst du mir deine Referenzen?«, bittet Zara. »Dann rufe ich noch heute dort an. Und wenn du das ernst meintest mit dem Probearbeiten, dann sollten wir das machen, finde ich.«

»Klar! Ich hole nur eben meinen Lebenslauf aus dem Auto«, sage ich. »Bin gleich zurück.«

Ich renne nach draußen, wo ich mir eine der Mappen schnappe. Als ich wieder hereinkomme, diskutieren Zara und Audrey heftig im Flüsterton miteinander. »Arbeitszeiten, Bezahlung, Zusatzleistungen«, sagt Zara gerade. »Nichts davon haben wir festgelegt.«

»Wir können uns doch schlaumachen«, meint Audrey. »Es wird langsam Zeit, oder? Wegen der rechtlichen Aspekte frage ich May.«

»Okay, gut.« Zara dreht sich um und lächelt mich an. »Ich dachte, wir würden das Ganze noch ein wenig vor uns herschieben können, aber dann bist du reingekommen. Vielleicht war es so vorbestimmt.«

Ich hoffe, sie hat recht. Denn sollte es einen Ort auf dieser Welt geben, für den ich bestimmt bin, dann habe ich ihn noch nicht gefunden.

5

Kieran

Manchmal schlägt das Schicksal einfach zu.

Ich habe diesen Satz im Ohr, und mein Gesicht kribbelt alarmiert. Denn mit mir macht das Schicksal heute definitiv, was es will.

Nachdem ich Roderick gestern Abend vor dem Fitnessstudio gesehen hatte, war ich nicht mal überrascht, als er heute Vormittag ins *Busy Bean* kam. Wenn ich nach langer Abwesenheit nach Colebury zurückkäme, würde ich das süße neue Café auch mal abchecken.

Aber jetzt will er hier arbeiten? So ein Scheiß.

Ich luge heimlich um die Tür, nur um mir zu bestätigen, was ich bereits weiß: Er versteht sich gut mit Zara und Audrey. Sie alle lächeln einander an wie die besten Freunde.

Kann das noch irgendwie gut ausgehen? Vielleicht ist er ein grauenvoller Bäcker. Vielleicht lässt er alles anbrennen und verpasst den Gästen eine Lebensmittelvergiftung.

Ich bin eindeutig ein schrecklicher Mensch, sonst würde ich so etwas nicht denken.

Mein Bedürfnis, jetzt einfach abzuhauen, ist übermächtig. Aber so etwas macht ein Mann nicht. Ich hole Audreys Cookies aus dem Ofen, damit sie nicht verbrennen, und lege sie auf ein Abkühlgitter.

Ich kann es nicht fassen, dass Audrey tatsächlich eine Ladung

Cookies im Ofen vergessen hat. Das ganze Gerede über neue Mitarbeiter hat sie abgelenkt. Um ehrlich zu sein, ist sie in letzter Zeit oft abgelenkt. Sie nennt es »Schwangerschaftshirn«.

In der Tat brauchen Zara und Audrey dringend eine Vollzeitkraft. Ich kann keine zusätzlichen Schichten für sie übernehmen, und wenn Audrey das Baby bekommt, wird sie eine Auszeit einlegen müssen. Als Audrey letzten Sommer zehn Tage in den Flitterwochen war, ging Zara auf dem Zahnfleisch.

Aber Herrgott noch mal, muss es denn ausgerechnet *er* sein?

»Komm, wir führen dich kurz herum«, sagt Audrey. »Unsere italienische Espressomaschine funktioniert halb automatisch. Hast du so eine schon mal bedient?«

»Sicher doch. Ich habe neben der Kochschule zum Geldverdienen bei Starbucks gejobbt.«

»Doch nicht im Reich des Bösen!«, ruft Audrey aus.

»Tut mir leid. Die hatten eben eine Stelle frei.«

Die drei lachen, als würde Roderick schon jahrelang hier arbeiten. Dass Audrey ihn toll findet, ist offensichtlich, und Zara ist auch nicht abgeneigt. Er legt sich da draußen echt ins Zeug.

Ich wünschte nur, er wäre nicht so charmant. Das ist übel. Richtig, richtig übel.

Als ich noch einmal durch die Küchentür luge, erhasche ich noch einen Blick auf Rodericks dunkle Haare und die leuchtend blauen Augen. Er war schon mit achtzehn attraktiv, da ist es kein Wunder, dass er acht Jahre später umwerfend aussieht. Die Männer müssen ihm zu Füßen liegen. Oder die Frauen. Ich habe eigentlich keinen Schimmer. Wessen Gesellschaft wir mit achtzehn gesucht haben, sagt nicht unbedingt etwas darüber, wer wir wirklich sind.

Ich muss es wissen.

»Und es gibt nur eine Kaffeemühle?«, fragt er und deutet mit seinem muskulösen Arm darauf.

»Yepp«, stimmt Zara zu. »Bei uns gibt es keinen aromatisierten Kaffee, somit brauchen wir sie nicht den ganzen Tag ständig sauber zu machen.«

»Verstehe.«

Und dann geschieht das Unausweichliche. Roderick dreht leicht den Kopf und schaut in meine Richtung. Und ich reagiere völlig falsch. Statt rauszugehen und ihn zu begrüßen, ducke ich mich in die Küche und damit außer Sichtweite. Es war doof zu lauschen.

Verdammt.

»Hey, wer spannt denn da?«, höre ich Roderick fragen.

Mir bleibt das Herz stehen.

»Was?«, fragt Zara, und ich höre, wie sie in meine Richtung kommt.

»Na, der Spion in der Küche«, sagt Roderick mit einem leisen Lachen.

Mir bleiben ganze zwei Sekunden, um Panik zu schieben, bevor sie nacheinander in die Küche kommen. Ich werfe die Rührschüssel mit den Teigresten in die Spüle und stelle das Wasser an, als Zara Roderick meinen Rücken vorstellt. »Das ist Kieran Shipley. Er arbeitet vormittags bei uns. Kieran, das ist Roderick, er fängt vielleicht bei uns an.«

»Freut mich, Kieran«, sagt Roderick.

»Mich auch«, brumme ich über das Wasserrauschen hinweg. Ich drehe den Kopf ein kleines Stück, um ihm zuzunicken.

Aber irgendwie reicht das. Das Lächeln rutscht Roderick aus dem Gesicht, und seine Augen weiten sich. »Oh«, macht er dümmlich, während sich ein Ausdruck des Wiedererkennens auf sein Gesicht legt.

Jetzt weiß ich, dass Roderick neben seinem Wahnsinnsbody auch ein Wahnsinnsgedächtnis hat. Typisch, was hab ich wieder für ein Glück, dass der Kerl sich an mein Gesicht erinnert.

Das hätte ich nicht gedacht. Die Sache in der Schulturnhalle ist sieben oder acht Jahre her, und das Licht war dort echt schlecht.

Aber er blinzelt mich neugierig an.

Und gerade eben hat er mich einen Spanner genannt. Das bin ich wohl auch.

Du lieber Gott. Das Leben teilt aber auch immer neue Peinlichkeiten aus. Ich wende mich wieder dem Abwasch zu und spüle ab, während Rodericks Blick mir ein Loch in den Rücken brennt.

6

Roderick

Kieran Shipley. Nach all den Jahren kenne ich endlich seinen Namen. Wir waren in der Highschool nicht im selben Jahrgang. Wir haben nie miteinander gesprochen. Aber natürlich erinnere ich mich an ihn. Wer könnte ihn vergessen?

Mit achtzehn hielt ich mich für einen Draufgänger und Partylöwen. Ich hatte vor nichts Angst. Mein Plan lautete, ein berühmter Gitarrist zu werden und nach jedem Konzert die bestaussehenden Männer dieser Welt zu vögeln.

Sextreffen unter der Tribüne waren meine Vorstellung von wild sein und Spaß haben. Und wenn ein jüngerer Typ dabei zugucken wollte – je mehr, desto lustiger.

Doch nach seinem Gesichtsausdruck zu urteilen, erinnert sich Kieran Shipley nicht so gern daran wie ich. Mit tödlichem Blick wendet er sich wieder seiner Arbeit zu.

Das ist ein herber Rückschlag. Mein sechsundzwanzigjähriges Ich braucht einen Job. Und zwar dringend. Ich frage mich, ob Kieran mir die Chance versauen wird. Er ist auch ein Shipley, so wie Audrey.

»Können wir dich anrufen, sobald wir Gelegenheit hatten, alles abzuklären?«, fragt Zara. »Audrey und ich müssen uns zusammensetzen und überlegen, ob wir so weit sind, eine Vollzeitkraft einzustellen.«

»Natürlich!«, reiße ich mich aus meinen trüben Gedanken.

»Ihr habt ja meinen Lebenslauf mit den Referenzen. Meldet euch einfach, wenn ihr Fragen habt.«

Ich schüttele allen außer Kieran die Hand. Er ist zu sehr damit beschäftigt, eine Pfanne zu schrubben, als wollte er ihr eine Lektion erteilen.

Dann steige ich wieder ins Auto und setze meine Jobsuche fort.

Um sieben Uhr am selben Abend legt mein arbeitsloser Hintern schnell drei Meilen auf dem Laufband im Fitnessstudio zurück. Zara hat nicht angerufen und auch sonst niemand.

Ich habe den Nachmittag über versucht, Bewerbungen in Bäckereien und Restaurants der Gegend abzugeben. Ich war bei *Price Chopper* und auch im *Colebury Diner.* Nirgendwo brauchen sie einen Bäcker.

Das ist der Fluch der Kleinstadt – der Arbeitsmarkt ist klitzeklein.

Schätze, ich könnte nach Nashville zurückkehren. Mein Chef würde mich wieder einstellen. Aber die Stadt ist eigentlich nicht mein Zuhause. Sie war Brian Aimsleys Zuhause. Und da ich ihn nie wiedersehen will, bringe ich es nicht fertig, dorthin zurückzukehren.

Das Laufband sorgt dafür, dass ich ein gleichmäßiges Tempo beibehalte, und meine Füße knallen auf das Band, während ich versuche, eine neuerliche Welle der Angst und Wut rauszulaufen. In den vergangenen drei Jahren gehörte ich Brian mit ganzer Seele. Je mehr ich darüber nachdenke, desto schlechter fühle ich mich.

Unsere Freunde in Nashville waren eigentlich *seine* Freunde. Unser Sozialleben war nach seinem Terminkalender ausgerichtet. Er ist Musiker und geht regelmäßig auf Tournee, deshalb schob ich Überstunden, wenn er unterwegs war, und sorgte dafür, dass ich freihatte, wenn er zu Hause war.

Ich habe mich ihm total angepasst. Und von ihm kam so gut wie nichts.

Inzwischen bin ich schweißgebadet, also drücke ich die Stopptaste und werde langsamer. Als ich vom Laufband heruntergehe, stellt sich dieser Effekt ein, wenn es sich anfühlt, als würde sich der Boden unter einem immer noch bewegen. Taumelnd greife ich nach meinem Handy und schaue nach, ob ich neue Nachrichten habe, denn die Hoffnung stirbt zuletzt. Und – zack! Ich habe eine SMS von einer unbekannten Vermonter Nummer.

Roderick, kannst du morgen früh um sieben ins Busy Bean kommen? Wir haben es besprochen und wollen dich Probe arbeiten lassen. Falls es morgen nicht passt, lass uns wissen, wann du kommen kannst. – Zara

Krass. Ich hätte nicht gedacht, dass ich eine Chance kriege. Aber natürlich freue ich mich darüber. Morgen früh um sieben gebe ich mein Allerbestes in der Küche. Ich werde perfekte Bagels backen. Ich werde mit Pizzen und Gebäck bestechen. Ich werde den Boden schrubben, wenn sie es von mir verlangen. Und währenddessen werde ich sie wie irre mit meinem Charme bezirzen.

Und irgendwie werde ich mich mit Kieran Shipley anfreunden. Nicht dass das einfach werden dürfte. Hätte ich doch nur nicht gesagt: »Wer spannt denn da?« Das bezog sich nicht auf die Schulzeit – meine Wortwahl war bloß ein mieser Zufall. Das weiß er doch sicher, oder?

Alles, was ich über ihn weiß, ist, dass er megaheiß aussieht und früher gern dabei zugeguckt hat, wie ich einem Typen unter der Tribüne einen geblasen habe. Ich habe ihn schon beim ersten Mal bemerkt, und er kam immer wieder.

Vielleicht hat er sich noch nicht geoutet und denkt, ich würde das tun. Aber von mir hat Kieran nichts zu befürchten. Es sei denn, er hat Angst vor hervorragenden Bagels.

In dieser Nacht – nach einer weiteren Dusche im Fitnessstudio und einem Sandwich aus dem Supermarkt – parke ich meinen Wagen hinter einem Wollladen, der in einer Kurve liegt. Von den Nachbargrundstücken aus ist der Parkplatz nicht einsehbar, und auf dem Schild im Fenster steht, dass das Geschäft morgen um zehn aufmacht.

Trotzdem fühle ich mich nicht sicher. Erneut verbringe ich die Nacht damit, mich in der Erwartung auf dem Beifahrersitz zu wälzen, dass gleich irgendein Psycho mit der Axt meine Windschutzscheibe einschlägt und mich umbringt. Angsterfüllte Gedanken jagen mir in schwindelerregendem Tempo durch den Kopf.

Der Vorteil daran ist immerhin, dass ich keine Probleme habe, zur Arbeit zu erscheinen, bevor es hell wird. Ich kann es gar nicht erwarten, aus dem Auto zu kommen. Um sechs Uhr morgens putze ich mir die Zähne mit Wasser aus einer Flasche und bringe meine Haare mit einem nassen Kamm in Form. Gegen halb sieben rolle ich auf den Parkplatz des *Busy Bean*.

Ich bin dermaßen früh dran, dass ich gegen das Küchenfenster klopfen muss, um Audrey auf mich aufmerksam zu machen. Sie öffnet das Fenster mit einem: »Morgen, Sonnenschein. Ich habe noch keinen Kaffee aufgesetzt, aber das haben wir gleich.«

»Das kann ich gern übernehmen«, biete ich an, obwohl ich in den letzten Tagen wenig gegessen habe und mein Magen viel zu leer für Kaffee ist.

Pleite zu sein ist übel. Ich brauche ein Quäntchen Glück,

damit ich aufhören kann, mich wie ein obdachloser Loser zu fühlen.

»Schnapp dir eine davon«, sagt Audrey und zeigt dabei auf die sauberen Schürzen am Garderobenhaken. »Ich mache Biscotti.«

»Wie kann ich helfen?«

»Indem du die Mandeln schälst?« Sie wirft mir eine Packung zu.

»Geht klar.« Ich wasche mir die Hände und mache mich ans Werk.

Eine Weile arbeiten wir in einvernehmlichem Schweigen nebeneinander. Wir machen die Biscotti fertig und beginnen dann mit zwei Sorten Muffins – Mais und Birne-Ingwer. »Die Birnen kommen von der Obstplantage von Zaras Familie«, sagt sie. »Wir verwenden so oft wie möglich lokale Zutaten.«

»Gibt es Mehl aus der Region?«

Sie schüttelt den Kopf. »Nicht oft. Aber wir verwenden Butter und Milch aus der Region – und Obst natürlich. Die Familie meines Mannes hat eine große Apfelplantage, deshalb backe ich viele Obstkuchen.«

Als mein Magen lautstark rumort, lacht Audrey. »Da mag wohl jemand Apfelkuchen.«

»Und wie«, sage ich leichthin. Meine Geldnot ist nicht ihr Problem, und wenn ich mich beschwere, dass ich Hunger habe, macht mich das zu keinem besseren Jobanwärter. »Ich erinnere mich an die Obstplantage der Shipleys. Früher haben sie im Herbst immer Jugendliche als Aushilfen eingestellt. Und es gab Lagerfeuerpartys.«

»Die gibt es immer noch. In ein paar Wochen ist wieder eine. Inzwischen sind allerdings auch die jüngsten Shipleys raus aus der Schule.«

»Cool. Kann ich dich um einen Gefallen bitten? Ich muss meinen Sauerteigansatz füttern und hatte heute Morgen keine Zeit dazu. Kann ich mir eine Tasse Mehl dafür nehmen?«

»Na klar! Zeig mir, wie du das machst.«

»Super. Warte kurz.« Ich renne raus zum Auto, um das Einmachglas zu holen, lasse meinen verklebten Messbecher aber in der Küche liegen. Obwohl ich mich im Moment selbst nicht gut ernähren kann, habe ich meinen Sauerteigansatz jeden Morgen und Abend gefüttert. Ich habe dafür einen Zweieinhalb-Kilo-Sack billigstes Mehl aus dem Supermarkt, aber sterben lassen werde ich ihn auf keinen Fall.

»Na, dann zeig mal, wie du das machst«, sagt Audrey, als ich zurückkomme.

Ich stelle das Glas auf die Arbeitsfläche und schraube den Deckel ab. »Audrey, darf ich vorstellen – das ist William Butler Yeast.«

Sie schnaubt. »Du hast deinem Anstellgut einen Namen gegeben?«

»Das machen alle. Was haben sie dir in der Kochschule denn beigebracht?«

Sie beobachtet mich lächelnd dabei, wie ich zwei Drittel des zähen, von Blasen durchsetzten Teigs aus dem Glas hole. Ein Sauerteigansatz besteht nur aus drei Zutaten: Mehl, Wasser und den Millionen lebender natürlicher Hefezellen in der Mischung. Täglich muss man zwei Drittel der Masse entnehmen und durch frisches Mehl und Wasser ersetzen, damit die Hefen genug Nahrung haben.

»Musst du ihn nicht abwiegen?«, fragt Audrey. »Ich dachte, man muss dabei ziemlich genau vorgehen.«

»Sollte man auch«, gebe ich zu. »Aber ich habe William schon so lange in diesem Glas, dass ich die Menge inzwischen nach Augenmaß abschätzen kann.« Der entnommene Ansatz wandert in eine metallene Rührschüssel, die ich von einem Regal genommen habe. Dann gebe ich eine halbe Tasse Wasser und fast eine ganze Tasse Mehl in Williams Glas. Ich verrühre die klebrige Masse mit einem Holzlöffel und schraube den Deckel dann wieder auf.

»Das war der ganze Zauber?« Sie greift nach der Rührschüssel und schnuppert daran. »Ich rieche … Banane. Und einen Hauch Alkohol.«

»Genau, den Bananen-Ester rieche ich auch. Und Alkohol ist ein Nebenprodukt. Ich habe zwischen den letzten zwei Fütterungen zu viel Zeit verstreichen lassen.« So was passiert, wenn man in seinem Auto lebt. »Deshalb ist noch umso mehr Alkohol wahrnehmbar. William bekommt zweimal am Tag etwas zu essen, damit er auf Spitzenniveau bleibt.«

»Können wir hieraus etwas zubereiten?«, fragt sie.

»Na klar!« Genau das brauche ich jetzt – mit den Händen Teig kneten und dafür sorgen, dass es nach frischem Brot duftet. Wenn ich in einer warmen Küche stehe und backe, habe ich das Gefühl, dass die Welt in Ordnung ist. »Aber hast du Hefe da? Ein Brot, das allein durch den Sauerteig aufgeht, würde bis heute Abend dauern. Wenn ich einen reinen Sauerteig backe, fange ich immer schon am Vorabend damit an.«

»Bestimmt, mal sehen.« Audrey geht zum Kühlschrank und stöbert darin herum. »Ich habe die hier. Ich weiß nicht, ob du diese Marke verwendest.« Sie gibt mir eine Packung Hefe von Red Star.

»Perfekt. Lass uns Brezeln backen.« Ich öffne die Hefe und streue etwa einen Teelöffel davon über meinen Sauerteigansatz. »Wir brauchen bloß noch Mehl, Wasser und vielleicht einen Klecks Honig oder etwas Zucker.«

»Kein Problem«, sagt Audrey. »Zeig mir, was du zaubern kannst.«

Wenn ich zaubern könnte, wäre ich jetzt nicht pleite. Aber habe ich schon erwähnt, dass ich der geborene Verkäufer bin? »Mach dich auf was gefasst, du wirst staunen, Audrey. Wir werden heute richtig lecker frühstücken.« Ich tauche die Metallschaufel ins Mehl und mache mich an eine Ladung Brezeln.

7

Kieran

Ich schließe die Eingangstür des Cafés auf und gehe hinein. Drinnen duftet es bereits nach Kürbismuffins und Kaffee. Ich ziehe die Jacke aus und will gerade Hallo rufen, als eine Baritonstimme laut eine Zeile aus Lordes *Royals* singt.

Wie erstarrt bleibe ich stehen und lausche der nächsten Zeile und dem damit einhergehenden Fingerschnipsen.

»Du kannst das aber gut!«, höre ich Audrey kichernd sagen.

»Sing du den hohen Teil. Wir rocken das zusammen.«

Roderick. Er ist hier.

Als die zwei zusammen weitersingen, habe ich ein Déjà-vu. Denn ich stehe schon wieder wie angewurzelt da und belausche Roderick, als wäre ich eine Klette. Audrey hat recht. Er kann das echt gut. Seine Stimme ist wie ein Strom der Gefühle, der durch mich hindurchfließt und eine Gänsehaut hinterlässt.

Es ist sieben Uhr morgens, aber ich bin hellwach und frage mich, wie ich Seite an Seite neben diesem Typen arbeiten soll. Er ist wieder da. Und ich bin nicht bereit dafür.

Sie singen den ganzen verdammten Song, bevor ich mich wieder einkriege und meine Jacke aufhänge.

»Bist du das, Kieran?«, ruft Audrey.

»Ja«, krächze ich verlegen. »Morgen.«

»Ich habe überall Frischkäsetopping!«, ruft Audrey. »Möchtest du einen Kürbismuffin? Wobei, nur dass du's weißt, es gibt auch Bagels, und die schmecken sensationell.«

»Danke für den Tipp«, murmele ich, während mir bang ums Herz wird.

Wenn Roderick sensationelle Bagels gebacken hat, wird er wahrscheinlich bleiben. Das ist furchtbar. Es ist zwar nicht mein Lebensziel, ewig hier im *Busy Bean* zu arbeiten. Ich habe hier angefangen, um der Frau meines Cousins auszuhelfen und Geld für eine eigene Wohnung beiseitezulegen. Aber der Job ist angenehm, zumindest war er es. Und jetzt muss ich mit *ihm* zusammenarbeiten? Unmöglich.

Tatsache, zehn Minuten später kommt Roderick aus der Küche, um den morgendlichen Ansturm mit mir zusammen zu bewältigen. »Sag mir einfach Bescheid, wenn ich was falsch mache«, sagt er fröhlich. »Okay?«

Ich nicke ruckartig und vermeide Augenkontakt. Was denkt er wohl gerade? *Ach so. Jetzt ist es so weit, dass ich Kaffee mit dem Ekeltyp ausschenke, der mich früher dabei beobachtet hat, wie ich anderen Typen unter der Tribüne einen geblasen habe.*

Ich möchte tot umfallen. Am liebsten jetzt gleich.

Leider vergehen die nächsten Stunden im Schneckentempo. Normalerweise bin ich ein absolut fähiger Barista – schnell, bloß schlecht in Small Talk.

Heute habe ich zwei linke Hände. Immer wenn Roderick dicht neben mir steht, komme ich aus dem Konzept. Er riecht nach Backwaren und Zitrone. Manchmal summt er irgendeine Melodie vor sich hin, und die Töne hüpfen wie Flummis in meiner Brust umher.

Jedes Mal, wenn ich mich dabei ertappe, dass ich ihm zu viel Aufmerksamkeit schenke, werde ich ein noch schlimmeres

Nervenbündel. Jede Bestellung dauert doppelt so lange wie vorgesehen.

Trotzdem kriege ich alles irgendwie hin, bis Roderick vorschlägt, dass wir fließbandmäßig arbeiten, damit die Schlange kürzer wird. »Willst du lieber an der Kasse stehen oder die Bestellungen erledigen?«

»Bestellungen erledigen«, brumme ich. Denn ich kann besser mit Kaffee als mit Menschen.

Einerseits ist diese neue Aufteilung eine Erleichterung, weil Roderick jetzt nicht in meine direkte Nähe kommt. Ich muss nicht mehr so arg aufpassen, dass ich nicht mit ihm zusammenstoße. Doch jetzt habe ich ein anderes Problem. Roderick kritzelt die Bestellungen auf die Becher, und er hat eine fürchterliche Handschrift. Somit – und das ist für einen introvertierten Menschen ein Albtraum – muss ich ständig bei ihm nachfragen.

»Dunkle Sonne? Dunkler Soul?«, rate ich, während ich mit zusammengekniffenen Augen auf einen Becher schiele.

»Dunkle Röstung und ein Scone«, sagt Roderick und zuckt dabei zusammen. »Entschuldige. Ich werde deutlicher schreiben.«

Natürlich steht da *Scone*. Mein Gesicht läuft rot an, während ich mich in die Vitrine beuge. Bei den nächsten Bechern schreibt er ordentlicher. Aber dann fällt der Strickclub der pensionierten Lehrerinnen ins *Busy Bean* ein, und es bildet sich wieder eine lange Schlange.

»Kommt ihr hier klar, Jungs?«, fragt Audrey, als sie ein Blech frischer Muffins in die Vitrine stellt.

»Sicher doch«, sagt Roderick mit einem kurzen Lächeln, obwohl Panik in seinen blauen Augen steht.

Ein volles Café bringt mich nicht aus der Fassung, solange ich mit niemandem Small Talk zu halten brauche. Vielleicht frage ich deshalb nicht bei ihm nach, was die nächsten Kritzeleien auf den Bechern bedeuten sollen. Stattdessen fange ich an zu raten. Es läuft gut, bis ich eine Bestellung bearbeite, die »FT und BFK« lautet, und daraufhin eine Tasse Frühstücksmischung und einen Butter-Frühlingszwiebel-Knoten serviere.

Doch kurz darauf steht Mrs DeAngelo, meine Lehrerin aus der dritten Klasse, vor mir und schreit mich an. »Kaffee? Ich wollte einen Früchtetee. Und dieser Knoten sieht zwar gut aus, aber ich hatte einen Bagel mit Frischkäse bestellt.« Natürlich schaut Audrey genau in dem Moment fragend aus der Küche.

»Entschuldigen Sie, Mrs DeAngelo«, stammele ich. »Lassen Sie mich das austauschen.« Ich nehme ihr den Kaffee ab und suche die Teebeutel.

»Oh, Shit. Sorry«, sagt Roderick. »Sorry. Mir war nicht klar, dass meine Abkürzungen so missverständlich sind.«

»Schon okay«, murmele ich. Alle starren mich an, was das Unangenehmste überhaupt für mich ist.

»Du hättest doch fragen können«, sagt Roderick leise und greift nach einem Bagel, während ich Mrs DeAngelos Tee zubereite.

Ja, hätte ich. Aber mit dir zu reden ist, als müsste ich über glühende Kohlen laufen.

»Jammerschade, dass du immer noch so unkonzentriert bist«, sagt Mrs DeAngelo laut genug für alle Welt. »Hast im Unterricht immer herumgekritzelt, statt aufzupassen.«

Anstelle von mir zuckt Roderick zusammen und schmiert hastig Frischkäse auf den Bagel für die alte Schreckschraube. Dann sind wir sie endlich los.

»Entschuldige meine schreckliche Handschrift«, flüstert Roderick. »Wenn meine Lehrerin hier auftauchen würde, hätte sie so einiges darüber zu sagen.«

Ich grunze nur zur Antwort und frage mich, wie es erst zehn Uhr morgens sein kann. Noch vier weitere Stunden? Ich glaube, das halte ich nicht durch. Mrs DeAngelo hat jedenfalls recht. Ich kann mich heute Morgen ums Verrecken nicht konzentrieren. Roderick wischt die Theke ab und summt dabei vor sich hin. Der tiefe Klang geht mir geradewegs unter die Haut und hallt durch mein Inneres.

Ich gucke zur Uhr. Es ist erst eine Minute vergangen, seit ich das letzte Mal draufgeschaut habe, und ich stoße einen Seufzer aus.

8

Roderick

Im Lauf des Tages überzeuge ich Audrey von mir, indem ich die Gäste zufriedenstelle. Und als Zara mittags hereinkommt, überzeuge ich sie mit meinem Backerfolg. »Wir mussten dir einen Bagel und eine Brezel beiseitestellen, damit du was zum Probieren hast, der Rest ist nämlich schon ausverkauft«, berichte ich ihr.

»Eine Frau hat ein Dutzend Brezeln fürs Büro mitgenommen, nachdem sie eine probiert hatte«, zwitschert Audrey. »Sie meinte, es wäre nicht richtig, die für sich zu behalten.«

Aber wen ich nicht von mir überzeugen kann, ist Kieran Shipley. Er meidet den Blickkontakt mit mir, obwohl ich supernett zu ihm bin.

Das nehme ich natürlich nicht persönlich. Er scheint sich Sorgen wegen unserer Begegnung in der Schule zu machen. Vielleicht denkt er, ich werde seiner Familie erzählen, dass …

Okay, ich habe keinen blassen Schimmer, wovor er Sorge hat, dass ich es erzählen könnte. Offensichtlich erinnert er sich an mich, und zwar auf keine gute Weise. Allerdings weiß ich nicht, ob seine unterkühlte Art daher kommt, dass er sich schämt, oder ob er ein Idiot ist. Wie dem auch sei, der Quatsch, der zu Schulzeiten passiert ist, ist mir scheißegal.

Wenn ich ihn mal kurz allein erwischen würde, könnten wir aber vielleicht darüber sprechen. Die ganze Sache klären.

Doch Kieran macht Feierabend, bevor ich eine Gelegenheit dazu bekomme. Und dann bittet Audrey mich, morgen früh wiederzukommen und das Café zusammen mit Zara aufzumachen. »Wir möchten beide die Gelegenheit haben, dich kennenzulernen«, sagt sie.

»Super!«, erwidere ich mit einem breiten Lächeln. »Hört sich prima an.«

In dieser Nacht schlafe ich beschissen in meinem Auto. Man möchte meinen, einen Job schon halb in der Tasche zu haben, würde mich beruhigen, aber stattdessen liege ich im kalten Wagen und gehe alle Möglichkeiten durch, wie ich es trotzdem noch vermasseln könnte.

Falls sie meine Bonität prüfen, wird die Bank dann die Auskunft geben, dass alle meine Kreditkarten vor Kurzem gesperrt wurden? Laufen Bonitätsprüfungen so?

Meine größere Angst ist, dass sie Kieran nach seiner Meinung fragen, ob sie mich einstellen sollen, und er es ihnen ausredet. Kieran ist jemand, der mehr zuhört, als dass er selbst redet. Er kann meine Verzweiflung wahrscheinlich riechen.

Außerdem gehört er zur Familie. Audrey ist mit Kierans Cousin verheiratet. »Sie sind eine große Familie, die fest zusammenhält«, hat sie erzählt, als wir uns unterhielten.

Ich bin dem Untergang geweiht. Und dem Untergang geweihte Menschen schlafen schlecht.

Folglich bin ich am nächsten Morgen übernächtigt, als ich mich bei Zara zum Dienst melde. Die Bagels und Brezeln gelingen super, aber hinter dem Tresen bin ich zu lahm. Obendrein brauche ich dringend Kaloriennachschub, möchte aber keine Pause machen.

Als Kieran nach dem morgendlichen Ansturm zur Arbeit erscheint, verkündet Zara, dass sie eine Pause macht, um nach ihrer Tochter zu sehen. »Kannst du noch ein Blech Muffins und Cookies für heute Nachmittag backen?«

»Na klar!«, sage ich fröhlich und gebe erleichtert den Tresendienst auf.

Ich kann beinahe spüren, wie Kieran die Augen verdreht. Er kauft mir meine Masche nicht ab. Er stellt sich hinter den Tresen, während ich in die Küche gehe – wir ziehen uns in unsere Ecken zurück wie Boxer zwischen den einzelnen Runden. Ich schiebe die Muffins in den Ofen und warte.

Ich habe einen schönen Traum. Einen wunderbaren.

Ich stehe in einer glänzenden Restaurantküche und koche ein Gericht für den Schauspieler Henry Cavill. Und er *flirtet* mit mir. Allerdings kann ich nicht sagen, ob er ernsthaft mit mir flirtet oder bloß nett ist. Als ich einen Teller vor ihm hinstelle, überlege ich, ob ich ihm meine Telefonnummer zuschieben soll oder nicht.

»Du bist echt süß«, sagt er. »Zu schade, dass wir uns schon zu Highschool-Zeiten kannten. Das macht alles kaputt.«

»Warum?«, frage ich den Traum-Cavill. Aber er kann mir keine Antwort geben, weil die Eieruhr laut zu schrillen anfängt. Ich sehe mich um, finde sie aber nicht.

Nachdem es einige Sekunden lang permanent geklingelt hat, schrecke ich aus dem Schlaf hoch und begreife, dass das nervige Geräusch nicht Teil des Traums ist, sondern echt. Mit einem Keuchen reiße ich den Kopf von den Armen hoch und stehe so schnell von meinem Hocker auf, dass ich ins Schwanken gerate.

Ich taumele zum Backofen und sehe nach den Kürbismuffins. Sie brauchen noch zwei Minuten, also mache ich die Backofentür wieder zu und schüttele meinen benebelten Kopf. Schließlich stelle ich den höllischen Lärm der Eieruhr ab. Ich bemerke, wie Kieran mich von der Tür aus stirnrunzelnd beobachtet. Er ist der einzige Zeuge dieser miesen Vorstellung.

Mir wurde der Job noch nicht mal angeboten, und ich bin schon auf der Arbeit eingeschlafen. Das ist nicht gut.

»Entschuldigung«, versuche ich zu sagen, doch es kommt als Krächzen heraus. Ich räuspere mich und versuche es noch mal. »Ich war nur …« Der Satz bleibt offen, denn ich habe keine Entschuldigung hierfür. Die Nächte in meinem Auto machen mich fertig. Ich sehe heute Morgen aus wie der wandelnde Tod und bin inzwischen so weit, dass ich in die REM-Schlafphase abdrifte, während die Muffins im Ofen backen. Das ist unprofessionell, und ich hoffe sehr, dass Kieran es Zara und Audrey gegenüber nicht erwähnt.

Wird er aber wahrscheinlich.

Kieran verschwindet wortlos, was mir wohl nur recht sein kann. Zara wird jeden Augenblick zurückkommen. Ich hole die Muffins aus dem Ofen und stelle sie auf ein Kuchengitter. Dann rühre ich den Teig für eine Ladung Hafer-Rosinen-Cookies an.

Als ich zehn Minuten später die Teigkugeln aufs Blech lege, kommt Kieran in die Küche. Er stellt eine dampfende Tasse Kaffee neben mir auf den Arbeitstisch und verschwindet, ehe ich etwas sagen kann.

Wenn man bedenkt, dass Kieran mich hasst, ist das eine ziemlich hilfsbereite Geste. Was ich auch Nettes zu ihm sage, es kommt irgendwie falsch an, und als wir gestern zusammen hinter dem Tresen gearbeitet haben, schien es, als könnte ich es nicht abstellen, ständig gegen ihn zu laufen. Vielleicht ist er einfach bloß schusselig, aber wahrscheinlich war ich daran schuld. Und auch wenn er mir den Kaffee vermutlich nur gebracht hat, damit ich nicht aus Versehen den ganzen Laden abfackele, sollte ich mich trotzdem bei ihm bedanken.

Die Gelegenheit dazu bekomme ich erst am Nachmittag. Zara zieht sich in das kleine Büro zurück, um Bestellungen aufzugeben. Im Café herrscht eine seltene Flaute, die einzigen Gäste sitzen mit ihren Mänteln draußen auf der Terrasse in der schwachen Oktobersonne.

»Kann ich mal kurz mit dir reden?«, frage ich Kieran.

»Warum?« Er legt die Stirn in Falten. Der Typ *will nicht* reden.

Doch darüber gehe ich hinweg. »Dachte bloß, ich stelle mich mal richtig bei dir vor. Ich hoffe nämlich, wir werden Kollegen.«

»Freut mich«, sagt er zähneknirschend.

»Ja, ich merke, wie begeistert du bist.« Ich lache in mich hinein. »Pass auf, wir waren offensichtlich auf derselben Highschool – «

»Das ist ewig her. Ich erinnere mich gar nicht«, würgt er mich mit wenigen kurzen Worten ab. Dann schluckt er angestrengt, was sein Unbehagen verrät.

Und da werde ich sauer. Können wir meine Dummheiten aus Teenagerzeiten denn echt nicht hinter uns lassen?

»Gut, okay«, sage ich gedehnt. Ich verschränke die Arme vor der Brust, um ihm zu zeigen, dass sein schroffer Tonfall mir keine Angst macht. Auch wenn ich den Kopf heben muss, um ihm in die Augen zu sehen. Er übertrifft mich um gute zehn Zentimeter plus einen gestählten Bizeps, den ich nur bewundern kann. Zu schade, dass Kieran Shipley nichts mit mir zu tun haben will, der Mann ist nämlich genauso heiß, wie er mürrisch ist.

Und jetzt glotze ich ihn an.

»Dann muss ich dich wohl mit jemand anderem verwechseln«, sage ich so langsam, dass es wie eine Provokation klingt. »Jammerschade. Damals vor Ewigkeiten habe ich nämlich echt gern für diesen Kerl eine Show abgezogen. Wer er auch war. Und ich bin ziemlich sicher, dass er es auch gut fand.«

Und dann – denn Selbstschutz war noch nie meine Stärke – zwinkere ich ihm schmierig zu, mache auf dem Absatz kehrt und verschwinde in der Küche. Aber nicht, ohne noch einen Blick auf sein rot anlaufendes Gesicht zu erhaschen.

Ich habe ihn bloß wütend gemacht. Na toll. Ich will wohl gar kein anständiges Essen kaufen und in einem richtigen Bett schlafen.

Gut gemacht, Roddy. Du versaust dir schon wieder alles.

Aber wenn Kieran Shipley nicht mit mir klarkommt, dann sollte das mit diesem Job vielleicht von vornherein nichts werden.

9

Kieran

Längste. Woche. Aller. Zeiten.

Jedes Mal, wenn ich mich umdrehe, steht Roderick da. Ich befinde mich in der Hölle und benehme mich wie ein dämlicher Teenager. Und komme mir auch vor wie einer. Aber ich kann mich mit Roderick nicht locker über die Highschool unterhalten. Nicht wenn Gäste oder Zara in Hörweite sind. Das wäre, als würde ich mein Innerstes nach außen kehren.

Er ist Mr Charming mit seinem lässigen Lächeln. *Hey, wegen der Highschool …* Als wäre das ein beiläufiges Gespräch.

Ich bin deswegen total verkrampft. Und jedes Mal, wenn ich einen Blick auf sein Lächeln erhasche, stelle ich mir vor, wie er seinen Mund noch ganz anders einsetzt. Er weiß etwas über mich, was niemand sonst ahnt – ich habe ihm zugesehen, weil es mir *gefiel*. Er weiß etwas über mich, was ich noch keiner Menschenseele gestanden habe.

Mich selbst eingeschlossen.

Als Zara mit dem Telefonieren fertig ist, werde ich erlöst. »Du kannst Feierabend machen, Roddy«, sagt sie.

Er hat schon einen Spitznamen? Das verheißt nichts Gutes.

»Audrey und ich werden besprechen, für wie viele Stunden wir Verstärkung brauchen. Und wir melden uns dann. Hier, für die zwei Probetage bezahle ich dich in bar.«

Dass er bar bezahlt wird, ist gut, oder? Das bedeutet, noch

steht er nicht fest auf der Gehaltsliste. Vielleicht stellen sie ihn gar nicht ein. Vielleicht brauche ich mich nicht jedes Mal ausgeliefert zu fühlen, wenn ich einen Fuß in den Laden setze.

Meine Erleichterung hält nicht lange an. Kurze Zeit später kommt Audrey hereingeschwirrt, und die beiden gehen in die Küche, um sich zu besprechen, während ich die Nachmittagsgäste bediene.

Als ich die Verkaufstheke sauber mache, bekomme ich mit, was sie sagen.

»Also … Wer sagt es Kieran?«, meint Zara. »Ich überlasse das gern dir.«

Mir rutscht das Herz in die Hose, als Audrey erwidert: »Sag du's ihm. Ich beobachte es.«

»Mir was sagen?«, frage ich, während ich den Kopf in die Küche stecke.

Sie schrecken beide zusammen. »Ähm …« Audrey lächelt.

»Wir haben Roderick eingestellt«, sagt Zara.

»Was?« Es sollte mich nicht überraschen, doch ich fühle mich trotzdem elend. »Er kann doch unmöglich die beste Wahl sein.« Nie im Leben schaffe ich es, jeden Tag in dieses Gesicht zu gucken, ohne daran zu denken, wie ich als Teenager wiederholt schamlos in seine Privatsphäre eingedrungen bin. Und warum.

Audrey und Zara wechseln einen Blick.

»Ach, Kumpel«, sagt Audrey langsam. »Wieso magst du ihn denn nicht?«

»Er ist ein Arsch«, antworte ich prompt. Und dann überkommt mich aufs Neue ein erdrückendes Gefühl der Scham. Denn was ich eigentlich sagen wollte, ist: *Ich habe seinen Arsch gesehen. Und er hat mir gefallen.*

»Aber warum? Woher kennst du ihn denn?«

Shit.

»Von der Highschool, stimmt's?«, schlägt Zara vor.

»Ja«, brumme ich.

»Also …« Audrey hält mir einen Teller mit Muffins hin, von dem sie beide genascht haben. Doch ich schüttele den Kopf. »Ist er *immer noch* ein Arsch? Ich meine, ich will kein Arschloch einstellen. Aber ist er heute tatsächlich noch eins oder hat er die Phase vielleicht hinter sich gelassen?«

Ich knirsche mit den Zähnen. »Weiß nich. Ich muss noch die Geräte putzen und dann dringend los.«

Das ist feige von mir, aber ich brauche Zeit, um diese neue Entwicklung zu verarbeiten. Der einzige Mensch, der je ansatzweise eine Ahnung davon bekommen hat, was ich verheimliche, ist in mein Leben eingedrungen. Er kann nichts dafür, aber ich will ihn nicht hierhaben.

Ich beende meine Schicht. Als ich in meinen Pick-up steige und nach Burlington zu meinem zweiten Job fahre, bin ich angespannt wie noch nie. *Er ist ein Arsch*, habe ich Audrey und Zara erzählt. Dabei kenne ich den Mann gar nicht. Außerdem brauchen Zara und Audrey einen neuen Mitarbeiter.

Ich habe ihn grundlos niedergemacht. Brennende Scham macht sich in mir breit. Ich habe schlecht über jemanden geredet, den ich gar nicht kenne, bloß weil ich mich der Situation nicht stellen will. So einer bin ich nicht – oder? Außerdem ahne ich, dass Roderick den Job dringend braucht. Wenn das der Fall ist, dann habe ich etwas unfassbar Fieses getan.

Ich parke hinter der Werbeagentur, gehe hinein und steuere geradewegs meinen Schreibtisch an, bevor ich auch nur dem Inhaber Mr Pratt Guten Tag gesagt habe. Ich setze mich auf meinen schicken ergonomischen Bürostuhl und wähle die Handynummer der Frau meines Cousins.

»Hallo!«, meldet sich Audrey. »Alles okay bei dir?« Es ist ungewöhnlich, dass ich nach Feierabend noch anrufe.

»Ja«, sage ich zögerlich. »Pass auf. Wegen dem, was ich vorhin gesagt habe …«

»Du meinst über Roderick?«

»Genau.« Mein Gott, ich mag nicht mal seinen Namen laut aussprechen. »Es ging nur um eine dumme Sache in der Schule. Nichts, weswegen ihr euch Sorgen machen müsstet.«

Sie schweigt kurz. »Bist du sicher? Ich vertraue auf deine Meinung.«

»Ich bin sicher.« Meine Stimme kratzt. »Es war nichts weiter. Bloß Highschool-Mist. Eine uralte Geschichte. Ich meine, die Teenagerversion von *mir* würde ich genauso wenig einstellen wollen.«

»Ach, ich schon«, sagt Audrey leichthin. »Manchmal bist du vielleicht ein bisschen zu ernst, aber auf dich kann man sich verlassen. Jede Wette, dass du schon immer so warst. Von Geburt an.« Sie lacht.

»Äh, danke …« Sie hat recht. Ich *bin* zu ernst. Das sagen mir die Leute ständig. Nur weiß ich nicht, wie ich das ändern soll.

»Danke, dass du es mir erklärt hast«, sagt Audrey. »Jetzt ist mir wohler, was ihn angeht.«

»Ja …« Ich seufze. »Vergiss, dass ich überhaupt etwas gesagt habe.«

»Okay. Sehen wir uns beim Donnerstagsdinner?«

»Ich glaube nicht«, gestehe ich. »Mein Dad wird an dem Tag operiert.«

»Oh! Stimmt ja. Sag Bescheid, falls ich den Schichtplan ändern soll.«

»Nein, das passt alles. Er wird das schon packen.« Es gibt wirklich keinen Grund, warum sie sich wegen des alten Griesgrams stressen sollte. Es machen sich schon genug Menschen Sorgen um ihn. »Dann sehen wir uns morgen?«

»Klar! Mach's gut!«

Als ich auflege, fühle ich mich ein bisschen besser.

Bloß ein bisschen.

Mr Pratt kommt herübergeschlendert. »Einen wunderschönen guten Morgen Ihnen!«

»Ebenso.« Das ist unser kleiner Insiderwitz. Er lässt mich ab vierzehn oder fünfzehn Uhr so lange arbeiten, bis ich mit allem fertig bin, was meistens irgendwann zwischen achtzehn und einundzwanzig Uhr der Fall ist.

Es ist eine komische Vereinbarung, doch Pratt braucht mich. Er ist kein Zeichner. Sein Talent sind griffige Werbetexte. Früher hatte er einen Geschäftspartner, der das Grafikdesign gemacht hat, aber der Mann ist inzwischen im Ruhestand in Florida.

Heutzutage arbeitet Mr Pratts fauler Sohn Deacon hier. Und mich lässt er von nachmittags bis abends kommen, um die Illustrationen zu erstellen, die Deacon nicht schafft, und um den Mist auszubügeln, den dieser verzapft.

Es ist nicht optimal. Aber das Gehalt ist nicht schlecht, die Arbeitszeiten sind flexibel, und ich werde fürs Gestalten bezahlt. Meistens mache ich abends eigenständig meine Arbeit und schicke Mr Pratt die Photoshop-Dateien, damit er sie sich am nächsten Morgen anschauen kann.

»Also, mir gefällt, was Sie mit den Schallplatten gemacht haben.« Pratt hält einen Ausdruck meiner Arbeit von gestern Abend hoch. »In Variante drei ist der Text sehr clever platziert.«

»Danke.« Ich erstelle immer mehrere Versionen von jedem Entwurf, das geht digital ganz leicht.

»Von Variante eins bin ich allerdings gar nicht begeistert.« Er hält einen weiteren Ausdruck hoch. Der Entwurf sieht furchtbar aus, weil jemand mein Lettering verpfuscht hat. Und mit »jemand« meine ich Deacon Pratt.

»Ja«, sage ich langsam. »Der Schriftzug sollte eigentlich anthrazitgrau sein. Und die Typo ist viel zu retro für diese Marke, finde ich. Die hatte ich gar nicht verwendet.«

Er runzelt die Stirn. »Ändern Sie das bitte wieder um, ja?«

»Klar«, sage ich und verkneife mir ein Seufzen. »Was haben Sie sonst noch für mich?«

»Einige Ideen für das neue Logo der *Winooski River Bank*. Lassen Sie mich die kurz holen.« Während er zu seinem Schreibtisch zurückgeht, starte ich Photoshop auf dem Computer.

Trotz der Vater-Sohn-Konstellation der Pratts liebe ich diesen Job. Ich habe Onlinekurse in Grafikdesign belegt und möchte es nächstes Jahr richtig an der Burlington University studieren. Wenn ich eines Tages mit Grafikdesign allein mein Geld verdienen könnte, wäre das toll. Meine Familie weiß allerdings nichts davon. Sie denken, ich würde Anzeigen verkaufen, und ich habe mir nicht die Mühe gemacht, sie aufzuklären.

Dass ich ein Geheimnis aus meiner Arbeit mache, ist nicht normal. Das ist mir klar. Aber ich habe mir schon als Jugendlicher angewöhnt, Dinge für mich zu behalten, und wusste nie, wie ich damit aufhören soll. Außerdem sehe ich keinen Sinn darin, allen zu erzählen, was mir am Herzen liegt. Ich will ihre Meinung dazu gar nicht hören.

Wer hat denn schon Zeit für so was?

»Mal sehen.« Mr Pratt blättert sein Notizbuch durch. »Deren altes Logo war rund, sehen Sie?« Er hält eine Seite mit einem bekannten Bild darauf hoch. »Ich hätte gern, dass Sie die Paddel und das Kanu aus dem alten Logo beibehalten. Aber ich finde, es müsste irgendwie knalliger sein. Plakativer.«

Ich betrachte das alte Logo einen Moment. »Ich bin froh, dass sie es überarbeiten lassen. Bei einem gezeichneten Logo denke ich nicht gerade *Bank.* Aber bei einem Kanu eigentlich auch nicht …«

Das ist eine knifflige Designaufgabe. Solche sind mir am liebsten.

»Was meinen Sie, was wir probieren sollten?«

Er sagt *wir*, aber er meint mich. »Lassen Sie mich ein bisschen mit der Form des Boots und der Paddel herumspielen, mal sehen, was ich machen kann. Ich denke, wenn wir Wellen daruntersetzen – wie bei Stromschnellen –, könnte es frischer wirken.«

»Gut, gut!«, sagt er und gibt mir die Seite. »Probieren Sie das.«

Und ich mache mich an die Arbeit.

Vier Stunden später schließe ich das Büro ab und wanke zu meinem Auto. Zwei Jobs gleichzeitig sind kein Zuckerschlecken, tun meinem Bankkonto aber sehr gut. Wenigstens habe ich Kyle gesagt, dass er heute alles auf der Farm zu erledigen hat. Ohne Ausnahmen.

Die Heimfahrt ist lang. Unterwegs halte ich in Colebury, um mir einen Burrito zu holen, den ich dann verschlinge. Es ist schon dunkel, als ich die zweispurige Landstraße nach Hardwick erreiche. Alle Läden haben zu, und es herrscht kein Verkehr, aber ich fahre trotzdem langsam, weil die Polizei auf dieser Strecke gern Blitzer aufstellt.

Deshalb sehe ich zufällig den blauen VW hinter einem Hundewaschsalon stehen. Ich bemerke ihn wegen des blau leuchtenden Handydisplays von jemandem auf dem Beifahrersitz.

Roderick. Was macht er denn dadrin?

Ich gucke weg, denn ich kann es mir nicht erlauben, an blaue VWs und die Leute, die sie fahren, zu denken.

10

Roderick

Ich habe die Stelle! Und auch noch Vollzeit.

Aber noch ist es zu früh zum Feiern, denn ich liege total unbequem zusammengekauert auf dem Rücksitz meines Wagens. Ungefähr sieben Sekunden, nachdem ich mich hingelegt hatte, ist meine Hüfte eingeschlafen. Inzwischen ist sie schon taub, und als Nächstes setzt garantiert das Kribbeln ein.

Ich werde versuchen, ein, zwei Stunden zu schlafen, bevor ich aufgebe und mich auf den Beifahrersitz setze. Der Platz wird auf ganz andere, interessante Art unbequem sein: Mir werden die Füße einschlafen, und mein Hintern wird taub werden.

Aber alles wird gut, denn Audrey und Zara haben mich eingestellt, und ich bekomme genug Lohn, um über die Runden zu kommen. Zara hat mich für die beiden Probetage bar bezahlt, das heißt, ich kann mir weiter etwas zu essen kaufen, bis das erste Gehalt kommt. Fürs Fitnessstudio werde ich auch zahlen müssen. Meine Probemitgliedschaft geht nur noch drei Tage. Dank der heißen Duschen, des kostenlosen Shampoos und der frischen Handtücher bin ich dort schnell der beste Kunde geworden.

Heute Nacht ist es kalt im Auto. Ich habe mich mit einem Schlafsack von meinem Ex zugedeckt. Der ist das Einzige von ihm, was ich habe mitgehen lassen. Brian hat gern gezeltet, und ich bin mitgefahren, weil ich Brian gern glücklich machen wollte. Aber nach meiner Zeit als Obdachloser mit achtzehn wird es mir nie wieder Spaß machen, unter freiem Himmel zu schlafen.

Morgen Nacht sollen die Temperaturen unter den Gefrierpunkt sinken. Es ist unklar, wie lange es dauern wird, bis ich eine Bleibe finde. Die meisten Unternehmen bezahlen ihre Mitarbeiter wöchentlich. Das bedeutet, der erste Gehaltsscheck kommt frühestens nächstens Freitag. Und dann werde ich immer noch nicht genug Geld haben, um mir eine Wohnung zu mieten.

Ich muss sehen, ob jemand einen Mitbewohner sucht. Ich habe schon auf eBay Kleinanzeigen geschaut, aber da waren kaum Angebote. Die günstigsten Mietwohnungen, die ich online gefunden habe, fingen bei achthundert Dollar an. Theoretisch könnte ich mir das leisten, nur weiß ich nicht, ob ich eine Bonitätsprüfung des Vermieters bestehen würde. Bevor ich bei Brian eingezogen bin, hatte ich einige harte Jahre. Außerdem verlangen die Vermieter manchmal zwei Mieten im Voraus plus eine Kaution. Unter diesen Voraussetzungen werde ich noch wochenlang im Auto schlafen.

Also brauche ich ein Zimmer irgendwo, wo kein großer Wert auf Formalitäten gelegt wird. Vielleicht in einer Studenten-WG. Ich wäre ein guter Mitbewohner. *Sauberkeitsfanatiker, der euch einmal die Woche an seinem freien Tag Sauerteigwaffeln macht. Stockschwul. Leise, weil er keine Freunde hat.*

Über all das mache ich mir Gedanken, während mich in der Gefrierschrankkälte meines kleinen Käfers allmählich der Schlaf überkommt.

Die nächsten Tage sind anstrengend, aber wunderbar.

Zunächst lassen Zara und Audrey ihren Schichtplan unverändert, eine von beiden ist immer da, wenn ich um sechs erscheine, um ihnen mit den ersten Erledigungen des Tages zu helfen.

Vom Schlafen im Auto tun mir die Knochen weh, aber nach einigen Stunden in der Küche geht es mir stets besser. Meine neuen Chefinnen lassen gern Musik laufen, während wir Muffins backen und Kaffee aufsetzen. Der Duft von frischem Gebäck ist für mich wie Therapie. Und da Zara und Audrey mir freie Hand lassen, meine eigenen Rezepte auszuprobieren, stecke ich mindestens einmal jeden Morgen bis zu den Ellbogen in Brotteig.

Drücken und rollen. Drücken und rollen. Teigkneten hat mich schon immer geerdet. Solange ich backen kann, ist die Welt in Ordnung. Der Hefegeruch des Teigs beruhigt mich.

Unterdessen mache ich es mir zur Aufgabe, alles über das Café zu lernen, was nur geht. Ich bekomme an der Espressomaschine den Dreh raus und merke mir, wann sämtliche Lieferungen kommen. Das Kassensystem ist nicht allzu kompliziert.

»Ich kriege das hin«, sage ich am Mittwoch zu Audrey. »Du kannst mich morgen früh den Laden aufschließen lassen, wenn du mal ausschlafen möchtest.«

Sie lächelt bis über beide Ohren. »Wir sind *begeistert* von der Vorstellung, glaub mir. Aber Kierans Dad wurde frisch operiert, deshalb kann Kieran ein paar Tage nicht kommen. Wenn das vorbei ist, lassen Zara und ich dich morgens aufsperren, versprochen. Wir können es gar nicht erwarten.«

»Super«, sage ich.

»Hör zu, wegen Kieran …«

Ich stelle die Musik leiser – heute Morgen rocken wir zu einem alten Album der Violent Femmes – und warte darauf, dass Audrey fortfährt. Um ehrlich zu sein, bin ich extrem neugierig auf Kieran. Er zieht diese »starker, aber schweigsamer Typ«-Nummer voll durch. Diese braunen Augen. Diese muskulösen Schultern. Wenn ich ihn in einer Schwulenbar entdecken würde, wäre ich hin und weg.

»Er ist ziemlich still«, beginnt Audrey.

»Was du nicht sagst.«

Audrey lacht. »So ist er einfach. Ich meine – er ist ein superlieber Kerl. Er macht alles für seine Familie. Aber charmant ist er nicht. Zara und ich lassen ihn nicht gern lange allein mit den Gästen. Er ist nicht unhöflich oder so, er hat bloß ein Grantlitz.«

»Ein … grantig wirkendes Antlitz?«

»Genau!« Audrey kichert. »Was ich damit sagen will: Nimm es nicht persönlich. Manchmal denken die Leute, Kieran würde sie nicht mögen. Aber das stimmt nicht.«

»Verstehe«, sage ich. Aber in Wirklichkeit denke ich: *Ach, Süße, du hast ja keine Ahnung, wie sehr er sich wünscht, ich würde abhauen.* »Wird sein Dad denn wieder?«

»Ja«, erwidert Audrey, während sie mir einen Sack Kaffeebohnen reicht, die ich in die Mühle schütte. »Er hatte eine Rücken-OP. Das hört sich furchtbar an, aber von so etwas stirbt man nicht.«

Ich schweige in der Hoffnung, dass sie dann weiter über Kieran redet. Meine Neugierde ist unendlich. Zu welchem anderen Job eilt er jeden Nachmittag? Ist er Single? Datet er Männer? Frauen? Beides?

Aber Audrey geht nicht weiter ins Detail. »Ich gehe das Schild umdrehen, ja?«

»Leg los.«

Sie schließt die Eingangstür auf, dreht das Schild von »GESCHLOSSEN« zu »GEÖFFNET« und hängt draußen die Geöffnet-Fahne hin.

Ich hoffe, dass eine Flut von Gästen kommt und wir jeden einzelnen Zwiebel-Bialys verkaufen, der den Ofen verlässt. Das *Busy Bean* muss das einträglichste Café der Welt werden.

Und ich brauche den Gehaltsscheck.

Nach einigen Tagen taucht Kieran wieder auf. Er steht wortkarg hinter dem Tresen und bedient die Gäste prompt, aber stumm. Mir hat er auch nicht viel zu sagen, doch ich bin deswegen nicht beleidigt.

»Bist du sicher, dass dir sechs Arbeitstage die Woche nicht zu viel sind?«, fragt Zara, während sie über dem neuen Schichtplan brütet. Sie lässt mich drei Tage die Woche morgens allein backen und an drei weiteren später dazukommen.

»Das passt. Ich brauche die Stunden«, versichere ich ihr. *So geht es einem, wenn man seinem Leben mit nichts in der Hand den Rücken kehrt.*

»Geht klar«, sagt sie.

Das erste Mal stehe ich am Samstagmorgen allein in der Küche. Und laut Plan soll Kieran um acht dazukommen. Ich höre ihn pfeifend zur Eingangstür hereinkommen. »Hallo?«, ruft er.

»Hi«, erwidere ich. »Ich bin allein hier hinten.«

Es entsteht eine Pause. Ich frage mich, ob er jemals antworten wird. Würde er es wirklich bringen, mich komplett zu ignorieren? »Oh, hi«, sagt er einen Moment später. »Morgen.«

Ich mache mich wieder daran, die Bagels zu formen, die ich gerade zubereite, doch er taucht nicht in der Küche auf. Ich höre Stühle über die Holzdielen knarzen, als er vorn im Gastraum alles vorbereitet.

Dann wird es still.

Ich muss ein Blech Muffins nach vorn bringen, also verlasse ich die Küche. Zuerst sehe ich Kieran nicht, doch dann merke ich, dass er mit erhobener Hand hinter dem Tresen auf einem Hocker steht und etwas auf die Balken zeichnet.

Als ich noch einen Schritt näher trete, sehe ich, dass Kieran sie abgewischt hat und etwas Neues darauf malt. Mit verschiedenen Kreiden hat er einen großen Truthahn mit prächtigen bunten Schwanzfedern gestaltet. Neben seinem Schnabel ist eine Sprechblase, in der steht: *Das Leben ist kurz, esst das Dessert zuerst.*

»Wow. Malst du alles, was hier drin zu sehen ist?«

Kieran erschrickt. Kurz gerät er aus dem Gleichgewicht und fällt beinahe vom Hocker. »Shit«, flucht er leise. Er stützt sich mit einer Hand an der Wand ab. Zum Glück landet nur das Kreidestück auf dem Boden.

»S...Sorry«, stammele ich.

»Macht nichts«, sagt er, schließt jedoch kurz die Augen, was verrät, dass er sich ärgert.

»Das Bild ist der Hammer«, sage ich, obwohl ihn meine Meinung wahrscheinlich gar nicht interessiert. »Ich hab angenommen, die ganzen Zeichnungen wären von Zara. Und die Sprüche auch, die sind nämlich so ...«

»Frech?«, schlägt Kieran vor.

»Ja.« Das sind sie echt.

Er deutet mit dem Daumen auf den sprechenden Truthahn. »Ich kehre einfach immer meine innere Zara nach außen, wenn ich eine neue Weisheit der Woche schreibe.«

Ich schnaube. Es ist die erste witzige Bemerkung, die ich von Kieran höre. Er redet nicht mit mir und ist auch den Gästen gegenüber nicht gesprächig, aber manchmal habe ich ihn mit Audrey zusammen lachen hören, daher weiß ich, dass er fröhlich sein kann.

Trotzdem bleibt er Mr Rätselhaft. Ich wünschte, ich könnte sagen, dass es mir egal ist und er mich nicht interessiert, aber das wäre gelogen. Ich habe bei Kieran definitiv auf Empfang geschaltet, auch wenn das Signal manchmal mehr als schwach ist.

»Also, äh, geht's deinem Dad inzwischen besser?«, frage ich in der Hoffnung, die Unterhaltung am Laufen zu halten.

Er verzieht das Gesicht und klettert vom Hocker. »Er wird wieder. Außerdem ist er so launisch wie eh und je.« Nein, ich checke *gar nicht* seinen Hintern ab, als er sich bückt, um die Kreide vom Boden aufzuheben. Sie ist entzweigebrochen.

Kieran legt die Bruchstücke behutsam zurück in eine Schale mit Kreidestiften auf dem Tresen. Selbst die ist wunderschön, mindestens zwei Dutzend Farben liegen darin, alles lange, perfekte Stücke. Mit Ausnahme des lachsfarbenen, das jetzt schreiend unperfekt in dem sorgsam aufbewahrten Regenbogen liegt.

»Oh Mann«, sage ich. »Tut mir leid.«

»Was denn?«

Ich deute nickend auf die Kreiden. »Bis eben waren sie perfekt.«

Kieran schaut auf die Schale und zuckt mit den Schultern. »Perfekt aussehende Malutensilien bleiben nie lange so. Es sei denn, man benutzt sie gar nicht. Und welchen Sinn haben sie dann?« Als er sich zu mir dreht und mir das Blech Muffins abnimmt, merke ich, dass ich die ganze Zeit wie ein Blödmann damit herumstehe.

Er schiebt das Blech auf den Tresen und arrangiert dann mit einer Gebäckzange ein halbes Dutzend Muffins auf einem Teller.

Derweil beobachte ich das Spiel seiner Rückenmuskeln, denn Kieran ist ein heißer Typ, und ich bin schamlos. Ein neuer Mann ist das Allerletzte, was ich gerade gebrauchen kann, aber es hat ja niemand behauptet, dass ich vernünftig wäre. Wäre mein Selbsterhaltungstrieb größer, würde ich jetzt nicht in diesem Schlamassel stecken.

»Willst du dich mal nützlich machen und die Eingangstür aufschließen?«, fragt Kieran ohne einen Blick in meine Richtung.

»Sicher«, sage ich und reiße mich zusammen. Hoffentlich erzählt Kieran Zara nicht, ich wäre ein Faulpelz. »Ich muss in der Küche noch einiges fertig machen, dann helfe ich dir mit dem morgendlichen Ansturm.«

Kieran erwidert nichts. Er bereitet die Verkaufstheke für die ersten Gäste vor und ignoriert mich.

Auf dem Rückweg in die Küche erlaube ich mir noch mal einen kurzen Blick auf seinen Bizeps, um den sich das T-Shirt spannt. Denn Selbstbeherrschung habe ich noch nie besessen.

Drei Stunden später kommt Zara strahlend herein. »Stellt euch mal vor!«, sagt sie. »Ich habe bis sieben geschlafen und dann mit meiner Kleinen gespielt. Und die Gäste wurden trotzdem bedient.«

»Und der Laden steht noch«, füge ich hinter dem Tresen stehend hinzu. Da jetzt gerade vormittägliche Flaute herrscht, bin ich dabei, die Espressomaschine abzuwischen.

»Gibt es irgendwas, was ich wissen sollte?«, fragte sie, während sie ihre Jacke aufhängt.

»Nope«, antwortet Kieran. Er isst gerade einen meiner Bagels dick mit Frischkäse bestrichen.

Zara zeigt auf ihn. »Willst du los? Ich weiß, bei euch zu Hause geht's immer noch drunter und drüber.«

»Gerne«, sagt er und stopft sich dann den letzten Bissen in den Mund. »Danke.«

»Ey, Kumpel, wo ist mein Bagel?«, fragt mich Zara. »Sag, dass du noch einen mit Sesam für mich hast.«

»Ich habe hinten einen für dich aufgehoben«, versichere ich ihr. »Mit Sesam und Mohn.«

»Volltreffer«, sagt sie. Dann schnippt sie mit den Fingern. »Kieran, warte!«

Er stoppt auf halbem Weg zur Tür.

»Guck mal.« Sie holt etwas aus der Tasche ihrer an der Garderobe hängenden Jacke – einen Schlüsselbund. »Es ist so weit. Sie sind raus.«

Er bleibt stocksteif stehen. »Echt? Du veräppelst mich doch.«

»Nein. Wobei sie noch für nächsten Monat im Voraus bezahlt haben, deshalb fällt's schwer, ihnen überhaupt böse zu sein. Also? Willst du? Kein Druck.«

»Ja, unbedingt.«

»Achtung!« Sie wirft ihm die Schlüssel zu, und Kieran fängt sie aus der Luft. »Du kannst jederzeit einziehen, aber deine erste Miete ist erst im Dezember fällig, weil die anderen noch für den November bezahlt haben.«

»Wow, danke.« Kieran starrt auf die Schlüssel in seiner Hand, als hätte Zara ihm einen Schatz geschenkt. »Ich weiß nicht genau, wann ich tatsächlich einziehen kann.«

»Ist egal. Aber du kannst dich schon mal darauf freuen, stimmt's?«

»Und wie!«, lautet seine Antwort. Dann lächelt er doch tatsächlich, und das verändert sein ganzes Gesicht. Mann, ist das ein ansteckendes Lächeln. »Ich brauche Möbel. Schätze, ich sollte anfangen, welche zu besorgen.«

»Und Küchensachen. Handtücher. Bettzeug. Die Liste ist endlos«, sagt Zara. »Aber wer geht nicht gern shoppen?«

»Na, ich«, erwidert Kieran mit einem rauen Lachen. »Meine Anzeige poste ich wohl auch mal lieber. Damit ich mir das alles auch leisten kann.«

»Dein Mitbewohnergesuch?«, fragt Zara.

»Ja.« Kieran steckt die Schlüssel ein. »Jede Menge zu tun. Bis dann! Danke, Zara.«

Er ist schon fast zur Tür hinaus, als Zara genau das Falsche sagt. »Hey, vielleicht brauchst du gar nicht auf eBay Kleinanzeigen zu gehen.« Sie dreht sich zu mir. »Roderick, suchst du vielleicht eine Bleibe? Wo wohnst du eigentlich?«

Kierans Blick huscht zu mir, Panik steht in seinen Augen.

»Ach so, nein, ich suche nicht«, wiegele ich schnell ab. »Ich wohne für eine Weile bei meinen Eltern, um Geld zu sparen.«

Kieran blinzelt und entspannt sich.

»Okay«, sagt Zara und nickt zweimal, als hätte sie gemerkt, dass sie eine Grenze überschritten hat. »Gib mir was zu tun, Roddy. Was muss erledigt werden?«

»Wir sollten noch mehr Cookies für die Nachmittagsgäste machen. Willst du backen oder lieber bedienen?«

Kieran stiehlt sich davon, während wir uns absprechen. Ich bemerke nicht mal, dass er geht.

Ein Zimmer zur Miete brauche ich mehr als dringend, aber ich bin viel zu stolz, um das zuzugeben.

11

Kieran

Mit Zaras Schlüsseln in der Tasche fühle ich mich wie ein neuer Mann. Das ist es. Jetzt fängt der Rest meines Lebens an.

Optimistisch gestimmt fahre ich nach Hause. Ich muss ein Bett bestellen, das an die neue Adresse geliefert wird. Ich werde es jetzt gleich machen, auch wenn ich noch nicht so weit bin umzuziehen.

Wenn man ein Bett hat, ist es amtlich, stimmt's? Alles andere kann später noch dazukommen.

Da Samstag ist, muss ich nicht zu meinem Job nach Burlington. Kyle und ich haben uns vorgenommen, das Haferstroh zu pressen, aber noch ist nicht mal Mittag, also bleiben uns noch gut fünf Stunden Tageslicht.

Bei der Arbeit draußen werde ich Kyle erzählen, dass ich ausziehe. Er kann sich schon mal an den Gedanken gewöhnen, solange ich noch da bin und kräftig mit anpacke, bis mein Dad sich von der OP erholt hat.

Aber schlussendlich werde ich ein freier Mann sein – frei, woanders zu leben und Kyle den Großteil der Farmarbeit mit Dad erledigen zu lassen.

Und so frei, mir auch über so einiges anderes klar zu werden.

Voller Zuversicht rumpele ich bei laut aufgedrehter Musik unsere Schotterzufahrt entlang. Eben noch habe ich den saftigsten, unglaublichsten Sesambagel meines Lebens gegessen. Ein Teil von mir hofft zwar immer noch darauf, dass Roderick es sich anders überlegt und wieder aus der Stadt verschwindet, aber die Backkünste dieses Manns würde ich schon vermissen.

Als ich vor unserem Farmhaus parke, holt mich jedoch die Realität ein. Kyles Pick-up ist nicht da und der Wagen meiner Eltern auch nicht.

Drinnen sitzt mein Dad in seinem Sessel und wirkt, als sei ihm unwohl. Eigentlich ist »unwohl« völlig untertrieben. Seine Lippen sind weiß vor Schmerz. »Geht es dir gut?«

»Sehe ich vielleicht so aus?«, schnauzt er. »Ist deine Mutter wieder da?«

»Nein«, sage ich zögerlich. »Wo ist sie denn hin?«

»Einkaufen«, knurrt er.

»Soll ich dir aus dem Sessel hochhelfen?«

Seine Lippen kräuseln sich angesichts der Horrorvorstellung, bei einer derart simplen Übung Hilfe zu benötigen. Ich kann ihm ansehen, wie er mit sich ringt – weiterhin den Schmerz aushalten oder Hilfe von seinem unerwünschten Sohn annehmen?

»Ja«, brummt er schließlich. Als würde es ihn fertigmachen, mich um Hilfe zu bitten.

Ich beuge mich vor und halte ihm die Hand hin, die er mit beiden Händen ergreift. Dann zieht er sich mit einem matten Stöhnen hoch.

»Der Arzt meinte, ein Stuhl mit gerader Lehne wäre besser als der Liegesessel«, erinnere ich ihn.

»Bin nich taub. Hab ihn auch gehört.«

Klar. »Wo ist Kyle?«, frage ich, als mein Dad sich wie ein Fünfundneunzigjähriger an mir vorbeischiebt.

»Weiß nich. Is nich meine Aufgabe, auf ihn aufzupassen.«

Aber dann wohl meine. Ich hole mein Handy raus und schicke meinem Bruder eine Nachricht. Können wir heute das Stroh pressen?

Seine Antwort kommt recht schnell. Ich fange morgen damit an.

Wo bist du?

Gucke gerade mit Griff Collegefootball, solange er Mittagspause macht.

Obwohl es irrational ist, versetzt es mir einen heftigen Stich, dass ich bei ihren Plänen außen vor bin. Eigentlich würde ich ja jetzt noch arbeiten und hätte gar keine Zeit, mitten an einem Samstag mit ihnen abzuhängen. Sie rechnen also gar nicht damit, dass ich freihabe.

Trotzdem wäre es nett gewesen, gefragt zu werden.

Da ich sonst nichts zu tun habe, gehe ich raus und sammle bei den Hühnern die Eier ein. Rexie bellt zur Begrüßung und kommt über die Wiese zu mir getrottet. Und die Hennen scharen sich um mich wie Groupies auf einem Rockkonzert. Wenigstens freuen sich die Tiere, mich zu sehen.

Weil ich nun schon mal da bin und heute schönes Wetter ist, beschließe ich, das Haferstroh allein zu pressen, obwohl das eigentlich eine Arbeit für zwei ist. Dann stelle ich jedoch fest, dass das nicht geht, weil der Traktor keinen Diesel mehr hat und Kyle mit dem Pick-up-Truck samt Tank zu Griff gefahren ist.

Ich sollte mich nicht so ärgern, tue es aber trotzdem.

Kyle, bitte geh Diesel tanken und komm nach Hause. Es ist perfektes Wetter zum Heupressen.

Griff will, dass ich Cider presse, lautet seine Antwort.

Mein Blutdruck schießt in die Höhe, denn Griff wird Kyle für die Arbeit bezahlen, natürlich will er also lieber dortbleiben. Haben wir uns nicht gerade erst darüber unterhalten? Kyles doppelte Abkassiererei kann nicht auf meine Kosten gehen, zumal ich diesen Monat schon allzu oft eingesprungen bin.

Ich glaube, Kyle ist nicht klar, dass Dads Rücken womöglich nie wieder hundertprozentig fit wird. Es wird ein unsanftes Erwachen geben, wenn ich nicht mehr da bin, um den Lückenfüller zu spielen.

Pass auf, ich habe jetzt Zeit, schreibe ich zurück. Ich hätte ja schon allein angefangen, aber du hast den Dieseltank.

Na schön, antwortet er eine Minute später. Bin unterwegs.

Ich kann beinahe hören, wie er vor sich hin grummelt, dass ich lästig bin.

Solange ich warte, versetze ich den mobilen Hühnerstall und erledige noch einiges anderes. Auf einer Farm gibt es immer etwas zu tun. Feierabend ist erst, wenn es draußen dunkel ist und man nichts mehr sehen kann.

Schließlich kommt Kyle angefahren. Er hat daran gedacht, auf dem Heimweg Diesel zu tanken, immerhin werde ich also nicht wegen Mordes ins Gefängnis wandern. »Hi«, sagt mein Bruder, springt vom Pick-up und kommt mit energischen Schritten herüber. Wieder ist offensichtlich, dass er sauer auf mich ist, weil ich seinen Samstag gestört habe.

Aber er wird nicht lange sauer bleiben. Kyle ist einem nie lange böse. Er ist ein gelassener Typ. Er vermutet nie etwas Böses und schlägt sich auf niemandes Seite. Trotzdem frustriert es mich, dass er die Spannungen und den Gegenwind in unserer Familie nie registriert. Ich habe das Gefühl, diese Last allein tragen zu müssen.

Kyle zu sein ist leichter, als ich zu sein, und ich beneide ihn mehr, als er je ahnen wird.

Nachdem wir den Traktor aufgetankt haben, hängen wir die Ballenpresse an und fahren damit aufs Feld. »Willst du pressen oder werfen?«

Er zuckt mit den Schultern.

»Dann werfe ich«, sage ich und übernehme damit den anstrengenderen Part.

»Okay«, sagt Kyle gelassen. Dann steigt er wieder auf den Traktor und legt los.

Ich fahre mit meinem Pick-up aufs Feld und warte einen Augenblick, bis die Presse die ersten Quader ausspuckt. Dann fange ich an, sie auf meine Ladefläche zu hieven.

Es ist monoton, und der Wagen muss ständig versetzt werden. Aber die körperliche Arbeit fängt an, ihren Zauber bei mir zu bewirken. Wenn ich mich bewege, werde ich innerlich ruhiger.

Kyle und ich sind auf der Farm groß geworden und scheuen uns nicht vor harter Arbeit. Mein Bruder mag zwar unzuverlässig sein, aber wenn er erst mal mit etwas angefangen hat, kann man niemand Besseren im Team haben. In meiner Kindheit bedeuteten mir mein Vater und mein großer Bruder alles. Nie war ich glücklicher, als wenn wir alle zusammen draußen Seite an Seite arbeiteten.

Damals ahnte ich nichts von den Schattenseiten der Ehe meiner Eltern und war noch zu klein, um zu merken, dass mich mein Vater niemals so lieben würde wie meinen Bruder. Ich dachte, Kyles Stand läge an der Reihenfolge unserer Geburt. Er war der große Bruder und deshalb umso bewundernswerter. Also versuchte ich ständig, mit ihm mitzuhalten. Ich halbe Portion habe mich abgerackert, um den Hammer genauso schwingen zu können wie Kyle oder einen Zwanzig-Kilo-Sack Hühnerfutter zu wuchten. Es gab nichts außer der frischen Luft, der Sonne und meinem Eifer, wie ein echter Mann zu arbeiten.

Ich nahm an, ich hätte die Liebe meines Vaters ganz genauso verdient wie Kyle und würde letzten Endes meinen Anteil davon bekommen.

Spoileralarm: Den bekam ich nie.

Unterdessen entwickelte ich Interessen, die keiner in meiner Familie teilte. Obwohl ich niemanden sonst kannte, der zeichnete, war ich davon besessen. Als eines der ersten Bilder malte ich den grünen John-Deere-Traktor meines Vaters, und es folgten Hunderte weitere davon. Ich verbrauchte sämtliche grünen Wachsmalstifte, die wir dahatten, und als sie alle waren, witzelte meine Mutter, dass ich jetzt anfangen müsse, Kubotas zu malen, weil die orange seien. Also machte ich das. Problem gelöst.

Zeichnen war etwas, was allein mir gehörte. Kyle konnte nicht mithalten. Und das brauchte ich, denn aus meinem verzweifelten Wunsch, Dads zweiter Kumpan zu werden, wurde nichts. Ich verstand nicht, warum.

Bis ich mit vierzehn eines Tages zufällig das dicke fette Familiengeheimnis aufschnappte: dass ich ein ungewolltes Kind war.

Es war hart, das mit vierzehn zu erfahren, aber danach ergab vieles in meinem Leben einen Sinn.

Kyle und ich pressen Heu, bis wir das Feld in der Dämmerung nicht mehr ausmachen können. Er stellt den Motor ab, klettert vom Traktor und stellt sich neben mich. Ich bin trotz der kalten Oktoberluft schweißüberströmt. »Wir haben über die Hälfte geschafft«, sagt er. »Sollen wir den Rest morgen pressen oder wolltest du die Tiere noch auf der Wiese weiden lassen?«

Ich überlege. »Besser, wir pressen alles – sonst regnet es noch, bevor wir dazu kommen. Die Pflanzen stehen gerade echt gut da; falls wir früh den ersten Schnee kriegen, wirst du fluchen.«

»Cool. Dann pressen wir alles.«

Dieser ganze Wortwechsel stört mich allerdings. Ich bin hier nicht derjenige, der sich das alles zu überlegen hat. »Du, Kyle?«

»Ja?«

»Du solltest wissen, dass ich Ende des Monats ausziehen werde.«

»Was?« Mein Bruder starrt mich mit offenem Mund an. Trotz der Dunkelheit kann ich ihm ansehen, dass er nie auch nur auf die Idee gekommen ist, dass ich das machen könnte. »Wo willst du denn hin?«

»Ich habe das Haus neben dem von Zara gemietet.«

»Warum denn, Bro? Hier wohnst du doch kostenlos.«

»Es war noch nie kostenlos«, rufe ich ihm in Erinnerung. »Zwanzig Stunden Farmarbeit die Woche.«

»Aber …« Kyle schluckt. »Du musst trotzdem noch aushelfen, solange Dad ausfällt. Du kannst mich nicht einfach so hängen lassen.«

»Als ob ich *das* bringen würde.« Meine Stimme überschlägt sich tatsächlich vor Verblüffung. »Ich helfe dir, bis mit der Ernte alles erledigt ist. Aber du musst begreifen, dass Dad nicht wundersamerweise wieder genesen wird. Er hat seit dreißig Jahren Probleme mit der Bandscheibe. Ich glaube nicht, dass er jemals wieder einen Strohballen wird hochschleudern können.«

»Das weiß doch keiner«, beharrt er. »Er hat sich dieser OP unterzogen, damit es wieder besser wird.«

»Er hat sich dieser OP unterzogen, damit es nicht noch schlimmer wird«, widerspreche ich. »Zum Glück scheinst du es nicht geerbt zu haben. Pass besser gut auf deinen Rücken auf, ja?«

Kyle sieht mich aus zusammengekniffenen Augen an. »Du auch, klar?«

»Klar«, sage ich schnell. »Ich bin hier aber nicht derjenige, der ewig auf dieser Farm arbeiten wird. Das Land gehört dir.«

»Und dir«, fügt er hinzu, denn er kapiert es immer noch nicht.

»Mir hat es nie gehört.«

»Schwachsinn. Das ist das Dümmste, was ich je gehört habe. Nur weil du und Dad manchmal streitet, heißt das nicht, dass er dich enterbt oder so 'n Mist.«

Ich möchte Kyle schütteln und anschreien: *Mach doch mal die Augen auf!*

Andererseits kann ich meinem Bruder nichts vorwerfen. Er erkennt nicht, was ich erkenne, weil er nicht alles weiß. »Dad entscheidet sich nicht für mich. Es ist lieb, dass du das bestreitest, aber das nützt nichts. Die Farm gehört dir, und er braucht dich, du musst dich endlich reinhängen und sie übernehmen. Wenn du das nicht machst, wird er sich erneut den Rücken ausrenken. Das weißt du.«

»Fuck.« Kyle schiebt einen Ballen weiter auf die Ladefläche des Pick-ups und blickt sich dann um, als würde er unsere im Dunkeln daliegende Farm zum ersten Mal sehen. »Ich kann gut anpacken. Aber im Geschäftlichen bin ich ein Versager. Planung liegt mir nicht.«

Wenigstens ist ihm das klar. »Du musst dich bloß mal auf eine Sache konzentrieren. Lass deinen inneren Griffin raus.« Unser Apfelbauer-Cousin ist ein cleverer Geschäftsmann. »Verflucht noch mal – frag ihn, ob er dir hilft. Du weißt, das wird er machen.«

»Du aber nicht«, brummt Kyle.

Das stimmt, und ich bekomme einen Anflug von Schuldgefühlen. Nur weiß ich, dass Helfen nichts bringt, weil Kyle dann am Ende einfach mich alles machen lässt. »Ich habe andere Pläne. Neue Wohnung. Ab Frühjahr neue Unikurse.« Endlich nehme ich mein Leben in die Hand. Und das bedeutet, Kyle von meiner Unterstützung zu entwöhnen.

»Dann zieh wenigstens nicht aus«, sagt Kyle, als wäre das hier eine Verhandlung. »Ich hänge mich rein. Ich werde die ganze Planung übernehmen. Aber du solltest echt hierbleiben.«

»Es steht schon fest. Sorry.« Allein das zu sagen ist ein Riesenschritt für mich. Ich richte mich nicht mehr danach, was alle von mir erwarten.

Kyle verzieht frustriert das Gesicht. Er tritt gegen den letzten Ballen und lässt mich dann stehen.

Ich könnte wohl auch abhauen, ohne die Arbeit zu Ende zu bringen. Allein aus Prinzip, um meinen Standpunkt klarzumachen. Doch ich gehe in die Hocke, nehme den letzten Ballen und hieve ihn auf den Pick-up, um dann damit zurück zur Scheune zu fahren.

12

Kieran

Als ich ins Haus komme, hat meine Mutter Abendessen gemacht. Eine Lasagne, eins ihrer besseren Gerichte. Jedenfalls ist sie genießbar.

Wir essen wie immer in angespanntem Schweigen, ich kenne es nicht anders. Sonst schmort mein Dad in seinem Groll vor sich hin, aber heute trägt Kyle auch zu der eisigen Atmosphäre bei.

Doch zum ersten Mal weiß ich, dass ich nicht hier sein muss, sondern eine Wahl habe. Die Schlüssel zu Zaras Mietshaus brennen mir ein Loch in die Tasche. Bald werde ich in meinen eigenen vier Wänden sitzen und essen, was ich mir selbst ausgesucht habe. Es wird nicht gut schmecken – ich kann nicht kochen und habe nicht das Geld, um mir jeden Abend etwas zu bestellen –, aber ganz allein meins sein.

»Habt ihr das ganze Haferstroh eingeholt, Jungs?«, unterbricht mein Vater meine Gedankengänge.

»Nicht alles«, sagt Kyle.

»Kieran hätte ja schon früher anfangen können«, sagt der Alte.

»Wir hatten keinen Diesel mehr«, erwidere ich.

»Hättest ja selbst welchen besorgen können.«

Kyle besitzt immerhin den Anstand zusammenzuzucken.

Ich schiebe mir noch einen Bissen Lasagne in den Mund,

in der die Nudeln härter sind, als sie sein sollten. Ich werde anständig kochen lernen, beschließe ich. *Alles* wird sich ändern. Ich schaue hinunter auf die Salz- und Pfefferstreuer in Kuhform auf dem Tisch. Die habe ich mit fünfzehn für meine Mutter im Kunstunterricht gemacht. Sie fand sie wunderbar, hat sie sofort befüllt und ihnen einen Ehrenplatz in der Mitte des Tischs gegeben.

Mein Vater meinte, die seien albern, und bat sie, die alten wieder rauszustellen. Bis zum heutigen Tag stehen zwei konkurrierende Salz- und Pfefferstreuersets auf dem Tisch.

Ich habe seine Missbilligung immer schweigend akzeptiert. Mir blieb im Grunde nichts anderes übrig. Jetzt ist das anders, und mir dämmert, dass ich jetzt sofort in meine neue Bude ziehen könnte. Es wäre bloß lästig, dann wegen der Farmarbeit hin- und herzupendeln.

Während ich einmal mehr überschattet von meines Vaters Missbilligung am stillen Esstisch sitze, beginne ich zu denken, dass meine geistige Gesundheit einen höheren Stellenwert haben sollte als Bequemlichkeit. Ich räuspere mich. »Ich habe Neuigkeiten.«

Dass ich beim Abendessen eine Unterhaltung anfange, kommt selten vor, deshalb hört das Besteckgeklapper auf, und alle starren mich an.

»Ich habe ein Haus angemietet und werde ausziehen. Und zwar heute Abend«, höre ich mich hinzufügen. Wieso auch nicht? Ich werde weiterhin zwischen Hardwick und Colebury pendeln müssen, aber jetzt eben wegen der Arbeit auf der Farm und nicht wegen der im Café.

Einen Augenblick lang sehen mich meine Eltern nur entgeistert an. Kyle macht ein mürrisches Gesicht.

»Aber, Schatz!«, keucht meine Mutter überrascht auf. »Wieso das denn?«

Wegen einfach allem. »Ich habe gespart«, sage ich. »Außerdem wird mein Arbeitsweg zum *Busy Bean* dadurch viel kürzer.«

Kyle schiebt sich mit finsterem Blick noch einen Bissen Essen in den Mund.

Er wird nicht ewig sauer sein, rufe ich mir in Erinnerung. Außerdem merkt er nie was, deshalb ist ihm nicht klar, wie unglücklich ich hier bin.

»Geldverschwendung«, murmelt mein Vater.

»Ist es nicht«, sage ich. »Ich hatte schon eine ganze Weile vor, mir was Eigenes zu suchen. Das Haus, das Zara vermietet, ist frei geworden, und sie hat mir ein unschlagbares Angebot gemacht.«

»Ein Haus? Du hast doch gar keine Möbel«, merkt meine Mutter an.

»Stimmt«, gestehe ich ein. »Aber jeder fängt mal klein an.«

»Du kannst die Möbel aus deinem Zimmer mitnehmen«, bietet sie an.

»Ganz sicher nicht«, sagt mein Vater. »Was ist, wenn Besuch kommt?«

Wir starren ihn alle an. Keiner kann sich daran erinnern, dass wir je Besuch gehabt hätten. Einmal im Jahr kommt Moms Schwester her und übernachtet dann in einem Motel.

»Keine Sorge, ich habe etwas Geld«, sage ich. Mein altes Einzelbett möchte ich sowieso nicht. Ich möchte einen Neuanfang.

Kyle meidet den Blickkontakt mit mir.

Ich schlinge hastig den Rest meines Essens herunter. »Ich packe mal besser meine Sachen. Danke fürs Kochen, Mom. Entschuldigt mich.«

»Du kannst dir meinen großen Koffer ausborgen«, bietet sie an.

»Danke.«

Eine Viertelstunde später schiebe ich ebenjenen Koffer auf die Ladefläche meines Pick-ups. Ich habe kaum etwas für den Umzug in ein eigenes Haus. Klamotten und eine Kulturtasche. Eine Kiste mit meinen Lieblingsbüchern. Malutensilien. Meinen Schlafsack und eine Isomatte.

Meine Mutter kommt mit einer sehr hässlichen Lampe nach draußen. Ich vermute, sie hat sie aus dem Keller hervorgekramt, denn das Teil kommt mir nur vage bekannt vor.

»Danke.«

»Ich möchte nicht, dass du im Dunkeln herumsitzen musst.« Sie kaut auf ihrer Unterlippe.

»Das wird schon. Du, Mom? Kann ich meinen Schreibtisch mitnehmen? Den aus meinem Zimmer?«

»Das alte Ding? Wenn du meinst. Kyle!«, ruft sie und ich sehe, wie mein Bruder sich zu Dads Wagen davonschleichen will.

»Kyle! Hilf Kieran mit dem Schreibtisch.«

Schweigend folgt mein Bruder mir ein letztes Mal die schmale Treppe zu unseren Zimmern hinauf. Er wartet, während ich ein paar Sachen vom Tisch räume, bevor er eine Seite anhebt. Doch dann lässt er wieder los und richtet sich auf. »Wieso machst du das?«, fragt er plötzlich. »Das ist doch albern.«

Klar, dass er so denkt. Schließlich kriegt er nichts mit.

»Es ist nicht albern. Ich ziehe aus, weil ich das will. Das macht es leichter. Du wirst schon sehen. Gibt mehr Freiraum.« *Weniger Spannungen.*

»Das hier ist immer noch deine Farm«, sagt Kyle. »Sie wird immer dir gehören, selbst wenn ich sie irgendwann allein betreibe.«

Das ist so ziemlich das Großzügigste, was er je zu mir gesagt hat. »Das weiß ich zu schätzen«, sage ich leise. »Aber ich habe noch andere Interessen. Außerdem ziehe ich doch bloß nach Colebury, Mann. Und nicht nach Europa.« Obwohl ich mir das manchmal wünschen würde.

»Ja, aber du lässt mich mit dem Mist hier allein.«

Jetzt bin ich derjenige, dem die Kinnlade herunterfällt. Ich blicke in Kyles stinkiges Gesicht, in seine dunkelbraunen Shipley-Augen, die wir zufälligerweise nicht gemeinsam haben. »Ich lasse dich *nicht* im Stich. Meine Güte noch mal. Aber ich habe nicht vor, hauptberuflich Farmer zu werden, Kyle, und daran wird sich nichts ändern. Ich habe andere Pläne, also werde ich sie angehen.«

Obwohl mein Bruder ein Schwachkopf ist und ich mich manchmal über ihn ärgere, überkommt mich einen wohlbekannten Moment lang Mitleid mit ihm. Er wirkt völlig hilflos. *Geh nicht*, fleht sein Blick.

Männer sprechen so etwas nicht laut aus. Deshalb zuckt Kyle nur betreten mit den Schultern.

»Ich komme Montag her, um die Farmarbeit zu erledigen«, sage ich. »Sag mir Bescheid, wenn du das restliche Stroh pressen willst, dann schaufele ich mir Zeit frei, damit wir das zusammen machen können.«

»Okay.« Seine Stimme bebt. Endlich hebt er seine Seite des Schreibtischs an und wartet darauf, dass ich es ihm gleichtue.

Wir bugsieren den Holztisch die Treppe hinunter und vor das Haus, während Mom die Tür aufhält. Dann heben wir ihn auf die Ladefläche meines Wagens, und ich schließe die Heckklappe mit einem befriedigenden Rums.

»Das war's dann wohl«, sage ich, als der Hund angetrottet kommt.

Rex macht vor mir Sitz und winselt, er leckt sich nervös das Maul. Es kommt eher selten vor, dass ich abends den Pick-up vollade und damit wegfahre. Er merkt, dass etwas Ungewöhnliches vor sich geht.

»Kommst du mit mir mit, Junge?«

Er klopft mit dem Schwanz auf die Kieseinfahrt.

»Okay, Kumpel. Holen wir mal deinen Napf und deine Leine. Dann kannst du das Stadtleben ausprobieren.«

Rex ist eine Promenadenmischung. Wir denken, er könnte ein Pitbull-Labrador-Mix sein. Er ist damit groß geworden, frei auf unserer zwanzig Hektar großen Farm herumlaufen zu können, schläft nachts aber immer in meinem Zimmer, seit ihn mir unser Nachbar vor zehn Jahren als Welpe geschenkt hat. Das gemietete Haus hat einen Garten, von dem ich hoffe, dass er einem in die Jahre gekommenen Hofhund genug Auslauf bietet. Colebury kann man fast nicht als Stadt bezeichnen, vielleicht gefällt es ihm dort sogar richtig. Wenn nicht, werde ich mich überwinden müssen, ihn wieder hierher zurückzubringen.

Kyle und ich gehen noch einmal ins Haus. Meine Mutter wischt verdrossen mit einem Schwamm den Tisch ab, und mein Dad sitzt in demselben Sessel, der ihm vorhin so zu schaffen gemacht hat. Ich bücke mich nach Rex' Wasserschale und dem Futternapf.

»Was machst du da?«, will mein Vater wissen.

»Die wird Rex brauchen«, sage ich ruhig.

»Du kannst ihn nicht mitnehmen«, brummt er. »Rex ist unser Hund.«

Ich erstarre auf halbem Weg zur Spüle, wo ich den Wassernapf auskippen wollte. »Er gehört mir. Schon immer.«

»Ich habe den Köter zehn Jahre lang gefüttert«, donnert mein Vater los.

»Dad«, kommt es geschockt von Kyle. »Rexie liebt Kieran.«

»Wehe, du nimmst den Hund mit«, tobt mein Vater. »Er hält

die Waschbären von den Hühnern fern. Und verjagt die Rehe. Er gehört zur Familie. Wir können nicht auf ihn verzichten. *Bitte.*«

Ich stehe nur mit den zwei Hundenäpfen in den Händen da und weiß nicht recht, was ich machen soll. Er hat recht, was die Wildtiere angeht. Aber es steckt so viel mehr dahinter. Er ist bereit, sich um eine zehn Jahre alte Promenadenmischung zu streiten, die laut furzt, während wir essen. Da sagt er sogar *Bitte.*

Mich hat er dagegen nicht angebettelt hierzubleiben. Meinetwegen fließen keine Tränen.

Mir schlägt das Herz bis zum Hals, als ich die Näpfe wieder auf den Boden stelle. »Na schön«, sage ich gepresst. »Ich habe verstanden.«

Meine Mutter wringt den Schwamm und blickt zwischen meinem Vater und mir hin und her, während sie sich fragt, ob er nachgeben wird.

Aber nein.

Ich schiebe die Hände in die Hosentaschen und gehe mit großen Schritten hinaus.

Wieder folgt Kyle mir, die Fliegengittertür knallt hinter ihm zu. »Kieran«, sagt er und beeilt sich, mich einzuholen. »Er hat es nicht so gemeint.«

Ich mache mir gar nicht erst die Mühe, zu widersprechen. Rex wartet geduldig neben meinem Auto auf mich und klopft mit dem Schwanz, als ich näher komme. »Du wirst ihn festhalten müssen.«

Kyle flucht vor sich hin. »Vielleicht finden wir einen neuen Hofhund für Dad.«

»Vielleicht.« Ich knie mich vor Rexie hin. »Bleib fein hier, Kumpel. Wir sehen uns Montag.« Als ich ihn zwischen den Ohren streichle, klopft er noch schneller mit dem Schwanz.

»Sei schön brav.« Als ich aufstehe und die Autotür aufmache, will er mit.

Kyle macht einen Satz nach vorn und hakt zwei Finger unter Rexies Halsband. »Na komm, Rex. Lass ihn fahren.«

Ich steige in den Pick-up, starte den Motor und knalle die Tür zu. Kyle hält den Hund zurück, und beide schauen mir mit traurigem Blick nach, als ich davonfahre.

Als ich Richtung Colebury fahre, fühle ich mich innerlich zerrissen. Ich bin bereit, mein eigenes Leben anzufangen, aber ich war wohl noch nicht ganz bereit, mir anzuhören, was alle anderen davon halten.

Es ist erst halb acht, und wie mir klar wird, dürften einige der großen Möbelmärkte am Stadtrand von Montpelier noch geöffnet haben. Sobald ich eine Hügelkuppe erreiche – von wo aus man besseren Handyempfang hat –, fahre ich rechts ran und hole mein Handy hervor. Ich finde einen Matratzenmarkt, der um acht schließt, und rufe dort an.

»Also, wenn Sie mir beschreiben, wonach Sie suchen, und mir Ihre Kreditkartennummer durchgeben, können meine Männer eine Auswahl Matratzen aufladen und damit heute Abend bei Ihnen vorbeikommen. Dann suchen Sie sich auf dem Laster eine aus, und die Jungs tragen Ihren Favoriten ins Haus. Welche Größe denn? Und wo liegt Ihre Preisgrenze?«

»Zwei Meter breit«, sage ich sofort. Wozu zieht man denn aus seinem Kinderzimmer mit dem schmalen Einzelbett aus, wenn man sich dann nichts Besseres zulegt?

Vielleicht werden sich alle meine Entscheidungen als unsinnig erweisen. Aber wenigstens habe ich sie dann selbst getroffen.

Er erläutert mir kurz die Matratzenqualitäten und -preise, weil ich keine Ahnung habe. Dann einigen wir uns auf einige günstige Varianten. »Brauchen Sie auch Bettlaken?«, fragt er mich.

»Ich brauche alles.«

Er lacht zwar, aber es stimmt.

Nachdem wir aufgelegt haben, gebe ich Gas, um in Colebury noch schnell ein paar Sachen in der Drogerie zu besorgen. Ich brauche Toilettenpapier, Seife, Shampoo, Handtücher. Spülmittel. Waschmittel.

Innerhalb der letzten Stunde habe ich achthundert Dollar ausgegeben, das ist erschreckend. Ich poste mal lieber schnellstens das Mitbewohnergesuch.

Als ich vom Parkplatz der Drogerie losfahre, habe ich noch eine halbe Stunde, bis die Leute vom Matratzenmarkt kommen sollen. Also rolle ich gemächlich Richtung Stadtzentrum von Colebury, wo die Einkaufsstraße allmählich meiner neuen Nachbarschaft rund um die kleine Grünanlage Platz macht.

Gerade ist alles ruhig, denn wir haben mitten in der Woche, und die Temperaturen sinken rapide. Als ich am Wollladen vorbeifahre, sehe ich kurz ein wohlbekanntes Auto, bevor die Straße einen Knick macht.

Einen blauen VW Käfer. Und wenn ich mich nicht irre, war da wieder dieses schwache Leuchten im Wageninneren.

Beunruhigt lege ich die restliche Strecke zum Haus zurück. Roderick schläft doch nicht in seinem Auto, oder? Er meinte, dass er bei seinen Eltern wohnt.

Egal, das geht mich eigentlich nichts an. Es hat rein gar nichts mit mir zu tun.

Das *Colebury Diner* mit seiner sich fröhlich von der Dunkelheit abhebenden Neonbeleuchtung kommt in Sicht, dahinter liegt die Grünanlage von Colebury. Rund um die Rasenfläche ist Einbahnverkehr, deshalb folge ich den Parallelstraßen, um zu meinem Haus zu gelangen.

Meins. Was für ein verrückter Gedanke.

Ich biege in die leere Einfahrt und parke so dicht wie möglich an der Garage. Als ich dann aus meinem Pick-up springe, komme ich mir vor wie ein Kind zu Weihnachten. Die Hintertür des Hauses geht zur Einfahrt hinaus, und ich schließe sie schnell auf.

Drinnen ist es still und außerdem kalt. Zara hat das Thermostat heruntergedreht. Das Haus ist komplett leer, und ich gehe lächelnd durch sämtliche hallenden Räume. Unten liegt ein Schlafzimmer neben einem Bad mit großer Wanne. Dieses Zimmer werde ich untervermieten.

Oben gibt es noch zwei weitere Zimmer. Eins wird mein Schlafzimmer und das andere mein Zeichenstudio. Ich werde jemanden bitten, mir zu helfen, den Schreibtisch nach oben zu tragen, und ihn unters Fenster stellen.

Dann werde ich zum ersten Mal seit Jahren wieder etwas malen.

Wie versprochen fährt der Lkw um halb neun vor dem Haus vor. Ich warte schon auf der Veranda und schaue dem Geriesel der Schneeflocken zu – das wurde im Wetterbericht so nicht vorhergesagt.

»Bist du Kieran?«, fragt der Fahrer beim Aussteigen. »Na, dann mal los.«

Obwohl ich mir albern dabei vorkomme, auf in Plastik eingeschweißten Matratzen in einem Lkw Probe zu liegen, kaufe ich mit Bedacht ein. Zehn Minuten später habe ich mich für die härteste der drei Matratzen entschieden, die er dabeihat.

Wir müssen alle drei mit anpacken, um das Teil die Treppe hoch und in das hintere Zimmer des dunklen Hauses zu wuchten.

»Dreh mal lieber die Heizung hoch, Mann«, meint der Fahrer mit einem leisen Lachen, als wir die Matratze auf den blanken Boden fallen lassen. »Heute Nacht wird's schneien.«

Als Erstes geht mir der Gedanke durch den Kopf, dass der Hafer hoffentlich nicht zu feucht wird.

Als Zweites der, dass mein Schreibtisch draußen auf der Ladefläche meines Pick-ups eingeschneit wird. Ich werde ihn in die Garage schieben müssen, damit er so lange trocken bleibt, bis ich jemanden dazu überredet kriege, ihn mit mir hineinzutragen.

»Danke für die Hilfe, Leute.« Ich gebe ihnen fünfzig Dollar Trinkgeld.

»War uns eine Freude, mit dir Geschäfte zu machen«, sagen sie auf dem Weg nach draußen.

Und dann stehe ich ganz allein in meiner Bude, mit meiner nigelnagelneuen großen Matratze. Es dauert eine Weile, bis ich die neue Matratzenauflage ausgerollt und das Bettlaken aufgezogen habe. Aber irgendwann liege ich dann da, zugedeckt mit meinem Schlafsack, und genieße die Stille.

Auch wenn ich weiß, dass ich Schwierigkeiten mit dem Einschlafen haben werde. Ich wünschte, Rexie wäre hier. Ich frage mich, in wessen Zimmer er sich heute Nacht wohl legt. Wahrscheinlich in Kyles. Verräter.

Ich bin eigentlich nicht müde, deshalb klappe ich meinen Laptop auf und gucke mir die Wohnungsannoncen auf eBay Kleinanzeigen an. Es gibt die Kategorie »Zimmer frei«, und ich muss schauen, was die Leute da so in ihre Anzeigen schreiben.

Nachdem ich alle gelesen habe, mache ich den Fehler, auch unter »Gesuche« nachzugucken. Sofort fällt mir der neueste Eintrag ins Auge.

Singlemann sucht Zimmer zur Miete, idealerweise in der Nähe von Colebury. Neu in der Stadt, kann aber gute Referenzen vorweisen. In Vollzeitjob beschäftigt, der frühes Aufstehen erfordert (werde aber leise sein, wenn ich morgens losgehe). Ruhig und ordentlich. Schwul. Kann einziehen, sobald nächsten Freitag mein erster Gehaltsscheck ausgezahlt wird.

Roderick. Das muss er sein. Er hat uns gesagt, er hätte eine Bleibe. Aber das stimmt wohl nicht, was? Zehn Mäuse darauf, dass er gerade hinter dem Wollladen in seinem VW hockt.

Ich klappe den Laptop zu und stelle ihn auf den Boden. Mein neues Zimmer liegt im hinteren Teil des Hauses, abseits der Straßenlaternen, aber die Dunkelheit hilft mir heute nicht beim Einschlafen – jetzt, wo ich vermute, dass Roderick in seinem Auto schläft, nicht mehr. Es schneit draußen, verdammt.

Er ist obdachlos. Und was bin ich verflucht noch mal für ein Arschloch. Ich hätte ihn fast um die gut bezahlte Vollzeitstelle im *Busy Bean* gebracht, bloß weil mir unwohl war wegen etwas, was ich in der Highschool gemacht habe.

Ich wälze mich herum. Mein Bett ist bequem, aber im Haus ist es allzu still. Jedes Knarzen des Dachstuhls und Klicken der Heizung scheint in meinem Kopf widerzuhallen. Ich wollte immer allein wohnen, damit ich Luft zum Atmen habe. Ich dachte, dann wäre es leichter, ich selbst zu sein.

Hier gibt es jetzt jede Menge Luft, nicht wahr? Und trotzdem bin ich noch derselbe verkorkste Typ, der in dem engen kleinen Zimmer im Haus seiner Eltern gewohnt hat.

Da soll mal einer schlau draus werden.

13

Roderick

Ich habe einen Job bei netten Menschen, die ehrliche Arbeit machen.

Ich verdiene mit Backen mein Geld.

Alles wird gut.

Das bete ich im Stillen immer wieder vor mich hin, während die Temperaturen sinken. Inzwischen rieseln sogar schon Schneeflocken auf meine Windschutzscheibe. Ich kann nicht mal richtig rausgucken.

Ich schließe die Augen und stelle mir ein bequemes Bett mit einer flauschigen Decke und weichen Laken vor. Doch dadurch muss ich nur an unser Bett in Nashville denken, in dem Brian wahrscheinlich jetzt gerade liegt. Was ihm wohl durch den Kopf geht? Ich würde mir gern einbilden, dass er daliegt und mich vermisst, aber ich weiß es besser. Weil ich ihn nämlich nicht bloß beim Seitensprung erwischt habe, sondern voll in Action mit einem weiblichen Fan backstage auf einem Konzert, von dem er wusste, dass ich es besuchen würde.

Als ich in seine Garderobe kam, hörte er nicht mal auf mit dieser ältesten Beschäftigung der Welt. Er warf nur mit rotem wutverzerrtem Gesicht einen Blick über seine Schulter zu mir. Ich ging in dem Wissen hinaus, dass er mich absichtlich bestraft hatte.

Wir hatten uns an dem Nachmittag gestritten. Ich hatte ihn bedrängt, ob er sich nicht endlich outen wolle.

»Du weißt, dass ich das nicht machen kann«, sagte er.

»Wieso nicht? Du hast genug Geld für das ganze Leben.«

»Es geht nicht nur ums Geld, sondern um meine Karriere.«

»Du lässt dir von deinen Fans das Leben bestimmen.«

»Und du bist ein liebesbedürftiges kleines Würstchen.«

Das bin ich wirklich. Ich brauche das Gefühl, dass ich den Menschen um mich herum wichtig bin, auch wenn ich selbst nicht für mich einstehe.

Ich hatte schon zu viele Monate meines Lebens darauf verschwendet zu hoffen, dass Brian sich für mich ändern würde. Ich wusste, es war eine Zerreißprobe, ihn derart zu bedrängen, aber ich konnte nicht damit aufhören.

»Wir verstecken uns jetzt schon seit drei Jahren wie die letzten Schweine«, sagte ich zu ihm. »Wie soll das enden?«

Er beantwortete diese Frage einige Stunden später ziemlich wirkungsvoll. Er hat nicht mal den Anstand besessen, mit mir Schluss zu machen, sondern ließ mich die wenigen Überreste meines Stolzes aufsammeln und es selbst beschließen.

Brian ist wahrscheinlich erleichtert, hat sich in unserem alten Bett ausgestreckt und schnarcht gerade zufrieden. Während ich frierend im Auto liege, wenige Meilen von meinem alten Kinderzimmer entfernt. Ich selbst habe beschlossen hierherzukommen. Ich hätte meine Eltern erst anrufen sollen, bevor ich das Auto nordwärts lenkte, aber ich dachte, es würde schwerer, Nein zu sagen, wenn ich persönlich vor ihnen stünde.

Falsch gedacht. Meine Eltern liegen jetzt auch schön warm in einem bequemen Bett und verschwenden keinen Gedanken an mich. Jede Wette, dass sie mich gleich wieder vergessen hatten, nachdem mein Wagen aus ihrer Einfahrt verschwunden war.

Ich kneife gegen das unliebsame Brennen plötzlich aufsteigender Tränen die Augen zu. Männer weinen nicht. Das gehört zum Ehrenkodex. Ich drücke Daumen und Zeigefinger auf die inneren Augenwinkel und atme einmal tief durch.

Da nähert sich ein Auto, das tiefe Brummen des Motors wird begleitet vom Knirschen von Reifen, die über den Kiesparkplatz rollen. Scheinwerfer blitzen auf, und mir stockt der Atem, als eine Autotür aufgeht und Schritte näher kommen.

Als jemand mit den Fingerknöcheln gegen die Windschutzscheibe pocht, klopft mir das Herz bis zum Hals.

»Hallo, Roderick?«, sagt eine tiefe Stimme. »Bist du dadrin?«

Ich schnappe nach Luft. Wer ist dieser Störenfried, der meinen Namen kennt?

»Roderick«, wiederholt er. »Komm schon, Mann. Gib mir ein Lebenszeichen.«

Verblüfft realisiere ich, dass das Kieran Shipleys Stimme ist.

»Alter.« Er klopft noch mal. »Du liegst doch auf der Rückbank, stimmt's? Komm schon. Es ist kalt hier draußen.«

»Ach, dir ist kalt?«, blubbert es aus mir hervor, während ich den Schlafsack zurückschlage. »Sorry, wenn ich dir Unannehmlichkeiten bereite.«

»Hey.« Er probiert den Türgriff, aber ich habe natürlich abgeschlossen. »Ich meinte nicht mich, sondern dass es zu kalt ist, um draußen zu schlafen.«

Wie peinlich ist das denn? »Mir geht's gut. Kannst jetzt abhauen. Hier gibt's nichts zu sehen.«

Ich höre ein lautes Klonk und frage mich kurz, ob Kieran gegen mein Auto geboxt hat. Aber als ich mich dann aufsetze, kapiere ich, woher das Geräusch kam: Er hat die Stirn aufs Dach sinken lassen. Mit seiner großen Farmerstatur hat er den Schnee von einem der Seitenfenster gefegt und steht jetzt zusammengekrümmt, resigniert, an mein Auto gelehnt.

»Steig aus«, sagt er. »Komm schon. Nimm die Adresse, die

ich hier aufgeschrieben habe, okay? Ich habe ein freies Zimmer unterzuvermieten. Außerdem hab ich eh schon ein schlechtes Gewissen. Wenn du hier draußen abkratzt, dreh ich durch.«

Mit einem Stöhnen mache ich die Tür auf, steige aus und wickele den geklauten Schlafsack um mich. »Nur um das klarzustellen: Du willst, dass ich mit zu dir nach Hause komme, damit du ruhig schlafen kannst.«

Die dünne Schneedecke reflektiert das Mondlicht. Er blinzelt, die hübschen Augenbrauen vor Anspannung zusammengezogen. »So ungefähr. Aber du kannst dann auch ruhiger schlafen, oder? Win-win-Situation.«

»Ich möchte niemandem etwas schuldig sein. Du magst mich ja nicht mal.«

»Ich kenne dich ja gar nicht«, brummt er auf diese schroffe Art, die so typisch für ihn ist. Er schielt mich an. »Was ist denn los? Ist was passiert?«

»Nein! Nichts!«, blaffe ich und wische mir übers Gesicht. Ich muss aussehen, als hätte ich geweint. Noch nie habe ich mich so geschämt. »Geh nach Hause, Kieran. Du willst mich nicht als Mitbewohner. Du willst ja nicht mal, dass ich mich im selben Postleitzahlenbereich wie du aufhalte.«

Er zuckt zusammen. »Eigentlich ging's dabei nie um dich.«

»Tut es nie«, zische ich, weil ich die ganzen Männer so satthabe, die ihren Scheiß nicht auf die Reihe kriegen. Ich bin Brian ein wunderbarer Partner gewesen. Die halbe Zeit hat er mich heftig begehrt, und die restliche Zeit konnte er meinen Anblick nicht ertragen.

»Weißt du, du hättest einfach jemandem von uns sagen sollen, dass du in deinem Auto schläfst.«

»Das ist nicht euer Problem«, gebe ich zurück.

Kieran blinzelt. »Das heißt aber nicht, dass es uns egal ist.«

Jetzt fühle ich mich mies. »Es ist *peinlich*, okay? Ich hatte eigentlich nicht vor, Nashville so überstürzt zu verlassen. Und ich bin in der Hoffnung hergefahren, dass ich bei meinen Eltern pennen kann. Aber sie haben mir die Tür vor der Nase zugeschlagen. Das ist keine lustige Anekdote, die man mal eben so erzählt.«

Seine buschigen Augenbrauen ziehen sich zusammen. »Wieso haben sie das gemacht?«

»Wegen dem Schwulsein.« Ich achte darauf, ihm fest in die Augen zu sehen, während ich das sage, denn ich zeige niemandem, wie sehr mich das kränkt. »Sie finden's nicht gut.«

»Oh.« Er seufzt. »Eltern sind schrecklich.«

»Ja.« Unangenehme Stille senkt sich über uns. Ich erschauere, als mir der Schnee ins Gesicht weht.

»Hier«, sagt Kieran. Er zieht eine alte Visitenkarte aus der Hosentasche und gibt sie mir. Sie stammt von einem Friseurladen, aber er hat seine Adresse auf die Rückseite geschrieben. »Es ist das weiße Haus direkt an der kleinen Grünanlage von Colebury. Man kann es nicht verfehlen. Ich lasse die Seitentür auf. Nimm das Zimmer im Erdgeschoss. Es stehen keine Möbel drin, aber immerhin ist es warm.«

»Du kannst deine Tür doch nicht offen lassen.«

Er verdreht die Augen. »Na, dann schließ lieber ab, sobald du drin bist.«

Daraufhin überquert er den Parkplatz, steigt in einen Pickup, der fast so alt ist wie mein Käfer, und fährt weg.

Ich stoße einen frustrierten Schrei aus, der schnell in der nächtlichen Stille verhallt, und steige wieder in mein Auto. Jetzt habe ich Schnee in den Haaren. Stur sitze ich einen Augenblick lang da und zittere.

Wahrscheinlich hofft er, dass ich gar nicht auftauchen werde. Er hat seinen Teil getan, nicht wahr? Er hat es mir nur angeboten, damit er sich besser fühlt.

Andererseits ist er extra um elf Uhr abends hergefahren, um mir ein Zimmer in seinem Haus anzubieten.

Ich wäge noch eine Weile meine Möglichkeiten ab. Ich kann entweder die ganze Nacht lang frierend hier rumsitzen und mich elendig fühlen. Oder ich kann in einem Haus unterkommen, in dem ich nicht erwünscht bin.

Es ist echt saukalt in meinem Auto, deshalb fällt mir die Entscheidung letzten Endes leicht. Ich bin gerade ganz unten, und Kieran Shipley hat mir eine helfende Hand gereicht – Gott weiß, warum.

Ich wäre dumm, wenn ich das nicht annehmen würde.

Trotzdem dauert es noch eine halbe Stunde, bis ich den Mut aufbringe, ins Stadtzentrum zu fahren und in die Einfahrt eines hübschen weißen Hauses direkt an dem kleinen Park einzubiegen. Ich überprüfe die Adresse nicht zwei-, sondern dreimal, bevor ich zur Seitentür gehe und die Klinke herunterdrücke.

Es ist offen.

Ich hole einmal tief Luft und mache dann die Tür auf. »Hallo?«, rufe ich, und meine Stimme hallt in meinen Ohren wider. »Das hier ist hoffentlich Kierans Haus. Wenn nicht, werde ich wohl gleich wegen unbefugten Betretens verhaftet. Dabei habe ich kein Geld für die Kaution.«

Ich höre so etwas wie ein entferntes Schnauben. Und dann kommen leise Schritte die Treppe herunter.

Kieran kommt Stück für Stück in Sicht. Zuerst lange Beine in einer karierten Pyjamahose. Dann der T-Shirt-bedeckte, durchtrainierte Bauch und eine breite Brust, über deren Muskeln sich der Stoff spannt. Die Dunkelheit – oder vielleicht auch die späte Stunde – nimmt ihm allerdings das Raue. »Hey«, sagt er leise.

»Hey«, brumme ich und klinge dabei mürrisch, obwohl ich

dankbar bin. »Ich, äh, weiß, es ist schon spät. Du wirst dich morgen früh wie erschlagen fühlen.«

»Und du nicht?«

Ich schüttele den Kopf. »Wenn ich mich fünf Stunden ausstrecken kann, wird das die erholsamste Nacht seit einer Woche. Bist du dir wirklich sicher?«

»Natürlich«, flüstert er. »Komm, ich führe dich kurz rum.«

Ich folge ihm durch die dunklen Zimmer, wobei die Straßenlaternen genug Licht spenden, damit ich überblicken kann, wie die Lage ist. Die Küche wurde vor Kurzem modernisiert, aber alles andere ist altmodisch – auf gute Art. Die Decken sind hoch, es gibt noch die originalen Stuckverzierungen und altes Parkett.

»Schönes Haus«, sage ich und stoße einen kleinen Pfiff aus.

»Ja, ich weiß.« Er fährt sich mit einer Hand durch das zerzauste Haar. »So was Schönes könnte ich mir nicht leisten, wenn Zara mir nicht einen Spezialpreis gemacht hätte. Ich dachte mir, dass ich das Zimmer hier unten vermiete.« Er deutet auf die im Dunkeln liegende Tür weiter hinten. »Dann hat jeder von uns ein eigenes Bad.«

»Guter Plan«, stimme ich zu. Ich bin weiß Gott nicht stark genug, um der Versuchung zu widerstehen, heimlich einen Blick auf seinen nackten Körper zu werfen, wenn er aus der Dusche kommt.

Ich *will* natürlich gern mal einen Blick erhaschen. Schließlich bin ich noch ein atmendes, lebendes Wesen.

Das Ganze hier ist vermutlich eine furchtbar schlechte Idee, nur eben nicht furchtbar genug, als dass ich unbedingt noch länger in meinem Auto schlafen würde, wenn ich nicht muss.

»Oben gibt es noch zwei Zimmer und ein Bad. Und einen Dachboden, den ich mir noch nicht angeguckt habe. Ich hätte also mehr Platz als du. Aber dafür habe ich auch mit Zara vereinbart, einigen Handwerkerkram zu übernehmen. Und noch so dies und das.«

»Cool.« Ich wedele mit der Hand, um zu zeigen, dass es mir nicht groß auf die Quadratmeterzahl ankommt. »Wie hoch ist die Miete?«

»Für dich wären es sechshundertfünfzig im Monat plus Nebenkosten. Ich habe allerdings keine Ahnung, wie viel Strom- und Gaskosten obendrauf kommen werden.«

»Mehr nicht?« Ich bin baff. »Das ist günstig.«

»Na, es ist genau die Hälfte der Miete. Aus dem Grund wollte ich auch keine zwei Mitbewohner. Ist gar nicht nötig.«

»Wow, okay.« Ich schiebe mich an Kieran vorbei und gehe den Flur entlang in das leer stehende Zimmer, in dem es eine breite Fensterbank mit Blick auf den Garten hinter dem Haus gibt. Es ist ein tolles kleines Zimmer in einem Wahnsinnshaus.

»Zara ist mir entgegengekommen, weil sie Hilfe braucht, wenn Dave nicht da ist, außerdem wollte sie an jemanden vermieten, den sie kennt.«

»Ja.« Ich räuspere mich. »Hör zu, ich will nicht, dass du bloß, weil ich pleite bin, jemandem absagst, den du eigentlich lieber als Mitbewohner hättest. Ich will keine Almosen. Du warst nicht besonders erfreut darüber, dass ich wieder in der Stadt bin.«

»Ja.« Er windet sich. »Vergessen wir das doch einfach.«

»Du hast eigentlich nie gesagt, warum«, hake ich nach.

»Echt jetzt?« Er verschränkt seine kräftigen Arme vor der Brust. »Das ist ja wohl nicht so schwer zu erraten.«

»Wegen der Highschool«, rate ich.

»Ja, du Oberchecker. Aber das ist, äh, Schnee von gestern. Ich hab seitdem niemanden mehr gestalkt.«

Ich muss grinsen. »Du warst doch kein Stalker. Eher ein Voyeur. Das ist was anderes.«

»Hör zu«, brummt Kieran. »Willst du das Zimmer jetzt oder nicht? Meine einzige Bedingung ist, dass wir nie wieder über die Sache reden.«

»Okay.« Ich verkneife mir ein Lächeln. »Sorry. Du bist hier eben bloß der Einzige, der sich nicht gern daran erinnert. Ich mag Voyeure irgendwie. Ich hab da keine allzu großen Komplexe …« Als ich seinen Gesichtsausdruck sehe, hebe ich kapitulierend die Hände. »Okay. Schon gut. Wir reden nie wieder drüber.«

»Danke.«

»Ist eh bloß blöder Highschool-Kram«, füge ich noch hinzu. »Ich möchte weiß Gott nicht dafür zur Rechenschaft gezogen werden, was ich als Teenager angestellt habe. Oh Mann, beziehungsweise mit knapp zwanzig. Okay – es kann sich nur noch um Tage handeln, bis ich aufhören werde, Dummheiten anzustellen. Muss jede Sekunde so weit sein.« Als ich lache, lässt Kieran ein so kurzes Lächeln aufblitzen, dass ich es mir womöglich nur eingebildet haben könnte.

Schließlich betrachten wir einen Moment lang einander stumm. Und mit einem Mal wird mir überaus bewusst, dass ich mitten in der Nacht ganz allein mit einem heißen Farmer in einem leeren Haus stehe. Seine schönen Augen sehen mehr, als sie preisgeben. Ich habe keine Ahnung, was der Mann denkt. Und wenn es nach ihm geht, werde ich das auch nie erfahren.

»Was brauchst du sonst noch von mir?«, platze ich heraus. »Eine Kaution? Ich muss meinen ersten Gehaltsscheck abwarten, bevor ich dir eine zahlen kann. Wenn das ein Deal Breaker für dich ist, versteh ich das.«

»Nee.« Kieran schüttelt den Kopf. »Zara hat auch keine von mir gewollt, da wäre es eine miese Nummer von mir, wenn ich eine von dir verlangen würde.«

»Ach so«, erwidere ich gedehnt. »Hat, äh, Zara dich dazu

gebracht, das Zimmer an mich zu vermieten? Wenn es so war, können wir nämlich einfach behaupten, ich hätte kein Interesse …«

»Nein.« Er runzelt die Stirn. »Sie hat keine Ahnung hiervon. Außerdem ist die erste Miete eh erst im Dezember fällig.«

»Okay.« Ich schlucke. »Also, falls du es dir bis dahin nicht noch mal anders überlegst, dann hast du deinen Mitbewohner.« Ich strecke ihm die Hand hin.

Kieran zögert tatsächlich einen Sekundenbruchteil, bevor er sie schüttelt. Als sich unsere Handflächen berühren, läuft ein heißer Schauer über meine Haut. Während seine Finger meine umschließen, wird mir übermäßig bewusst, wie dicht wir hier in unserem zukünftigen gemeinsamen Zuhause beisammenstehen.

Wenn mit Kieran zusammenzuwohnen sich die ganze Zeit so anfühlen wird, bin ich so was von geliefert. »Dann gehe ich mal meinen Schlafsack holen.«

»Ich habe eine Isomatte, die du dir leihen kannst, bis du ein richtiges Bett hast.« Als er gähnt und sich streckt, rutscht sein T-Shirt ein paar entscheidende Zentimeter hoch, sodass ich seine Bauchmuskeln abchecken kann.

Reiß dich zusammen, Roddy, ermahne ich mich selbst. *Sonst stehst du, ehe du dich versiehst, wieder auf der Straße.*

Kieran merkt es allerdings nicht. Er tapert nach oben, um die Isomatte zu holen, während ich rausrenne, um ein paar meiner Sachen reinzuholen.

Wieder im Haus, mache ich leise die Tür hinter mir zu und schließe sie ab. Dann seufze ich zutiefst erleichtert. Ich hänge immer noch über dem Abgrund, aber gerade hat mir jemand eine Rettungsleine zugeworfen.

Danke, Vermont. Hier ist es gar nicht schlecht.

In dieser Nacht liege ich in einem ruhigen Zimmer und kann die Beine im Schlafsack komplett ausstrecken. Ganze fünf Stunden am Stück schlafe ich so gut wie seit einer Ewigkeit nicht mehr, und als mein Wecker klingelt, wasche ich mich in einem warmen Badezimmer und fahre dann zur Arbeit.

Ich brauche ganz genau drei Minuten dorthin. So einen kurzen Weg hatte ich noch nie.

Zara und ich backen zwei Dutzend herrliche Bagel und einen Haufen Muffins und andere Teilchen. Als Kieran reinkommt und hinter dem Tresen zu arbeiten beginnt, mache ich ihm einen Pumpernickel-Bagel mit Frischkäse und Räucherlachs und stelle ihm den Teller hin. »Der ist für dich. Vielen Dank für alles.«

Er blinzelt. Dann nimmt er den Teller und leckt sich über die Lippen. »Danke. Und gern geschehen. Ich werde erst mal Kaffee machen, bevor ich den esse.«

»Guter Plan.«

Als ich wieder in die Küche komme, ertappe ich Zara dabei, wie sie uns beobachtet hat. »Was hat Kieran denn? Stimmt was nicht?«

»Nein, alles gut«, sage ich, während ich dreckiges Geschirr zur Spüle trage. »Ich, äh, hab ihn gefragt, ob er mir ein Zimmer untervermietet, schätze also, jetzt bin ich auch dein Mieter.«

»Oh«, sagt sie sichtlich perplex. »Wie schön.«

Sie hat ja keine Ahnung.

Als ich um drei von der Arbeit komme, ist Kieran bei einem seiner anderen Jobs. Der Kerl arbeitet echt hart. Ich bin also mir selbst überlassen und erkunde das Haus bei Tageslicht.

Nach oben gehe ich nicht, denn ich will nicht in seine Privatsphäre eindringen. Aber ich sehe mich im leeren Wohnzimmer genau um, schaue mir die Einlegearbeiten im Parkett an und bewundere den Blick durchs vordere Fenster auf die Grünanlage. Colebury ist keine sonderlich hübsche Stadt, aber dies hier ist ihr schönster Teil. Die meisten Häuser rund um den Platz wurden kürzlich saniert. Auf der gegenüberliegenden Seite der Grünanlage ist die Kirche meiner Eltern zu sehen. Einmal die Woche werden sie nur eine Viertelmeile entfernt sein, nehme ich an, und für meine Seele beten.

Oder auch nicht. Ich frage mich, ob sie überhaupt je an mich denken.

Mit diesem deprimierenden Gedanken setze ich meinen Rundgang durchs Haus fort. Das Esszimmer ist wunderschön, mit eingebauten Glasvitrinen in den Ecken. Ein Tisch und Stühle fehlen, aber hey, niemand ist vollkommen.

In der Küche schaue ich in alle Schränke und Schubladen und stelle fest, dass sie leer sind. Also gehe ich raus zu meinem Auto und hole die wenigen Dinge, die ich aus Nashville mitgenommen habe. Da wären meine Lieblingsrührschüssel, eine teure Edelstahlpfanne, eine Küchenwaage, mein guter Stieltopf und meine Messer.

Ein Koch hat immer seine Messer dabei. Ich habe mein ganzes Leben in Nashville zurückgelassen, selbst meine Gitarre, aber irgendwie war ich klar genug im Kopf, um meine liebsten Küchenutensilien mitzunehmen. Niemals wäre ich ohne mein fünfhundert Dollar teures Wüsthof-Messerset gegangen. Die sind sowieso mehr wert als meine Gitarre.

Alles zu verstauen, dauert nur ein paar Minuten. Und dann frage ich mich, was Kieran davon halten würde, wenn ich noch ein paar unverzichtbare Sachen für die Küche besorge. Wäre er dankbar? Oder könnte er denken, ich mache mich bei ihm breit?

Ich denke ein, zwei Minuten darüber nach. Ach, mir doch egal, die Küche wirkt leer und trist, und Kochen ist mein

Fachgebiet. Ich schnappe mir die Autoschlüssel und mein Portemonnaie, in dem sämtliches Geld steckt, das ich besitze.

Und dann fahre ich einkaufen.

Gut, im Supermarkt geht es vielleicht ein bisschen mit mir durch, aber was zu essen braucht schließlich jeder, oder nicht? Als ich mich in Kierans Küche ans Kochen mache, bin ich so glücklich wie lange nicht. Ich reibe eine Schweinelende mit Gewürzen ein und lege sie zum Schmoren in meine Pfanne, sodass mir noch der Stieltopf für eine schöne Apfelsoße bleibt.

Erst als ich Kieran um halb acht zur Tür hereinkommen höre, merke ich, dass die Arbeitsfläche mehlbestäubt ist und die Fensterscheiben beschlagen sind. Ich habe mich hier häuslich eingerichtet, ehe er die Gelegenheit dazu hatte.

Hastig fange ich an aufzuräumen. Aber da steht er schon in der Tür, in der Hand ein …

»Ist das etwa ein Fertigsandwich aus dem Supermarkt?«, frage ich, ohne das Grauen aus meiner Stimme fernhalten zu können.

Er guckt hinunter auf das Plastikdreieck in seiner Hand, als wäre er nicht ganz sicher, wie es dorthin gekommen ist. »Ich bin noch vor dem Abendessen bei meiner Familie losgefahren, und dann fiel mir nichts Besseres ein.«

»Also, ich habe Schweinelende mit Apfelsoße gemacht. Dann ging mir auf, dass ich, äh, gar keine Teller habe. Deshalb hab ich noch Brötchen gebacken, die man mit dem Fleisch belegen kann.«

»Das riecht …« Er schnuppert. »Wow. Echt gut.«

Schon von diesem Krümelchen Lob werde ich gleich einen halben Kopf größer. »Dann lass uns essen. Das kannst du dir für morgen aufheben.« Ich nehme ihm die Plastikpackung mit dem Sandwich aus der Hand, mache den Kühlschrank auf und werfe sie hinein.

Kieran hält die Kühlschranktür auf, bevor sie zufällt. »Heiliger Strohsack. Du warst ja einkaufen.«

»Tja, kann man wohl sagen.« Ich lache nervös angesichts der ganzen Lebensmittel, die ich hineingestopft habe. Einen Kanister Milch, weil der am billigsten ist. Äpfel, Winterkürbis – weil beides günstig ist. Butter. Ein paar Gewürze zum Kochen. Mehrere Stücke Käse, weil das ein preiswerter Proteinlieferant ist und einige davon im Angebot waren. Mein Sauerteigansatz. »Pass auf, ich kann das ganze Zeug in zwei Fächer packen und dir die anderen zwei lassen. Ich muss mich ja nicht so ausbreiten.«

Er zuckt mit den Schultern. »Ist doch genug Platz. Außerdem kann ich nicht kochen. So gar nicht. Könntest du dir vielleicht vorstellen …«

Ich warte ab.

»Ach, schon gut.« Er schüttelt den Kopf.

»Ob ich mir was vorstellen könnte?«, hake ich nach.

Er schließt sein Handy an das Ladegerät auf der Arbeitsfläche an und weicht meinem Blick aus. »Ich möchte ein bisschen kochen lernen«, sagt er. »Ich kann's mir nicht leisten, jeden Abend auswärts zu essen. Könntest du, äh, mir ein gutes Kochbuch empfehlen?«

»Kochen lernt man nicht aus einem Buch«, erkläre ich ihm. »Alles steht und fällt mit der Technik. Ich werde dir Kochen beibringen. Das ist das Mindeste, was ich tun kann.« Ich gehe auf ihn zu, weil mich der Gedanke begeistert. Kochen macht Spaß, wenn es jemanden gibt, der dann auch isst.

Seine braunen Augen weiten sich. »Echt?«

»Klar. Kein Problem. Kochen ist wie Atmen für mich. Es ist das Einzige, was ich jemals schneller draufhatte als andere.«

Neben Blowjobs.

»Da wäre ich dir echt dankbar«, sagt er und schiebt dabei

die Hände in die Hosentaschen. Als er ein winziges Stück zurückweicht, merke ich, dass ich ihm zu nah gerückt bin. Das passiert mir immer, wenn ich wegen irgendwas ganz aus dem Häuschen bin.

Ich mache einen ordentlichen Schritt nach hinten. »Lass uns essen, bevor meine Brötchen noch verbrennen.« Ich öffne die Backofentür und nehme vorsichtig den Edelstahldeckel meiner Pfanne heraus, den ich zum Backblech umfunktioniert habe. Vier große Brötchen umringen den Knauf in der Mitte.

Die Pfanne wiederum steht auf der untersten Schiene, und der Braten darin hat eine schöne braune Farbe bekommen.

»Wow«, macht Kieran. »Beeindruckend.«

»Das sind ein zwölf Dollar teurer Braten und Mehl im Wert von einem Dollar. Genau deshalb hole ich mir nie auswärts was zu essen. Ach, und …« Als ich den Topfdeckel anhebe, steigt der Duft von Äpfeln in die Luft. »Äpfel sind um diese Jahreszeit auch günstig.«

Er schnaubt. »Wenn man Griffin Shipley als Cousin hat, sind sie sogar kostenlos. Ich esse jeden Herbst so viele, ich bestehe womöglich schon zur Hälfte aus Äpfeln.«

Und zur anderen Hälfte aus Muckis. Den Gedanken behalte ich für mich. Aber Kieran Shipley ist so attraktiv, dass mein versautes kleines Hirn das nicht ausblenden kann.

Innerlich verpasse ich mir eine Ohrfeige und frage dann vorwitzig nach: »Audrey wohnt auf der Apfelfarm?« Was meine neuen Chefinnen angeht, bin ich meganeugierig. Schnell nehme ich die Brötchen vom Pfannendeckel und packe sie zum Abkühlen auf die Arbeitsfläche. Dann hole ich die Pfanne aus dem Ofen und stelle sie auf den Herd, um den Braten noch kurz ruhen zu lassen, bevor ich ihn anschneide.

»Yepp, sie haben ein großes Stück Land. Obstanbau ist ihr Hauptgeschäft, aber es gibt auch eine kleine Molkerei. Griffin stellt Cider her, und der entwickelt sich gerade zu seiner größten Einnahmequelle.«

»Wie cool.« Ich kann mir gar nicht ausmalen, was für ein Luxus es sein muss, seine Lebensmittel selbst anzubauen. Und Kieran zum Reden zu bringen, fühlt sich an, als hätte ich einen Preis gewonnen. »Wär's komisch, wenn wir die Apfelsoße in die Brötchen füllen? Wir haben nämlich auch kein Besteck.«

Er zuckt mit den Schultern. »Du brauchst mich ja eigentlich nicht mit Essen zu versorgen. Aber das hört sich ziemlich gut an, finde ich.«

»Super. Gib mir zehn Minuten, um die Sandwiches fertig zu machen, dann kannst du meine geile Schweinelende probieren.«

Stopp mal, wieso klang das jetzt so versaut?

»Danke«, sagt er nur. Dann geht er nach oben, um sich umzuziehen.

14

Kieran

Ich dachte, es würde total komisch sein, Roderick als Mitbewohner zu haben. Aber wie sich herausstellt, bleibt einem gar keine Zeit, sich komisch vorzukommen, wenn man mordsviel zu tun hat. Nach unserem improvisierten Abendessen am Küchentresen sehe ich ihn eine Weile kaum.

Die darauffolgenden zwei Wochen sind eine verschwommene Mischung aus Kaffeemachen, Photoshoppen und zum Arbeiten raus zur Farm nach Hardwick fahren. Jeden Abend halte ich auf dem Heimweg an einem Laden, um Sachen fürs Haus zu besorgen. Ich kaufe ein Set schlichter weißer Teller und Schalen. Ich kaufe Handtücher und zusätzliche Bettwäsche. Eine große Tagesdecke und eine Decke.

Ich kaufe ein Sofa, dessen Preis um die Hälfte gesenkt ist, weil ein Bein fehlt. Das lässt sich leicht reparieren, denn wir haben jede Menge Holzreste in der Scheune herumliegen. Es dauert bloß fünf Minuten, ein Stück in der passenden Breite zu finden und zurechtzuschneiden. Auf Sofabeine achtet sowieso niemand.

Abends ins Bett zu gehen und zu wissen, dass Roderick im Haus ist, fühlt sich auch gar nicht so merkwürdig an, wie ich dachte. Bei ihm brennt meistens schon kein Licht mehr, wenn ich nach einem weiteren arbeitsreichen Tag die Treppe hinaufwanke.

Roderick schläft immer noch mitten in dem leeren Zimmer im Schlafsack. Zwischen ihm und dem nackten Fußboden liegt nur die Isomatte, die ich ihm geborgt habe. Er scheint mit dieser Situation allerdings völlig zufrieden zu sein. Tatsächlich sieht er mittlerweile viel erholter aus. Die dunklen Ringe unter seinen Augen sind verschwunden, und er schläft bei der Arbeit nicht mehr ein.

Außerdem bin ich ihm dankbar, dass er sein Versprechen gehalten und die Highschool nicht mehr erwähnt hat.

Eines Freitagabends komme ich aus der Werbeagentur nach Hause und finde Roderick lesend auf meinem neuen Sofa vor. »Hallo!«, sagt er und klappt das Buch zu. »Ich habe auf dich gewartet. Es ist Zeit für deine erste Kochstunde.«

Es ist peinlich, wie sehr ich mich freue zu hören, dass er auf mich gewartet hat. »Was gibt's denn?«, frage ich und hänge meine Jacke über einen Türknauf. Ich muss dringend ein paar Haken im Eingangsbereich montieren. Mach ich bald.

»Brathähnchen mit Kräuterbutter und Knoblauch«, sagt er.

»Das klingt … schwierig.« Vielleicht war das doch keine so gute Idee.

»Ich weiß!«, erwidert er und springt fröhlich auf. »Ist es aber gar nicht. Deswegen habe ich das Rezept ausgesucht. Komm mit.« Er hüpft förmlich in die Küche.

In seiner Pfanne liegt ein ganzes Hühnchen, und daneben stehen einige weitere Zutaten auf der Arbeitsfläche.

Er hält einen Kräuterzweig hoch. »Das ist …«

»Rosmarin«, sage ich.

»Und das …«

»Petersilie«, komme ich ihm erneut zuvor. »Ich bin auf einer Farm groß geworden. Meine Mom schafft es zwar nie, Geschmack an ihre Gerichte zu bekommen, meine Tante Ruth aber definitiv.«

»Na gut.« Roderick schnaubt. »Ich schätze mal, dann wirst du das prima hinbekommen. Siehst du die Butter hier? Ich habe sie rausgestellt, damit sie weich wird.« Er pikt einen Finger hinein, und es bleibt eine Delle zurück. »Pack die aus und gib sie in eine Schüssel.«

Ich befolge diese simple Anweisung, woraufhin er mir ein edles Kochmesser gibt. »Jetzt lernst du, wie man ruckzuck Knoblauch schält.« Er legt eine Zehe auf ein Schneidebrett, das ich noch nie zuvor gesehen habe. Das muss er neu gekauft haben. »Drück mit der flachen Schneide drauf. Na los.«

Zack. Ich drücke auf die Knoblauchzehe, bis sie platt ist.

»Sehr schön!« Er lacht leise. »Jetzt schälen. Das geht ganz leicht, wenn man die Zehe vorher leicht zerdrückt hat.«

Er hat recht. Ich schnipple die Schale weg.

»In dünne Scheiben schneiden, okay? Dann stifteln.«

Ich schneide den Knoblauch in feine Scheiben, gerate dann aber ins Stocken. »Was soll das heißen, stifteln?«

»Na so«, entgegnet er. Als er um mich greift und das Messer schwenkt, geht meine Konzentration flöten. Die Wärme seiner Brust an meiner Seite und die Art, wie sein Daumen meine Hand streift, lenken mich zu sehr ab. »Okay, noch ein bisschen feiner«, sagt er.

Ich schiele hinunter auf den Knoblauch und hacke ein paarmal ungelenk darauf herum, aber meine Sinne sind noch bei Roderick. Er steht so dicht neben mir, dass ich seinen Atem spüre, wenn er etwas sagt. Und das gefällt mir viel zu gut.

»Das reicht«, meint er. »Jetzt schneide noch eine Zehe klein.«

Ich zwinge mich, mich zu konzentrieren. Der gehackte Knoblauch kommt auf die Butter, dazu noch Petersilie und Rosmarin, die ich ebenfalls klein schneide. Dann gibt mir Roderick einen Holzlöffel und lässt mich alles vermengen.

»Zeit, den Backofen vorzuheizen«, sagt er. »Ich stelle ihn

auf zweihundertzwanzig Grad, zweihundertdreißig sind sogar noch besser, aber dann entsteht manchmal zu viel Dampf. Hühnchen sollte man immer schnell und heiß braten«, sagt er mit einem leisen Lachen. »Was beim Sex gilt, gilt auch bei Brathähnchen.«

Jetzt laufen mein Hals und mein Gesicht *knallrot* an.

»Nächster Schritt«, sagt er. »Verteil die Hälfte der Butter mit den Händen zwischen der Haut und dem Fleisch des Hähnchens.«

»Und was ist mit dem Rest Butter?«, frage ich mit noch immer gerötetem Gesicht.

»Den frieren wir fürs nächste Mal ein.« Er nimmt sich ein Stück Butterbrotpapier und lässt die Hälfte der Masse darauf fallen. Dann formt er sie zu einer Rolle und wickelt sie ein, ehe ich auch nur blinzeln kann.

Ich fange an, das Hähnchen einzubuttern, schaffe es dabei aber so ungefähr, mehr auf mir zu verteilen als auf dem Vogel.

»Ist immer eine ziemliche Sauerei«, gesteht er.

»Nicht halb so eine, wie wenn man ein Hühnchen rupfen und ausnehmen muss«, wende ich ein.

»Das hast du gemacht?«, ruft er aus.

»Schon oft. Wenn du nächstes Mal ein Hühnchen brauchst, sag mir drei Tage vorher Bescheid, dann bringe ich dir ein frisches mit und zeige dir, wie man das macht.«

Als er mir eine Hand auf den Rücken legt, fühle ich die Wärme durch mein T-Shirt hindurch. »Ich denke, das lasse ich lieber schon den Laden für mich erledigen, Farmer.« Die Hand verschwindet wieder, doch ich spüre sie immer noch. »Der letzte Schritt«, sagt er und greift nach einer Pappschachtel mit grobem Salz. »Bumsviel Salz und Pfeffer draufhauen. Das ist ein Fachausdruck. Merk ihn dir.«

Erneut muss ich lachen. Das ist schon das zweite Mal heute.

Wir lassen den Vogel eine Stunde lang im Ofen. Ich gehe duschen und rufe meinen Bruder an, dann kocht Roderick Reis.

»Bei braunem Reis und Basmatireis kommen zwei Tassen Wasser auf eine Tasse Reis. Das gelingt meistens.« Als er den Deckel vom Kochtopf nimmt, steigt ein heimeliger Duft daraus auf.

»Das riecht lecker.«

»Ich habe bloß ein bisschen Kurkuma und Kreuzkümmel dazugegeben.« Er zuckt mit den Schultern. »Wir sollten dazu eigentlich auch Gemüse essen. Aber wir haben nicht genügend Töpfe und auch nicht genügend Zeit. Das gehen wir dann vielleicht bei deiner nächsten Kochstunde an.«

»Guter Plan.«

Als er den Ofen öffnet, sieht das Hähnchen so fantastisch aus wie auf einem Zeitschriftencover – goldbraun brutzelt es vor sich hin.

»Wahnsinn«, murmele ich.

»Ja, ich hab auch Hunger«, stimmt er mir zu. »Schaff deinen großen Körper mal aus dem Weg, damit ich es rausholen kann.« Mit zwei Geschirrtüchern in den Händen – die hat mir meine Mutter mitgegeben – hebt er die Pfanne auf den Herd. »Es muss noch fünf bis zehn Minuten ruhen, dann können wir es verputzen.«

Ich halte das Warten kaum aus. Aber als ich dann endlich den ersten Bissen esse, schmeckt es *köstlich.*

»Du kochst spitze«, sagt Roderick und beißt in einen Schenkel. Wir stehen nebeneinander am Tresen, weil es keinen Tisch gibt.

»Schmeichel mir nicht, es ist doch dein Rezept«, sage ich und stupse ihn dabei mit dem Ellbogen an. Ich befinde mich in diesem Glücksrausch, der sich einstellt, wenn man etwas unglaublich Leckeres isst. Der Knoblauch und die Butter haben etwas Gewöhnliches in etwas Außergewöhnliches verwandelt. »Was ich aber nicht verstehe, ist, wieso so viele Leute schlecht kochen, wenn es doch so einfach geht?«

»Das frage ich mich auch schon immer«, sagt er und leckt sich die Finger ab.

Der Anblick von Rodericks Zunge erinnert mich an etwas, deshalb schaue ich weg. *Meine Güte.* Obwohl Roderick Wort gehalten und das Thema nicht wieder angeschnitten hat, ist die Erinnerung daran offensichtlich noch da und lauert in meinem Unterbewusstsein.

Ich habe keine Ahnung, wie ich sie vertreiben soll.

15

Roderick

Der November vergeht wie im Flug. Noch vor dem Monatsende hinterlasse ich den Scheck für meine Miete auf dem Küchentresen, als ich um fünf Uhr früh zur Arbeit aufbreche. Das ist gut investiertes Geld. Jeden Morgen wache ich in einem kuschelig warmen Haus auf statt in meinem Auto. Und ich schlafe nachts tief und fest, weil ich weiß, dass die Tür abgeschlossen ist und sich irgendwo im Haus ein muskelbepackter Farmer aufhält.

Ich bin ein Rudeltier. Fürs Alleinewohnen bin ich nicht gemacht.

Abgesehen davon habe ich mich schon Hals über Kopf in Kierans Haus verliebt. Das Wohnzimmer hat eine hohe Decke und glänzendes Parkett. Es hat die Ausstrahlung eines Hauses, das schon einhundert Jahre steht. Ich liebe die quietschenden Einbauschränke in dem Esszimmer, das wir gar nicht benutzen. Und die gedrechselten Sprossen des Treppengeländers.

Nach und nach richten wir alles ein. Kieran kauft in Läden und Onlineshops ein. Als ich eines Morgens aufstehe, finde ich einen großen cremefarbenen Teppich im Wohnzimmer vor. Ich lege mich mitten darauf und komme zu dem Schluss, dass ich ihn gut finde.

Ich wiederum klappere die Secondhandläden von Montpelier ab und statte mit meinen Fundstücken allmählich die Küche aus. Ich habe Kaffeetassen mit Gockeln darauf gekauft und einen glänzenden kupfernen Teekessel.

Einmal bin ich samstags bei einem Kirchenflohmarkt vorbeigefahren und habe einen Volltreffer gelandet: Eierbecher, Servierkellen, eine gusseiserne Grillplatte für zwei Dollar, an der noch das Preisschild hing. Und das sind bloß die größeren Anschaffungen.

Am Montag darauf sind zum allerersten Mal weder Kieran noch ich für eine Schicht im Café eingeteilt. Zara und Audrey haben verkündet, an dem Tag zusammenarbeiten zu wollen. »So können wir in die Woche starten und uns besprechen. Nur wir beide«, meinte Audrey.

Trotzdem werde ich um halb sieben wach, weil ich es inzwischen gewohnt bin, früh aufzustehen. Ich gehe einkaufen, denn es ist an der Zeit für Kierans nächste Kochstunde.

Um acht kommt er in einer Flanellhose, einem eng anliegenden Waffelpiqué-Shirt und mit vom Schlafen zerzausten Haaren die Treppe herunter. Wie immer erfasst mich eine Welle der Zuneigung für den heißen Farmer, der mich von der Straße geholt hat.

Aber ich schwärme nicht rum, wie dankbar ich ihm bin, denn mit Lob kann Kieran eindeutig nicht umgehen. Und meine Überschwänglichkeit ist ihm allgemein etwas unangenehm. Also versuche ich immer, mich in seiner Gegenwart zusammenzureißen.

Trotzdem kann ich es mir nicht verkneifen, mich zu fragen, wie es sich wohl anfühlen würde, in diese starken Arme genommen zu werden. Oder auch aufs Bett gedrückt zu werden, während er mich vögelt. Da bin ich nicht wählerisch.

»Du brauchst das nicht zu machen«, sind die ersten Worte, die Kieran heute Morgen zu mir sagt.

»Äh, was denn?« Ich bin immer noch von meiner morgendlichen Sexfantasie abgelenkt und von seinen länger gewordenen Haaren, die anfangen, sich zu locken. Ich möchte mit den Fingern hindurchfahren.

»Die Seifenschale in meinem Bad«, stellt er klar.

»Ach die!« Ich tue das mit einem Winken als albern ab. »War ein Glücksgriff.« Die Schale ist aus einem Stück gewachstem Holz geschnitzt. Sie hat mich an Kieran erinnert.

»Ich kann dir das Geld dafür geben«, sagt er.

»Klar, Mann. Wenn du unbedingt willst, nehme ich die fünfundzwanzig Cent von dir.«

»Moment, was?«

»Kirchenflohmarkt. Aber guck mal! Das hier habe ich auch gekauft …« Ich umfasse sein muskulöses Handgelenk und ziehe ihn rüber zum Herd, auf dem mein neuer Schmortopf bereitsteht. »Besser kann man vier Dollar nicht investieren.«

»Wow.« Er lacht leise. »Was willst du darin zubereiten?«

»Nicht ich, sondern du. Ich habe für deine nächste Kochstunde eingekauft.«

»Ich möchte die Lebensmittel bezahlen«, sagt er sofort.

»Na gut. Ich habe den Kassenbon noch irgendwo. Heute kochst du Pulled Pork. Das muss fünf Stunden in den Ofen, du solltest also lieber mal anfangen. Hier.« Ich gebe ihm die Rührschüssel. »Zwei Esslöffel brauner Zucker und eine Vierteltasse Paprikapulver. Du stellst eine Gewürzmischung zum Einreiben her.«

Er blinzelt mich aus verschlafenen Augen an. »Erst mal Kaffee?«

Sein Gesichtsausdruck ist so unverstellt und süß, dass ich ihn einfach nur in den Arm nehmen möchte. Allerdings habe ich schon gelernt, dass Kieran kein Typ für Berührungen ist.

Wenn ich ihm manchmal unbedacht den Arm tätschele, versteift er sich immer und wird wachsam.

Ich schnappe mir die Espressokanne – noch so ein Fund aus dem Secondhandladen – und fülle Wasser hinein. »Ich gebe dir Koffein. Aber du reibst schön den Bug ein.«

Er blinzelt. »Wie bitte?«

»Den Schweinebug. Auch Schweineschulter genannt. Heiz den Backofen auf einhundertvierzig Grad vor.«

»Bei so tiefer Temperatur?«

»Yepp! Schön tief und langsam. So mag ich's auch …« Lachend breche ich ab, denn Kieran läuft schon rot an, bevor ich den Spruch überhaupt gebracht habe. »Schon gut. Wir haben keinen Niedertemperaturgarer, darum schieben wir ihn einfach in den Ofen. Richtiges Pulled Pork wird im Smoker gegart, aber das hier wird trotzdem richtig gut werden. Jedenfalls wenn du irgendwann mal loslegst.«

Kieran kapiert den Wink und stellt endlich den Ofen an.

Nachdem ich ihn herumkommandiert habe, dass er sechs Gewürze zusammenrühren und die vier riesigen Stücke Schweinefleisch mit der Mischung einreiben soll, verteilt er ein paar geviertelte Zwiebeln im Topf und legt das gewürzte Fleisch darauf.

»Super!«, sporne ich ihn an. »Schieb das Baby in den Ofen. Gut. Jetzt mache ich uns Hefeteig-Pancakes.« Ich stelle die neue Grillplatte auf den Herd. »Mit leerem Magen halten wir den Duft von Pulled Pork nicht den ganzen Tag aus.«

Kieran beobachtet, wie ich den Teig umrühre, den ich über Nacht auf dem Küchentresen habe gehen lassen. »Gehen Pancakes nicht auch einfacher?« Er lehnt am Tresen und nippt an dem Kaffee, den ich für ihn gemacht habe. Als er den Becher anhebt, bewundere ich die dunklen Härchen an seinen gebräunten Unterarmen und seufze innerlich.

»Doch, klar. Aber die hier sind besser. Geschmacklich intensiver.« Ich verquirle den Teig und schalte dann den Brenner an, auf dem die Grillplatte steht.

Kieran trinkt seinen Kaffee aus. »Was ist das für ein Geräusch?«

»Hmm?«

»Dieses komische leise Tschilpen. Das kommt von deinem Handy.«

Ich schaue zum Tresen, wo mein Handy auflädt. »Das Geräusch kennst du nicht, hm?« *Faszinierend.*

»Nein?«

Ich grinse. »Das ertönt bei *Grindr*, wenn einen jemand anschreibt.«

»Oh.« Er guckt in seinen leeren Becher.

»Noch ein Anhaltspunkt«, setze ich hinzu. Kieran scheint weder Männer noch Frauen zu daten, manchmal bin ich mir aber sicher, dass er mich abcheckt. Wiederum bin ich auch ziemlich eingebildet. Und Kieran ist schwerer zu lesen als sonst irgendein Mann.

»Wofür?«

»*Dich.* Dass du das *Grindr*-Geräusch nicht kennst, ist ein Anhaltspunkt. Ich versuche, aus dir schlau zu werden.«

Seine Antwort lautet nicht, dass ich ihn mal kann und mich um meine eigenen Angelegenheiten kümmern soll. »Sag Bescheid, wenn's dir gelingt«, sagt er. Dann geht er so lange nach oben, bis die Pancakes fertig sind und ich ihn wieder nach unten rufe.

Nach dem Frühstück fährt Kieran weg, um auf der Farm seiner Eltern zu arbeiten. Als er zur Mittagszeit zurückkommt, duftet es himmlisch im Haus.

»Wow«, sagt er und hängt seine Jacke an einen Haken, den

er letzte Woche angebracht hat. »Das riecht toll. Ist es was geworden?«

»Es wird immer was«, sage ich und schwenke den Wein in meinem halb leeren Glas. Ich habe mir einen billigen Pinot Noir gegönnt, an dem ich genippt habe, während ich darauf wartete, dass Kieran wieder auftaucht. »Ich habe den Ofen vor drei Stunden ausgestellt. Geh du nachgucken, ja? Benutz dafür die Grillzange.«

In der Küche schaue ich zu, wie er den Topf herausnimmt und in das Fleisch pikst. »Es zerfällt regelrecht. Ich könnte mich reinlegen.«

»Du kannst gleich ordentlich reinhauen«, verspreche ich. »Aber meine Brötchen brauchen noch eine Viertelstunde, okay? Stell den Herd an, wir wärmen es auf. Ich rufe dich, wenn es so weit ist.«

»Super. Bin gleich wieder da«, sagt er und verschwindet dann nach oben.

Als die Brötchen fertig sind und dampfend in der Küche stehen, rufe ich nach oben. »Kieran?«

Keine Antwort.

Nach einem weiteren Versuch gehe ich langsam die Treppe hoch. Hier oben ist Kierans privates Reich, und ich möchte nicht ungefragt eindringen. Andererseits wartet das Pulled Pork.

Als ich in sein Zimmer komme, begreife ich, warum er mich nicht hört. Er sitzt am Schreibtisch und malt mit In-ear-Kopfhörern in den Ohren auf einem großen angekippten Block Aquarellpapier.

»Kieran.«

Nichts.

Ich trete näher. »Essen ist fertig!«, rufe ich.

Er erschrickt sich gewaltig. Dann lässt er den Kopf hängen,

als wäre es ihm peinlich. »Sorry«, sagt er und nimmt die Ohrhörer heraus.

»Ich wusste gar nicht, dass du malst.« Ich versuche, an ihm vorbeizuschielen. »Ist das … ein Traktor?«

Zum ersten Mal überhaupt legt er mir die Hände auf die Schultern – das Gewicht fühlt sich unheimlich verlockend an – und schiebt mich von seinem Werk weg. »Der ist furchtbar. Lass uns essen.«

Er nimmt seine Hände weg, als wir die Treppe herunterlaufen.

»Malst du schon immer?«

»Nein, fast nie«, sagt er bedeutungsschwer, als wir die Küche betreten. »Kann ich was von dem Wein haben?«

»Natürlich. Ich habe dir schon ein Glas eingeschenkt.« Ich zeige auf den Tresen, wo es steht. »Aber du musst erst noch das Fleisch auseinanderrupfen. Hier.« Ich gebe ihm zwei Gabeln. »Geht supereinfach. Aber du musst alles selbst machen, sonst zählt es nicht.«

»Zählt inwiefern nicht?«

»Als etwas, was du selbst zubereitet hast. Wir schummeln schon bei der Barbecuesoße.« Ich öffne die gekaufte Flasche. Dafür könnte ich mir von meinen Kollegen von der Kochschule ewig was anhören, aber ich wollte Kieran nicht gleich mit verschiedenen Rezepten überfordern.

Als er sich daranmacht, das Fleisch auseinanderzuziehen, läuft mir das Wasser im Mund zusammen.

»Erzähl, warum malst du nicht öfter?«, frage ich, denn der Wein hat das schäbige bisschen Selbstbeherrschung, das ich besitze, bereits zunichtegemacht.

Er hält kurz inne, als würde er abwägen, ob er mir antworten soll oder nicht. Dann legt er die Gabeln weg und schaut mir geradewegs in die Augen. »Als ich zwölf war, hat meine Mutter eine meiner tausend Zeichnungen an den Kühlschrank gehängt. Und mein Vater sagte daraufhin: ›Ermuntere ihn nicht noch. Wir wollen schließlich nicht, dass er mal so ein tuntiger Künstler wird.‹«

»Oh«, mache ich gedehnt. »Und kam das der Wahrheit vielleicht ziemlich nah?«

»Mit zwölf wusste ich es wirklich nicht …« Er schüttelt den Kopf, statt den Satz zu beenden. »Ich habe sofort mit dem Zeichnen aufgehört. So für die nächsten zehn Jahre.«

Mir klappt die Kinnlade herunter. »Aber zeichnest du denn nicht auf der Arbeit?«

»Ja, jetzt schon. Vor ein paar Jahren sagte ich mir ›Scheiß drauf‹ und habe mir eine Packung Buntstifte geholt. Es hat lange gedauert, bis mich seine Worte nicht mehr verfolgt haben.« In seinen Augen liegt jetzt ein solcher Schmerz, dass ich ihn einfach nur umarmen möchte.

»Shit. Das kenne ich«, stimme ich ein. »Ich höre auch immer noch die Stimmen meiner Eltern. Megatraurig, dass du zehn Jahre lang nichts gezeichnet hast. Aber vielleicht bist du schlauer als ich. Ich habe es umgekehrt gemacht und es meinen Eltern bei jeder Gelegenheit unter die Nase gerieben. Das endete damit, dass ich mit achtzehn unter der Brücke lebte.«

Er macht große Augen. »Wirklich? Wie lange denn?«

»Ein paar Monate. Dann erfuhr ich von einer Organisation, die obdachlose Jugendliche aus der LGBTQ-Community auch noch unterstützt, wenn sie schon über achtzehn sind, und mit dem Fördergeld habe ich die Kochschule absolviert. Die Leute sagen einem immer, man solle man selbst sein. Aber diesen Luxus kann sich nicht jeder leisten.« Ich nehme sein Weinglas vom Tresen und reiche es ihm. »Hier, trink was und mal noch ein bisschen weiter. Ich erzähle niemandem, dass du auf Traktoren stehst.«

Fältchen legen sich um seine Augen. »Tu ich eigentlich auch nicht. Aber ich hatte einen gezeichnet, als Dad stinksauer wurde. Dachte, das wäre ein gutes Motiv, um wieder anzufangen.«

»Ich hätte ihm einen lila Regenbogentraktor mit Einhörnern auf der Wiese gemalt, ich merke nämlich nie, wann's genug ist.« Jetzt gerade zum Beispiel. Ich möchte nicht, dass diese Unterhaltung zu Ende geht, weil Kieran sich mir endlich anvertraut. Er ist allen gegenüber dermaßen zugeknöpft, dass ich mir vorkomme, als hätte ich im Lotto gewonnen.

»Wie hast du's, äh, gemerkt?« Er räuspert sich und schaut mich zaghaft an.

»Was gemerkt?« Ich bin dermaßen angeheitert, dass ich kurz brauche, bevor ich kapiere, wonach er fragt. »Ach, dass ich durch und durch schwul bin? Das wusste ich schon immer. Tut mir leid.« Ich merke selbst, wie ich rumlabere. »Aber das ist bei jedem anders. Ich kenne Kerle, die fünfunddreißig und verheiratet waren, bevor sie festgestellt haben, wie sehr sie auf Schwänze stehen.«

Ich warte ab – und da ist sie! Die verräterische Schamesröte auf seinen Wangen. Wie jedes Mal, wenn ich Sex erwähne. Falls ich diesen Mann jemals ins Bett kriegen sollte, sorge ich dafür, dass er *komplett* rot anläuft.

»Du solltest dich ausprobieren«, sagt der Wein in meinem Blutkreislauf. »Ich helfe dir, ein *Grindr*-Profil zu erstellen. *Neugieriger Holzfällertyp mit Muckis sucht jemanden für 69*. Die werden dich umschwärmen wie die Fliegen.«

Kieran guckt entsetzt. Mit einem *Klonk* stellt er sein Weinglas ab. »Auf gar keinen Fall. Ich kann doch keine App benutzen. Shit. Ich schaff's ja noch nicht mal, als Barista Small Talk mit Fremden zu machen. In dieser App chattet man doch, oder? Wenn ich da tatsächlich auf jemand Interessantes stoßen würde, müsste ich mich ja *unterhalten*.« Er schüttelt sich.

Ich pruste los. »Was für eine Horrorvorstellung! Du hast also kein Problem damit, jemandem den Schwanz zu lutschen, aber der Small Talk macht dich fertig?«

»So ungefähr«, brummt er.

Übermütiges Gekicher hüpft durch meine Brust, und ich fühle mich ganz berauscht vor lauter Möglichkeiten.

Kieran stützt eine Hand am Tresen ab und betrachtet sein Weinglas, als könnte das Geheimnis des Universums darin verborgen sein. Der Mann ist echt schwer zu durchschauen.

»Hey.« Eine Welle der Zuneigung bringt mich dazu, eine Hand an seine Wange zu legen, damit ich ihm in die Augen schauen kann. »Falls du jemals beschließen solltest, mit jemandem rumzuexperimentieren, kannst du wissen, dass der Glückliche sich vorkommen wird, als hätte er das ganz große Los gezogen.«

Kieran erstarrt komplett unter meinen Fingern. Und kurz denke ich, dass mein Kompliment falsch rübergekommen ist. Vielleicht habe ich durch die Berührung alles versaut.

Aber als wir einander dann in die Augen sehen, kapiere ich zum ersten Mal, dass Kieran nicht etwa still wird, weil er mich am liebsten quer durchs Zimmer schleudern würde. Er wird still, wenn er nachdenkt. Und gerade denkt er, dass wir *sehr* dicht beieinanderstehen.

Er weicht nicht zurück.

Und ich auch nicht. Weil ich noch nie einer war, der einen Rückzieher macht, streichle ich mit dem Daumen über sein hübsches, stoppeliges Gesicht. Ich werde mit einem wohligen Seufzen belohnt, so leise, dass man es fast nicht hört.

Er hält den Atem an, als ich noch näher trete. Und dann schmiege ich die Wange an seine – Stoppeln an Stoppeln – und reibe mich wie eine anhängliche Katze. Er riecht nach Holzrauch und frischer Luft.

Kieran stößt leise einen geschockten Laut aus – halb Atmen, halb Stöhnen. Doch er macht sich nicht los.

Das fasse ich als grünes Licht auf. Ich drehe den Kopf und küsse ihn ganz sacht auf den Hals, gleich unterhalb des Kinns. Aus einem Kuss werden zwei. Drei. Schamlos verteile ich mit offenem Mund Küsse auf sämtliche Stellen, an die ich herankomme. Und das sind viele, denn Kieran hebt für mich das Kinn an.

Zwei für die Farmarbeit gemachte Hände landen zögerlich und ungelenk auf meinen Rücken. Seine Brust berührt meine, als er keuchend nach Luft schnappt.

Ich stelle mich auf die Zehenspitzen, um an sein Ohr heranzukommen, und flüstere: »Küss mich. Mach schon.« Denn ich habe mir diesem liebenswürdigen Geschöpf gegenüber schon genug Freiheiten herausgenommen.

Er stößt einen weiteren verzweifelten Laut aus, bevor er den Kopf dreht und sein begieriger Mund meinen Hals findet. Ich bekomme eine Gänsehaut am ganzen Körper, als er mich nachahmt, indem er meinen Hals mit den Lippen ausmisst und einen sinnlichen Pfad hinauf zu meinem Kiefer zieht. Zögerlich streichelt er mir den Rücken, als staune er selbst darüber.

Und ich halte es nicht mehr aus. Ich drehe den Kopf und erwische seine prallen Lippen mit meinen. Der erste Kuss schmeckt nach Rotwein und der zweite nach Lust. Er öffnet sich mir, als wäre er kurz vorm Verhungern. Ich schiebe die Zunge in seinen Mund und stöhne in den Kuss hinein. Ich will ihn schon so lange. Und sein schraubstockartiger Griff um meinen Rücken lässt mich vermuten, dass es ihm genauso gegangen ist.

Ich verliere mich in den Küssen. Jeder ist noch ein bisschen forscher als der vorherige. Kieran ist wie ein Ball, der einen

Hügel hinunterrollt, er nimmt immer mehr Fahrt auf. Ich schiebe ihn nach hinten, bis er mit dem Hintern gegen den Tresen stößt. Und dann stelle ich mich zwischen seine Beine und drücke ihm die Hüften entgegen.

Jaaaaa. Mein begieriger Schwanz streift seinen. Obwohl mehrere Lagen Stoff dazwischen sind, spüre ich, wie er hart wird. Instinktiv wandert meine Hand nach unten und massiert seinen Po durch die Jeans.

Kieran stöhnt in meinen Mund. Und der Laut scheint ihn aus unserem gemeinsamen Fiebertraum aufzuwecken. Plötzlich reißt er den Kopf nach hinten, als hätte ich ihn verbrannt. »Fuck«, flucht er.

Ich bin mir ziemlich sicher, dass das nicht als Aufforderung für mich gemeint ist. Vielmehr klingt seine Stimme schockiert. Irgendwie dringt diese Erkenntnis durch den lustvernebelten Zustand, in dem ich mich befinde, und ich weiche einen Schritt zurück.

Er vergräbt das Gesicht in den Händen. »Fuck«, sagt er noch einmal. »Tut mir leid.«

»Was denn?«, keuche ich.

»Ich weiß auch nicht.« Er stöhnt, und das nicht auf die schöne Art.

»Hey«, flüstere ich. Ich lege ihm eine Hand auf die Brust. »Mann, mir tut's leid. Ich hab die Situation ausgenutzt.«

»Nein.« Er schüttelt den Kopf. »Ich habe mir das schon lange vorgestellt.«

Mir geht das Herz auf. »Ja, ich mir auch. Trotzdem ist es nicht cool, so über seinen Mitbewohner herzufallen. Jedenfalls nicht, ohne vorher drüber geredet zu haben«, setze ich noch hinzu, denn die Hoffnung stirbt schließlich zuletzt.

Er nimmt die Hände vom Gesicht. »Aber ich hasse reden. Wir sind komplett aufgeschmissen.«

Ich atme tief durch, denn meine Hirnzellen brauchen Sauerstoff, außerdem bin ich gerade dermaßen angetörnt, dass wir uns den Strom für einen ganzen Monat sparen könnten, wenn wir jetzt eine Elektrode an meine geschwollenen Hoden anschließen würden. »Hör zu, lass uns das Pulled Pork essen. Ich bin betrunken, und wenn wir noch weiter hier rumstehen, werde ich dich bloß anstarren und dich mir nackt vorstellen.«

Sein Lachen klingt unbehaglich. »Okay. Essen wir.«

16

Kieran

Ich fülle meinen Teller und gehe dann damit ins Wohnzimmer. Allerdings kann ich von Glück reden, wenn ich überhaupt etwas schmecken werde, denn ich bin völlig durch den Wind. *Ich habe ihn geküsst.* Und es hat mir gefallen. Sehr sogar.

Wir setzen uns auf den neuen Teppich und essen jeder auf einer Seite des Couchtischs, den ich gestern Abend mitgebracht habe. Ein weiteres Relikt vom Dachboden meiner Mutter. Gedankenversunken nehme ich das große Sandwich und beiße hinein. Und – meine Fresse, schmeckt das gut. Das Fleisch ist zart und das Brötchen hefig und perfekt. Peinlicherweise stoße ich vor Glück ein leises Stöhnen aus.

Roderick grinst mich aus einem Meter Entfernung an. »Echt mal, wenn dir das Pulled Pork nicht schmecken würde, fände ich das schlimmer, als wenn du nicht mit mir vögeln willst.«

Ich kämpfe darum, mich nicht zu verschlucken, denn ich habe keine Ahnung, was ich darauf erwidern soll. So jemanden wie ihn habe ich noch nie getroffen. Ich kenne überhaupt keine schwulen Männer. Ich meine – das ein oder andere Gerücht ist mir schon zu Ohren gekommen. Aber ich habe noch nie einen Mann wie Roderick kennengelernt, der sich in einer Wohnungsannonce als »stockschwul« bezeichnet und ganz beiläufig Wörter wie »Schwanz« und »vögeln« sagt. »Weißt du, manchmal weiß ich nicht recht, ob du es ernst meinst oder nur Spaß machst.«

Er schluckt einen Bissen von dem hervorragenden Essen hinunter. »Ich geb dir einen Tipp: Ich meine so gut wie nie etwas ernst. Auf die Art lebt es sich leichter.«

Wir kauen eine Weile schweigend vor uns hin. Es wird immer klarer, dass Roderick mir so einiges beibringen könnte. Abgesehen vom Kochen. Und zwar einiges, was ich dringend lernen möchte. Ich wäre gern mehr wie er – bereit, meine Bedürfnisse in Worte zu fassen. Unerschrocken davor, was andere wohl davon halten.

Aber ich habe keinen blassen Schimmer, wie man das anstellt.

»Kann ich dich was fragen?«, holt mich Roderick aus meinen Gedanken. »Warst du schon mal mit einem Mann zusammen?«

Ich schüttele den Kopf.

»Dann mit Frauen?«, fragt er perplex.

»Nein, eigentlich auch nicht.«

»Vielleicht habe ich die Frage falsch formuliert. Hast du Sex mit Männern?«

Wieder schüttele ich den Kopf.

»Mit Frauen?«

»Manchmal. Ist schon eine Weile her.«

»Wie lange ist eine Weile?«

Ich denke nach. »Ein paar Jahre. Also, vier oder fünf.«

Ihm fallen fast die Augen raus. »Und hattest du Spaß dabei? Ach, schon gut. Wenn's so wäre, hättest du es nicht sein lassen.«

»Es war ganz okay.«

Er scheint darüber nachzudenken. »Nicht jeder steht auf Sex. Ich, äh, kann nicht ganz nachvollziehen, wie man nicht drauf stehen kann, aber Asexualität gibt es durchaus.«

»Hab ich von gehört«, sage ich und beiße noch einmal von dem unheimlich leckeren frischen Brötchen mit Fleisch ab. Der Gedanke, dass ich asexuell sein könnte, ist mir auch schon gekommen. Es stimmt, dass ich nicht oft an Sex denke. Ich gucke keine Pornos und habe keine One-Night-Stands.

Andererseits verbringe ich einen nicht unwesentlichen Teil meiner Zeit damit, *möglichst nicht* daran zu denken. Mein Leben ist ohnehin schon kompliziert genug. Ich beobachte meinen Bruder dabei, wie er flirtet, sich an Frauen ranschmeißt und sich regelmäßig zum Deppen macht. Und wofür? Ein One-Night-Stand nach einem Saufabend in der Bar.

Sex mit Fremden ist nichts für mich. Auf Frauen stehe ich nicht mehr halb so sehr wie damals als dauergeiler Teenager. Und sich mit x-beliebigen Männern von einer App auszuprobieren? Das ist einfach bloß seltsam.

Ich mag die allgemeine *Vorstellung* von Sex. Nur wie es genau laufen soll, konnte ich noch nie sagen.

»Du zerbrichst dir da drüben ja ordentlich den Kopf«, stellt Roderick fest.

»Ja. Einer der Gründe, warum ich zu Hause ausziehen wollte, ist …«

»Dass dein Dad ein Arschloch ist?«, rät Roderick.

»Stimmt, aber das wollte ich eigentlich nicht sagen.« Im Zusammenhang mit Dad ist mir schon oft das Wort *Arschloch* durch den Kopf gegangen. Aber meine Beziehung zu ihm ist komplizierter. Ich habe mir keinen Vater gewünscht, der mich ablehnt, und er hat sich nicht gewünscht, den größten Fehltritt meiner Mutter großzuziehen.

»Was denn dann?«, fragt Roderick.

»Ich wollte Freiraum, damit ich mir über alles klar werden kann.«

»Über deine Sexualität«, rät er.

»Darüber«, stimme ich zu, »und auch über meine berufliche Laufbahn. Ich brauche einen besseren Grafikdesign-Job und muss noch mehr Kurse belegen. Ich will nicht ständig Dads Meinung darüber hören. Weder darüber noch über …«

»Heiße Liebesspiele zwischen Männern?«, schlägt er vor, woraufhin ich mich beinahe an meinem Brötchen verschlucke. »Sorry«, sagt Roderick grinsend. »Ich wurde sozusagen ohne Filter geboren.«

»Es muss schön sein, einfach immer auszusprechen, was man denkt. Ich kann das irgendwie nicht.«

»Und ich kann es nicht sein lassen«, sagt er seufzend.

»Du hast nie erzählt, warum du eigentlich so überstürzt aus Nashville abgehauen bist.« Einer meiner wenigen Tricks, um die Leute davon abzubringen, mich weiter auszufragen, ist, ihnen selbst Fragen zu stellen. »Zara und Audrey wüssten auch zu gern Bescheid.«

»Aha«, sagt er und legt den letzten Happen seines Brötchens beiseite. »Ist keine sonderlich interessante Geschichte. Ich war drei Jahre lang mit einem Countrysänger zusammen.«

»Etwa einem berühmten?«, frage ich fasziniert. Ich kenne keinen einzigen homosexuellen Countrystar.

Er zuckt mit den Schultern. »Ich werde dir seinen Namen nicht verraten, ich würde nämlich niemals jemanden outen. Ich bin diesem Mann zwar *rein gar nichts* schuldig, aber hier geht's ums Prinzip.«

»Okay.«

»Das mit uns war ein riesengroßes Geheimnis, und das fand ich lange Zeit auch okay.«

»Dann aber irgendwann nicht mehr?«, vermute ich.

»Genau.« Er schaut verdrossen drein. »Das Verrückte ist, dass ich absolut verstehen konnte, warum er sich nicht outet. Die Countrymusikszene ist komisch. Da gibt es jede Menge konservative Fans. Aber immer wenn ich darüber frustriert war, hat er mir ein schlechtes Gewissen gemacht. An allem war stets nur ich schuld, er nie. Wenn er bloß ein bisschen mit mir mitgefühlt hätte, wäre ich vielleicht noch bei ihm.«

»Oh«, sage ich in der Hoffnung, einfühlsam zu klingen. Bloß hatte ich noch nie eine Beziehung und weiß nicht, wie das ist. »Dann hattest du einfach genug?«

Roderick lacht, doch es klingt bitter. »Ich bin sogar noch geblieben, als er immer gemeiner wurde. Er meinte, ich sei eine Klette. Das hat mich verletzt, weil ich mein ganzes Leben nach ihm ausgerichtet hatte. Ich durfte unser Haus nicht mal durch die *Vordertür* betreten.« Er verdreht die Augen und blickt zur Decke. »Ich weiß, wie lächerlich sich das anhört. Aber ich habe erst aufgegeben, als er mich betrogen hat.«

»Autsch.«

»Ja. Nicht nur das, er hat es auch noch so eingefädelt, dass ich ihn dabei erwische. Das war so was von feige. Direkt nachdem ich die beiden erwischt hatte, bin ich weg aus Nashville. Ich stieg ins Auto und fuhr zu einer rund um die Uhr geöffneten Klinik, in der man sich auf Geschlechtskrankheiten testen lassen kann. Dann bin ich wieder nach Hause gefahren, habe meine Sachen gepackt und ihn verlassen.«

»Heilige Scheiße.« Ich stopfe mir den letzten Happen von dem himmlischen Essen in den Mund. »Das tut mir leid«, murmele ich.

»Und mir erst!« Er lächelt fröhlich. »Ich hätte schon vor einem Jahr abhauen sollen. Ich wusste, dass er einen ziemlichen Schaden hat.«

»Er, äh …« Ich trinke einen großen Schluck Wein. »Schätze, von der Sorte kennst du nicht nur einen.«

Roderick schaut mich mit sanftem Blick an. So ausdrucksstarke Augen habe ich noch bei keinem anderen Menschen gesehen. »Du bist in dem Punkt aber wenigstens ehrlich. Du meintest: ›Ich muss mir noch klar werden, was ich will‹, mein Ex dagegen hat die ganze Zeit versucht, beides zu sein – der schwule Kerl, der von mir gevögelt werden wollte, und der Heterotyp, für den ihn alle hielten. Und ich sollte wartend zu Hause sitzen, wenn er mal vorbeikam, um mich zu sehen.«

»Das ist mies«, sage ich leise. Roderick hat etwas Besseres verdient. Er ist sowieso schon so zuvorkommend.

»Ich bin drüber hinweg«, verkündet er und schiebt seinen leeren Teller von sich weg. »Den Sex werde ich allerdings vermissen. Sobald wir nackt waren, war Brian *überhaupt* nicht mehr zwiegespalten.« Seufzend steht er auf. »Wir müssen noch aufräumen. Aber stell dir vor, wie lange wir diese Woche noch die Reste essen können.«

Er spült und ich trockne ab.

Mir ist dabei überaus bewusst, wie dicht er neben mir steht. Und als sich unsere Arme dann ein paarmal berühren, bin ich mir dessen auch viel zu bewusst.

Es ist die reinste Folter. Ich möchte, dass er mich noch mal küsst. An nichts anderes kann ich denken. Aber Roderick wirkt unbeeindruckt. Pfeifend schrubbt er den Schmortopf und füttert dann seinen Sauerteigansatz aus der Tüte Mehl, die er im Schrank aufbewahrt. »Bitte schön, William«, sagt er zu dem Teigklumpen im Glas. »Schön aufessen!«

Er wäscht sich die Hände und trocknet sie an unserem einzigen Geschirrtuch ab.

Als er sich zu mir umdreht, merke ich, dass ich ihn wie ein Spanner beobachte. Ein amüsiertes Funkeln tritt in seine Augen. »Kann ich dir helfen?«

»Nein«, antworte ich zu schnell.

Er setzt ein übertriebenes Stirnrunzeln auf. »Schade. Ich könnte dir außer Kochen nämlich noch so einiges anderes beibringen. Ich mein ja nur.« Er macht einen Schritt auf mich zu und legt eine Hand auf meine Brust. »Wenn du mal mit jemandem rummachen willst, der findet, dass du aussiehst wie eine Mischung aus Henry Cavill und Nick Pulos, dann weißt du ja, wo du mich findest.«

Dann zieht er sein Handy aus der Steckdose und geht hinaus. Als ich wenige Sekunden später seine Zimmertür ins Schloss fallen höre, spüre ich die Wärme seiner Hand immer noch auf meiner Brust.

Natürlich gehe ich nach oben und googele Henry Cavill und Nick Pulos. Die sehen beide verdammt heiß aus, aber ich kann da echt keine Ähnlichkeit feststellen.

Und dann gehe ich duschen, allein um ein bisschen sexuelle Spannung abzubauen. Während ich in der Badewanne mit den Löwenfüßen stehe und über meinen Schaft streichele, denke ich weder an einen Schauspieler noch an einen Kraftprotz von Stuntman. Sondern an einen spleenigen Bäcker mit muskulösen Unterarmen und leuchtend blauen Augen. Ich stelle mir vor, wie er vor mir kniet, den Mund öffnet und …

Es ist acht Jahre her, dass ich diese lustvollen Gedanken an Roderick hatte. Jetzt sind sie wieder da, und zwar so heftig wie noch nie.

Vielleicht hätte ich ihm in sein Zimmer folgen sollen. Aber ich hatte nicht den Mut dazu.

Ich frage mich, ob ich den jemals aufbringen werde.

17

Roderick

Die darauffolgende Woche ist voller Spannung. Sexueller Spannung.

Nachdem wir in der Küche rumgeknutscht haben, bleibt Kieran so schwer zu durchschauen wie immer, doch meine Verknalltheit in ihn nimmt epische Ausmaße an. Subtil zu sein war noch nie meine Stärke, aber jetzt versuche ich es noch nicht mal mehr. Bei der Arbeit beobachte ich ihn wie ein Welpe, der hofft, dass sein Herrchen ihm ein paar Reste vom Tisch zuwirft.

Wir haben zwar nur ein paar Küsse ausgetauscht, aber die waren *heiß*. Glühend heiß. Sonst stelle ich generell keine Vermutungen über anderer Leute sexuelle Orientierung an, aber wenn Kieran nicht auf mich steht, dann bin ich die Königin von England.

Jedes Mal, wenn ich mir seinen Mund auf meinem vorstelle, werde ich ganz rallig. Wie er mich gepackt hat? *Wow.* Das möchte ich wiederholen. Nächstes Mal ohne Klamotten.

Jetzt warte ich also auf irgendwelche Ermutigungen seinerseits. Während wir im Café Schulter an Schulter hinter dem Tresen stehen, schaue ich immer wieder verstohlen in seine Richtung. Aber Kieran ist so undurchschaubar wie immer. Wobei er in meiner Gegenwart jetzt ein bisschen lockerer zu sein scheint. Gelassener. Lächelt öfter mal.

Wenn es der größte Fehler seines Lebens war, mich zu küssen, dann wäre das doch anders, oder?

Leider ist diese Woche keine Zeit für Kochstunden. Kierans neue Schicht im Café geht von sieben bis zwölf, vier Tage die Woche. Zara und Audrey haben seine Stundenzahl auf seine Bitte hin reduziert, damit er auf der Farm mehr schafft.

Ich habe nie auf einer Farm gelebt und kenne mich nicht groß damit aus. Wenn er von Landwirtschaft redet, gucke ich im Grunde nur zu, wie sich seine Lippen bewegen, während ich mir wünsche, ich könnte sie küssen. Aber ein bisschen was ist trotzdem bei mir hängen geblieben. Zum Beispiel bin ich mir ziemlich sicher, dass er diese Woche damit beschäftigt war, mit irgendwelchen Machowerkzeugen ein geplatztes Wasserrohr zu reparieren. Oder irgendein anderes Teil, das dafür sorgt, dass die Rinder Wasser trinken können, nachdem sie Haferstroh gefuttert haben. Glaube ich.

Eventuell hat er auch was von Brunstzeit der Rinder erwähnt. Das habe ich mir nur gemerkt, weil ich ein versautes Hirn habe.

Mal ehrlich, ich will ihn einfach nur flachlegen. Oder auch umgekehrt. Und falls er beschließen sollte, dass er seine Sexualität lieber mit jemand anderem als mir erkunden möchte, wäre ich am Boden zerstört.

»Roddy«, sagt Zara und holt mich aus meinen Gedanken, indem sie mit den Fingern vor meinem Gesicht schnippt. »Du hast dich in Trance geknetet, Kumpel.«

Als ich hinunter auf den Teig schaue, den ich gerade zubereite, stelle ich fest, dass er schon glatt und geschmeidig ist. »Stimmt. Was wolltest du denn?«

»Zweierlei. Erstens: Kannst du für morgen früh ein Blech Biscotti fertig machen? Ich habe die Frühschicht mit dir und werde mit Sicherheit verkatert sein.«

»Na klar.« Ich lache leise. »Wieso das denn?«

»Das wäre die zweite Sache, für die ich dich brauche: halb acht heute Abend bei mir, Eishockey gucken – Brooklyn gegen die Bruins. Mein Schatz spielt, und ich habe seit Neuestem Sat-Fernsehen, damit ich alle Spiele sehen kann. Es gibt was zu essen und Tequila.«

»Soll ich was dafür kochen?«

»Ach was.« Sie verzieht das Gesicht, als hätte ich etwas Dummes gesagt. »Du sollst *vorbeikommen*. Das wird lustig.«

»Oh.« Dankbarkeit überkommt mich. »Kann ich was mitbringen?«

»Nein. Außer deinen Mitbewohner. Der Junge arbeitet zu viel. Magst du Eishockey?«

»Na ja, ich hab noch nie ein Spiel gesehen. Unter der dicken Schutzausrüstung kann man ja die ganzen sexy Kerle nicht mehr erkennen.«

Zara lacht herzhaft. »Du musst deine Vorstellungskraft einsetzen. So mache ich es jedenfalls. Bis heute Abend.«

Nach der Arbeit begebe ich mich auf die Jagd nach reifen Avocados. In zwei Läden habe ich Pech, aber eher falle ich tot um, als dass ich mit leeren Händen auf Zaras Party aufkreuze. Zum Glück werde ich in einem Supermarkt in Montpelier fündig.

Als ich vor dem Haus halte, steht Kierans Pick-up schon in der Einfahrt. *Ja.* Ich kann ihm beibringen, wie man Guacamole macht. Jeder Mann sollte eine frische Guacamole zubereiten können.

»Hallo, Kieran«, sage ich, als ich zur Hintertür hereinkomme. »Willst du lernen, wie man die Speise der Götter zubereitet?«

»Vielleicht«, ruft er aus dem Wohnzimmer. »Moment.« Er senkt die Stimme und sagt etwas, was ich nicht ganz mitbekomme. Ich beschließe, dass er wohl telefoniert. Aber dann höre ich ein absolut Kieran-untypisches Quietschen.

Neugierig stelle ich die Einkäufe auf den Küchentresen und schleiche dann auf Zehenspitzen ins Wohnzimmer. Ich entdecke Kieran auf der Couch, und er ist nicht allein. Auf seinem Schoß sitzt ein superhübsches rothaariges Mädchen. Aber meine Eifersucht hält sich in Grenzen, denn die Kleine ist gerade mal ein oder zwei Jahre alt.

Sie lesen *Frosch und Kröte, dicke Freunde*. Es ist dermaßen süß, dass mein Herz dahinschmilzt wie Butter in der heißen Pfanne.

Kieran schaut hoch und grinst mich verlegen an. »Zara ist einkaufen gefahren. Kennst du Nicole schon?«

»Hallo, Süße«, sage ich und winke ihr zu. Mit Kindern kenne ich mich nicht groß aus.

»Das ist Roderick«, sagt Kieran mit sanfter Stimme. »Er kommt auch zu eurer Party.«

»Daddy gucken«, sagt die Kleine.

»Genau«, stimmt ihr Kieran zu.

»Mehr«, verlangt Nicole und zeigt dabei auf das Buch.

»Jawohl, Ma'am.« Als er lächelt, wird mir innerlich ganz flau. Könnte Kieran denn noch süßer sein?

Ich lasse die beiden mit ihrem Buch allein. In der Küche zerteile ich die Avocados und löffele das Fruchtfleisch in eine Schüssel. Ich hacke Knoblauch klein und presse Limetten aus. Und ich lausche Kierans leisem Gemurmel, während er von Frosch und Kröte vorliest, bis er auf einmal abbricht.

Einen Augenblick später erscheint er in der Küche. Er hat die Kleine immer noch auf dem Arm, aber sie ist an seiner Schulter eingeschlafen.

»Wow«, sage ich.

»Das passiert eigentlich häufig, wenn ich mit Frauen rede.«

Ich lache herzhaft. Es ist so laut, dass ich mir eine Hand vor den Mund halte. Kieran reißt selten Witze, aber wenn, dann ist sein trockener Humor furchtbar lustig. Es hat mich schlimm erwischt.

»Ich finde dich gerade so was von heiß«, stelle ich fest. »Wollte ich nur gesagt haben.«

Seine Augen weiten sich leicht. »Merk dir den Gedanken«, sagt er. »Ich gehe nach nebenan, Zaras Auto ist gerade vorgefahren. Wir sehen uns dann drüben oder kann ich dir hier noch irgendwie helfen?«

»Ich mach das schon«, versichere ich ihm. »Schreib mir, falls Zara noch irgendetwas braucht.«

Nachdem er gegangen ist, mache ich die Guacamole fertig und stelle mir dazu Musik an. Aber kein Country. Ich glaube, ich könnte den Rest meines Lebens auf diesen quäkenden Sound verzichten. Danke, davon hatte ich genug. Mein gebrochenes Herz ist der Beweis.

Vielmehr entscheide ich mich für alte New-Wave-Sachen aus den Achtzigern. Depeche Mode, Erasure und A-Ha. Brian würde sie *hassen*. Deswegen sind sie genau das Richtige. Ich habe mir jahrelang sein Zeug angehört. Weil ich ganz unterschiedliche Musik mag, habe ich ihn immer etwas aussuchen lassen.

Logisch.

Als die Guacamole schön cremig und perfekt abgeschmeckt ist, decke ich sie mit Frischhaltefolie ab und gehe mich duschen und rasieren. Ich habe es nicht eilig, denn mir dämmert so langsam, dass ich auf dieser Party kaum jemanden kennen werde. Abgesehen von Kieran, Zara und Audrey.

Gegen acht schlendere ich rüber und erlaube mir, einfach zur Küchentür hereinzugehen. Audrey begegne ich als Erstes. »Roddy!«, sagt sie. »Hilfst du mir bitte, diese Tabletts ins Wohnzimmer zu tragen?«

»Na klar, Zuckerpuppe.« Ich schnappe mir eins der Tabletts und folge ihr.

»Guckt mal, wen ich mitgebracht habe!«, verkündet Audrey im Wohnzimmer. »Roddy hat Guacamole gemacht. Und er meinte, die ist nur für mich.«

»Ja, sicher«, kommentiert Zara vom Sofa aus. »Schenkst du dir bitte selber eine Margarita ein?«, fügt sie noch hinzu, ohne den Blick vom Fernseher abzuwenden. »Dave ist gerade in einem Shift.«

Ich nehme an, das bedeutet, er spielt gerade. Ich sehe bloß einen Haufen Kerle eislaufen und gegeneinanderknallen.

»Hört mal alle, das ist Roderick«, verkündet Audrey. »Unser Neuzugang im *Busy Bean*.«

Ich werde freundlich begrüßt, und einige Köpfe drehen sich nach mir um, darunter auch Kierans. Er und noch zwei andere Kerle lümmeln auf Sitzsäcken. Er schenkt mir ein kurzes Lächeln, das lustige Dinge mit meinem Inneren anstellt.

»Das ist Kyle Shipley«, sagt Zara. »Kierans Bruder. Aber das weißt du wahrscheinlich schon.« Kyle muss derjenige sein, mit dem Kieran oft am Telefon streitet. »Und ihn hast du ja schon kennengelernt«, sagt sie und deutet dabei auf den breitesten Holzfällertypen im Raum, »Griffin, den Audrey netterweise geheiratet hat.« Alle lachen. »Und Dylan, der Liebste von allen Shipleys.«

Als mir alle drei Hallo sagen, bin ich verblüfft, wie ähnlich sich Griffin, Kyle und Dylan sehen. Kieran hat die gleiche Statur wie sie, aber sein Blick ist anders. Düsterer.

Schließlich stellt mir Zara noch ihren Bruder Benito vor – einen Polizisten mit wachen dunklen Augen – und ein Pärchen namens Sophie und Jude, die auch in der Nähe wohnen. Es sind ganz schön viele.

Die Shipley-Männer haben sich irgendein Trinkspiel zu

der Eishockeypartie ausgedacht. »Da war's!«, sagt Griffin lachend.

»Trinken!«, ruft jemand. Kieran greift nach seiner Margarita und nimmt wie die anderen einen Schluck.

Ich nehme mir vor, nicht den ganzen Abend meinen Mitbewohner anzuglotzen, sonst merken alle, dass ich total in ihn verschossen bin. Und ich nehme mir vor, schön langsam zu trinken, denn nach der ersten Margarita verabschieden sich für gewöhnlich meine guten Manieren.

Die Männer am Fußboden sehen aus wie ein fröhlicher Wurf Welpen. Grinsend stupst Kieran seinen Bruder an. »Na los, du Lusche. Hier wird sich nicht gedrückt.«

»Ich zeig dir gleich mal drücken …«

Ich beschäftige mich damit, mir eine Margarita einzuschenken, während ich ihre Sprücheklopferei belausche. Es macht Spaß, Kieran in seiner gewohnten Umgebung zu erleben.

»Hintern im Bild!«, ruft Audrey. »Trinken!«

Als ich zum Fernseher schaue, stelle ich fest, dass die Kamera tatsächlich auf den Hintern des Torwarts gerichtet ist. Er füllt den ganzen Bildschirm aus. Zara, Audrey und Sophie nehmen alle drei einen Schluck von ihrem Getränk. Audreys ist allerdings bloß ein Ginger Ale. Die meisten Plätze sind besetzt, und ich weiß nicht, wo ich mich hinhocken soll.

Zara bemerkt meine Not und rutscht ein Stück. »Komm zu uns. Wir haben den guten Käse und den feinen Wurstaufschnitt.«

Gerade als ich mich zu den Frauen setze, gibt es eine Werbeunterbrechung. »Deine Kleine ist voll süß«, sage ich zu Zara.

»Sie ist entzückend, ein kleiner Engel«, behauptet diese mit einem frechen Grinsen. »Ach, babysittest du eigentlich auch?«

»Nein.« Ich muss lachen. »Ich meine, ich habe überhaupt

keine Erfahrung. Aber falls du mal in der Klemme bist, springe ich sofort ein.«

»Unser Roderick möchte es gern allen recht machen«, sagt Audrey und tätschelt mir den Arm. »So sind viele Köche.«

»Wie meinst du das?« Ich nehme mir einen mit einer Scheibe Brie belegten Kräcker.

»Du gibst viel und hoffst, dass von den anderen genauso viel zurückkommt. Da du in dem Punkt aber überdurchschnittlich bist, wirst du meistens enttäuscht.«

»Was, bist du jetzt meine Psychologin oder wie?« Wobei sich das schon schrecklich nach mir anhört.

»Ignorier ihre Ratschläge einfach«, meint Zara. »Mache ich auch immer.«

Nur dass Audrey recht hat. Viele Küchenchefs wollen mit ihren Kreationen die Herzen der Menschen gewinnen. Audrey zwinkert mir wissend zu und nimmt sich ein Stück Salami.

»Und wo ist meine?«, fragt ihr Mann vom Fußboden aus.

»Schatz, du kannst mich doch nicht vor allen Leuten nach deiner Salami fragen.«

Es gibt lautes Gelächter. Und als Zara dann verkündet, dass das Chili in der Küche fertig ist, stehen alle Männer schnell auf und drängen sich nach drüben.

»Wie man die Shipley-Männer ruckzuck dazu kriegt, sich in Bewegung zu setzen«, kommentiert Audrey. »Roddy, du musst dich durchquetschen und dir auch eine Schale holen. Aber kann ich erst noch einen Schluck von deiner Margarita haben? Der Alkohol fehlt mir echt.«

»Klar.« Als ich ihr mein Glas gebe, trinkt sie ein winzig kleines Schlückchen.

»Das wird für die nächsten drei Monate reichen müssen.«

Von meinem Handy kommt ein Benachrichtigungston aus meiner Hosentasche. Es ist nicht etwa eine Nachricht von

Grindr, sondern etwas viel Überraschenderes. Eine SMS von Brian.

Wo bist du, Hase? Ich habe dich schon überall gesucht.

Obwohl ich es besser wissen sollte, macht mein Herz vor Schreck einen kleinen Hüpfer. Alles, was ich je wollte, war, dass Brian meine Liebe erwidert. Wenn ich es nicht besser wüsste, hätte die Tatsache, dass er nach mir sucht, mich dazu gebracht, zu ihm zurückzurennen. Aber ich *weiß* es besser, oder?

Hör auf! Ich verpasse mir innerlich eine Ohrfeige. *Der Mann hat deine Kreditkarten gesperrt und dir den Zugriff aufs gemeinsame Bankkonto genommen.*

So behandelt man jemanden, den man liebt, nicht. Ganz zu schweigen von den Gemeinheiten, die er gesagt hat, als ich ihn dabei erwischt habe, wie er in seiner Garderobe ein Groupie vögelte. Selbst da habe ich noch Rücksicht darauf genommen, dass er nicht offen schwul ist. Ich habe ihm keine Szene gemacht, bis er mich, als er endlich nach Hause kam, erwischte, wie ich gerade aus der Einfahrt zurücksetzte.

Benimm dich deswegen doch nicht wie eine eingeschnappte Bitch, sagte er. *Ich gehöre dir nicht.*

Nicht gerade Worte, aus denen Liebe spricht.

Trotzdem starre ich lange auf die SMS. Ich antworte nicht.

»Alles okay?«, fragt Audrey neben mir.

»Ja«, sage ich und drehe das Handy um. »Aber mein Ex-Freund schreibt mir gerade. Lasst nicht zu, dass ich ihm nachher betrunken antworte, ja?«

»Ich verwahre das für dich«, sagt Zara und nimmt mir das Handy weg. »Ach, noch besser – wir geben es deinem Mitbewohner. Kieran, fang!«

Oh, Shit. Panisch sehe ich zu, wie mein Handy durch die Luft auf die Männer zufliegt, die gerade wieder aus der Küche kommen. Wenn es kaputtgeht, kann ich mir kein neues leisten.

Aber Kieran hebt sofort den Arm, und das Smartphone landet geradewegs in seiner Hand.

»Freunde lassen nicht zu, dass Roddy seinem Ex-Freund textet«, sagt Zara. »Behalte das bis morgen früh.«

Jetzt gucken mich alle Männer neugierig an.

Zum Glück geht das Eishockeyspiel weiter. Zara setzt sich kerzengerade hin und ruft: »Powerplay!« Was immer das bedeutet. Kieran steckt mein Handy in die Brusttasche seines Hemds und guckt zum Fernseher.

Alle Blicke kleben am Bildschirm, deshalb stehe ich auf und hole mir eine Schale Chili mit allen Beilagen.

Vermont fühlt sich noch nicht ganz nach Zuhause an. Aber ich glaube, das könnte es eines Tages werden. Die Männer hier sind heiß, und das Essen schmeckt.

Das muss reichen.

18

Kieran

Ich betrinke mich so gut wie nie.

Erstens mal, weil es teuer ist. Außerdem bin ich meistens derjenige, der noch eine Dreiviertelstunde nach Hause fahren muss. Heute Abend aber nicht. Griff hat Lust zu saufen, weil seine schwangere Frau ihn nach Hause fahren kann, deshalb spielen wir ein albernes Trinkspiel, das beinhaltet, dass ich jedes Mal ein bisschen betrunkener werde, wenn einer der Schiris das Wort *Schläger* sagt.

»Kieran muss für mich trinken«, sagt Kyle. »Ich hab für heute Abend genug.«

»Du kannst doch bei deinem Bruder pennen«, schlägt Griff vor. »Hast du ein Gästebett?«

»Nope!«, nuschele ich. »Es gibt so gut wie keine Möbel.«

»Zeigst du uns deine Bude mal?«, drängt Griffin.

»Klar«, sage ich. »Nach dem Spiel.«

Als es so weit ist, stehe ich schwankend auf. Alkohol rauscht durch mein Blut und macht mich angenehm locker und unbeschwert. Ich habe ewig nicht mehr mit dieser Truppe abgehangen, und es war schön, einfach nur Fernsehen zu gucken und mit meinem Bruder und meinem Cousin rumzublödeln.

Ich bedanke mich bei Zara für die Einladung. »Kann ich dir noch irgendwie helfen?«, frage ich und schenke ihr ein wahrscheinlich ziemlich schiefes Grinsen.

»Nein.« Sie lacht. »Geh nach Hause. Dein etwas nüchternerer Mitbewohner hat schon den Chilitopf für mich abgewaschen. Außerdem hast du mir doch vorhin als Kindergärtner ausgeholfen.«

»Ach, das war doch nicht der Rede wert.«

»Sag das nicht, sonst bitte ich dich noch mal drum.«

»Kannst du machen«, versichere ich ihr.

Sie fasst mich bei den Schultern und dreht mich zur Tür um. »Trink noch ein Glas Wasser, bevor du schlafen gehst.«

»Gute Idee.«

Als ich nach draußen komme, pafft Kyle eine Zigarette. »Nur mal kurz, okay? Ich brauche das, um wieder wach zu werden.«

»Widerliche Angewohnheit«, sage ich, obwohl ich früher auch nach Partys geraucht habe. Ich überlege, ob ich mir eine Kippe bei meinem Bruder schnorre, entscheide mich aber dagegen. Tatsächlich möchte ich noch nicht sofort wieder nüchtern werden. Es ist schön, sich mal locker und unbeschwert zu fühlen. Wobei die Novemberluft auf eine gute Art frisch ist und ich schon merke, wie ich klarer im Kopf werde.

»Zeit für die Besichtigung«, sagt Griffin, als er ein paar Minuten später durch Zaras Küchentür nach draußen kommt.

Kyle tritt die Zigarette mit dem Schuh aus. »Cool. Gehen wir.«

»Heb die wieder auf«, verlange ich. »Müll hier nicht meine Nachbarschaft voll.«

Mit einem Augenrollen bückt sich Kyle nach der Kippe und folgt mir dann durch den Garten und den Weg zur Eingangstür entlang.

»Schönes Haus«, sagt Griffin.

»Wenn ich die ortsübliche Miete zahlen würde, könnte ich es mir nicht leisten«, gestehe ich, während ich die Tür aufschließe.

»Du brauchst Verandastühle«, sagt mein Bruder.

»Das kann warten. Ich brauche noch einen Haufen andere Sachen.«

Als wir ins Wohnzimmer kommen, witzeln sie darüber, wie leer es ist. »Eine Couch hast du schon mal«, sagt Griff, »aber keinen Fernseher?«

»Kommt noch«, brumme ich. Es ist nicht gerade so, als hätte ich groß Zeit, mich vor die Glotze zu hocken.

Ich zeige ihnen die Küche, in der ich jedenfalls viel mehr Zeit verbringe. Ich werfe die Schlüssel und mein Handy auf den Tresen. Dann merke ich, dass ich immer noch Rodericks in der anderen Hemdtasche habe, also lege ich es so hin, dass er es später findet.

»Hey«, sagt Kyle, »du hast mir gar nicht erzählt, dass dein Mitbewohner schwul ist. Ist das nicht komisch für dich?«

Alles in mir erstarrt förmlich.

»Meine Güte.« Griffin verpasst Kyle eine leichte Kopfnuss. »Jetzt sei nicht so doof. Was geht Kieran das denn an?«

»Ich meinte ja nur, wenn der vielleicht mal Kerle mit nach Hause bringt, dann würd' Kieran sie hören …«

»Ach, halt die Klappe!«, platzt es aus mir heraus, als ich endlich meine Sprache wiederfinde. »Meine Güte.«

Da höre ich Rodericks Zimmertür leise zugehen, als hätte jemand gerade versucht, sie geräuschlos zu schließen.

»Ups«, macht Kyle, und ich möchte ihn am liebsten schlagen.

»Wahrscheinlich hat er schon Schlimmeres gehört«, flüstert Griffin. »Aber du könntest dich vielleicht entschuldigen gehen.«

Kyles Blick huscht zum hinteren Teil des Hauses. Ich will mir gar nicht vorstellen, was mein blöder Bruder als Entschuldigung sagen würde. Womöglich macht er damit alles nur noch schlimmer.

»Nein«, knurre ich. »Ich rede mit ihm.«

»Zeig uns dein Zimmer«, schlägt Griff vor.

»Nee«, sage ich, weil ich sie mit einem Mal dringend loswerden will. »Da gibt's außer einem Schreibtisch und einem Bett nichts zu sehen. Bis jetzt habe ich noch nicht mal eine Kommode.«

»Ich glaube, Mom hat noch eine rumstehen«, sagt Griff. »Soll ich sie mal fragen?«

»Klar«, erwidere ich in der Hoffnung, dass sie nun gehen. »Danke.«

Griff drückt meine Schulter. »War schön, dich zu sehen, Kumpel. Morgen Abend presst du mit mir Cider, ja?«

»Ja, aber ich werde später dazukommen«, stelle ich klar. »Einer muss schließlich noch die Kühe versorgen.«

»Ah«, macht er. »Geht's eurem Dad besser?«

»Ist immer noch ziemlich heftig«, antwortet Kyle. »Es wird nur langsam besser.«

Sie gehen hinaus, und ich versuche, beim Verabschieden nicht so zu klingen, als ob ich es eilig hätte.

Nachdem sie endlich weg sind, steuere ich auf das eine Zimmer im Haus zu, in das ich sonst nie gehe: Rodericks. Die Tür ist zu, aber darunter fällt ein Streifen Licht hindurch. Ich klopfe an. »Hey, Mann, kann ich reinkommen?«

»Klar.«

Als ich die Tür öffne, liegt er rücklings auf seinem Schlafsack und hat die Hände hinter dem Kopf verschränkt. »Was gibt's?«

»Es tut mir echt leid.«

»Was denn?« Er guckt verwirrt.

»Dass mein Bruder wie der letzte Idiot geredet hat. Vielleicht hast du ihn gar nicht gehört. Er hat sich gefragt, ob …«

Er hebt eine Hand, um mich zu unterbrechen. »Ich habe ihn

klar und deutlich gehört. Aber wie dein Cousin schon meinte: Ich habe schon Schlimmeres gehört. Kyle hat bloß laut gedacht und sein Unbehagen über die Vorstellung ausgedrückt, mit anzuhören, wie zwei Typen es treiben. Ich fand's viel schlimmer für dich als für mich.«

»Wieso?«

Roderick setzt sich auf und sieht mir geradewegs in die Augen.

»Oh«, mache ich langsam. »Ja.« Weil ich nicht so hetero bin, wie Kyle denkt. Na, wenn das nicht mal irgendwann eine lustige kleine Unterhaltung geben wird … Ich mag's mir nicht mal vorstellen.

»Dein Cousin scheint nett zu sein«, sagt Roderick. »Griffin. Noch so ein Holzfällertyp.«

Ich muss grinsen, weil er wirklich wie einer aussieht. »Total. Seine Seite der Familie ist super.« Ich gucke mich mehr oder weniger nach einer Sitzmöglichkeit um, aber es bleibt nur der Fußboden. Noch immer beduselt hocke ich mich hin.

Obwohl keine Möbel hier drinstehen, ist Rodericks Zimmer netter als meins. Mir ist aufgefallen, dass er angefangen hat, die Wände zu dekorieren. Es gibt ein Poster von einem Teig knetenden Bäcker, unter dem ein Wettbewerb angekündigt wird, der schon vor einigen Jahren stattgefunden hat. Und Postkarten von hier und da zieren die Wände.

»Du hast dich schon mehr eingerichtet als ich«, stelle ich fest.

»Ich arbeite ja auch nicht so viel wie du«, gibt er zu bedenken. »Wobei – guck dich mal an! Betrunken an einem Donnerstagabend.«

»Das war Absicht«, gebe ich zu. Besonders das letzte Getränk. Ich habe noch einen Tequila geext, um Griffin zu schocken, aber auch, damit ich lockerer werde. »Mut antrinken.«

»Wofür?«

»Na ja …« Ich räuspere mich. »Ich muss wissen, ob du es ernst meintest. Das, was du gesagt hast.«

Roderick setzt sich noch ein wenig aufrechter hin. »Dass … du so heiß wie Henry Cavill bist?«

Ich lache, was beweist, dass ich immer noch betrunken bin. »Ich fasse das mal als Kompliment auf. Aber ich meinte eigentlich, dass du bereit wärst, äh …«

»Dir Nachhilfe zu geben«, rät er.

»Ja.«

»Jederzeit, Hottie. Außer jetzt. Weil du nämlich besoffen bist.«

»Nicht *besoffen*«, widerspreche ich. Dass ich dabei leicht lalle, macht es allerdings nicht besser. »Ich bin ein bisschen angetrunken, aber das hab ich bewusst gemacht.«

Roderick kaut auf seiner Unterlippe, was in mir den Wunsch weckt, ihn auf die Matratze zu drücken und seinen Mund in Beschlag zu nehmen. Aber dann schüttelt er den Kopf. »Nope. Wenn du dich erst betrinken musst, um mich deinen Schwanz lutschen zu lassen, dann ist das definitiv keine gute Idee. Damit habe ich echt ein Problem.«

Ich stoße ein Stöhnen aus, halb vor Frust, halb vor Lust. »Du verstehst das falsch. Ich muss mich nicht erst betrinken, um das zu machen. Ich muss mich betrinken, um danach zu *fragen*. Reden ist nicht meins.« Und nur um meine Bereitschaft zu demonstrieren, beuge ich mich vor, bis ich eine Hand an seine Wange legen kann. Mit dem Daumen fahre ich seine Oberlippe nach. Diesen Mund stelle ich mir jetzt schon eine ganze Weile auf meinem Körper vor. Schon seit Jahren, wenn ich ehrlich bin.

Rodericks Augen leuchten. Dann erstaunt er mich, indem er den Mund öffnet und meine Daumenkuppe umschließt. Sein Blick ist herausfordernd, als er fest daran saugt und seine heiße Zunge über meine Haut gleiten lässt.

Ich gebe einen undefinierbaren Laut von mir, während es mich heiß durchläuft. Am ganzen Körper. »Oh Mann.« Und dabei ist es nur mein Daumen. Wenn er seinen geschickten Mund um meinen Schwanz legt, sterbe ich wahrscheinlich.

Roderick gibt mich frei und lehnt sich grinsend zurück. »Du bist betrunken, und ich besitze kaum Selbstbeherrschung. Was geben wir nur für ein Paar ab.«

Mein Atem geht zu schnell, und ich habe schon eine Erektion in der Hose. »Hör zu, wenn du nicht mit mir nach oben kommst, dann geh ich doch bloß da hoch und hol mir einen runter. Und dabei werde ich mir die ganze Zeit deinen Mund auf mir vorstellen.« *Dieses wortreiche Geständnis wurde Ihnen präsentiert von Jose Cuervo Tequila.*

Er stöhnt dramatisch und lässt sich dann auf sein Kissen plumpsen. »Betrunken vögelt hier keiner irgendwen. Aber ich möchte zugucken.«

»Was?«

Er sieht mir in die Augen. »Zeig mir, wie sehr du es willst. Und ein andermal machen wir dann miteinander rum.«

»Echt jetzt?«

»Klar.« Er zuckt mit den Schultern, als hätte er eine ganz normale Bitte geäußert. »Früher habe ich dir eine Show geboten. Wird mal Zeit, dass du dich revanchierst.«

Ich blinzele. Meint er das überhaupt ernst? Gerade kann ich nicht richtig klar denken – in dem Punkt hat er recht. Aber ich bin mehr als heiß und geil und könnte regelrecht aus der Haut fahren. »Okay. Ich bin dann mal oben. Die Show geht los.«

Ich stehe auf und gehe aus seinem Zimmer. Auf der Treppe nehme ich zwei Stufen auf einmal. In meinem Zimmer mache ich gar nicht erst das Licht an, sondern fange im Schein der Straßenlaterne an, meine Klamotten auszuziehen.

Zuerst landet mein Hemd auf dem Fußboden, dann meine

Schuhe. Die Socken. Meine Jeans fällt mit einem Klimpern der Knöpfe zu Boden. Ich habe mein ganzes bisheriges Leben lang mit meiner Familie in einem kleinen Haus gelebt, deshalb bin ich außer beim Duschen so gut wie nie nackt.

Was sich jetzt nach einem Fehler anfühlt.

Ich schlage die Bettdecke zurück, unter der das weiße Laken zum Vorschein kommt. Es ist heller als alles andere im Zimmer. Ich lege mich quer auf mein neues Bett. Es war nicht zufällig das erste Möbelstück, das ich mir zugelegt habe. Viel zu lange habe ich damit gewartet, bestimmte Wahrheiten über mich selbst auszupacken – Wahrheiten, denen nachzugehen mir nie behagt hat. Gleich nachdem mein Rücken das Laken berührt, befindet sich meine Hand an meinem Schwanz.

Allerdings ist es still im Haus. Er meinte es wohl doch nicht ernst. Aber egal. Ich will kommen.

Normalerweise lege ich nicht Hand an mich selbst. Das könnte ich jetzt auf die dünnen Wände im Haus meiner Eltern schieben, aber ich hatte gewichtigere Gründe dafür als die Enge der vier Wände. Klaustrophobisch machte mich das Gefühl, ständig beurteilt und für unzulänglich befunden zu werden.

Das habe ich jetzt hinter mir gelassen. Also mache ich es mir bequem und schließe die Hand um meinen Schwanz. Ich sehne mich nach Erlösung, zwinge mich aber trotzdem, langsam zu machen. Zuerst berühre ich den Schaft. Ich lasse die Fingerspitzen nach unten wandern und wiege meine Hoden in der Hand. Ich spreize die Beine noch weiter, denn schließlich ist das hier mein Haus, und der einzige andere Mensch im Haus ist der, von dem ich gerade fantasiere.

Ich stelle mir vor, wie Roderick zwischen meinen Beinen hockt und mich ansieht, während er die Wangen einzieht und …

Dann höre ich ein herrliches Geräusch – das Knarzen einer

Treppenstufe. Und dann wieder. Er kommt langsam die Treppe hoch. Oder überlegt es zumindest.

»Schaff deinen Hintern hier rauf«, brumme ich. Ich klinge gar nicht nach mir. Aber ich fühle mich auch nicht wie mein gewohntes altes Ich. Genau darum geht es ja.

Einen Augenblick später erscheint Roderick im Türrahmen und nimmt den Anblick mit großen Augen in sich auf. »Hallo, Traumfantasie. Wow.«

Ich schließe die Augen und streichle mich. Jetzt schneller. Obwohl ich mich komplett außerhalb meiner Komfortzone befinde, gefällt es mir, dass er zusieht.

Eben genau darum geht es ja gerade.

Mit dem Daumen fange ich ein erstes Tröpfchen an der Spitze meiner Eichel auf und verschmiere es. Ich werde mit einem kleinen, dankbar hingehauchten Laut belohnt.

Er guckt zu. Und ihm gefällt, was er sieht.

Ich habe am ganzen Körper Gänsehaut. Ich spüre seinen Blick auf mir, und er treibt mich an.

»Fass deine Brustwarzen an«, flüstert er.

Das tue ich mit der freien Hand. Ich umkreise die eine und kneife dann in die andere. Erneut durchzuckt mich die Lust wie ein Blitz.

Als sich die Matratze leicht senkt, reiße ich die Augen auf. Er sitzt *hier*, mit großen Augen und enorm geweiteten Pupillen. »Mach die Augen zu«, verlangt er.

Das tue ich.

»Massier deinen Damm.«

»Meinen was?«

»Deinen …« Roderick verkneift sich ein Lachen. »Unter deinen Eiern.«

Ich lasse die Hand zu der Stelle hinunterwandern, und als ich es ausprobiere, kribbelt alles.

»Oooh«, seufzt Roderick.

»Berühr mich«, flehe ich und öffne dabei die Augen wieder.

»Ich bin nur zum Zugucken da«, sagt er. »Aber verlockend ist es schon.« Als Roderick sich das Shirt auszieht und es neben das Bett wirft, könnte ich jubeln. Jetzt kann ich seinen schlanken, gut trainierten Oberkörper sehen und die starken Arme, von denen ich ständig träume. Er ist kleiner als ich, aber *echt* wohlproportioniert.

»Mach die Augen zu«, wiederholt er leise.

»Warum?«

»Weil ich eine bestimmerische Nervensäge bin«, erwidert er. »Mach sie zu.«

Ich tue es, weil es bloß länger dauern würde, noch herumzudiskutieren. Ich spüre, wie seine Hand auf meinem Oberschenkel landet. Unter einem Stöhnen lässt er die Hand hinauf zu meiner Hüfte wandern und drückt mich dort. »Verdammt sexy. Das fand ich auch schon, als du siebzehn warst. Aber jetzt ist der Anblick sogar noch besser.«

Bei diesem Lob schwillt mir vor Stolz die Brust an. Na gut, ich schwelle an – Punkt. So hart war ich noch nie. Da ich die Augen zuhabe, kann ich nicht erahnen, was Roderick als Nächstes macht. Ich kann bloß tief durchatmen und mich der Empfindung hingeben, wie seine Fingerspitzen über meinen Bauch wandern. Meine Bauchmuskeln zucken unter seiner Berührung.

»Schön«, flüstert er. »Dreh den Kopf zur Seite.«

Ohne zu ahnen, warum, mache ich es. Doch einen Augenblick später wandern seine Lippen über die empfindliche Haut an der Unterseite meiner Kieferpartie, und ich stöhne dabei auf. »Ja, verdammt. Küss mich«, bettele ich.

Seine festen Lippen landen auf meinem Hals, dann auf meinem Schlüsselbein. Langsam zieht er einen Pfad aus Küssen hinunter zu meiner Brust. Ich könnte sterben, als er sich leckend und saugend und knabbernd über meinen Brustkorb bewegt. Ich vergrabe die Finger in seinem Haar, reibe über seine nackten Schultern und seinen Rücken. Ich will alles auf einmal. Ich will Küsse und einen Blowjob, und ich will, dass seine Hände so wie jetzt auf Wanderschaft gehen – über meine Knie und meine Oberschenkel hinauf.

Derart von Roderick gequält zu werden, ist die erotischste Erfahrung meines Lebens. Nicht dass es sonderlich viel Konkurrenz um diesen Rekord gäbe. Als Jugendlicher habe ich versucht, so zu tun, als würde ich auf Mädchen stehen. Wobei es sich auch ziemlich toll angefühlt hat, als Susie Nordstrom beim Abschlussball die Hand in meine Hose geschoben hat. Angetrieben von pubertären Hormonschüben brachte ich ein paar flüchtige sexuelle Begegnungen hinter mich. Meine Jungfräulichkeit habe ich wie alle Teenies hier auf dem Rücksitz eines Pick-ups verloren.

Aber nichts, was ich bisher gemacht habe, hat sich so richtig angefühlt wie das hier. Jede Faser meines Körpers verlangt nach Roderick. Ich bin ein einziges Sehnen. Und das liegt nicht bloß am Tequila.

Er hebt meine Hand an seinen Mund und wiederholt das, womit er mich schon unten in seinem Zimmer gequält hat: Er saugt an meinem Daumen. An meinem Zeigefinger. Dann legt er meine feuchten Finger auf meinen Schwanz. »Hol dir vor mir einen runter«, sagt er. »Ich will erleben, wie du kommst.«

Unter einem weiteren verzweifelten Laut fange ich an, mich zu streicheln. Da beugt er sich herunter und küsst mich leidenschaftlich auf den Mund.

Ich gerate aus dem Takt, weil ich damit beschäftigt bin, den Kopf so zu drehen, dass ich ihm die Zunge in den Mund schieben kann. *Verdammt*, seine Hitze und sein Geschmack sind genau das, was ich brauche. Bartstoppeln kratzen über meine Lippen, und ich will einfach nur mehr. Ich packe ihn mit beiden Händen und ziehe ihn auf meine Brust.

»Jaaa«, macht er an meinem Mund. Er rutscht dichter zu mir und versucht, die Beine aufs Bett zu bekommen.

Sein Gewicht auf mir macht mich verrückt. Ich schlinge die Arme um ihn und drücke ihn. Seine Brust liegt warm und fest auf meiner. Unsere Münder sind miteinander verschmolzen, und ich wünsche mir, dass es niemals aufhört.

Roderick küsst mich, als würde ein Meteorit auf die Erde zurasen und wir hätten nur noch fünf Minuten zu leben. Jedes Mal, wenn er seinen Mund von meinem löst, kehrt er sofort zurück, als könnte er nicht genug kriegen.

Ich jedenfalls kann es nicht. Eine Hand habe ich jetzt zum Abstützen auf seinem Hintern. Ich reibe mich an ihm, finde einen gemächlichen Rhythmus, doch ich will noch mehr. Ich schiebe eine zitternde Hand zwischen uns an seine Jeans und mache den Knopf auf.

Vielleicht hat er etwas dagegen. Aber nein – vielmehr greift er hinunter, um mir zu helfen. Wir zerren beide an seinen Klamotten. Ich bin mir sicher, dass seine Jeans und die Unterhose ihm noch um die Knöchel hängen, als ich mich auf ihn rolle und es seinem Mund aufs Neue mit der Zunge besorge. Seine Fingernägel kratzen über meinen Rücken, und ich stoße einen Schrei aus, als unsere Schwänze gegeneinandergleiten.

Roderick reißt den Kopf weg, leckt sich über die Handfläche, fasst zwischen uns und nimmt uns beide in die Hand. »Mach«, sagt er heiser.

Ich küsse ihn erregt, während er es uns beiden mit der Hand besorgt. »Ich komme«, japse ich kaum eine Minute später.

»Gib's mir«, keucht er.

Als könnte ich es aufhalten. Mit einem Stöhnen der Erleichterung explodiere ich wie eine Kanone. Mir tanzen Sternchen vor den Augen, während ich mich noch zweimal ergieße. Eine Hitzewelle strahlt von Roddy ab, als er erschauert und an meinem Bauch kommt.

Stöhnend lasse ich mich in die Nässe auf dem Bett fallen, meine Glieder zittern, mein Herz rast.

»Du liebe Güte«, flüstert er. »Du enttäuschst nicht.«

Ich schweige, denn mein Hirn hat sich verabschiedet. Ich schaffe es, ein Stück zur Seite zu rutschen, damit ich ihn nicht erdrücke. Aber dann vergrabe ich das Gesicht in seinen Haaren und versuche einfach nur, wieder zu Atem zu kommen. Stille senkt sich über uns, während meine Herzfrequenz sich normalisiert.

»Alles okay mit dir?«, flüstert er schließlich.

»Mir ging es ehrlich noch nie besser«, murmele ich.

Sein Lachen kommt als überraschtes, harsches Bellen heraus. »Du warst so still geworden.«

»Ich rede nicht gern. Was wir da eben gemacht haben, lässt sich eh nicht toppen, also wozu?«

Ich spüre sein Lächeln an meiner Wange. »Falls du das bereuen solltest, werde ich mir deswegen Vorwürfe machen.«

»Werd ich nicht. Versprochen.«

»Ein Mann weniger Worte.« Er hebt die Hand und reibt meine linke Schulter.

»Das kannst du gern länger machen.« Ich bin fix und alle, aber meine Sinne sind immer noch auf Hochtouren. Wie seine Haut gegen meine reibt, ist himmlisch. Seine Finger sind göttlich.

Er dreht sich auf die Seite und zwingt mich, das ebenfalls zu tun. »Kann ich dich noch mal küssen?«

Weil ich meine Meinung zu überflüssigem Gerede schon

kundgetan habe, beuge ich mich bloß vor und biete meinen Mund an.

Er küsst mich gemächlich und seufzt dann. »Ich muss mich mal ein bisschen sauber machen.«

»Kann ich mir vorstellen«, murmele ich. Das klingt nach einem guten Plan, nur habe ich keine Lust, mich zu bewegen. Noch nicht.

Roderick schlüpft aus dem Bett und geht nach unten, wo ich die Wasserrohre quietschen höre, als er die Dusche anstellt. Einige Minuten später kommt er mit einem feuchten Papiertuch in der Hand zurück. »Hier. Du wirst es bereuen, wenn du so einschläfst.«

»Danke.« Ich nehme das Papierhandtuch und wische mich so gut wie möglich ab.

Roderick nimmt es mir ab und bringt es irgendwohin. Dann taucht er wieder auf und deckt mich zu. »Ich bleibe hier«, sagt er. »Dein Bett ist bequemer als der Fußboden in meinem Zimmer. Außerdem bist du eh platt. Du wirst nicht mal mitkriegen, dass ich hier bin.« Ich merke, wie sich die andere Hälfte der Matratze senkt, als er sich ins Bett legt.

Ich bin gerade zu müde, um den Kopf zu drehen. Aber ich strecke die Hand aus und bekomme seine Brust zu fassen. Ich streichele sie sanft. »Danke.«

Er fragt nicht, wofür. »Gern geschehen«, flüstert er. »Schlaf gut.«

Das tue ich.

19

Roderick

Ich werde nicht aufstehen.

Vielleicht niemals wieder.

Meine Gliedmaßen ruhen schwer auf den seidigen Laken. Ich liege ausgestreckt auf einer dicken Matratze. So einen Luxus hat mein Körper seit Wochen nicht erlebt. Und als ich die Augen aufmache, sehe ich die gebräunte Haut eines nackten Mannes, der sich neben mir im Bett ausgestreckt hat.

Im Prinzip ist das meine Vorstellung vom Himmelreich.

Doch als mein Bewusstsein komplett erwacht, zerbröselt das Paradies wie eine schlecht gemachte Kuchendecke. Zuerst mal ist es mein Mitbewohner, Arbeitskollege und Vermieter, der hier neben mir liegt. Und ich erinnere mich vage daran, ihm gesagt zu haben, dass ich einen betrunkenen Mann niemals ausnutzen würde.

Und danach habe ich genau das getan.

Zweitens – und wie mir gerade klar wird, ist das noch viel schlimmer – ist es nicht mal mehr annähernd dunkel hier im Zimmer. Der graue Himmel draußen vor Kierans Fenster verrät mir, dass der Morgen anbricht.

Der Morgen. An einem Tag, an dem ich die Frühschicht in der Küche machen soll. *Oh mein Gott.* Was habe ich nur getan?

Ruckartig setze ich mich auf und rutsche aus dem Bett, wobei ich beinahe auf mein Handy trete, das neben meiner

Unterhose auf dem Boden liegt. Ich habe es gestern Abend nicht aufgeladen. Und jetzt ist es offensichtlich aus, denn der Wecker ging nicht wie vorgesehen um halb sechs.

Ich schnappe mir mein Handy sowie meine Unterhose, laufe zur Tür und verstauche mir fast noch den Knöchel, als ich Kierans Treppe hinunterstürze, als wäre ich Cinderella, aber in der Loservariante, da mein Job sich gleich in einen Kürbis verwandeln wird, weil ich Tequila getrunken und vergessen habe, den Schwanz in der Hose zu behalten.

Ich bin so was von dran.

In drei Minuten bin ich angezogen und habe mir die Zähne geputzt. Ich werfe keinen Blick auf die Uhr, bis ich den Motor meines Autos anlasse und das Armaturenbrett erwacht. Und da ist er – der Beweis für mein absolutes Unvermögen, mich wie ein Erwachsener zu verhalten. Es ist 6 Uhr 53.

Ich werde anderthalb Stunden zu spät zur Arbeit kommen. Wenn das Café in sieben Minuten aufmacht, wird es keine Bagels geben. Und auch keine Brezeln. Oder Muffins. Nicht mal der Kaffee wird fertig sein.

Ich rase den Hügel hinunter, und kaum dass ich auf dem Kiesparkplatz gehalten habe, springe ich schon aus dem Auto. Als ich an der Ladentür ankomme, stehe ich Benito gegenüber – einem von Zaras Brüdern.

»Bist ein bisschen schnell unterwegs«, sagt er milde.

»Sorry«, stammele ich, als mir einfällt, dass er Polizist ist. Ich stecke den Schlüssel ins Schloss und winke ihn hinter mir herein. »Ich habe schlechte Neuigkeiten. Ich komme richtig, richtig zu spät, und es gibt keine Backwaren.«

»Oh, Shit«, sagt er, was die Lage ziemlich gut zusammenfasst.

»Benito?«, ruft Zara aus der Küche. »In einer halben Stunde gibt es Muffins. Mehr kann ich nicht machen.«

Ich habe vor Angst ein mulmiges Gefühl im Magen.

»Und irgendwas von gestern?«, fragt Benito hoffnungsvoll und geht zu dem Korb, in dem wir das Gebäck von gestern einzeln verpackt zum halben Preis anbieten.

»Nimm dir einfach, was du willst!«, ruft Zara. Ich höre die Backofentür zuknallen. »Roderick, mach Kaffee. Beeilung.«

»Ich mach das schon«, sagt Benito. Er schlüpft hinter den Tresen und stellt die Kaffeemühle an. »Geh und back irgendwas. Deine Fans brauchen dich.«

Ich verdrücke mich in die Küche und schnappe mir eine Schürze. »Zara, es tut mir verdammt leid. Mein Handy ist ausgegangen.«

»Das passiert«, sagt sie knapp. »Was kannst du am schnellsten backen?«

Ich schließe die Augen und kämpfe gegen eine Welle nackter Panik an. Ich *darf* diesen Job nicht verlieren. Ich muss endlich aufhören, dieser Typ zu sein, der sich jede Chance, die die Leute ihm geben, mit einer dummen Entscheidung nach der anderen versaut. »Brötchen«, beschließe ich. »Also Sodabrötchen, mit Backpulver statt Hefe. Die sind schnell fertig. Und Scones.«

»Okay, fang an«, sagt sie. »Ich muss vorne aufschließen.«

Während der nächsten zwanzig Minuten bin ich wie diese Cartoonfigur Tasmanischer Teufel – ich wirbele wie ein Irrer in der Küche herum. Butterwürfel, Mehl, Salz und Backpulver landen zusammen in einer Schüssel. Die Rührstäbe des Mixers verschwimmen. Ich hebe geriebenen Käse sowie gehackten Schnittlauch unter und lasse die Teigkugeln in Höchstgeschwindigkeit auf die Backbleche plumpsen. Sie wandern in dem Moment in den Ofen, als Zaras Muffins rauskönnen. Ich verbrenne mir die Finger, weil ich die heißen Muffins vorschnell vom Blech nehme und auf einem Tablett aufreihe.

Eilig bringe ich das Tablett zum Tresen, wo Zara steht und den Blickkontakt mit mir vermeidet. Die Warteschlange ist fünf Gäste lang, weil sie allein arbeiten muss. Normalerweise stehe ich während des morgendlichen Ansturms mit hinterm Tresen, damit genau das nicht passiert. »Soll ich dir helfen mit …?«

»Mach bitte die Scones«, sagt sie kühl. »Außerdem brauchen wir Brötchen für die Mittagsgäste.«

Ich bin so was von geliefert. Aber ich gehe trotzdem zurück in die Küche und fange mit einer Ladung Scones an. In der Spüle stapeln sich die Teller, und hinter meinen Augenhöhlen haben sich Kopfschmerzen breitgemacht. Ich hatte weder Kaffee noch etwas zu essen, und nach dem Backwahn der letzten Stunden fangen meine Hände an zu zittern.

»Roddy?«, ruft Zara. »Kommst du bitte mal kurz nach vorn?«

»Sekunde«, krächze ich und wasche mir schnell die Butter von den Händen.

Als ich nach vorn komme, löst Zara ihre Schürze. »Ich brauche mal fünf Minuten Pause, okay? Kannst du dem Herrn hier einen doppelten Cappuccino machen? Danach ist die nächste Kundin dran.«

»Klar. Natürlich.« Ich bereite das Espressogetränk zu, während Zara Richtung Damentoilette verschwindet. Möglicherweise will sie auch in das dort hinten gelegene winzige Büro, um mir einen Scheck für die halbe Woche auszustellen und mich zu feuern.

Die nächste Bestellung ist kompliziert, wie sollte es anders sein. Die Schlange wird länger, während ich vier aufwendige Getränke zum Mitnehmen für eine Frau zubereite, die ihren Kollegen im Büro einen ausgeben will. Als Zara wiederkommt, ist unübersehbar, dass ich schwimme.

»Soll ich dir helfen, die Schlange abzuarbeiten?«, frage ich. »Oder die Brötchen fürs Mittagsgeschäft backen?«

»Die Brötchen«, sagt sie und schüttelt gleich darauf den Kopf. »Nein, erst die Schlange.« Es ist schwer, sich zu entscheiden, wenn man in einer ausweglosen Lage ist.

»Hallo, habt ihr noch so einen neuen Bagel?«, fragt der nächste Kunde. »Ich habe meiner Frau einen versprochen.«

»Heute leider nicht«, sagt Zara.

»Aber nächstes Mal wieder«, stammele ich, während mir aufgeht, wie sinnlos es ist, sich unentbehrlich zu machen, wenn man sich dann selbst für entscheidende zwei Stunden entbehrlich macht.

Eine Weile arbeite ich die Kaffeebestellungen ab, bis ich mich Ellbogen an Ellbogen mit Zara vor der Espressomaschine wiederfinde. »Tut mir furchtbar leid wegen heute Morgen. Es kommt nicht wieder vor.«

»Sollte es lieber nicht«, sagt Zara knapp. »Wenn du mich einfach angerufen und Bescheid gesagt hättest, dass du zu spät kommst, hätte ich jemanden bitten können einzuspringen. Wir stehen heute da wie die Idioten.«

»Ich weiß. Und ich fühle mich schrecklich wegen der verpassten Einnahmen.« Denn genau das sollte man tun, wenn das eigene Schicksal am seidenen Faden hängt: noch darauf aufmerksam machen, wie schlimm die Lage tatsächlich ist.

»Mach …« Zara seufzt. »Mach das einfach nicht noch mal, okay? Ich muss mich auf dich *verlassen* können. Jetzt geh Brot backen, damit uns die Leute zu Mittag nicht verhungern. Was kann ich für Sie tun?«, fragt sie den nächsten Kunden und lässt mich damit im Grunde stehen.

Ich trete hinter der wuchtigen Espressomaschine hervor, um mich an Zara vorbeizuschieben. Doch dann höre ich die nächste Kundin in der Schlange nach Luft schnappen.

Es ist meine Mutter. »Roderick«, flüstert sie. »Mit dir hätte ich hier nie gerechnet.«

»Jetzt weißt du Bescheid«, sage ich eisig. »Hol dir deinen Kaffee lieber woanders.«

Zara klappt die Kinnlade herunter. Ich stakse in die Küche, drehe den Wasserhahn voll auf und richte den Strahl auf die dreckigen Rührschüsseln, als würden sie brennen.

Mir ist durchaus klar, dass ich mir mein Grab nur noch tiefer schaufele, wenn ich Gäste anpflaume. Aber Zara ist ohnehin sauer auf mich. Welchen Unterschied macht es da schon noch?

So ist das mit mir. Einen Schritt vor und zwei zurück. Ich bin jetzt sechsundzwanzig Jahre alt. Irgendwann kann man die Schuld nicht mehr auf andere schieben. Sie liegt allein bei mir. Wenn es drauf ankommt, schaffe ich es nie, mich zu beherrschen. Und wenn ich mein Verhalten nicht ändere, wird das immer so bleiben.

Zehn Minuten später habe ich fast alle dreckigen Bleche und Schüsseln in der Küche abgespült, als Zara sich über mich beugt und das Wasser abstellt. »Ich wollte gerade die Brötchen backen«, sage ich zu ihr.

»Vergiss die Brötchen«, meint sie. »Wer war die Frau? Deine Mutter? Du hast ihre Augen.«

»Höre ich nicht zum ersten Mal.« Ich nehme mir ein Geschirrtuch und trockne aufgebracht eine Rührschüssel ab. »Wir stehen uns nicht besonders nah.«

»Hattest du nicht bei deinen Eltern gewohnt?«

Ich schüttele den Kopf. »Nein, äh, eigentlich nicht. Dass ich mich bei Kieran eingemietet habe, ist besser für alle.«

Sie sieht mich mit gerunzelter Stirn an, als wäre ich ein Puzzle, das sie zu lösen versucht.

»Es ist peinlich, Zara«, murmele ich. »Meine Eltern halten nichts von meinem sogenannten Lebensstil.«

Sie blinzelt. »Ach, dann soll sie sich ihr Geld sonst wohin stecken. Sie kann ihre fünf Mäuse behalten.«

Ich zucke mit den Schultern, als wäre es mir egal. Dabei ist es alles andere als das.

»Ich fass es nicht, dass ich dich vor deiner Mom angezickt habe.« Zara schnappt sich ein Geschirrtuch und trocknet ein Backblech ab. »Tut mir leid. Ich war völlig gestresst.«

»Ich bin mir ziemlich sicher, dass ich es verdient hatte.« Immer noch möchte ich am liebsten im Erdboden versinken. Verschlafen, wenn es meine Aufgabe ist, morgens als Erster in der Küche anzufangen? Was für eine miese Nummer.

Und ich glaube, Zara wäre nicht halb so verständnisvoll, wenn sie die ganze Geschichte darüber wüsste, wo ich heute Morgen aufgewacht bin. Kieran ist für sie wie Familie, und ich habe ihn ausgenutzt.

»Du brauchst eine Pause«, sagt Zara. »Das war der zweite Grund, warum ich hier nach hinten gekommen bin.«

»Nein, schon gut«, behaupte ich, obwohl mein Magen grummelt. »Geh du lieber wieder nach vorn. Ich backe als Nächstes die Brötchen. Sie kommen dann in einer halben Stunde aus dem Ofen.«

»Okay«, sagt sie mit einem Seufzen. »Wieder raus ins Gefecht. Es ist heute ungewöhnlich viel los, alle fragen nach deinen Backwaren. Diese Sodabrötchen waren übrigens der Hammer. Wenn das dein Notfallrezept ist, wird schon alles wieder werden.«

Ich schenke ihr ein schwaches Lächeln und mache mich wieder an die Arbeit.

Mein Mittagessen besteht aus einem verunglückten Brötchen mit Butter. Das einzig Gute heute ist, dass Kieran keine Schicht hat. Wir hätten die Hilfe zwar gut gebrauchen können, aber ich bringe es noch nicht fertig, ihm in die Augen zu schauen. Nicht nach letzter Nacht.

Als der Arbeitstag endlich um ist, sammle ich meine Sachen ein und will gehen. Mir bleibt fast das Herz stehen, als ich eine Nachricht von Audrey auf dem Handy sehe. Ich rechne schon damit, dass sie schreibt: *Was hast du letzte Nacht angestellt?*

Aber nein. Da steht eine Adresse, gefolgt von: Komm vorbei, wie du es schaffst.

Oh Mann. Ich hatte Audreys Einladung zur Farm der Shipleys ganz vergessen. Heute Abend veranstaltet die Familie so eine Art Saisonabschluss-Aktion, bei der sie Äpfel für den Cider auspressen.

»Es gibt jede Menge Essen und ein Lagerfeuer! Außerdem kannst du den Cider probieren«, hat Audrey gesagt.

Mit Tequila im Blut hielt ich es gestern Abend für eine prima Idee, zu den Shipleys zu fahren.

Jetzt nicht mehr. Dennoch weiß ich, dass ich hinmuss. Außerdem: kostenloses Essen.

Ich bin so was von leicht rumzukriegen.

20

Kieran

Mein Vater ist auf der Shipley-Farm groß geworden, hat Apfelbäume beschnitten und Kühe gemolken. Es ist eine malerische Apfelfarm, wo die Bäume in Reih und Glied stehen wie die Soldaten und auf der Weide dahinter Jerseykühe grasen. An Herbstwochenenden kommen massenweise Leute zum Apfelpflücken her und um Selfies neben den Vogelscheuchen zu machen.

Inzwischen sind die Apfelbäume abgepflückt, aber es gibt immer noch jede Menge zu tun. Von Zeit zu Zeit – wenn mein Cousin Griff zusätzliche Helfer braucht – schmeißt er eine Lagerfeuerparty und lädt uns alle zum Essen und Cidermachen ein.

Ich habe schon kistenweise Äpfel ins Wasserbad gehievt. Zuerst werden die Äpfel gewaschen, dann gelangen sie über ein Transportband in eine Maschine, die sie samt Gehäuse und allem zu Mus zermahlt.

Diese Apfelmaische wird durch einen Schlauch in die Kammern der Apfelpresse gespritzt. Dann drückt ein Hydraulikzylinder die Presse zusammen, sodass der Saft in einen Tank läuft. Danach sind nur noch zusammengepresste Platten Apfelzellulose übrig, die überraschend trocken sind. Sie werden an die Tiere verfüttert oder kompostiert.

Als meine Großeltern die Farm führten, haben sie nur

nebenbei Apfelsaft hergestellt. Sie hatten zwei Söhne – meinen Dad und Griffins Vater, meinen Onkel August. Es war August, der gelernt hat, wie man Cider macht, und Griffin, der sich überlegt hat, wie man daraus ein profitables Geschäft machen kann.

Also stehen wir jetzt hier und pressen an einem kalten Novemberabend das flüssige Gold aus den Äpfeln. Mein Bauch ist gefüllt mit Tante Ruths Pulled Pork, und ich habe noch mindestens eine weitere Stunde Arbeit vor mir. Im Ciderhaus riecht es nach einer Mischung aus Apfelkuchen und Weinkeller. Es gibt keinen schöneren Ort auf der Welt.

Meine Cousine May schiebt eine weitere Kiste Äpfel mit der Schubkarre herein. »Griff? Ist das die Sorte, die du als Nächstes wolltest?«

Griffin unterbricht seine Arbeit und beäugt die Äpfel, die sie gebracht hat. Ihre unregelmäßige Schale hat die unansehnliche Farbe von Papiertüten. Cideräpfel können echt merkwürdig aussehen. »Yepp. Danke. Bring noch mehr.«

Ich nehme May die Äpfel ab und kippe sie ins Wasserbad.

»Wie geht's deinem Vater?«, fragt May mich und legt mir dabei eine Hand auf den Arm.

»Unverändert«, sage ich und gebe ihr die leere Kiste zurück. »Rücken-OPs müssen die Hölle sein.«

»Oh Mann«, sagt sie. »Ich hoffe, es wird bald besser.«

»Ich auch.« Mit einem großen Holzpaddel rühre ich die Äpfel im Wasser um, während die Maschine vor sich hin rattert.

Vor meiner Geburt beschloss mein Vater, die Farm der Familie zu verlassen und Rinder zu züchten. Er hatte damals schon Rückenprobleme und dachte sich, dass eine Rinderzucht nicht so viel körperliche Arbeit erfordert wie Äpfel und Milchkühe. Also suchte er sich unser heutiges Land in Hardwick, und sein Vater half ihm bei der Finanzierung.

Und der Plan hat wohl auch geklappt. Es geht ihm ganz gut. Aber ich liebe die Obstwiesen und die Farm meiner Großeltern. August und Ruth haben mir immer das Gefühl gegeben, hier willkommen zu sein, auch wenn ich mir wie der fremde Shipley vorkomme. Ein Außenseiter. Wann immer Menschen aus der Region meinen Namen hören, sagen sie: »Ach, ich habe von dem ausgezeichneten Cider gehört. Ist das Ihre Familie?«

Ich weiß dann nie so recht, ob ich mit Ja oder Nein antworten soll. Denn einerseits schon, andererseits aber nicht. Und die Leute, die mich das fragen, haben keine Ahnung, was die Frage eigentlich bedeutet.

»Hey, der Schlauch ist verstopft«, sagt Griffin. »Stoppst du die Dame mal kurz?«

Ich umrunde die Ciderpresse und lege einen Hebel um, der verhindert, dass die Maschine neue Äpfel in den Trichter zieht.

Vor sich hin summend stochert Griffin in dem uralten Gerät herum. Ich schaue durch die Tür des Ciderhauses nach draußen. In der Ferne brennt das Lagerfeuer, mein Grandpa sitzt daneben in einem Stuhl, erzählt eine seiner Geschichten und gestikuliert dabei wild mit seiner Gabel herum. Meine Cousine Daphne stellt Desserts auf einem Tisch bereit.

Die orangefarbenen Flammen spiegeln sich in Audreys glänzenden Haaren, als sie aufs Ciderhaus zugelaufen kommt, während sie wie ein Wasserfall auf jemanden neben sich einredet. »Und hier passiert der Zauber. Wir pressen von September bis zum Frühjahr Äpfel, aber der Großteil der Plackerei fällt zwischen Oktober und Weihnachten an …«

Als sie so nah sind, dass ich sehen kann, mit wem sie redet, vollführt mein Bauch einen ungewohnten Salto. Und dann fängt meine Haut am ganzen Körper an zu kribbeln. *Roderick.* Er ist da.

Die beiden gehen an der Tür vorbei, und Audrey zeigt auf

die Eichenfässer, in denen der Cider reift. Erst einen Augenblick später fällt mir endlich das Atmen wieder ein.

Das ist etwas Neues für mich. Damit meine ich nicht, mit einem Typen rumzumachen und in seine Hand zu kommen – wobei auch das neu ist. Das wirklich Neue ist, dass ich mich innerlich dermaßen wild und aufgewühlt fühle.

Heute hatte ich im Café frei, aber ich musste die ganze Zeit an Rodericks Mund auf meinem und an die Hitze zwischen unseren Körpern denken.

Nicht nur, dass es mir gefallen hat – unheimlich sogar. Mir war gar nicht klar, dass ich in der Lage bin, mich dermaßen fallen zu lassen. Seine forschen Hände und sein geiler Mund haben mir den Kick gegeben. Sein straffer, durchtrainierter Körper und sein glühender, begehrlicher Blick haben mich überrascht.

Aber mehr noch habe ich mich selbst überrascht. Zuerst sagte ich ihm, was ich will. Das geschieht sonst nie. Und als er dann erschien, um mir genau das zu geben, habe ich jeden Augenblick voll ausgekostet. Ich habe ihn geküsst, als würde die Welt niederbrennen, und mich nicht zurückgehalten.

Sonst kam ich mir – während meiner zugegebenermaßen spärlichen sexuellen Begegnungen – immer vor wie ein Außenseiter, der von oben zusieht, ein Beobachter in meinem eigenen Leben. *Sollte ich meine Hand wohl dorthin legen? Will sie, dass ich den Reißverschluss aufmache? Heißt dieses Stöhnen, dass ich aufhören oder weitermachen soll?*

Letzte Nacht war etwas völlig anderes. Ganz egal, dass ich noch nie mit einem Kerl rumgemacht hatte. Die Lust machte mich selbstsicher. Die Leidenschaft machte es leicht. Noch nie hatte ich jemanden so intensiv geküsst, dass sein Geschmack ein Teil von mir wurde. Ich wollte, dass es niemals aufhört.

Ich will es jetzt sofort wiederholen.

»Erledigt«, sagt Griff und reißt mich damit aus meiner schmutzigen Fantasie.

Wir machen uns wieder an die Arbeit, aber die nächsten paar Minuten sind die reinste Folter, denn Roderick ist in der Nähe, doch ich kann nicht weg, weil ich hier die Maschine mit Äpfeln füttern muss. Gott weiß, was ich jetzt machen würde, wenn ich nicht zu tun hätte. Rausrennen und sein Bein bespringen wahrscheinlich.

»Das sind die Gärtanks«, sagt Audrey und setzt ihre Führung fort. »Und das große Ding hier ist die Ciderpresse. Man kann sie allein bedienen, aber besser ist es zu zweit oder zu dritt ...«

Ich halte es nicht mehr aus. Ich muss mich einfach umdrehen und ihn leibhaftig vor mir sehen. Und da ist er, schenkt Audrey ein Lächeln und hat einen Apfelschnitz in der Hand, den sie ihm wahrscheinlich abgeschnitten hat, damit er die Tannine des Ciderapfels erschmecken kann. Seine Wangen sind von der Kälte gerötet, und er trägt schwarze Jeans, die eng an seinen schmalen Hüften anliegen, dazu einen Wollpulli in Cranberryrot. Den könnte ich ihm jetzt sofort ausziehen ...

Unsere Blicke treffen sich. Sofort vergeht sein Lächeln, und seine Miene wird schuldbewusst.

Oh, oh.

»Hallo, Jungs«, sagt Audrey. »Ich wollte euch Bescheid sagen, dass es jetzt das Dessert gibt. Stellt die Dame nach dieser Ladung ab, ja?«

»Alles klar, Babe«, sagt Griff. »Heb mir ein Stück Pie auf. Roderick, möchtest du diese Ladung pressen?«

Sein Blick huscht kurz zu mir, bevor er Griff ansieht. »Klingt zwar spaßig, aber ich habe deiner Schwester versprochen, ihr in der Küche zu helfen.«

»Wenn du meinst.« Griffin zuckt mit den Schultern. »Schenk dem Mann ein Cider ein, Audrey.«

»Keine Sorge, das werde ich machen.« Sie winkt uns, und dann verschwinden die beiden, Roderick vorneweg. Er konnte gar nicht schnell genug hier wegkommen.

Mit dem Paddel schiebe ich noch mehr schwimmende Äpfel zur Leiter und versuche, diese Enttäuschung zu verarbeiten. Roderick meidet mich. Wobei, vielleicht will er bloß diskret sein. Es sind jede Menge Leute hier. Und ich kann es echt nicht gebrauchen, dass meine Familie anfängt, Fragen zu stellen.

Aber dieser schuldbewusste Blick. Der gefällt mir nicht. Was gestern Nacht passiert ist, war eine Offenbarung für mich. Für ihn vielleicht aber nicht.

Ich muss es herausfinden.

Draußen wirft Griffin noch einen Klotz Holz ins Feuer, während mein Cousin Dylan seine Geige nimmt und zu spielen anfängt. Ich schaue mich nach Roderick um, doch er ist nirgends zu sehen.

Jemand reicht mir einen Teller mit einem Stück von Tante Ruths Apfel-Cranberry-Kuchen. Als ich mir eine Gabel voll davon in den Mund schiebe, explodiert der herbe Apfelgeschmack auf meiner Zunge. Genau deshalb kommen die Leute nach Vermont – die albernen Romantiker jedenfalls. Sie kommen wegen des leckeren Essens und des heißen Ciders und der kieferndufftgeschwängerten Luft.

Selbst an meinen schlimmsten Tagen – wenn ich am liebsten schreien möchte, weil mein Leben so verfahren ist – ziehe ich es nie ernsthaft in Betracht, von hier wegzugehen. Ich mag Probleme haben. Ich mag nicht dazugehören. Aber ich würde es gern, und ich glaube nicht, dass sich dieses Gefühl jemals ändern wird.

Als die Fliegengittertür zuknallt, schaue ich hoch und sehe Roddy mit den Händen in den Hosentaschen dastehen. Seine Schultern sind gestrafft, und er hält den Kopf hoch erhoben. Dem äußeren Anschein nach ist er ein selbstsicherer Mann. Trotzdem – wenn ich ihn anschaue, sehe ich jemanden, der genau wie ich ein wenig verloren ist.

Vielleicht projiziere ich das nur auf ihn. Vielleicht sehe ich nur, was ich sehen möchte.

Guck hier rüber, flehe ich ihn stumm an.

Doch er hüpft die Treppenstufen hinunter und geht sich mit May und Audrey unterhalten.

21

Roderick

»Koste mal, Roddy«, sagt Audrey und reicht mir einen winzigen Becher. »Du musst noch fahren, oder? Deswegen habe ich dir bloß so einen kleinen Schluck eingeschenkt.«

»Ja, ich muss noch fahren«, bestätige ich, »außerdem hatte ich sowieso nicht vor, mich zu betrinken.« Nicht nach dem Fiasko letzte Nacht. »Aber sieh mich an, ich bin den zweiten Abend diese Woche auf einer Party«, sage ich und nippe dann an dem hervorragenden Cider. Er schmeckt intensiv und ein bisschen bitter. So etwas habe ich noch nie getrunken.

»Du Feierbiest«, erwidert sie mit einem Zwinkern. »Du brauchst unbedingt ein Stück von diesem Kuchen.«

Sie drückt mir einen Teller in die freie Hand, sodass ich den Cider austrinken muss, damit ich einen Bissen kosten kann. »Gott, ist der gut.«

Audrey zwinkert. »Ruth! Komm her, ich möchte dir Roddy Waites vorstellen, unseren neuen Bäcker.«

»Schön, dich kennenzulernen, mein Lieber«, sagt die Frau mittleren Alters, die herübergeeilt kommt. »Ich bin Ruth Shipley.«

»Die Mutter von Griffin, Dylan, May und Daphne Shipley«, stellt Audrey klar. »Kyles und Kierans Tante.«

»Das sind aber viele Kinder«, sage ich, ohne nachzudenken. Dann halte ich ihr die Hand hin.

»Es gab Tage, da kam es einem nach zu vielen vor«, stimmt Ruth mir lächelnd zu, während wir uns die Hand geben. »Möchtest du noch ein Stück Apfelkuchen? Bloß sag's mir nicht, falls er zu wünschen übrig lässt.«

»Ach bitte«, meint Audrey grinsend. »Ihr Kuchen ist köstlich. Ich habe schon Ringkämpfe um das letzte Stück miterlebt. Ruth, ich glaube, ich hatte dir erzählt, dass Roderick mir einiges über Sauerteig beibringt.«

»Ja. Ich habe deine Backwaren schon probiert«, sagt Ruth. »Audrey hatte mir eine Brezel mitgebracht, und die war himmlisch.«

»Vielen Dank!« Zufriedenheit überkommt mich. »Ich backe morgen wieder eine Ladung.« Es gibt doch nichts Besseres, als für seine Arbeit gelobt zu werden. »Vielleicht probiere ich auch Brezel-Bagels aus. Und Brezel-Sticks mit Dips dazu.«

»Hört sich ausgefallen an. Sagtest du, dein Nachname ist Waites? Ich kenne ein Paar, das so heißt, aus unserer Kirche in Colebury.«

»Ah.« Auf einen Schlag verdirbt es mir den Appetit. »Das dürften meine Eltern sein.«

»Die Ähnlichkeit ist da. Allerdings kenne ich deine Eltern nicht weiter, nur vom Namen her. Sie bleiben wohl meistens nicht zum Kaffeekränzchen da.«

»Tja«, sage ich zögerlich, »das weiß ich nicht. Wir haben keinen Kontakt.«

»Oh«, macht sie und wirkt verblüfft. »Tut mir leid. Das war mir nicht klar.«

»Sie wollen es so«, füge ich noch hinzu, weil ich nicht will, dass Kierans Tante mich für ein Monster hält. Außerdem muss ich irgendwie wissen, wie die Shipleys zu Homosexualität stehen. Ich bin neugierig, was Kieran bevorsteht, falls er beschließt, sich mit Männern einzulassen. Danach zu urteilen, wie er mich geküsst hat, nehme ich an, dass er das tun wird. »Meine Eltern haben mich rausgeschmissen, weil ich keine Konversionstherapie machen wollte.«

Ruth Shipley weicht zurück. »Was? Wieso?«

»Sie wollen keinen schwulen Sohn«, setze ich noch hinzu, damit auch wirklich keine Zweifel bleiben.

»Ich wüsste nicht, was sie daran ändern wollen«, sagt sie mit verständnisvoller Miene. »Das tut mir leid, mein Lieber.«

Jetzt komme ich mir vor wie eine Dramaqueen. »Nein, ist schon gut. Ich wollte es nur gesagt haben, damit Sie nicht mit einer netten Antwort rechnen, wenn Sie die beiden sonntags grüßen und auf mich ansprechen.«

Sie zuckt zusammen. »Nicht alle in der Kirche denken so. Gott macht keine Fehler.«

»Gut zu wissen«, sage ich rasch, weil ich diese Unterhaltung schnellstens beenden will. Für Kieran hoffe ich, dass der ganze Shipley-Clan Ruths Meinung teilt. Kieran hat etwas Besseres als das verdient, was ich zu Hause erlebe.

Jeder hat das.

Während ich ein paar Geigenstücken lausche, überlege ich, ob ich mich auf den Heimweg mache. Kieran steht auf der anderen Seite des Lagerfeuers und wirft mir lüsterne Blicke zu. Es mag feige von mir sein, ihm aus dem Weg zu gehen, aber welche Alternative habe ich denn? Wir beide müssen uns unterhalten, und hier ist weder der rechte Ort noch der rechte Zeitpunkt dafür.

Sobald Kieran Richtung Ciderhaus davongeht, bringe ich meinen Teller in die Küche und verabschiede mich. »Wunderbare Party, Ruth«, sage ich, während ich meinen Teller in die Spülmaschine räume. »Danke für die Einladung.«

»Immer gern!«, erwidert sie. »Wir veranstalten donnerstags

meistens ein großes Abendessen. Komm doch bei Gelegenheit mal mit Audrey mit.«

»Hört sich gut an.« Ich entschuldige mich unter einem Vorwand und schlüpfe hinaus in die Dunkelheit. Dann laufe ich die Kieseinfahrt hinunter, weg von der Musik und der Party. Da ich der Letzte war, der hier angekommen ist, steht mein Auto ganz am Ende einer langen Reihe von Pick-ups.

Die Einfahrt ist dermaßen lang, dass ich anfange, mich zu fragen, ob mich womöglich ein Bär oder ein Kojote schnappt, ehe ich bei meinem VW ankomme. Bären halten Winterschlaf, oder? Dann bin ich vermutlich vor ihnen sicher. Kojoten allerdings … Und gibt es eigentlich Wölfe in Vermont?

Just als ich das denke, ertönt plötzlich irgendwo ganz nah ein lautes »U-uuuuh« in der Dunkelheit, und ich schrecke heftig zusammen. »Verdammte Axt«, fluche ich und beeile mich, zu meinem Wagen zu kommen.

Da sehe ich das orange Glühen einer Zigarette. Jemand lehnt an meinem Auto. Und der warme Klang des Glucksens, das er ausstößt, verrät mir, dass es Kieran ist.

»Lach nicht«, murmele ich. »Ich hab vergessen, wie es ist, auf dem Land zu leben.«

»Sorry.« Seine Stimme ist ein sanftes Streicheln, und ich hasse mich dafür, dass ich es noch ein Weilchen auskosten möchte.

Ihm zu sagen, dass er Leine ziehen soll, wird uns beiden wehtun. »Brauchst du eine Mitfahrgelegenheit, oder was?«

Die Zigarette bewegt sich hin und her, als er den Kopf schüttelt.

»Rauchst bloß an mein Auto gelehnt gemütlich einen Krebsstängel?«

»So ungefähr.«

»Hast du noch einen?«

»Glaub schon.« Ich sehe die Folie in der Dunkelheit schimmern, als er eine Schachtel aus der Hosentasche zieht. »Die habe ich meinem Bruder abgenommen.«

»Ich wusste gar nicht, dass du rauchst.« Er hält mir eine Zigarette hin, und da sich meine Augen endlich an die Dunkelheit gewöhnt haben, kann ich genug erkennen, um sie zu nehmen.

»Rauchen geht ins Geld.« Sein raues Gesicht wird in Licht getaucht, als er mir die Zigarette anzündet. »Ich bin zu geizig, um mir Krebs zu holen.«

»Dito.« In den letzten Jahren war meine einzige Verwendung für Zigaretten, eine Beschäftigung für meine Hände zu haben, während ich abwartete, wie Brian auf Partys wichtige Leute vollquatschte.

Das ist definitiv vorbei.

»Also, was ist los?« Mit der Zigarette im Mund blickt mich Kieran stirnrunzelnd an, und er sieht heiß aus dabei. Aber ich werde stark bleiben. Enthaltsamkeit ist mein neuer zweiter Vorname. *Roderick Enthaltsamkeit Waites.* Klingt doch gut. »Du gehst mir schon den ganzen Abend aus dem Weg.«

»Kann sein, ein bisschen«, gebe ich zu und stoße den Rauch in die kühle Luft aus. »Ich meine – ich bin geschmeichelt, dass du mir lüsterne Blicke zuwirfst. Außerdem bin ich froh, dass du wegen unserer kleinen Nummer im Suff letzte Nacht nicht am Rad drehst.«

»Unserer *kleinen Nummer im Suff*«, wiederholt er langsam.

»Ja, die hätten wir bleiben lassen sollen.«

»Aha. Na, mir hat sie gefallen. Aber dir anscheinend nicht«, sagt Kieran tonlos.

»Hey – *das* ist es nicht.«

Er schnaubt. »Was denn dann? Hab ich was falsch gemacht?«

»*Quatsch.* Ich bin hier der Versager.« Ist das nicht offensichtlich? »Seinen betrunkenen, notgeilen Mitbewohner flachzulegen ist nicht okay.«

»Nein? Auch wenn er es gern wiederholen möchte?«

»Auch dann.« Ich paffe an der Zigarette und versuche dann, es zu erklären. »Pass auf, ich habe eine schlechte Erfolgsbilanz. Ich habe mich dir an den Hals geworfen, ohne an die Konsequenzen zu denken. Das habe ich auch nicht zum ersten Mal gemacht, und ich kapiere nicht, wieso ich mir immer wieder das Leben verbaue. Ich muss ausnahmsweise mal aufhören, impulsiv zu handeln, und mich verdammt noch mal wie ein Erwachsener benehmen. Es gibt nicht genügend Bäckereien in Amerika, als dass ich immer wieder eine neue Stelle finden würde, wenn ich Mist gebaut habe.«

Kieran kneift die Augen zusammen. »Dann bist *du* also derjenige, der wegen letzter Nacht am Rad dreht? Das ergibt doch keinen Sinn.«

»Ja, ich weiß. Das beweist aber nur, dass ich hier das Arschloch bin. Es tut mir leid, okay? Aber ich hatte recht, als ich meinte, dass wir nicht rummachen sollten.«

»Zuerst wolltest du. Und gestern Abend meintest du, es geht nicht. Und dann hast du's trotzdem gemacht«, wendet er ein.

»Yepp.« Ich nicke heftig. »Siehst du? So ist das mit mir. Falsche Entscheidungen, die ich dann bereue. Glaub mir – dir entgeht rein gar nichts, wenn wir's nicht noch mal machen. Das mit mir kommt dir nur wie eine gute Idee vor, wenn du betrunken und notgeil bist. Bei Tag betrachtet hast du es leichter, wenn du vergisst, dass es je passiert ist.«

»Echt jetzt?« Kieran neigt sein großes, attraktives Gesicht Richtung Himmel. »Ich habe nämlich den ganzen Tag pausenlos an dich gedacht.«

Ich bin süchtig nach Komplimenten, daher bekomme ich

Schmetterlinge im Bauch. *Kieran kann nicht aufhören, an mich zu denken.* Dann verpasse ich mir gedanklich eine Ohrfeige. »Daran zu denken ist was anderes, als es zu tun. Bist du überhaupt sicher, dass du diese Unterhaltung mit mir führen willst, obwohl wir hier von deiner Familie umgeben sind? Du scheinst ein sehr verschlossener Mensch zu sein.«

»Stimmt«, gibt er zu. »Ich behalte meinen Kram für mich. Aber meine Familie merkt nichts, besonders wenn es um mich geht. Wir könnten hier rumknutschen wie die Filmstars, und keiner würde was mitkriegen.«

Als er »rumknutschen« sagt, möchte ich mich einfach nur in seine Holzfäller-Arme werfen und ihn bitten, mich auf einen Heuboden zu bringen, damit wir unartig werden können. Hier muss es doch irgendwo einen Heuboden geben, oder? In meiner Fantasie ist es so.

Aber dabei muss es bleiben – bei einer Fantasie. Ich muss mich am Riemen reißen. »Sorry«, sage ich und verschränke die Arme. »Letzte Nacht hat megaviel Spaß gemacht, aber das darf sich nicht wiederholen. Ich bleibe wahrscheinlich gar nicht in Vermont, weißt du? Auf mich solltest du nicht setzen.«

Er schweigt kurz. »Dann war's das also?«

»Ja«, sage ich nachdrücklich, obwohl ich in meinem tiefsten Innern schwanke. In Wahrheit *mag* ich Kieran. Sehr sogar. Was es nur umso richtiger macht, ihn abzuweisen. Er braucht keinen armen, leicht verzweifelten Kerl, den er mit durchschleppen muss. Und ich muss aufhören, dieser total abgebrannte, liebesbedürftige Typ zu sein, der den Großteil seiner Selbstachtung in Nashville gelassen hat.

»Ich habe eine Frage.«

Aww. Er hat Fragen über schwulen Sex? »Schieß los. Ich verrate dir alles.«

»Bringst du mir trotzdem weiter Kochen bei?«

Ich lache leise. »Ja. Klar. Kochen ist das Einzige, worin ich verlässlich bin und wofür ich geschätzt werde. Nutz unbedingt diesen einen Vorteil aus, den es hat, mit mir befreundet zu sein.«

»Das ist nicht der einzige«, sagt er trocken.

Schon klar, aber meine Bilanz spricht für sich. Außerdem hat es keinen Sinn zu diskutieren. »Was möchtest du als Nächstes lernen?«

Sein missmutiges Stirnrunzeln lässt etwas nach. »Ist mir egal. Such du was aus. Ein schönes Stück Fleisch vielleicht?«

Hach, was fallen mir da alles für versaute Sprüche ein. Aber ich möchte keine missverständlichen Signale senden. »Geht klar. Ich überlege mir was.«

»Danke«, sagt er. Dann dreht er sich um und geht so schnell weg, dass mir nicht mal Zeit bleibt, auf seinen Hintern zu gaffen, bevor er in der Dunkelheit verschwindet.

Ist eigentlich auch besser so.

22

Roderick

Wisst ihr noch, wie ich dachte, mit Kieran zusammenzuwohnen wäre komisch, weil er mich gar nicht mag?

Ja, der Witz ging nach hinten los. Mit Kieran zusammenzuwohnen ist nicht komisch, aber es macht definitiv scharf. Keiner von uns beiden schafft es, unsere gemeinsame Nacht in seinem Bett zu vergessen. In letzter Zeit haben wir viele lange Blicke ausgetauscht, und so einige gingen allein auf mein Konto.

Gestern Abend kam er nach Hause, als ich gerade nur mit einem Handtuch bekleidet aus dem Bad trat. Es endete damit, dass wir im schmalen Flur einen linkischen Tanz umeinander vollführten, als wir beide gleichzeitig zur Seite gingen, um den anderen durchzulassen, wodurch wir einander nur umso länger im Weg waren.

Währenddessen wanderte sein Blick über meinen nackten Oberkörper. Mein Blut rauschte südwärts, als mir die Hitze seiner Haut auf meiner wieder einfiel und wie jedes Stöhnen von ihm meine Zunge vibrieren ließ. In der Sicherheit meines Zimmers angelangt, musste ich zehn Minuten lang die Politikschlagzeilen lesen, damit sich mein Schwanz einkriegte.

Ich bereue meine neue Selbstdisziplin allerdings nicht, denn in meinem Leben geht es aufwärts. Mein Ansehen im *Busy Bean* steigt wieder. Zara fängt endlich an, mir wieder zu vertrauen. Meine Sodabrötchen mit Cheddar stehen jetzt noch dazu regulär auf der Karte.

Außerdem habe ich meinen Ausrutscher – als ich an jenem verhängnisvollen Tag zu spät kam – zum Anlass genommen, die morgendlichen Abläufe in der Küche neu zu überdenken.

»Hey, Leute, kann ich euch ein paar Änderungen vorschlagen?«, frage ich eines Tages nach der Arbeit, als Audrey und Zara gerade beide da sind. »Ich finde, wir sollten einen Drei-Tages-Plan für die Hefeteigbrote aufstellen. Montagnachmittags setzen wir den Teig für Donnerstag an und lassen ihn kalt gehen. Dienstags machen wir den für Freitag und so weiter. Wenn ich mich gut organisiere, bleibt genug Platz im Kühlschrank.«

»Was wäre der Vorteil?«, fragt Zara.

»Es gibt zwei – eine bessere Geschmacksentwicklung und die Zeitersparnis jeden Morgen.«

»Denkst du, wir sollten später anfangen?«, will Audrey wissen und neigt mir dabei ihr hübsches Gesicht zu. »Dafür wäre ich zu haben.«

»Nicht wirklich«, sage ich rasch. Es geht dabei nicht darum, dass ich ausschlafen möchte. »Ich denke nur, wir hätten es morgens leichter. Wir würden einige Arbeitsschritte auf später am Tag verlegen, wenn es oft nichts zu tun gibt. Wie jetzt gerade zum Beispiel. Außerdem könnten wir ein paar Bleche Brötchen einfrieren für Tage, wenn morgens unerwartet viel los ist.«

»Das gefällt mir«, sagt Zara und lässt ihren Kaugummi knallen. »Gut gemacht, Roddy. Genau die Art von Verbesserungsvorschlägen hatte ich mir durch die Einstellung einer Vollzeitkraft erhofft.«

»Vielen Dank«, stammele ich. Mal ehrlich, das Ganze ist kein Hexenwerk, und die kalte Teigführung habe ich auch nicht erfunden. Aber ich habe nichts gegen ein Lob. Da fühlt sich meine Lage nicht mehr ganz so heikel an.

Als ich am darauffolgenden Donnerstag nach einem Mittagsschläfchen aufwache, stelle ich fest, dass es im Haus wunderbar duftet. Ich höre Kieran in der Küche vor sich hin pfeifen. Als ich gähnend hineingeschlendert komme, sehe ich, dass er ganz allein ein Brathähnchen zubereitet hat – mit der Kräuterbutter, die ich ihm beigebracht habe. Außerdem hat er einen Topf Reis in dem Reiskocher gekocht, den ich für acht Dollar auf einem Garagenflohmarkt erstanden habe.

»Mann, sieh sich das einer an!«, rufe ich begeistert aus und reibe mir die Hände.

»Es ist genug für uns beide da, vorausgesetzt, du sagst mir, wann unsere nächste Kochstunde stattfindet.« Er gibt mir einen Teller mit Essen.

»Bald«, antworte ich vage. »Ich muss noch ein neues Hauptgericht aussuchen, das immer funktioniert. Vielleicht ein Schweinebraten.«

»Hört sich gut an.« Er leckt sich das Hähnchenfett von den Fingerspitzen und wirft mir wieder mal einen heißen Blick zu.

Ich sollte wohl anfangen, mich nach einer neuen Bleibe umzusehen. Kieran bedrängt mich nicht wegen Sex. Weder spricht er das Thema an noch setzt er mich unter Druck. Aber seine Begierde steigert meine, und mir selbst traue ich weitaus weniger als ihm.

»Bier oder Wasser?«, fragt er und dreht sich dabei zum Kühlschrank um. »Was anderes haben wir nicht.«

»Wasser«, sage ich heiser. Ich vertrage nicht viel Alkohol, in seiner Nähe wahrscheinlich noch weniger.

»Wie du willst.« Er nimmt ein Glas und füllt es am Wasserspender des Kühlschranks für mich auf. Nachdem er es mir gegeben hat, verlasse ich die Küche, um zwischen uns ein bisschen Abstand herzustellen.

Die Verschnaufpause ist kurz. Ich höre, wie die Kühlschranktür aufgeht und wieder zufällt. Einen Augenblick später kommt Kieran herein, in der einen Hand seinen Teller und zwischen zwei Finger geklemmt eine Bierflasche, in der anderen mein Handy. »Roddy, ich weiß ja, dass kalte Teigführung eine deiner Lieblingsmethoden ist, aber ich bin mir nicht sicher, ob deinem Handy Zeit im Kühlschrank guttut.« Er setzt sich mit respektvollem Abstand zu mir aufs Sofa und gibt mir lächelnd das Telefon.

»Ach, mein Handy und ich brauchten einfach mal eine Pause voneinander«, erkläre ich.

Die Bierflasche stockt auf halbem Weg zu seinem Mund. »Du hast es absichtlich da reingelegt?«

»Ich kannte mal jemanden, der hat Leute aus seinem Leben verbannt, indem er sie buchstäblich eiskalt abserviert hat. Er schrieb den Namen der Person auf einen Zettel, steckte den in eine Gefriertüte, gab Wasser hinein und packte das Ganze in die Tiefkühltruhe. Aber Plastiktüten sind schlecht für die Umwelt, und außerdem bin ich faul.«

Kierans Blick nach zu urteilen, weiß er nicht, ob er belustigt oder skeptisch sein soll. »Also hast du beschlossen, deine Kontaktliste einzufrieren?«

»So ungefähr.« Zudem bestand die Gefahr, dass ich mein Handy quer durchs Zimmer schleudere. »Mein Ex hat mir wieder geschrieben.«

Kieran erstarrt neben mir. »Rauft ihr euch wieder zusammen?«

»Oh nein, *auf gar keinen Fall.*« Ich erschrecke uns beide mit der Lautstärke dieser Feststellung.

Kieran entspannt sich und isst einen Bissen Hähnchen. Wow, Moment mal, war er etwa *eifersüchtig?* »Was will dein Ex denn?«, fragt er.

»Na ja, als ich ging, habe ich ihm nicht gesagt, wo ich hinwill. Und er sagt, er habe nach mir gesucht.« Was allerdings nicht heißen muss, dass es stimmt. Er dürfte nicht viel Elan in die Suche gesteckt haben. »Ich hatte seine Nachrichten ignoriert. Aber heute Morgen habe ich ihm endlich geantwortet und geschrieben, dass ich nicht zurückkomme. Daraufhin wurde er fies.«

Als ich aufs Display tippe, sehe ich, dass Brian immer noch weitermacht.

Du dummes Arschloch. Du wirst hier schon noch wieder angekrochen kommen. Das ist so was von manipulativ. Du wolltest, dass ich dir nachlaufe, oder? Lässt du mich jetzt einfach zappeln?

Das ist überhaupt nicht fair. Ich war immer ehrlich zu ihm. Ehrlicher als zu mir selbst. Ich bin gegangen, weil ich dich verlassen habe, tippe ich. Dann lösche ich das seufzend. Mit Terroristen kann man nicht verhandeln.

Ich gebe Kieran das Handy. »Guck dir's an. Es ist mir peinlich, dass ich so lange bei diesem Mann geblieben bin.«

Kieran wischt sich mit einer Serviette die Hand ab und scrollt dann hoch, um Brians Gewetter zu lesen. »Was für ein Mist«, sagt er grimmig, und seine Wortwahl bringt mich zum Lachen. Er findet das überhaupt nicht lustig und sagt: »Das ist wirklich beleidigend. War er immer so drauf?«

»Nein.« Ich schüttele schnell den Kopf, damit Kieran nicht denkt, ich hätte mich die ganze Zeit wie ein Fußabtreter behandeln lassen. »Er kann der charmanteste Mann überhaupt sein. Alle lieben ihn. Wenn wir gestritten haben, wurde er manchmal so. Aber am nächsten Tag hat er sich immer mächtig ins Zeug gelegt, um es wiedergutzumachen. Ich weiß, das ist ein typisches Muster bei Leuten wie ihm. Aber ich schwör's dir, er fing erst nach einem Jahr an, sich so aufzuführen. Ich habe mich nur lange an die Hoffnung geklammert, dass es besser werden würde.«

Als sich sein letztes Album nicht besonders gut verkaufte, sank seine Laune endgültig ins Bodenlose, und ich begriff endlich, dass es niemals wieder besser werden würde. Und *dennoch* blieb ich noch viel zu lange, weil es mir so fies vorkam, einen Mann zu verlassen, dessen Karriere sich auf dem absteigenden Ast befand.

»Glaubst du, er könnte was Durchgeknalltes anstellen?«, fragt Kieran plötzlich.

»Wie meinst du das? Was denn zum Beispiel?«

Er starrt mich mit diesen großen braunen Augen an, die mir so gefallen. »Könnte er versuchen, dir körperlich wehzutun?«

»Nein«, sage ich schnell. »Erstens weiß er gar nicht, wo ich bin, und außerdem ist es unwahrscheinlich, dass er nach Vermont kommt. Außerdem ist er kein gewalttätiger Typ. Er würde eher meinem Selbstwertgefühl blaue Flecken verpassen als meinem Gesicht.«

Kieran zuckt zusammen. »Wieso blockierst du seinen Kontakt nicht? Jetzt mal im Ernst.«

»Ich glaube …« Die Wahrheit ist peinlich. »Ich hatte gehofft, dass ich meine Gitarre wiederkriege, wenn er sich erst mal beruhigt hat. Aber wenn ich ganz ehrlich bin, wollte ich eigentlich nur eine Entschuldigung. Die werde ich aber niemals kriegen. Schätze, darum geht es beim Erwachsensein – trotz all der Entschuldigungen, die wir nie bekommen, das Beste aus seinem Leben zu machen.«

Kieran betrachtet mich einen langen Moment mit seinem intensiven Blick. Dann legt er einen Hähnchenknochen weg und schenkt mir ein schüchternes Lächeln. »Nicht schlecht, Roddy. Ich finde, das ist ein Gedanke, der verewigt gehört.«

»Oh.« Es dauert kurz, bis ich es raffe. »Du meinst, den sollte ich im *Busy Bean* auf einen Balken schreiben?«

»Yepp.« Er verspeist ein Stück Fleisch und lächelt mich dann an.

Als ich von dem krossen Hähnchen abbeiße, stoße ich ein zufriedenes Seufzen aus. Er hat es super gewürzt und tiefbraun gegrillt. »Das ist megalecker. Kompliment an den Küchenchef.«

»Danke.« Als ich zu ihm sehe, sind seine Wangen leicht gerötet. »Du solltest aber vielleicht lieber nicht rumstöhnen, während du isst. Nur mir zuliebe.«

»Sorry.« Wieder schaue ich zu ihm, und er zwinkert mir doch tatsächlich zu. Zwinkert! Kieran Shipley *flirtet* mit mir. Wie unwahrscheinlich ist das denn?!

Aber ich kann natürlich nicht zurückflirten, sonst würde ich missverständliche Signale senden. Also schweige ich, während wir das knusprige Hähnchen mit Reis vertilgen.

»Hey«, sagt er schließlich. »Ich hab angefangen, *Silicon Valley* zu gucken. Hast du Lust –«

»Super Serie«, sage ich schnell. Eine Comedy ist jetzt genau das Richtige, um die sexuelle Spannung im Raum aufzulösen. »Mach sie an.«

»Cool.« Kieran wischt sich die Hände ab und nimmt seinen Laptop vom Couchtisch. Er klappt ihn auf, hackt auf der Tastatur herum, und dann gucken wir schließlich, wie Richard Hendricks versucht, sich wieder mal aus einem Fiasko herauszumanövrieren.

Vielleicht gefällt mir die Serie deshalb. Richard und ich haben einiges gemeinsam.

Neben mir auf dem Sofa lacht Kieran leise, und ich lehne mich entspannt zurück. Es ist schön in diesem Wohnzimmer, der Lampenschein verleiht dem Parkett einen hübschen

Glanz, und hier ist ein heißer Farmer, der mir das Gefühl gibt, gemocht zu werden.

Es ist gemütlich. Fast schon heimelig. Wäre ich nicht so gut darin, mein Leben zu torpedieren, könnte ich mir fast eine Zukunft hier vorstellen.

Fast.

23

Kieran

»Huch, nein. Das Mittagsangebot sind Spinat-Feta-Taschen«, sagt Roderick ungefähr einen Meter unter mir.

»Was, echt?« Ich stehe mit einem Stück Kreide in der Hand auf einem Hocker und will das Tagesangebot an die Tafel schreiben. »Ich dachte, du machst Schinken-Käse-Croissants?«

»Last-Minute-Änderung«, sagt er. »Audrey hat jede Menge Spinat mitgebracht, und den wollte ich zuerst verarbeiten.«

»Okay. Klar.« Mit der Faust wische ich das Wort *Schinken* weg, es verschmiert allerdings nur. »Ich kann so nicht arbeiten. Wirfst du mir mal bitte einen feuchten Lappen hoch?«

Glucksend schnappt sich Roderick ein Geschirrtuch und wirft es mir zu. »Schwenk einfach um wie Jared, okay?«

Ungeachtet meiner wackligen Position auf dem Hocker muss ich über seine Anspielung auf eine lustige Szene *in Silicon Valley* lachen. »Dann bin ich jetzt also Jared?« Ich schätze, das passt. Jared ist ein Außenseiter, der permanent versucht, sich anzupassen.

»Wir sind alle wie Jared«, sagt Roderick. »Ich schätze, ich bin Erlich Bachman – ziemlich einfältig. Versucht in einer Tour, die Leute dazu zu bringen, dass sie ihn mögen.«

Aber das tun sie doch, denke ich. Alle mögen Roddy, sogar ich. *Ich ganz besonders.* Das spreche ich jedoch nicht laut aus. »Fehlt jetzt noch was? Ansonsten komme ich runter.«

»Ähm.« Roderick reibt sich über sein perfektes Kinn, was bewirkt, dass ich vom Hocker springen und das Reiben für ihn übernehmen möchte. Über die Zeit hat seine Anziehungskraft auf mich kein Stück nachgelassen, und ich weiß nicht, was ich dagegen unternehmen soll. Es scheint, als bliebe mir nur, mich nach einem anderen Kerl umzusehen, der mich genauso anmacht wie er.

Nur dass ich keinen anderen will. Ich will genau den hier.

»Okay, füg bitte noch hinzu: ›Wir backen Weihnachtsplätzchen und -kuchen auf Vorbestellung.‹«

»Sicher? Nicht eher Torten?« Ich fange an, mit einer neuen Farbe zu schreiben.

»Ich kann keine Torten dekorieren«, sagt Roderick.

»Für die Jungs von *Silicon Valley* wäre das kein Hinderungsgrund.« Unsere Serienabende sind jetzt zu einer richtigen Gewohnheit geworden. Wenn ich abends früh genug heimkomme, gucken wir uns immer ein paar Folgen zusammen an.

»Und welche Serienfigur bin ich?«, will Zara wissen, als sie aus der Küche kommt.

»Du bist Monica«, sage ich ohne jedes Zögern. »Sie ist clever und lässt sich von niemandem verscheißern.«

»Ist sie heiß?«, fragt Zara nach, während sie ein Blech Muffins in die Auslage schiebt.

»Total«, versichert Roderick ihr. »Ich sollte langsam mal die Bagels ins Wasserbad geben.«

»Sehr schön«, sagt Zara, als sie meine Arbeit inspiziert.

»Danke. Ich hab bloß ein paar Sachen hinzugefügt.«

»Nein, ich meinte …« Sie senkt die Stimme. »Du wirkst recht fröhlich in Rodericks Gegenwart. Freut mich, dass sich das gegeben hat.«

Sofort steigt mir die Hitze den Hals hoch. »Ja, alles gut. Er ist in Ordnung.«

»Schön.«

Durch zwei neue Gäste, die ins Café kommen, bleibt mir eine weitere Unterhaltung zum Glück erspart. Der morgendliche Ansturm wird gleich losgehen. Ich kann es regelrecht spüren.

Ich bereite einen Mokka mit fettarmer Milch für jemanden zu, dann geht erneut die Tür auf und vier weitere Kunden kommen herein. Zara und ich bewältigen den Ansturm zusammen und erledigen Bestellungen wie auf Autopilot. Als Roderick mit einer frischen Ladung Bagels aus der Küche kommt, spüre ich ihn schon, bevor ich ihn sehe. Er schiebt bloß das Blech auf den Tresen und geht dann wieder. Nichtsdestotrotz klebt mein Blick an ihm, und mein Herz macht einen Hüpfer.

So geht es mir jetzt ständig. Wenn er einen Raum betritt, richtet sich meine Aufmerksamkeit sofort ganz auf ihn. So ist es mir noch nie zuvor mit jemandem ergangen, und ich weiß nicht, wie ich das abstellen soll.

Ich weiß auch gar nicht, ob ich es abstellen möchte. Zara hat recht. Je besser ich Roderick kennenlerne, desto lieber mag ich ihn. Erstens mal ist er witzig. Wer hätte gedacht, dass ein beißender Humor und eine scharfe Zunge so geil machen können?

Seine Bissigkeit ist allerdings nur Fassade. Keiner strengt sich mehr an als Roderick. Keiner packt schneller mit an oder legt sich mehr ins Zeug, die Kunden zufriedenzustellen.

Audrey und Zara sind auf ihre Art auch ganz hin und weg von ihm. Ist egal, dass Roderick einmal zu spät zur Arbeit kam. Unsere Chefinnen haben ihm das komplett verziehen. Letzte Woche hat Zara ihm eine Extraschicht frühmorgens angeboten und diese Woche Audrey. Sie sind beide ein bisschen berauscht von dem Gedanken, dass es jetzt noch jemanden gibt, der die brutal harte Fünf-Uhr-dreißig-Vorbereitungsschicht übernehmen kann.

Das hat zur Folge, dass Roderick *müde* ist. Er hat dunkle Ringe unter den Augen. Zwar nicht so dunkle wie zu Anfang, als er noch in seinem Auto schlief. Aber er sagt nie Nein, wenn die zwei ihn um einen Gefallen bitten, außerdem freut er sich über das Mehr an Gehalt für die zusätzlichen Stunden.

Dass er immer so früh ins Bett geht, drückt unsere gemeinsame Streaming-Zeit vorm Laptop erheblich. Und das mit dem Kochunterricht kann ich ganz vergessen. Ich habe noch keine weitere Stunde bekommen.

Wiederum habe ich auch nicht nachgefragt. Als Zara also in die Pause geht und Roderick und ich zusammen weiterarbeiten, spreche ich es an. »Hör zu, ich weiß, dass du dich echt krummmachst, aber wir sollten meine Ausbildung nicht vernachlässigen. Du hast es versprochen.«

»Deine, äh, Ausbildung?«

Als er sich mit einem überraschend erregten Blick zu mir dreht, bin ich völlig überrumpelt. Roderick denkt gerade an Sex. *Sex mit mir. Halleluja.* Es besteht noch Hoffnung für mich.

»Also, ich bin offen für alles«, sage ich. »Aber eigentlich meinte ich den Kochunterricht.« Obwohl ich rot anlaufe, kann ich mir ein Lächeln nicht verkneifen.

»Oh!« Er legt den Kopf in den Nacken und lacht los. »Klar doch. Tut mir leid. Du hättest schon eher was sagen sollen. Ich war einfach …«

»… wegen der vielen Zusatzschichten zu beschäftigt. Ich weiß.«

»Ja, aber ich hab's versprochen. Morgen Abend? Oder musst du da auf der Farm arbeiten?«

»Ich werde tauschen«, verspreche ich. Jetzt im Winter muss ich nicht mehr ganz so viel schuften. Mein Vater hat zwar immer noch einen schlimmen Rücken, aber auf der Farm gibt es nicht mehr so viel zu tun. »Was steht denn alles auf der Einkaufsliste?«

Er reibt sich die Hände. »Weiß ich noch nicht genau. Das entscheide ich spontan. Lass mich die Einkäufe erledigen.«

»Gut.« Ich nehme zwanzig Mäuse aus meinem Portemonnaie und gebe sie ihm. »Mein Anteil. Ich werde gegen sechs zu Hause sein.«

»Super.« Er steckt das Geld ein. »Bis dann.«

24

Roderick

Ich verbringe einen Teil des darauffolgenden Morgens mit Tagträumereien über die Kochstunde mit Kieran.

Leider ist Tagträumerei schlecht fürs Geschäft. Vor lauter freudiger Gedanken an einen gewissen heißen Farmer bin ich nicht ganz bei der Sache, als ich eine Catering-Bestellung zusammenaddiere. Und letztendlich berechne ich dem Kunden zu wenig.

Also tue ich das einzig Vernünftige und lege fünfzehn Mäuse von meinem eigenen Geld in die Kasse.

Autsch. Das habe ich nun davon, dass ich in Gedanken zu einem Mann abgedriftet bin, dem ich eigentlich schon abgeschworen hatte. Man möchte meinen, ich hätte was draus gelernt.

Wir werden heute Abend gemeinsam *kochen*, verdammt noch mal. Bloß kochen.

Als mein Arbeitstag endlich rum ist, fahre ich zum Supermarkt. Ich kaufe alle Zutaten für eine geschmorte Schweinelende mit Ingwer und Limette, außerdem für ein Pilzrisotto und als Beilagen grüne Bohnen.

Die Flasche Wein, die ich eigentlich mitnehmen wollte, kaufe ich doch nicht, denn die fünfzehn Mäuse habe ich nun schon anderweitig ausgegeben. Davon abgesehen läuft mein Plan fürs Abendessen. Doch nachdem ich alles im Kofferraum meines Käfers verstaut habe, geht wieder etwas schief. Zuerst springt der Motor einwandfrei an, säuft dann aber schlagartig ab, als ich den Rückwärtsgang einlege. Tot von einem Moment auf den anderen.

Ich sollte vielleicht erwähnen, dass ich von Autos keinen blassen Schimmer habe. Mein Wissen beschränkt sich darauf, wie man den Schlüssel einsteckt und losfährt. Oder den Automobilclub anruft. Was ich nun tue.

»Sind Sie Mitglied bei uns?«, fragt man mich als Erstes.

»Nein, sollte ich aber vielleicht werden.«

»Dann benötige ich Ihre Kreditkartennummer.«

Tja, damit hätte ich wohl rechnen sollen. »Ich habe keine Kreditkarte, aber eine EC-Karte. Oder ich zahle in bar.« Im Eingangsbereich des Supermarkts sehe ich einen Geldautomaten. Es ist so einer, bei dem man eine zusätzliche Gebühr bezahlt, aber bei dem Tag, den ich heute erwischt habe, sollte mich das auch nicht weiter wundern.

»Ohne hinterlegte Kreditkarte kann ich keinen Abschleppwagen losschicken.«

Natürlich nicht. Ich lege auf, andernfalls würde ich unhöflich werden. Nachdem ich das Gespräch beendet habe, suche ich die Nummer einer örtlichen Werkstatt heraus. Aber inzwischen ist es nach halb sechs, und sie hat geschlossen.

Ich bin zehn Meilen weit weg von zu Hause, die Temperaturen sinken, und meine Schweinelende und das Risotto brauchen mindestens eine Stunde Vorbereitung. Was also machen?

Weil mir nichts anderes mehr einfällt, rufe ich Kieran an, um zu fragen, ob er einen Automechaniker kennt.

»Klar doch«, dringt seine tiefe Brummstimme sanft an mein Ohr. »Wo liegt das Problem?«

»Keine Ahnung«, murmele ich. »Vielleicht brauche ich

Starthilfe oder so. Hast du die Nummer? Ich hoffe immer noch, dass es mit dem Abendessen klappt.«

»Wo bist du denn?«

»In Montpelier, leider.«

»*Wo* in Montpelier?«

»Vor *Shaw's*.«

»Ich fahr sofort los. Bin in zwanzig Minuten da.«

»Du brauchst nicht …«

Klick.

Hmm.

Ich gehe wieder in den Markt und hebe eine kleine Summe Geld ab. Dann kaufe ich die Flasche Wein, die ich vorhin weggelassen habe, als Dankeschön für Kieran.

Er kommt in seinem Pick-up angefahren und hält neben meinem Wagen. Dann springt er raus und lächelt mich an. »Soll ich dir Starthilfe geben? Ich habe alle Kabel dafür dabei.«

»Klar doch, ich hoffe nur, daran liegt es auch.«

»Erzähl, was passiert ist.«

Nachdem ich den Ablauf der Ereignisse geschildert habe, runzelt Kieran die Stirn. »Er ist einfach ausgegangen? Wie lange lief der Motor, bevor du den Rückwärtsgang eingelegt hast?«

»Äh, eine Minute? Vielleicht länger. Ich habe auf meinem Handy noch Mails gecheckt.«

»Hört sich nicht so an, als wäre es die Batterie«, sagt er. »Eher ein Keilriemen.«

»Oh.« Ich denke kurz darüber nach. »Ein Keilriemen ist doch nur ein Stück Gummi, oder? Ich hoffe, der ist günstiger als eine tote Batterie.«

Er zuckt zusammen. »Kommt drauf an. Lass uns versuchen, die Batterie zu überbrücken, nur für alle Fälle.«

Es überrascht mich nicht wirklich, als es nicht klappt.

Am Ende ruft Kieran seinen Kumpel Jude an, der einen Abschleppwagen herschickt. Als wir schließlich in Kierans Pickup nach Colebury rollen, ist es schon nach sieben.

»Mit dem Essen wird es spät«, murre ich. »Tut mir leid.«

»Ach, ist doch nicht weiter schlimm«, sagt er und stellt das Radio an.

»Bloß dass ich einen Mordshunger habe. Du etwa nicht?« Im Augenblick hasse ich mein Leben.

»Doch«, stimmt er zu. »Halten sich die Zutaten auch noch bis morgen? Dann könnten wir uns stattdessen einfach eine Pizza holen.«

»Glaub schon.« Klar halten die bis morgen, aber ich habe eben schon mein gesamtes Bargeld ausgegeben. »Allerdings müsste ich dann noch mal zur Bank.«

»Ich hab Geld«, sagt Kieran. »Hier.« Er entsperrt sein Handy und gibt es mir. »Der Laden ist in meinen Kontakten unter *Pizza* eingespeichert. Bestell eine große. Eine Hälfte mit Salami und Oliven, die andere mit dem, was du möchtest.«

Ich zögere kurz.

»Jetzt sag nicht, du magst keine Pizza?«, meint Kieran.

»Doch«, erwidere ich schnell. »Ich will bloß nicht so sein wie dein Bruder – dich ständig ausnutzen.«

»Meine Güte, es geht bloß um eine Pizza. Außerdem war das meine Idee. Bestell schon, ja?«

Das mache ich also. Für den Fall, dass Reste übrig bleiben, bestelle ich die ganze Pizza mit dem Belag, den er vorgeschlagen hat. Nachdem ich aufgelegt habe, dreht er das Radio lauter. Und wie sollte es anders sein? Kieran hört Countrymusik. Der Nashville-Sound erfüllt den Wagen, und die ersten paar Minuten stört es mich nicht weiter. Wir hören ein Lied von Darius Rucker und dann einen Crossover-Titel von Delilah

Spark. Unweigerlich folgt ein Brian-Aimsley-Song. Es ist sein neuer – *So Happy I'm Yours.*

Während der ersten Strophe beiße ich die Zähne zusammen, und mit einem Mal wird mir eine unangenehme Wahrheit bewusst: Ich habe mich nie gefragt, ob ein Liebeslied von Brian Aimsley vielleicht heimlich von mir handelt. Songwriter sind ständig im Austausch miteinander, und Brian schreibt kaum einen Titel selbst.

Aber während ich so zuhöre, wie er darüber singt, dass ihm das Herz aufgeht, wenn dieser eine besondere Mensch lächelt, kommt mir der Gedanke, dass ich wohl mehr hätte erwarten sollen. Ich meine, ich hätte nie im Leben verlangt, dass er ganz offensichtlich über mich singt. Aber warum hätte er das denn gar nicht *wollen* sollen?

Jedenfalls hat er es nie gemacht, und ich habe nie gefragt, warum nicht. Zwar habe ich manchmal mehr Zeit mit ihm zusammen eingefordert, aber nie mehr Platz in seinem Herzen.

Ich habe mich von Anfang an zu billig verkauft. Stimmt schon, Brian war ein Mega-Arschloch, aber ich bin selbst schuld, dass ich es mir habe gefallen lassen.

»Können wir das ausmachen?«, platzt es aus mir heraus.

»Klar.« Kieran drückt auf den Ausknopf, und das Radio verstummt. »Tut mir leid.«

»Es muss dir nicht leidtun. Ist doch dein Wagen.«

»Kein Country-Fan?«

»Ich hasse Country«, gestehe ich. »Hab zu lange in Nashville gelebt.« Das steht mal definitiv fest.

Er taxiert mich mit einem Blick, bevor er auf den Parkplatz der Pizzabude einbiegt. »Bin gleich wieder da.«

Auf dem Nachhauseweg riecht es im Pick-up nach Pizza. Und da fällt mir auf, dass ich die Einkäufe gar nicht in Kierans

Wagen umgeladen habe. Beim Gedanken daran, dass meine Schweinelende gerade in eine Werkstatt abgeschleppt wird, stöhne ich todunglücklich.

»Was ist denn?«

Verlegen erkläre ich Kieran das Problem. Nicht dass es ihm entgehen würde, dass wir gar keine Lebensmittel im Kühlschrank zu verstauen haben. Der heutige Tag ist wie ein böser Traum, aus dem ich einfach nicht aufwache. »Ich fasse es nicht, dass mir das passiert ist. Tut mir leid wegen des Abendessens.«

»Draußen ist es im Moment doch gerade mal minus ein Grad. Deine Einkäufe werden die Nacht im Auto überstehen. Wir können sie morgen holen.«

Bei dem Gedanken, dass Kieran morgen noch mal losfahren muss, um sie zu holen, könnte ich heulen. Ich habe es so satt, der totale Chaot zu sein. Nur weiß ich nicht, wie ich es abstellen soll. »Tut mir echt leid.«

»Was denn? Autos gehen eben mal kaputt.« Er biegt in Richtung der Grünanlage ab. Wir sind fast zu Hause.

»Dass ich dein durchgeknallter, unzuverlässiger Mitbewohner bin. *Schon wieder.*«

»Du hattest einen miesen Tag, Roddy, das kommt vor. Ehrlich gesagt sogar ziemlich oft. Wir essen jetzt Pizza und trinken ein Bier. Moment, magst du etwa kein Bier?« Seinem Tonfall ist anzumerken, dass die Frage ihn leicht beunruhigt.

»Doch schon. Aber wer pleite ist, trinkt kein Bier.« Ich *bin* tatsächlich erneut pleite. Wenn ich an die Rechnung für die Autoreparatur denke, könnte ich genauso losheulen.

»Hey, müssen Mitbewohner etwa bis auf den letzten Penny alles haargenau aufrechnen?«, fragt er, als das Haus in Sicht kommt. »Mache ich da was falsch? Für mich ist das alles noch neu.«

»Du hast nichts falsch gemacht. Rein gar nichts.« Ich schlucke schwer. »Ich bin hier in diesem Fahrzeug der Dysfunktionale. Die Regeln besagen *eindeutig*, dass man nicht über seinen attraktiven, betrunkenen Mitbewohner herfällt und sich dann hinterher wie eine Dramaqueen aufführt. Wahrscheinlich hältst du mich für irre.«

»Nee«, sagt er ablehnend. »Du hast mir ja von deinen Problemen erzählt. Ich verstehe das.« Er biegt in die Einfahrt und stellt dann Motor und Scheinwerfer aus.

»Warum musst du nur immer so verdammt anständig sein?«, frage ich in die plötzliche Stille hinein. »Das lässt uns andere schlecht dastehen.«

Kieran bleibt reglos in der Dunkelheit sitzen, als wäre das eine ernsthafte Frage gewesen. »Aber ich bin genau wie du. Versuche nur, mir über meinen eigenen Mist klar zu werden. Du hast mir übrigens schon dabei geholfen.«

»Weil ich dafür gesorgt habe, dass sich dein Schwanz jubelnd meldet?«

Er schnaubt laut. »Was du alles sagst! Du bist echt unerschrocken.«

»Ja, aber nicht klug.« Ich löse meinen Gurt und greife nach dem Türgriff.

»Vielleicht bist du mal für einen Abend gnädiger mit dir selbst?«, schlägt Kieran vor, während er seine Schlüssel einsteckt. »Wir gucken ein bisschen Fernsehen, essen Pizza und trinken ein Bier. Oder auch kein Bier. Egal. Ich biete es dir an, ohne irgendeine Gegenleistung zu erwarten. Es braucht keine große Sache zu werden. Du wirkst bloß wie jemand, der ein Stück Pizza und eine Umarmung gebrauchen kann.«

»Ha. Als wärst ausgerechnet *du* ein Umarmer.«

Er zuckt mit seinen breiten Schultern. »Das ist es ja eben. Du gibst mir das Gefühl, ich könnte jemand sein, der Dinge macht, statt sie nur zu denken. Du verstehst das wahrscheinlich nicht, aber es bringt mir viel, dich um mich zu haben.«

Oh Mann. Jetzt hat er es geschafft. Mir wird ganz warm ums Herz. »Die Umarmung würde ich jetzt nehmen«, sage ich, ehe ich es mir anders überlegen kann.

Langsam dreht er sich zu mir. »Bist du sicher?« Es klingt herausfordernd.

»Yepp.« Ich rücke näher zu Kieran und halte die Arme auf. Er packt mich als Antwort vorne bei meiner Jacke und zieht mich an sich.

Und das gefällt mir dermaßen, dass ich die Umarmung komplett überspringe und mich direkt in einen heißen Kuss stürze. Ich überfalle ihn einfach.

Kieran grunzt überrascht, gibt sich aber gleich darauf gekonnt dem Kuss hin. Muskulöse Arme legen sich um mich, und weiche, begierige Lippen gleiten über meine. Er küsst mich, als hätte er sich das schon wochenlang ausgemalt. Und ich erwidere den Kuss, als hätte ich danach gehungert.

Es ist total magisch, bis ich mit dem Ellbogen gegen die Hupe komme und wir erschrocken zurückweichen.

»Rein ins Haus«, raunt Kieran. »Du weißt, du willst es.«

Ich öffne den Mund, um zu widersprechen, aber dann merke ich, dass Widerstand zwecklos ist. »Jawohl, Sir«, sage ich stattdessen.

Die Pizza ist vergessen, wir knallen die Autotüren zu und hasten ins Haus. Als die Haustür zufällt, lässt sich Kieran von mir dagegendrücken. Und dann knutschen wir wieder rum wie die Teenager – hastig und unkoordiniert. Die vielen langen Blicke, die wir ausgetauscht, die frustrierenden Nächte, die wir in getrennten Zimmern geschlafen haben. Ist es denn eine große Überraschung, dass wir nun hier stehen – versuchen, im dunklen Flur unsere Münder verschmelzen zu lassen?

Eigentlich überhaupt keine Überraschung.

Kierans holziger Duft überwältigt mich, und seine Küsse sind sengend heiß. Ich bin fertig damit, gegen meine Gefühle für diesen Mann anzukämpfen. Möglich, dass ich am Ende unsere Freundschaft ruiniere. Möglich, dass mir sogar das Herz gebrochen wird.

Aber manche Menschen sind das Risiko wert, nicht wahr? Ich habe so das Gefühl, Kieran Shipley ist einer von ihnen.

25

Kieran

Ein Kuss. Mehr brauchte es nicht, um meine Selbstbeherrschung zunichtezumachen.

Ich habe versucht, verdammt geduldig zu sein. Aber in dem Moment, als er mich im Pick-up mit feuchten Augen ansah, war es einfach vorbei mit mir.

Und mit ihm genauso. Auf meinen Schultern liegen zwei starke Hände und verraten mir, was er braucht. Mit jedem Kuss rücken wir näher. Ich wusste nicht, dass Küsse so tief und innig sein können. Ich schmecke mehr Roderick als mich selbst.

So vieles erstaunt mich. Der Duft seiner Haut. Die Kraft seiner Zunge an meiner. Und meine eigene Kühnheit, als ich eine Hand in seinen Nacken lege und flüstere: »Ich will dich.« Etwas Wahreres habe ich in meinem ganzen Leben nicht gesagt. Ich bestehe nur noch aus Wollen.

Zur Antwort lässt Roderick die Hand an meiner Brust hinabgleiten. Und als er immer tiefer wandert – mit den Fingerspitzen teilt er meine Jacke, streift meine Bauchmuskeln und versengt mich durch den dicken Baumwollstoff meines Hemds –, bricht mir der Schweiß aus. Dann greift er nach meiner Gürtelschnalle.

Und zieht daran.

Ich gebe einen Laut freudigen Schocks von mir, als er mir

den Gürtel öffnet und den Knopf meiner Jeans aufspringen lässt. Meine Fantasien von damals spulen sich immer weiter ab, als er meine Jeans einige entscheidende Zentimeter runterschiebt und sich hinkniet.

Ich höre mich nach Luft schnappen, als Roderick eine Hand um meinen harten Schwanz legt. Staunend sehe ich zu, wie er ihn aus meiner Unterhose holt. Und ich kann mir ein leises Stöhnen nicht verkneifen, als er den Kopf hebt, mir geradewegs in die Augen sieht und die Spitze in den Mund nimmt.

Feuchte Hitze. Druck und Glückseligkeit. Genauso hat es mit meiner Besessenheit von ihm angefangen, nicht wahr? Ein hastiger Blowjob im Dunkeln. Seine vor Lust glänzenden Augen.

Damals war ich allerdings noch nicht bereit für ihn. Ich konnte nur zusehen, meine Bedürfnisse jedoch nicht aussprechen. Aber dieser ängstliche Junge bin ich nicht mehr. Mein Kopf rumst dumpf gegen die Tür, als er mich auf seiner Zunge ruhen lässt. Er richtet seinen ausdrucksstarken Blick nach oben, um mir zu zeigen, wie er sich ins Zeug legt, um mich zu befriedigen.

Jetzt scheint es sich fast gelohnt zu haben, die acht Jahre zu warten. Für mich ist das hier viel, viel mehr als das Ausleben einer Fantasie aus Teenagerzeiten. Mit einer Hand fahre ich durch Rodericks Haare, wie es sich sein Partner damals nicht getraut hat. Sie fühlen sich unglaublich weich unter meiner Handfläche an. Ich mag ein Spätzünder sein, gebe mich jetzt aber voll und ganz hin.

Und das nicht irgendeinem Typen. Ich gebe mich *ihm* voll und ganz hin.

Roderick verlangsamt seine Bewegungen, quält mich, beobachtet mit neugierigen, großen Augen, wie ich auf alles, was er macht, reagiere. Er ist nicht zögerlich. Ich merke, dass er es einfach genießt, hier eine Show abzuziehen.

Ich senke die Hand und umfasse sein Kinn. Langsam fahre ich mit dem Daumen über seine Oberlippe, die sich um meinen Schwanz herum spannt. Er schließt die Augen und stößt ein kleines Stöhnen aus, das ich bis in die Leistengegend spüre. Dann holt er tief Luft und saugt einmal fest und kontrolliert, und noch mal und noch mal.

Bald hat er einen Rhythmus gefunden, dem ich nicht widerstehen kann. Mein Atem geht vor Schock stoßweise. Ich bin es nicht gewohnt, zu kriegen, was ich will – nicht mal, wenn ich es schaffe, danach zu fragen –, deshalb ist es überwältigend, wenn es endlich passiert.

Ich kann nicht stillhalten. Ich muss die Hüften durchdrücken, mich in Rodericks willigen Mund schieben. Und eventuell gebe ich laute, verzweifelte Töne von mir, als er mich wieder und wieder tief aufnimmt. Es ist zu viel, und es wird viel zu schnell vorbei sein. Ich werde ihn wieder verlieren. Da bin ich mir sicher.

Irgendwie bringe ich die Willenskraft auf, sein perfektes Gesicht zu umfassen. »Warte«, raune ich. »Ich muss dich berühren.« Wenn ich nur diese eine Nacht kriege, dann will ich, dass sie möglichst lange dauert.

Er gibt mich frei, die Lippen rot und geschwollen, die Augen funkelnd. Ich ziehe ihn hoch und küsse ihn wieder, denn ich kann nicht anders.

Unbeholfen vor lauter Lust und nicht willens, unseren Kuss zu unterbrechen, fange ich an, ihn in Richtung Wohnzimmer zu dirigieren.

Das Feuer im Kamin ist zu einem orangen Glühen niedergebrannt. Es spendet gerade genug Licht, um Roderick ums Sofa herum zum Teppich zu lenken.

In der Hoffnung, dass er den Wink versteht, verpasse ich ihm einen kleinen Schubs.

Wundersamerweise legt er sich auf den Teppich und schaut dann mit großen Augen zu mir hoch. Kurz könnte ich schwören, dass er jetzt jeden Moment zur Vernunft kommen und abhauen wird. Aber das geschieht nicht. Er zieht sein Shirt aus und präsentiert mir seinen durchtrainierten Oberkörper, der mich so gierig macht, und die Linie dunkler Haare, die bis hinab zu seinen Jeans verläuft. »Deine Denkweise gefällt mir«, sagt er.

Ich knie mich hin und stürze mich förmlich auf ihn, öffne den Knopf seiner Jeans und ziehe dann den Reißverschluss auf.

Er wirkt völlig ungerührt, als er die Hüften anhebt, damit ich ihm die Jeans herunterziehen kann. Als wäre es keine große Sache, sich im Wohnzimmer nackt auszuziehen. Vielleicht trifft das für ihn auch zu.

Für mich definitiv nicht. Ich kann nicht aufhören, diesen goldbraunen Körper anzustarren, während der Feuerschein Schatten auf die schlanken, muskulösen Schenkel wirft. Ich strecke die Hand aus, streiche über die Vorderseite seines Oberschenkels und genieße, wie unter meiner Handfläche Härchen kitzeln. Diesmal bin ich nüchtern. Diesmal habe ich vor, mir jedes noch so kleine Detail einzuprägen, während ich ihn berühre.

Er lässt mich auch nicht warten. Er streift Schuhe und Socken ab, bis da nichts weiter mehr ist als viel nackte Haut und eine aufragende Erektion. Sein einziger Körperteil, der im Vergleich zu mir nicht kleiner ist.

»Meine Fresse«, flüstere ich bei seinem prächtigen Anblick. Ich möchte nach ihm greifen und ihn streicheln.

»Mach«, flüstert er und liest damit meine Gedanken.

Jetzt bin ich schon so weit gekommen, oder? Da hat es keinen Sinn, schüchtern zu sein. Als ich mich vorbeuge, stoße ich mit der Stirn erst gegen seinen straffen Bauch, bevor ich einmal langsam über seinen Schaft lecke.

»Fuck. Ja. Mein Gott«, keucht er. »Weiter.«

Ich öffne den Mund und lasse langsam seine harte Eichel zwischen meine Lippen gleiten, bis sie schwer auf meiner Zunge liegt. Es passiert wirklich. Ich umfasse seinen Schaft mit einer Hand und streichle mit der anderen seinen Schenkel.

Rodericks Stöhnen macht mich mutig. Ich beuge mich vor und nehme ihn noch etwas weiter auf, variiere Tiefe und Druck.

In meinen lebhaften Fantasien stimmten nicht alle Details, stelle ich fest. Seine Haut ist so heiß und weich, wie ich sie mir vorgestellt habe. Es fühlt sich herrlich an, wie er meinen Mund ausfüllt. Und Rodericks glückliches Stöhnen ist genauso laut wie gehofft.

Aber ich bin hierin nicht besonders gut. Es ist schwierig, ihn tief in den Mund zu nehmen und dabei weiterzuatmen.

»Ganz langsam«, sagt er und legt mir eine Hand aufs Haar, als ich es schaffe, mich selbst zum Würgen zu bringen. »Das hier ist doch kein Wettrennen. Atme durch, wenn du es brauchst.«

Doch ich will keine Pause. Ich habe schon genug Zeit verschwendet. Jahre. Außerdem bin ich mir der Gefahr bewusst, dass wir womöglich ins Nachdenken kommen, wenn ich zu lange unterbreche. Womöglich fällt Roderick dann plötzlich wieder ein, warum er sich eigentlich nicht mit mir einlassen wollte.

Ich entspanne meinen Kiefer und neige den Kopf anders. Und so klappt es besser. Mit dem Unterarm stütze ich mich auf dem Teppich ab und nehme ihn so tief auf, wie ich es mich traue.

»Oh Gott, du lernst aber schnell«, keucht er, während er über mein Haar streicht. »Fuuuuuck.« Als er glücklich die Hüften windet, schwillt mir vor Stolz die Brust. »Wieso bist du eigentlich noch nicht nackt?«, japst er.

Gute Frage. Ich gebe ihn frei und knöpfe hastig mein Hemd auf. Flüchtig durchzucken mich Bedenken, mich im Wohnzimmer nackt auszuziehen. *Jemand könnte es sehen.* Doch der orangefarbene Schein des Kaminfeuers ist kaum hell genug, um Rodericks goldbraunen Körper zu sehen, der ausgestreckt daliegt wie auf einem Renaissance-Gemälde. Was das für eine Augenweide ist – vor allem das feuchte Glänzen seines Schwanzes, dort, wo ich gelutscht habe. Allein von diesem Anblick könnte ich kommen.

Hastig ziehe ich Hose und Unterhose aus. Sich hier mitten im Zimmer nackt auszuziehen, fühlt sich eher kühn und verwegen an als unanständig.

»Schon besser«, sagt er, als ich die übrigen Klamotten abstreife. »Gott, du bist so heiß, dass mir das Hirn wegschmilzt.«

Normalerweise sind mir Komplimente peinlich. Aber er unterstreicht seine Aussage, indem er sich zu mir herumrollt, und seine Zunge findet mit einer solchen Treffsicherheit meinen Schwanz, dass ich nach Luft schnappe. Sein wunderschöner Mund nimmt mich auf. Ich kann nicht mehr tun, als mich auf dem Teppich zurückzulehnen und durch meine Erregung hindurchzuatmen.

Doch dann werde ich gierig. Ich will noch mehr. Also beuge ich mich zu ihm, rutsche so herum, dass wir beide in der 69er-Position auf der Seite liegen. Ich umfasse seine Hüfte und ziehe ihn zu mir, bis seine Erektion in meinen Mund eindringt.

Er reagiert mit einem Brummen, das ich an meinem Schwanz spüren kann.

Es ist beinahe zu viel – die doppelte Lust, ihn zu lutschen und gelutscht zu werden. Und als wäre das nicht schon genug, lässt er eine Hand zwischen meine Beine gleiten, streichelt meine Hoden und umspielt meinen Po.

Währenddessen ist mein Mund gänzlich von ihm ausgefüllt, und dieser Zustand gefällt mir mehr, als ich je vermutet hätte. Alles an diesem Augenblick ist eine Offenbarung.

Als Roderick die Hüften verlagert und aufstöhnt, landet ein salziger Tropfen auf meiner Zunge. Aus unerfindlichen Gründen macht mich das unfassbar an. Ich kann mich kaum konzentrieren, während er saugt und leckt und mich mit der Zunge verwöhnt. Der Blowjob, den ich abliefere, wird noch amateurhafter, denn ich sehne mich immer verzweifelter danach, selbst zu kommen.

»Pass auf«, nuschelt Roderick plötzlich an meinem Glied.

Auf seine Warnung hin weiche ich zurück. Und im selben Moment stöhnt er zufrieden und ergießt sich über meine Hand und meine Brust.

Mehr brauche auch ich nicht. Ich stoße ein erschrockenes Keuchen aus und entlade augenblicklich die wochenlange sexuelle Anspannung in seinen perfekten Mund. Ich spüre, wie er schluckt, und dann stöhnt er erneut.

Das. Sexyste. Geräusch. *Überhaupt.*

»Verdammt«, flüstere ich und lege den Kopf auf seinen Schenkel. »Sorry.«

Auch er atmet schwer. »Ach du heiliger Strohsack. Ich kann die Zehen gar nicht entkrampfen.« Er lässt den Kopf zu Boden sinken. Wir sind halb vom Teppich heruntergerollt. »Wow.«

Keuchend versuche ich, mehr Luft in die Lunge zu befördern. Eigentlich möchte ich gar nicht von diesem Rausch runterkommen, doch das ist wohl unvermeidlich. Roderick macht sich los, indem er unter mir hervorrutscht. Er hievt sich hoch und tappt wortlos aus dem Zimmer.

Ich lege den Kopf auf den Teppich und starre an die Decke.

Ich bin voller Sperma und beunruhigt. War's das? Er ist einfach weg? Ich frage mich, ob ich etwas falsch gemacht habe. Ist er sauer, weil ich ihn nicht rechtzeitig gewarnt habe, bevor ich –

Verflucht. Hab ich es total vermasselt?

Wenn ich mir vorhin nicht unanständig vorgekommen bin, dann aber jetzt.

Aus der Küche dringt einiges Gepiepe vom Herd. Dann wird irgendwo im Haus ein Wasserhahn angestellt. Einen Augenblick später kommt er auf den Teppich getappt, kniet sich neben mir hin und blickt mir geradewegs in die Augen. »Ich heiz den Rost vor.«

»Den Rost?«, wiederhole ich dümmlich. »Keine Ahnung, was du meinst.«

Roderick lächelt mich an. Und als er sich dann herabbeugt und langsam einen Kuss auf meine Lippen drückt, kommt es mir erneut wie ein Wunder vor. »Steh auf und komm mit.« Er hebt seine Unterhose vom Fußboden auf und drückt sich wieder hoch.

»Okay?« Vielleicht ist er mir doch gar nicht böse?

Er zieht seine Boxershorts an, marschiert wieder aus dem Zimmer und winkt mich hinter sich her. Ich fühle mich immer noch ganz high, als ich ihm stumm in das Bad hier im Erdgeschoss folge.

»Rein da mit dir.« Er deutet auf die große frei stehende Badewanne mit den Löwenfüßen, die sich langsam mit Wasser füllt. »Bin gleich wieder da.«

Ich blicke hinunter auf die Wanne, in die Wasser aus dem Hahn strömt. »Okay?«

»Na, mach schon.« Er gibt mir einen Klaps auf den nackten Po. Dann geht er weg.

Ich mache mich ein bisschen sauber, bevor ich in die Badewanne steige. Als ich mich hineinsetze, schwappt das Wasser wunderbar heiß gegen meine abkühlende Haut. Ich schließe die Augen und versuche mir einen Reim auf diesen verrückten Abend zu machen. Ich habe, seit ich sieben war, nicht mehr gebadet. Und wieso möchte Roderick, dass ich es jetzt tue?

Ein paar Minuten später taucht er wieder auf. Er lässt seine Boxershorts fallen, dreht den Hahn zu und steigt vorsichtig am anderen Ende der Wanne ins Wasser. Ich kann es mir nicht verkneifen, seinen nackten Körper bewundernd anzuglotzen. Die V-Form seiner Muskeln an den Leisten macht mich beinahe schon wieder ganz scharf.

Ich bin mir nicht sicher, ob wir beide zusammen in die Wanne passen, und ich verstehe nicht, warum er das überhaupt versucht.

Roderick setzt sich ins Wasser. Für seine Beine ist nicht genug Platz, deshalb streckt er sie auf meinen aus. Bei dem Körperkontakt macht mein Herz einen Hüpfer. Sonst berührt nie jemand meinen nackten Körper. Ich meine *niemals*. Es fühlt sich echt ungewohnt an, wie seine Beinhaare meine streifen. Genauso wie sein Fußrücken an der Innenseite meines Oberschenkels.

Hitze breitet sich auf meiner Haut aus, und das liegt nicht am warmen Wasser. Ich weiß nicht recht, ob ich es schaffe, mich cool zu geben, während wir einander im grellen Badezimmerlicht gegenübersitzen. »Also … wieso hast du diese Sitzung einberufen?«, frage ich.

Die Worte klingen lässig, doch innerlich drehe ich am Rad, und das liegt keineswegs daran, dass ich eben einen Schwanz gelutscht habe. Das hat Spaß gemacht, und ich wäre für eine Wiederholung zu haben. Aber jetzt möchte er sich mit mir *unterhalten?* Ich bin mir noch nie nackter vorgekommen als jetzt gerade.

»Na ja«, fängt er an, lehnt sich zurück und legt seinen eleganten Kopf auf den Badewannenrand. Er wirkt so gelassen wie immer. »Erstens muss der Herd einige Zeit vorheizen. Außerdem wollte ich die Badewanne ohnehin schon eine ganze Weile mal ausprobieren. Noch dazu kann ich besser denken, wenn ich im Wasser liege.«

»Mit mir?«

»Ja.« Er lächelt mich verlegen an. »Es ist klar, dass wir das wiederholen werden, oder? Bei diesem …«, er wedelt mit der Hand unbestimmt in meine Richtung, »… braunäugigen Schmachtblick, den du draufhast. Und bei meiner unzureichenden Selbstbeherrschung, wenn es gilt, einem stattlichen Farmer zu widerstehen.«

»*Schmachtblick?*« Ich weiß ja nicht viel, aber ich habe mit Sicherheit noch nie einen Schmachtblick aufgesetzt.

»Du bist einfach so …« Er seufzt. »So unwiderstehlich. Ich glaube nicht, dass ich mich von deinem Bett fernhalten kann. Beziehungsweise von deinem Schwanz. Also vorausgesetzt, du willst mich dort haben.«

Ich glaube zwar, er scherzt nur, aber mein Blut gerät trotzdem in Wallung. »Heißt das, diesmal flippst du nicht aus?«

Das Kinn in die Hand gestützt, betrachtet er mich. Sein Blick ist wohlwollend, aber mir ist dennoch unbehaglich zumute. Dass ich Roderick will, heißt nicht, dass ich unter die Lupe genommen werden will.

»Hör zu«, sagt er. »Ich hatte eigentlich nicht vor, heute Abend alle meine Regeln über Bord zu werfen, aber es ist nun mal so, dass ich dich viel zu gernhabe. Und obwohl es überhaupt keine gute Idee ist, es mit seinem Mitbewohner zu treiben, bin ich gerade so glücklich wie lange nicht.«

Ich bin zu nichts anderem fähig, als ihn einen langen Augenblick praktisch nur anzustarren. So etwas hat noch nie jemand zu mir gesagt. Ich habe Roderick *glücklich* gemacht – mit ruppigen Küssen und unbeholfenen Berührungen.

Das ist ein größeres Wunder als mein Brathähnchen mit Kräuterbutter und Knoblauch, so viel steht mal fest.

»Sag etwas«, verlangt er plötzlich. »Oder lächle wenigstens, verdammt. War das gerade zu viel? Hab ich dich in Panik versetzt?«

»Quatsch, nein«, sage ich, doch es kommt brummig heraus. »Ich lächle innerlich.«

Er blinzelt. Und dann legt er den Kopf in den Nacken und lacht so laut, dass es von den Badezimmerfliesen widerhallt.

»Was denn?«, grummele ich. »Ich mein's ernst.«

»Ich *weiß*.« Er beherrscht sich und grinst mich an. »Deswegen ist es ja so lustig. Jemanden wie dich habe ich noch nie kennengelernt. Ich besitze null Filter, während du ein einziger Filter bist. Ist wie eine Rüstung. Du legst sie nie ab.«

Das stimmt wahrscheinlich, ist aber eigentlich egal. »Nur wie geht es jetzt mit uns weiter? Was kommt als Nächstes?«

»Na, Pizza«, sagt er, spritzt sich Wasser ins Gesicht und schüttelt dann ausgelassen wie ein Hund den Kopf. »Ich bin in Unterhose rausgelaufen und habe die Pizza aus deinem Wagen gerettet. Ich werde sie gleich in den Ofen schieben.«

»Ich meinte, *nach* der Pizza.« Roderick ist eine helle, leuchtende Erscheinung in meinem Leben, und ich muss wissen, ob ich mir Hoffnungen machen darf.

»Oh. Na, das hängt von dir ab. Ziehst du mal die Knie an?«

»Was?« Ich brauche einen Moment, um gedanklich hinterherzukommen, bewege mich aber dann. Seine Beine rutschen von meinen, als ich die Knie hebe. In dieser lächerlichen Stellung bin ich jetzt buchstäblich offen und wehrlos.

Aber nicht lange. Roderick rappelt sich auf und hockt sich zwischen meine Beine. »Wir brauchen Pizza«, befindet er und stützt dabei links und rechts von mir die Hände auf den Wannenrand. »Aber danach könnten wir unsere Serie weitergucken. Vielleicht in deinem Bett?«

»Okay«, erwidere ich rasch, als seine blauen Augen näher kommen.

»Und ich dachte, der heutige Abend wäre eine Katastrophe«, sagt er und beugt sich herunter, um mich zu küssen.

Wenn das hier eine Katastrophe ist, dann kann sie gern die ganze Nacht andauern.

26

Roderick

Könnte sein, dass ich Kieran nicht nur den Schwanz, sondern auch den Verstand weggeblasen habe. Als ich nach unserem Bad ein Tablett in sein Schlafzimmer trage, steht er vor seiner Kommode und wirkt leicht überfordert.

»Nimmst du mal deinen Laptop?«, frage ich. »Klemmt unter meinem Arm.«

»Klar.« Er löst sich aus seiner Erstarrung und nimmt ihn mir so eilig ab, dass sein Handtuch dabei herunterfällt.

»Danke«, sage ich, während ich den Blick anerkennend über seinen nackten Körper wandern lasse. Gott, was für eine *Pracht*.

Ich weiß nicht, was ich mir dabei gedacht habe, als ich beschloss, dass wir nicht miteinander rummachen können. Außerdem bin ich mir immer noch nicht so ganz sicher, warum er überhaupt Interesse an mir hat. Kieran verdient einen Kerl, dessen Leben keine brennende Mülltonne ist. Einen, dessen Auto läuft und der sich den Supermarkteinkauf leisten kann.

»Komm, lass uns essen, bevor es kalt wird.« Ich setze mich hin und stelle das Tablett auf meinen Schoß.

»Boah.« Als er zu mir kommt, um sich einen Teller zu nehmen, guckt er auf die Pizza, als hätte er sie noch nie gesehen. »Die sieht viel besser aus als sonst. Vielleicht geben die sich neuerdings mehr Mühe.«

»Na ja … Ich habe klein geschnittene Paprika, gehackten

Knoblauch und Pecorino draufgetan, bevor ich sie gebacken habe. Ich hoffe nur, du, äh, magst Paprika.« Ich hätte echt vorher fragen sollen.

»Ich mag alles«, sagt er und setzt sich auf die gegenüberliegende Seite des Betts.

»Puh, da bin ich erleichtert. Ich versuche, mehr Gemüse und nicht zu viele Kohlenhydrate zu essen. Diese Gefahr besteht nämlich, wenn man den ganzen Tag mit Brot zu tun hat.«

Er beißt von einem Stück Pizza ab und kaut. Dabei wirft er mir immer wieder verstohlene Blicke zu, als beschäftige ihn irgendetwas.

»Ist die Pizza in Ordnung?«

»Sie schmeckt super«, sagt er sofort.

»Wieso guckst du mich dann so an?«

Er schaut hinunter auf seinen Teller. »Na ja, wie lauten denn die Regeln?«

»Regeln? Du meinst, was dich und mich angeht?«

»Ja. Die Regeln. Ich wüsste gern, wo ich stehe.«

Ich lege ein Stück Pizzarand auf meinen Teller und drehe mich zu ihm. *Ich wüsste gern, wo ich stehe.* Als ich in seine hellbraunen Augen schaue, wird mir bewusst, dass es sich um eine simple Bitte handelt, die ich jedoch nie zu stellen gelernt habe.

Ich bin es gewohnt, mit dem Risiko zu leben, nie zu wissen, wo ich eigentlich stehe. Mit siebzehn war mir klar, dass mich meine Eltern jederzeit vor die Tür setzen könnten. Was schließlich auch geschah. Und mit neunzehn lernte ich, niemandem zu vertrauen, denn sonst wird man möglicherweise im Schlaf ausgeraubt.

Da ist es echt kein Wunder, dass ich drei Jahre mit einem Mann zusammengelebt habe, der nicht mal eingestehen wollte, dass wir eine Beziehung führen. Ich habe mich ihm bedingungslos hingegeben, und er behandelte mich wie das Snackbüfett in der Club Lounge eines schicken Hotels – bediente sich an meiner Liebe, wenn es ihm passte, und ignorierte mich ansonsten.

Kieran Shipley wartet ruhig, während meine Gedanken umherspringen wie Pingpongbälle auf Koffein. Vor einer Dreiviertelstunde hat er mich grob ins Wohnzimmer befördert und mir die Jeans ausgezogen. Aber jetzt betrachtet er mich mit sanftem Blick, und ich weiß gar nicht, wie ich mit seiner unendlichen Geduld umgehen soll.

»Reinster Chaot hier drüben«, sage ich und hebe dabei die Hand. »Ich habe es nicht so mit Regeln. Aber wenn du willst, überlege ich mir welche. Wie gesagt, ich will nicht, dass du mich am Ende hasst.« Ich darf meinen Job nicht verlieren und will den Typen, in dessen Haus ich wohne, lieber nicht verprellen.

»Roddy, es wird nie so weit kommen, dass ich dich hasse.«

Das sagst du so. »An was für Regeln dachtest du denn? Hast du Sorge, dass ich dir auf die Pelle rücke? Vor zu viel Zweisamkeit?«

»Äh, nein, im Gegenteil.« Er schüttelt den Kopf. »Was ich alles darf. Wo darf ich dich überall anfassen?«

»Ach, Süßer. Ich hab dir doch gesagt, dass ich es aufgegeben habe zu versuchen, mich von dir fernzuhalten. Bin mir ziemlich sicher, dass es nichts an mir gibt, was du nicht haben kannst, wenn du willst. Und weiter?«

Das hört er gern. In seine braunen Augen tritt ein weicherer Ausdruck. »Na ja, du meintest zu mir, dass du manchmal auf *Grindr* bist.«

»*Oh.*« Jetzt komme ich mir wie ein Idiot vor. Ich hätte ahnen sollen, worum es ihm geht. »Nein, ich hatte seit über drei Jahren kein *Grindr*-Date mehr. Ich habe die App bloß installiert, weil ich neugierig war, was hier in Vermont so abgeht. Ich habe mit ein paar Typen gechattet, weil ich einsam war. Aber ich lösche die App morgen.«

»Okay.« Er hebt den Kopf und betrachtet mich. »Ich weiß nicht, wie so was läuft. Aber ich glaube, ich kann nicht teilen.«

Das gefällt meinem liebesbedürftigen Herz. »Es läuft so, wie wir es wollen. Ich weiß auch, dass dir deine mangelnde Erfahrung ein bisschen peinlich ist.« Sein Blick schnellt hoch, dann senkt er ihn gleich wieder. Aber er nickt kurz. »In Wahrheit hatten du und ich wahrscheinlich gleich viele gesunde Beziehungen.«

»Nämlich null?«, fragt er schnaubend.

»Genau. Doch so viele. Von daher ist es klug von dir, das Thema anzusprechen. Aber ich würde niemals in deinem Haus leben und mit dir rummachen, während ich gleichzeitig noch jemand anderen am Start habe. Das ist selbst mir viel zu kompliziert.«

»Okay.« Ich ernte ein kurzes Lächeln.

»Wiederum möchte ich dir definitiv nicht auf die Nerven fallen. Wenn du mich nicht in deinem Bett haben willst oder so, dann sag es einfach.«

»Ich will dich in meinem Bett, vorzugsweise nackt«, sagt er sofort. »Der Teil ist leicht. Schwierig wird es eher die restlichen Stunden des Tages.«

»Wegen der Arbeit«, sage ich langsam. Kieran hatte sein Coming-out noch nicht. Genauer gesagt probiert er sich noch aus. Und wenn ich ehrlich bin, muss ich nicht unbedingt derjenige sein, dessen Gesicht mit Kierans sexueller Orientierungsphase verbunden sein wird. »Die ist ein Problem. Ich schätze, wir werden sehr diskret sein müssen.«

Er nickt. »Es ist vertraulich. Meine Familie hat keine Ahnung.«

»Okay, verstehe.« Aber oh, was für eine Ironie! Ich hatte mir geschworen, mich nach der ganzen Zeit, in der ich Brian geholfen habe, unsere Beziehung geheim zu halten, *nie wieder* in eine solche Lage zu bringen. Aber bitte sehr.

Allerdings ist die Situation diesmal völlig anders. Kieran versucht nicht, mich zu manipulieren. Er macht nur seine ersten schwulen Erfahrungen.

Das muss ich eben im Hinterkopf behalten.

Kieran verliert sich wieder in Gedanken und isst schweigend seine Pizzastücke auf. Dann nehme ich unsere leeren Teller und stapele sie aufs Tablett, während er auf seinem Laptop die nächste Folge *Silicon Valley* aufruft.

Als ich zum Bett zurückkomme, hat er den Laptop auf dem Schoß und versucht, ihn so zu drehen, dass wir beide auf den Bildschirm gucken können. »Kannst du was sehen?«, fragt er. »Moment. Ich versuch's anders.« Er stellt den Computer zwischen uns auf die Matratze und schiebt ihn hin und her. »Vielleicht ist der Bildschirm einfach zu klein.«

»Mann, Kieran, lass mich mal. Der kleine Bildschirm ist nicht das Problem.«

»Was denn dann?«

Ich nehme den Laptop. »Nimm's mir nicht übel, aber im Kuscheln bist du eine ziemliche Niete.«

»Im …?«

»Komm, ich zeig dir, wie das geht. Heb deinen linken Arm.« Ich drücke seinen Arm hoch bis auf Schulterhöhe. »So. Jetzt …« Ich stopfe ein Kissen gegen die Wand und rutsche dann näher, bis ich in seinen Arm gekuschelt liege und an seiner muskulösen Brust lehne. Der Laptop kommt auf meine Knie, und jetzt liegen wir so dicht beieinander, dass wir beide auf den Bildschirm gucken können.

»Ah«, macht er leise.

»Siehst du?« Ich klicke auf »Play« und sinke gegen ihn.

Während der ersten paar Minuten der Folge rührt er keinen Muskel und entspannt sich nicht. Kieran ist es nicht gewohnt, berührt zu werden, aber ich bin hochgradig kuschelbedürftig und lasse mich von seiner Zögerlichkeit nicht abschrecken. Ich strecke mich neben ihm aus, unter der Decke landet meine Hand auf einem seiner muskulösen Schenkel. Und beim Gucken fahre ich sanft mit den Fingerspitzen durch die weichen Härchen auf seiner Kniescheibe.

Nach und nach entspannt auch er sich, bis eine seiner breiten Hände auf meinem Hintern landet und die andere gemütlich auf meiner Brust liegt.

Ich fühle mich wie ein zufriedener Hauskater, wie ich da so an Kierans nackter Haut wegdöse, während seine Brust sich jedes Mal unter meinem Ohr hebt und senkt, wenn er lacht. Diese seligen, unaufgeregten Momente sind alles, was ich je wollte. Warum muss das Leben so verdammt kompliziert sein, wenn es doch auch so einfach geht wie jetzt?

Ich kuschele mich noch enger an und werde mit einem zufriedenen Seufzen belohnt, als ich die Hand hebe, um zärtlich seine Brust zu streicheln.

»Noch eine?«, frage ich, als die Folge vorbei ist. Ich könnte mein ganzes Leben lang so liegen bleiben.

»Ja, vielleicht«, sagt er und hält meine Finger fest. »Allerdings ist es schwer, sich zu konzentrieren, wenn du mich so streichelst.«

»Ja? Das Problem ist, dass du keine Kuschelausdauer hast. Daran müssen wir arbeiten.« Ich drehe mich in seinen Armen so, dass ich ihm in die freundlichen braunen Augen sehen kann. Ich kann nicht fassen, dass ich mir je eingebildet habe, ich könnte Kieran Shipley widerstehen. Dieser einsame Mann braucht mich beinahe so sehr wie ich ihn. »Dann haben wir für heute vielleicht genug Serie geschaut.«

Ich taste nach dem Laptop und klappe ihn zu. Dann rolle ich mich komplett auf Kieran und küsse ihn, ohne auf eine Aufforderung zu warten.

Fast sofort legen sich seine langen Arme um mich. Als er in meinen Mund eintaucht, so als ob er noch nie etwas derartig Gutes geschmeckt hätte, sinken wir zusammen auf das Laken, die Hände packen begierig zu, die Körper winden sich, die Herzen beben.

Und nichts hat sich je so richtig angefühlt.

27

Roderick

Danach gebe ich Kieran noch viele Gelegenheiten, seine Kuschelqualitäten zu verbessern. Genau genommen arbeiten wir gleich am nächsten Abend daran, nachdem ich meine Einkäufe aus meinem kaputten Auto geholt habe.

Wir haben den Braten zubereitet, hätten allerdings beinahe das Risotto anbrennen lassen, weil wir auf der Couch rumgemacht haben, während das Fleisch garte. Ich vergaß das Essen total, als Kieran mich in die Kissen drückte und mir einen blies.

Arbeit. Essen. Sex. Kuscheln. Schlafen. Und wieder von vorn. Gerade ist mein Leben ein wahr gewordener Traum. Im Job läuft es gut. Ich wohne in einem schönen Haus mit einem sexy Typen, der es nicht erwarten kann, mich zu sehen, wenn er abends nach Hause kommt. Und montags haben wir weiterhin beide frei. Das bedeutet ausschlafen und einander für diversen Bettsport wecken.

Bisher gab es allerdings keinen richtigen Sex, obwohl ich Hinweise verstreut habe. Die Sexfee (das bin dann wohl ich) hat eine Tube Gleitgel auf den Nachttisch gestellt und Kondome in Kierans Badezimmer gelegt.

Er lässt es jedoch langsam angehen. Und das ist okay für mich. Meistens jedenfalls. Nur haben wir Montagvormittag, und Kieran liegt eine Zeitschrift lesend auf dem Wohnzimmerteppich.

Und ich liege auf seinem Rücken ausgestreckt und male mir aus, wie ich auf dem Teppich genommen werde. Was man eben so macht. Ich hebe den Kopf und schaue hinunter auf die Zeitschrift, um zu sehen, was Kieran da so beschäftigt. »Du liest etwas über …« Ich schiele auf die Seite. »Kühe?«

»Yepp«, sagt er geduldig.

Ich strecke mich noch etwas mehr aus, als wäre er mein menschliches Kissen. Und dann küsse ich ihn einmal im Nacken. Okay, zweimal. Aber nicht, um zu nerven.

Seit dem Abend, als mein Auto kaputtging und wir es zwischen dem Rummachen kaum geschafft haben, die Pizza zu essen, hat sich vieles verändert. Manches wiederum hat sich überhaupt nicht geändert. Nach einer sehr teuren Autoreparatur bin ich so pleite wie eh und je. Und wie's aussieht, bin ich auch immer noch ein notgeiler Sack, denn gerade nerve ich Kieran mit weiteren Nackenküssen, während der arme Mann versucht, ein Landwirtschaftsmagazin zu lesen.

Es macht ihm allerdings nichts aus. Tatsächlich gibt er kurz darauf das Lesen auf und senkt den Kopf, sodass ich besser an die empfindliche Stelle unterhalb von seinem Ohr komme.

»Dann erzähl mir mal von den Kühen«, sage ich zwischen zwei Küssen. Aber eigentlich meine ich: *Dreh dich um und pack mir an den Arsch.*

Stattdessen erzählt er mir was über Kühe. »Kyle will im Frühjahr anfangen, eine Angusrind-Kreuzung zu züchten. Bisher hatten wir immer nur reinrassige Hochlandrinder.«

»Oh.« Ich habe keinen blassen Schimmer vom Familienunternehmen der Shipleys. »Ist das denn eine gute Idee?«

»Sogar eine hervorragende«, sagt er. »Ich bin etwas baff, dass er sie hatte. Kyle ist kein guter Geschäftsmann. Beziehungsweise könnte er vielleicht einer sein, wenn alle mal aufhören würden, ihm vorzuschreiben, was er machen soll. Mein

Vater ist ein kleiner Diktator. Für gewöhnlich stimmt Kyle ihm einfach zu, damit er seine Ruhe hat.«

»Diesmal aber nicht?« Schamlos fahre ich ihm mit der Hand durchs Haar. Ihn zu berühren, ist meine neue Lieblingsbeschäftigung.

»Tja, er möchte, dass ich ihn dabei unterstütze. Was bedeutet, ich soll die Diskussion mit unserem Dad für ihn austragen.« Als Kieran die Zeitschrift umblättert, sehe ich eine Anzeige für Hühnerfutter.

»*Kalzium für feste Eier.* Da liegt mir doch ein Spruch auf der Zunge«, witzele ich.

»Es gibt jede Menge versaute Farmerwitze«, stimmt er mir zu.

Ich schnaube. »Ich wollte ja nichts sagen, aber das ist der schwulste Werbespruch, den ich je gehört habe.« Nachdem ich den Witz gebracht habe, frage ich mich, ob Kieran was dagegen hat. Er benutzt das Wort *schwul* nie und spricht auch nicht über seine Sexualität. Beziehungsweise über seine Gefühle.

Aber jetzt dreht er den Kopf und lächelt mich trotzdem an, als fände er die Bemerkung lustig. »Ich möchte wetten, du hast keine Ahnung, wie die Rinderzucht abläuft.«

»Da hast du wohl recht. Aber erzähl mal. Unterhalten wir uns jetzt etwa über Sex bei Kühen?«

»Jein. Wir haben einen kleinen Biohof. Somit läuft die Zucht bei uns so, dass wir unseren Bullen auf eine Weide mit den Kühen stellen. Aber auf großen Ranches wird künstlich besamt.«

»Künstlich besamt«, wiederhole ich langsam, während ich überlege, was das bedeutet. »Jetzt stelle ich mir vor, wie ein Haufen Cowboys den Bullen einen von der Palme schüttelt.«

»Na ja …« Kieran lacht in sich hinein. Er dreht die Zeitschrift um und zeigt mir eine ganze Seite mit Anzeigen für …

»Steht da etwa *Samen?*«

»Oh ja.«

»Dieser Viehzucht-Kram ist abgefahrener, als ich dachte. Die schütteln Kühen tatsächlich die Palme?«

»Bullen«, berichtigt er mich.

»Klingt zugleich versaut – was gut ist – und gefährlich. Was gar nicht gut ist. Wie funktioniert das denn? Gibt's etwa Kondome für Rinder?«

Leise lachend legt Kieran die Zeitschrift weg. »So was Ähnliches, nur dicker. Der Trichter ist außerdem wärmeisoliert – wie eine Wärmflasche. Durch die Wärme ejakulieren die Bullen sofort.«

Ich lache johlend. »Willst du mir etwa erzählen, dass Bullen kein Stehvermögen haben und nach zweimal Pumpen fertig sind?«

»Eher einmal. Die Jungbullen werden außerdem manchmal zu aufgeregt und spritzen auf den Boden ab. Sobald sie in den Zuchtstall kommen, wissen sie, was gleich passieren wird. Bloß dass die älteren ihn manchmal nicht mehr hochkriegen.«

»Und was dann?«, frage ich. »Gibt's Pornos für Rinder?«

»Noch besser«, sagt Kieran mit einem frechen Grinsen. Und, wow, nichts ist heißer als Kierans freches Grinsen. Ich bekomme es in letzter Zeit häufig zu sehen. »Wenn der Bulle nicht loslegen will, macht der Rancher so …« Er greift hinter sich und fährt mit der Hand an meinem Bein hinauf. »Das bringt's meistens.«

»*Ach du Scheiße.* Vorspiel quasi?«

»Im Prinzip. Außerdem sind Bullen es ja gewohnt, beim Akt auf den Hinterläufen zu stehen, nicht wahr? Sie besteigen die Kuh. Aber im Zuchtstall können sie Kühe nicht gebrauchen, sonst landet der Bulle womöglich noch einen Treffer. Du glaubst nicht, wen sie stattdessen hernehmen.«

»Bitte sag, dass es eine riesige Rinder-Gummipuppe ist. So mit dickem Euter und langen Wimpern.«

»Nope.« Kieran lacht. Er hat fast so großen Spaß an der Geschichte wie ich. »Sie bringen einem besonders ruhigen Ochsen bei, still stehen zu bleiben und sich von den Bullen besteigen zu lassen.«

»Einen Ochsen«, wiederhole ich. »Das ist doch ein Männchen.«

»Genau, ein junges, kastriertes männliches Rind. Ein Rancher führt den Zuchtbullen in den Stall. Der steigt dem anderen auf den Rücken. Der Züchter schiebt dem Bullen den Trichtersack über den Penis, und der ejakuliert. Das Ganze dauert nicht mal eine Minute.«

»Ach, hör doch auf«, keuche ich und rolle von Kieran runter, damit ich in seine belustigt funkelnden hellbraunen Augen sehen kann. »Willst du behaupten, dass Bullen ihre Kumpel besteigen, um abzuspritzen?«

»Ganz genau.«

»Meine Fresse. Solange man ein Bulle ist, läuft's prima mit dem Schwulsein. Wieso entrüsten sich die Evangelikalen nicht darüber?«

»Ist eben so.« Er tippt auf die Zeitschrift. »Qualitätsbullensamen verkauft sich für fünfzig Flocken pro Röhrchen, und man kann einmal die Woche ernten.«

»Alter Schwede. Ich hab mir den falschen Beruf ausgesucht. Das ist ja wie unsere Lieblingsfolge von *Silicon Valley.* Wie viele Bullen schafft man in einer Stunde zu melken? Was meinst du, vierzig?«

Kieran schüttelt nur den Kopf. Er weiß, dass ich bloß rumalbere, um mir seine Aufmerksamkeit zu sichern. Und das scheint ihn nicht mal zu stören.

»Komm, wir üben«, schlage ich vor. »An dir.«

Sein leises, tiefes Lachen spüre ich an meiner Brust. »Ich würde ja gern, aber ich habe in zehn Minuten ein Gespräch mit einer Mitarbeiterin von der Zulassungsstelle der Burlington University.«

»Oh!« Ich schlinge einen Arm um ihn. »Ist es so weit? Hast du es in den Kurs geschafft, den du belegen wolltest?«

Er legt die Stirn in Falten. »Noch nicht.«

»Wozu dann das Telefonat?« Ich setze mich auf, um dem Mann etwas Freiraum zu geben. Er lässt sich meine klettige Art klaglos gefallen. Zwar ist er weiterhin schroff und schwer zu durchschauen, aber zugleich scheint er regelrecht ausgehungert nach körperlicher Nähe zu sein. Und mir macht es definitiv nichts aus, sie ihm zu bieten.

»Tja, sie will mich überreden, mich für einen Bachelorstudiengang zu bewerben. Sie meint, ich hätte Anspruch auf finanzielle Förderung, und alle Kurse würden für mich nur die Hälfte kosten oder sogar noch weniger.«

»Super!« Ich klatsche in die Hände. »Das klingt doch nach einem Plan. Wo ist der Haken?«

»Das bedeutet mehr Arbeit«, sagt er zögerlich, und Sorge tritt in diese Augen, die ich so gernhabe. »Ich müsste statt einem Kurs gleich zwei belegen.«

»Na und? Mit Zara ist doch eh schon abgemacht, dass du nächstes Jahr deine Stunden reduzierst.« Außerdem schuftet niemand härter als Kieran. Er würde die beiden Kurse mit links schaffen.

»Aber dann werde ich *benotet*«, sagt er mit einem Schaudern. »Ich müsste gute Leistungen bringen, damit meine finanzielle Förderung weiterläuft. Das bedeutet Tests schreiben, statt bloß als Gasthörer in der hintersten Reihe sitzen.«

»Oh«, mache ich leise. Jetzt verstehe ich, wo das Problem liegt. Kieran hatte vor, die Kurse zu belegen, wie er auch alles andere macht – aufmerksam, aber still. Wenn er die Kurse zu bestehen hat, muss er mündlich mitarbeiten oder – Schock! – sich sogar an einer Gruppenarbeit beteiligen.

»Und möchte ich echt ein fünfundzwanzigjähriger Erstsemester sein?«, fragt er und setzt sich neben mir auf. In seinen schönen braunen Augen steht Verwirrung.

Ja, willst du, wird mir klar. Diese Frage würde ihn überhaupt nicht beschäftigen, wenn er nicht wüsste, was für eine Chance das ist.

Aber ich werde ihn zu nichts drängen. Mein starker, schweigsamer Freund braucht niemanden, der ihm sagt, was er zu tun hat. Stattdessen stelle ich einige entscheidende Fragen. »Was wird denn verlangt?«

»Teilnahme an zwei Kursen ab Januar.«

»Und wie lange gehen die?«

»Na, das Semester geht bis Mai. Aber bei dem Tempo würde ich acht Jahre bis zu meinem Abschluss brauchen.« Er lacht. »Kannst du dir das vorstellen?«

Klar kann ich das. Kieran liebt Grafikdesign. Er sollte die Chance bekommen auszuprobieren, wie es ist, sich mit anderen Design-Nerds zu umgeben. »Du sagst also, es wäre erst mal bloß eine viermonatige Probezeit. Wenn du das Studium hasst, kannst du es abbrechen, bevor die Erdbeerernte losgeht. Und die beiden Kurse hättest du trotzdem mitgenommen.«

Er öffnet den Mund, um mir zu widersprechen, macht ihn dann aber wieder zu.

»Hör zu, ich bin keiner, der dir sagt, wie du dein Leben angehen sollst, schließlich habe ich nicht mal mein eigenes im Griff. Aber das hier ist eine Chance und nicht etwa ein Problem. Ich habe es nie an die Musikhochschule geschafft. Und wahrscheinlich werde ich mich ewig fragen, wie es dort wohl gewesen wäre. Es gibt da eine nette Dame, die dir einen Freiversuch anbietet. Denk zumindest drüber nach.«

Er reibt sich die Stirn. »Ich wollt's langsam angehen.«

»Hmm.« Ich grinse.

»Ich bin schlecht darin, was Neues auszuprobieren.«

Ich strecke die Hand aus und tätschele seine feste Brust. »Das ist ja wohl Bullshit. Du hast dich mit mir im Bett ausprobiert. Und auf dem Teppich. Und unter der Dusche …«

Er schnaubt. »Gut. Sicher doch. Ich habe ja auch nur acht Jahre gebraucht, seit du mir das erste Mal durch den Kopf gegangen bist.«

»Guter Einwand«, räume ich ein. »Und jetzt wirst du sieben Jahre älter sein als die anderen Erstis. Du bist also genau im Zeitplan.«

Kieran lacht und dreht den Kopf weg, wie er es immer macht. Als wäre Lachen etwas Privates. Aber das ist schon ganz gut so, denn ein breites Lächeln von ihm ist heißer als die Sonne.

»Okay, ich werd drüber nachdenken«, murmelt er. Dann greift er nach meiner Hand. Und als sich seine Finger um meine schließen, habe ich das Gefühl, einen Preis gewonnen zu haben. »Was hast du heute eigentlich vor?«, fragt er mich dann.

»Laufen gehen. Ein neues Rezept für Shortbread ausprobieren.« Bei der Erwähnung des Gebäcks fangen seine Augen an zu leuchten. »Mir überlegen, wie viele Weihnachtsplätzchen ich wohl in den kommenden zehn Tagen zu backen schaffe. Ich dachte mir, wir könnten sie nach Gewicht verkaufen und so noch zusätzlichen Umsatz machen.«

Er legt den Kopf schief. »Wenn du nicht aufpasst, backst du am Ende die ganze Nacht lang, und zwar jede Nacht.«

»Das wäre gar nicht so übel.« Ich zucke mit den Schultern. Um ehrlich zu sein, möchte ich lieber unverzichtbar sein als gut ausgeruht.

In meinem Leben läuft alles gerade richtig gut. Ich habe Erfolg im Job, und mein neuer Kerl ist der netteste Mann der Welt.

Im Grunde warte ich nur auf das dicke Ende. Es kommt immer.

28

Kieran

In der Werbeagentur *Pratt & Sohn* gibt es alle Hände voll zu tun, weil Weihnachten vor der Tür steht und alle ihre Anzeigen mit Schleifchen und Glitzer festlich aufgehübscht haben wollen.

Ehrlich gesagt ist es langweilige gestalterische Arbeit. Ich kann es nicht erwarten, bis die Feiertage vorüber sind.

»Kieran«, bellt Mr Pratt. »Könnten Sie diesen Weihnachtsbaum noch mal neu machen? Dem Kunden gefallen die vielen Kugeln nicht. Es wirkt zu unruhig.«

Kugeln? Ich nehme ihm die Seite aus der Hand, und was ich darauf sehe, macht mich rasend. Wieder mal hat sich Deacon meinen hübschen, aufgeräumten Entwurf geschnappt und ihn verhunzt. »Da sollten überhaupt keine Kugeln sein. Bitten Sie Deacon, diese Ebene wieder aus der Ursprungsdatei zu löschen.«

»Er hat schon Feierabend gemacht«, sagt Mr Pratt. »Könnten Sie das bitte für mich erledigen? Danke.«

Als ich auf den Stapel weiterer Aufträge auf meinem Schreibtisch schaue, raste ich beinahe aus. Doch ich werde von meinem Elend abgelenkt, als mein Handy aufleuchtet, weil ich eine Nachricht bekommen habe.

Roderick: Hi! Ich glaube, du hast vergessen, das Hähnchen aufzutauen, das ich kochen sollte. Ist es noch im Gefrierfach? Wir könnten uns stattdessen was zu essen bestellen!

Und schon habe ich den Ärger mit der Arbeit vergessen. Denn Roderick ist zu Hause und überlegt sich, was wir zu Abend essen. Ein Teil von mir ist gedanklich schon bei ihm.

Im Moment erkenne ich mein Leben gar nicht wieder. Es besteht nur noch aus warmen Mahlzeiten und Kuscheln auf der Couch und Blowjobs. Wir essen jetzt jeden Abend gemeinsam. Danach gucken wir auf der Couch Fernsehen, bis Roderick sich rüberbeugt, um mit der Zunge an meiner Ohrmuschel entlangzufahren, oder mein T-Shirt hochzieht, um Küsse auf meinen Bauchmuskeln zu verteilen. Und dann – nachdem wir uns verausgabt haben – kuscheln wir uns zusammen in mein Bett, und ich bin sofort weg. Er schläft mit allen vieren von sich gestreckt, überall sind Arme und Beine.

Wenn morgens sein Wecker zu irgendeiner unchristlichen Bäcker-Uhrzeit losgeht, rutscht er rüber und umarmt mich, bevor er aufsteht. Schläfrig streicht er mir durchs Haar, und ich fühle seinen warmen Oberkörper an meinem Brustkorb, wenn er das Knie auf meins legt. Schlaftrunken strecke ich den Arm aus und drücke ihn kurz. Er gibt mir einen Kuss auf die Kieferpartie und geht dann, aber nachdem er weg ist, kann ich ihn immer noch in den Laken riechen.

Roderick in meinem Leben zu haben ist, als würde stets ein Feuer brennen. Er wärmt mich selbst dann, wenn er nicht zu sehen ist.

Vor einigen Jahren habe ich mitbekommen, wie sich mein Cousin Griffin Hals über Kopf in Audrey verliebt hat. Die beiden waren dermaßen perfekt füreinander, dass mich ihr Glück nicht mal eifersüchtig machte. Aber ich dachte: *Mir wird das nie passieren.* Inzwischen frage ich mich, ob ich mich da geirrt habe.

Was ein Jammer, dass ich zu sehr von meinem Typen abgelenkt bin, um ein Hähnchen aufzutauen.

Kieran: Hab ich tatsächlich vergessen. Wenn du bestellen möchtest, bring ich was mit. Wie's aussieht, werde ich noch eine ganze Weile hier sein. Der Weihnachtswahnsinn ist los. Und Junior hat sich früh vom Acker gemacht.
Roderick: Falls mir dieser Kerl je begegnet, spucke ich ihm auf seinen Bagel.
Kieran: Igitt. Erinnere mich dran, mich immer gut mit dir zu stellen.
Roderick: Er verdient mehr als du und arbeitet nur halb so viel.

Halb so viel ist schon großzügig. Aber ich sollte mich wohl nicht beschweren. Job ist Job.

Roderick: Ich habe einen krassen Vorschlag: Lass uns essen gehen. Es braucht ja kein teurer Laden zu sein. Aber wär's nicht schön, wenn zur Abwechslung mal wir bedient werden würden? Ich finde, wir haben uns ein bisschen Luxus verdient. Zum Beispiel das Asiarestaurant in Montpelier.

Ich lächle das Display an, denn Roderick schreibt genauso, wie er redet – die Gedanken sprudeln aus ihm heraus. Und er ist noch nicht fertig.

Bitte, bitte?
Ich werde auch ein tadelloser Mitbewohner sein.
Ich revanchier mich nachher dafür.

Als er noch einen Zwinker-Smiley und eine Aubergine hinterherschickt, lache ich.

»Kieran!«, bellt Mr Pratt. »Kriege ich jetzt die überarbeitete Version? Ich habe heute Abend noch was vor, und Sie glotzen nur auf Ihr Handy.«

Ich lege es hastig weg. Ich habe auf der Arbeit noch nie am Handy gehangen, schließlich hatte ich nie jemanden, dem ich mich anvertrauen konnte. »Kommt sofort«, sage ich und greife nach der Maus, um die Datei zu öffnen.

Schnell stelle ich fest, dass Deacon seine aufgekitschte Version meines Weihnachtsbaums nicht als neue Datei abgespeichert hat, und eine neue Ebene hat er auch nicht angelegt. Ich darf von vorn anfangen.

Der alte Kieran hätte vielleicht wutschnaubend dagesessen, aber der neue hat genug. »Mr Pratt«, rufe ich und stehe auf, um ihm gehörig die Meinung zu sagen. So geht das nicht weiter. Ich habe es satt.

»Ja, Kieran?«

Ich hatte eigentlich vor, ihm ein paar Takte zu erzählen, stattdessen höre ich mich jedoch sagen: »Würden Sie mir ein Empfehlungsschreiben ausstellen? Ich bewerbe mich für ein Designstudium, und es geht um ein Stipendium.«

Er blinzelt überrascht. Tun wir vielleicht beide. Aber ich muss mich entscheiden – die Bewerbungsfrist endet in zehn Tagen, und ich kann nicht ewig hier arbeiten.

»Na klar, mein Junge«, sagt er schließlich. »Klingt nach einer echten Chance. Wenn Sie den verdammten Weihnachtsbaum in einer Viertelstunde fertig haben, stelle ich Sie so genial dar wie van Gogh.«

»Jawohl, Sir.« Ich eile zurück zu meinem Schreibtisch, um aufs Neue einen Weihnachtsbaum zu entwerfen.

Trotzdem nehme ich mir die paar Sekunden, um Roderick

zu antworten, wobei ich das Handy verstohlen unter einen Ordner halte.

Kieran: Lass uns essen gehen. Ist acht Uhr zu spät?
Roderick: Ist mir ein wahres Frohlocken.
Nur ohne Locken.
Klingt seltsam.
WTF soll das überhaupt heißen?

Grinsend verstecke ich mein Handy und erledige rasch die restliche Arbeit für heute. Ich kann's nicht erwarten, mit dem Mann essen zu gehen, dessentwegen sich der ganze Mist lohnt.

29

Roderick

»Das ist die beste Idee, die ich je hatte«, sage ich, während ich noch eine Nudel schlürfe.

Nachdem Kieran einen Schluck Brühe getrunken hat, sieht er mich mit einer geduldigen, liebevollen Miene an, die ich ihn noch nie jemand anderem habe schenken sehen. »Wir sollten das jede Woche machen, sofern wir denken, es uns leisten zu können.«

»Abgemacht«, sage ich sofort. »Wobei ich mir nicht ganz sicher war, ob du mitkommen würdest.«

Er zieht überrascht seine buschigen Augenbrauen hoch. »Wieso denn nicht? Ich esse gern. Und der Laden hier sprengt auch nicht mein Ich-spare-fürs-College-Budget.«

»Na ja …« Ich schaue mich im Raum nach den anderen Gästen um. Um diese Uhrzeit sind es lauter junge Berufstätige. »Wer uns sieht, könnte auf die Idee kommen, wir hätten ein Date.«

»Das stört mich nicht«, sagt er gelassen. Als würde er mich nicht gerade völlig umhauen. »Mir ist egal, was fremde Leute denken.«

»Ach echt.«

»Hm.«

Ich verschaffe mir einen Moment Zeit zum Nachdenken, indem ich mir ein schön fettiges Stück Schweinebauch in den

Mund schiebe und kaue. Meinen Ex hat es immer wahnsinnig gemacht, wenn ich ein Coming-out vorschlug. *Wieso nicht jetzt? Wirst du je bereit dafür sein?* Und jedes Mal, wenn er mich hinhielt, hörte ich die Botschaft hinter seinen Ausreden: *Es liegt an dir, Roddy. Du bist den Ärger nicht wert.*

Die Narben auf der Seele sind geblieben. Kieran bringt mich aus der Fassung, allerdings auf komplett andere Art.

»Also …«, fange ich an, »dann hast du bloß noch niemandem, der dir nahesteht, erzählt, dass du auf Männer stehst.«

»Yepp«, stimmt er mir zu und trinkt einen Schluck Bier. »Genauso wenig, wie ich erzählt habe, dass ich eventuell ein Studium angehe. Oder dass ich wieder angefangen habe zu zeichnen. Sie erfahren immer nur das Allernötigste.«

»Aber warum?«, hake ich nach, obwohl ich es wahrscheinlich bereuen werde.

Er wischt sich den Mund mit einer Serviette ab und blickt dann hinunter auf seine Suppenschale. »Meine Familie ist komisch, Roddy. Die wichtigen Dinge erzählen wir uns nicht. Nur die unwichtigen. Wir vertrauen uns einander nie an.«

»Was wäre denn, wenn du's doch machen würdest?«, flüstere ich in der Hoffnung, dass er mich nicht für die Frage hassen wird. »Ich verurteile dich nicht. Ich versuche nur, es zu verstehen.«

Er lehnt sich auf seinem Stuhl zurück. »Wenn ich reinen Tisch mache, bringt es die anderen womöglich dazu, es auch zu tun. Und manche Wahrheiten sind ziemlich hässlich. Ich will die Geheimnisse der anderen gar nicht wissen. Ist besser so.«

»Du willst sie nicht dazu bringen, laut auszusprechen, was sie von dir und mir halten?«, stelle ich klar.

»Genau. Es ist einfach keine gute Idee. Denn dann wird es real, und ich muss weiter auf einer Farm für einen Mann schuften, der mich unverhohlen hasst. Wenn ich aber aufhöre, mit anzupacken, lasse ich meine Mutter und meinen Bruder im Stich.«

Ach, Scheibenkleister. Durch dieses Minenfeld musste ich selbst nie. Die Ablehnung meiner Eltern fällt bei beiden ungefähr gleich stark aus. Ich esse noch einen Happen, während ich überlege. »Aber ich habe doch einige deiner Verwandten kennengelernt, sie scheinen ziemlich toll zu sein.«

»Sind sie auch«, stimmt er mir zu. »Und solange ich die Füße stillhalte, bleiben die guten Menschen Teil meines Lebens. Ich brauche mich nicht zu fragen, auf wessen Seite sie sich stellen würden, wenn sie wüssten, wie die Verhältnisse bei uns wirklich sind. Und überhaupt – warum sollte ich den Anfang machen? Keiner spricht die Wahrheit aus. Wieso also ich?«

»Weil es befreiend für dich sein könnte?«, sage ich sanft.

Er verzieht das Gesicht. »Vielleicht, vielleicht aber auch nicht. Ich könnte genauso gut derjenige sein, der den Frieden stört und die ganze Familie auseinandersprengt.«

»Es ist schon ein Risiko«, räume ich ein. Manchmal vergesse ich, dass Kieran noch zu Hause gewohnt hat, als wir uns kennenlernten. Unabhängig zu sein, ist noch neu für ihn. Wenn etwas Zeit ins Land gegangen ist, wird ihm vielleicht klar werden, dass sein Vater – oder sonst wer – keine Macht mehr über ihn hat.

»Außerdem«, sagt er und schiebt die leere Schüssel von sich weg, »klappt das mit der Uni vielleicht gar nicht. Womöglich bin ich voll schlecht im Zeichnen. Und du verlässt Vermont vielleicht wieder. Dann hätte ich mich ganz umsonst aus der Deckung gewagt.«

Meine Essstäbchen erstarren auf halbem Weg in die Schüssel. Denn in dem letzten Punkt hat er recht. Ich habe ihm keinerlei Versprechungen gemacht. Da war ich vorsichtig.

»Weißt du was, Kieran?« Ich hole tief Luft und nehme allen

Mut zusammen. Was ich jetzt sagen werde, endet meistens in einer Katastrophe. Aber ich bin es schon gewohnt, derjenige zu sein, der mehr Gefühle hat. »Du bist ein Kerl, für den es sich zu bleiben lohnt. Nur damit du's weißt.«

Er blinzelt langsam. »Bin ich das, ja?« Es klingt nicht so, als würde er mir glauben.

»Absolut. Also … denk einfach drüber nach.«

Ausgerechnet jetzt kommt die Kellnerin an unseren Tisch und macht den Moment kaputt. War ja klar. »Kann ich euch ein Dessert bringen, Jungs? Oder noch etwas zu trinken?«

Wir bitten um die Rechnung, weil es schon spät ist und wir beide nicht zu viel Geld ausgeben wollen. Kieran will zahlen, aber ich bestehe darauf, dass wir die Summe teilen. »Ich hab doch nicht gefragt, ob wir essen gehen, damit du dann bezahlst.«

»Das weiß ich«, sagt er. »Aber ich brauchte echt mal einen Tapetenwechsel, das war mir gar nicht bewusst. Außerdem hattest du doch gerade erst diese teure Autoreparatur.«

Mit der Autoreparatur hat er recht. Die war grausig. Noch dazu hat mich die Werkstatt vorgewarnt, dass in nächster Zeit noch weitere Probleme drohen. Aber trotzdem lasse ich ihn nicht zahlen. Ich lege meinen Anteil in die Mappe und klappe sie zu.

»Wie du willst«, sagt er. »Dann kommen wir einfach nächste Woche wieder her.«

Draußen sind die Schaufenster der Geschäfte von Montpelier mit Lichterketten und Kunstschnee dekoriert, denn echten hat es noch nicht gegeben. »Ich *liebe* Weihnachten«, schwärme ich.

»Wieso?«

»Was meinst du mit *wieso?* Weihnachtsbeleuchtung. Weihnachtslieder. Geschenkpapier. Plätzchen.«

»Okay, das mit den Plätzchen verstehe ich.« Mit einem Piepton entriegelt er seinen Pick-up. »Der Rest ist allerdings am Ende nie so wie im Fernsehen.«

Natürlich hat er absolut recht damit. Ich hatte noch nie ein Weihnachtsfest, das meinen Kitschfilmwunschvorstellungen auch nur nahekam. Aber ich gebe die Hoffnung nicht auf. »Glaubst du, es schneit bald richtig? Ich hatte seit Jahren keine weißen Weihnachten mehr.«

Kierans Mundwinkel biegen sich zu einem Lächeln nach oben. »Wahrscheinlich kriegst du deinen Schnee. Außerdem backt niemand bessere Plätzchen als du.«

Wie immer wird mir von dem Lob warm ums Herz. »Wenn du dich geschickt anstellst, kannst du jedes Plätzchen von mir haben.« Irgendwie klang das jetzt nach einer Anmache. Dazu habe ich Talent. Kieran lächelt nur noch breiter. Dann beugt er sich rüber und gibt mir hier mitten auf der Straße, wo es jeder sehen kann, einen langen, gemächlichen Kuss.

Ich bin echt baff. Aber nicht baff genug, um seinen Kuss nicht zu erwidern. Als er vorbei ist, schaue ich nur verwundert zu ihm hoch. Ist das wirklich gerade passiert?

»Roderick«, sagt er sanft.

»Hm?«

»Du weißt aber schon noch, dass du mit deinem eigenen Auto hergefahren bist, oder?«

»Ähm, yupp«, stammele ich. »Ich habe auf dem Marktplatz geparkt.«

»Soll ich dich hinbegleiten?« Seine Augen funkeln.

Ich schüttele mich. »Nope, geht schon. Wir sehen uns zu Hause.«

»Das steht mal fest.« Sein tiefer, begieriger Tonfall bewirkt, dass ich zu meinem Auto eile.

Vierzig Minuten später befinden wir uns an unserem liebsten Ort: Kierans Bett. Er liegt halb auf mir. Küsst mich. Reibt sich mit seinem sexy Body an mir. Es ist der Wahnsinn.

Kieran mag nicht gesprächig sein, aber er hat andere Methoden, mir seine Gefühle zu zeigen. Er lässt eine seiner rauen Hände an meiner Brust hinaufgleiten und drückt dann meine Hand auf die Matratze. Mit der anderen streift er über meinen Bauch hinab zu meiner Leistengegend. Er streichelt einmal langsam über meinen Schwanz, sodass ich aufstöhne. Dann tauchen seine Finger hinab, um mich zu umspielen.

Ich genieße jeden Augenblick davon unheimlich. Aber wir könnten noch weiter gehen. »Kieran«, hauche ich und schiebe mich dabei seiner Hand entgegen. »Willst du mich auch mal vögeln?« Ich bin nicht immer der, der unten liegt, aber in letzter Zeit fantasiere ich davon.

»Vielleicht«, raunt er, bevor er mir einen Zungenkuss gibt.

Vielleicht? Was soll das heißen? Ja schon, aber nicht jetzt? Oder heißt es nein und dass er lieber nicht darüber sprechen möchte? Hasst er die Vorstellung von Analsex? Vielleicht ist das zu schwul für ihn.

Wobei das unwahrscheinlich scheint, denn gerade wandert er leckend meinen Körper hinab und – *ohh* – lässt meine Spitze auf seiner Zunge ruhen. Kieran hat das hier mit der Hingabe eines Sportlers, der sich einen Platz im olympischen Blowjob-Team sichern will, trainiert.

Und *warum* kann ich nicht einfach mal mit dem zufrieden sein, was ich habe? Ein heißer, lieber Mann bläst mir einen. Ich brauche nicht noch einen Schritt weiter zu gehen. Er muss mich nicht lieben.

Aber ich *will* es, verdammt noch mal. Außerdem habe ich Angst, dass ich mir immer mehr wünschen werde, als Kieran Shipley mir geben kann.

Auf einmal hebt er den Kopf. »Hey, noch da?«

»Ja«, versichere ich. »Mein Eichhörnchenhirn war bloß kurz am Rattern.«

Er lächelt zögerlich. »Eichhörnchenhirn?«

»Ja! Kennst du das nicht? Wenn deine Gedanken hin und her springen und dich von dem ablenken, was eigentlich wichtig ist? Zum Beispiel von einem super Blowjob?«

»Nicht wirklich. Nein.«

»War ja klar.« Ich lasse mich aufs Kissen fallen. »Als Berg von einem Mann hast du wahrscheinlich den ganzen Tag lang nur unerschütterliche Gedanken. Dass du so viel Zeit an der frischen Luft verbringst, macht deinen Bart dicht, deinen Bizeps gestählt und deine Gedanken klar. Verstehe.«

Er lacht in sich hinein. »Da bin ich mir nicht so sicher. Aber …«, er beugt sich herunter und leckt einmal über meinen Ständer, »wenn du hier in meinem Bett liegst, denke ich an nichts anderes als an dich. Und nach dem Einschlafen träume ich von dir.«

Also *das* klingt spannend. Doch mein Eichhörnchenhirn hat keine Chance, darauf zu reagieren, denn Kieran massiert mit dem Daumen meinen Damm und nimmt mich in den Mund. Nicht mal so ein verkorkster Chaot wie ich könnte diesen Augenblick kaputtmachen. Dafür bin ich zu sehr damit beschäftigt, mich in seinen Mund zu schieben, während er saugt und streichelt, bis meine Muskeln zittern und ich die Hände in die Laken kralle.

Ich will nicht, dass es schon vorbei ist. »Noch nicht, du Prachtkerl«, flehe ich und ziehe an seinen Haaren. »Du bist inzwischen zu gut hierin. Ich blamier mich gleich. Komm hoch.«

Er gibt mich mit einem selbstzufriedenen Grinsen frei, das seinen schroffen Gesichtszügen außergewöhnlich gut steht.

Dann stützt er sich mit einem seiner muskulösen Unterarme auf dem Bett ab und erklimmt meinen Körper wie ein Flanellhemd tragender, Cider pressender Vermonter Superheld. Schon allein wegen seiner starken Schultern kriege ich jedes Mal, wenn er im Café in die Küche kommt, eine Erektion.

Er sieht mir geradewegs in die Augen, bevor er mir einen sengend heißen Zungenkuss gibt, der keinen Raum für Zweifel lässt. Kieran macht nicht viele Worte. Aber jeder seiner Küsse sagt mir genau das, was ich hören wollte.

Mit einer Hand taste ich neben dem Bett nach einer Tube Gleitgel, die ich nur für den Fall, dass heute die Nacht der Nächte ist, strategisch klug auf dem Fußboden platziert habe. Ich mache sie auf und gebe ein bisschen was auf meine Handfläche. Kieran schiebe ich weg, bis er halb von mir heruntergerutscht, nehme sein Glied in meine eingegelte Hand und fange an zu streicheln.

»Ach du …«, keucht er erschrocken. »Fuck.« Den Bruchteil einer Sekunde denke ich, es gefällt ihm nicht. Aber als er dann mit leuchtenden Augen und tiefroten Wangen hinunter zu meiner Hand um seinen Schwanz schaut, gibt er einen halb verschluckten, begierigen Laut der Lust von sich.

Oh ja, verdammt. Ich streichle schneller und verrenke mir den Hals, um ihm gleichzeitig meinen Mund zu bieten.

Unter einem Stöhnen legt er die Hand um meine und umfasst uns beide mit seinen langen Fingern. Auf einen Arm gestützt, fängt er an, eifrig die Hüften vor und zurück zu bewegen.

»Ohhhh«, keuche ich unter seinem Kuss. »Es ist voll sexy, wenn du das machst.« Ich halte es fast nicht aus – die Hitze und Reibung zwischen uns und Kierans tiefes Grunzen jedes Mal, wenn er sich mir entgegendrückt. »Ich ko…«

Yepp. Das war's mit mir.

Ich drücke die Fersen in die Matratze und gebe den Kampf auf – mein tiefes Verlangen entlädt sich bis zum letzten Tropfen auf seinen heißen Körper.

Und wie er mir mit einem glücklichen Stöhnen und einem heftigen Schaudern nachfolgt, ist wunderschön. Danach sind wir bloß noch zwei klebrig verschwitzte Kerle, schwer atmend, die Lippen wund vom heftigen Knutschen.

Sein Herz wummert wie wild gegen meines. Und ich weiß, dass ich mich in ihn verliebe, ob ich es will oder nicht.

30

Kieran

Es ist wieder Montag – unser freier Tag und mein liebster der Woche. Wir haben wie gewohnt ausgeschlafen und rumgemacht. Aber inzwischen sind wir beide auf den Beinen und frisch geduscht; Rod steht in der Küche und erweist sich mal wieder als Mensch voller Gegensätze. Er hat laute Punkmusik angestellt, tanzt herum und schreit den Text mit, der in einer Tour *»stick it to the man, stick it to the man«* zu lauten scheint, dabei verziert er einen Pfefferkuchen filigran mit Zuckerguss.

Nirgendwo wäre ich jetzt lieber.

»Kieran!«, schreit er über die Musik hinweg. »Guck mal!«

Ich durchquere die Küche und luge über seine Schulter auf den Pfefferkuchen vor ihm. »Was zum Teufel ist das denn? Eine Weihnachts…kaulquappe?« Das kann nicht sein.

»Alter, das ist ein *Spermium*.« Er sieht mich an, als müsste ich vielleicht mal meine Augen untersuchen lassen. »Ich meine, die Geißel habe ich doch gut hingekriegt.«

»Stimmt, hast du.« Ich lache leise. »Ich bin mir allerdings nicht sicher, wie viele sich davon verkaufen lassen.« Roderick ist neuerdings ganz besessen davon, die Einnahmen des *Busy Bean* zu steigern. Er will sich unersetzlich machen.

Für mich hat er das längst.

»Die sind doch nicht für Weihnachten! Sondern für Audreys

Babyparty. Sie meinte, es bräuchte ja nicht spießig zu sein. Es gibt Sackloch-Werfen mit Säckchen in Spermaform.«

»Was, echt? Ich dachte, sie und Zara würden bloß Witze machen.«

»Nee!« Er lacht vergnügt. »Ich stelle nur meine Kunden zufrieden, indem ich das Thema Babyzeugen umsetze.«

»Deshalb gibst du allen Leuten Spermien mit fröhlichen Gesichtern zu futtern. Lächeln Spermien denn überhaupt?«

»Meine schon«, sagt er und verrenkt sich den Hals, um mir einen Kuss auf den Mundwinkel zu geben. »Ich kann's dir gern zeigen.« Als er die Nase an meine Kieferpartie schmiegt, bekomme ich eine Gänsehaut am Rücken.

Wie sich herausgestellt hat, mag ich Körperkontakt. Und zwar sehr. Ich habe mich total daran gewöhnt, seine Hände auf meinem Körper zu haben. Ich stelle mich ganz dicht hinter ihn, um ihn auf den Hals zu küssen. Er duftet nach Shampoo und Vanilleplätzchen.

Mein Handy klingelt, und weil ich es in der Hemdtasche stecken habe, hören wir es beide. Roderick macht einen Schritt von mir weg, und ich fluche, als ich aufs Display schaue. Es ist meine Mutter, die ich zuletzt nie zurückgerufen habe. Rod macht die Musik leiser, also muss ich jetzt natürlich rangehen.

»Hallo?«

»Kieran. Ich bin so froh, dass ich dich erreiche«, sagt meine Mutter. »Ich habe gehofft, du könntest herkommen und uns einen Weihnachtsbaum schlagen. Du suchst immer so einen schönen aus. Und es ist doch fast schon Weihnachten.«

Oh Mann. Heute ist einer der wenigen Tage diese Woche, an denen ich nicht zu ihnen rausfahren muss. »Das kann Kyle doch machen, Ma. Es kostet ihn nur zwanzig Minuten.«

»Aber du schlägst doch *immer* den Weihnachtsbaum«, sagt sie. »Außerdem sehe ich dich gar nicht mehr. Du kommst mit dem Auto angefahren, machst deine Arbeit und bist noch vor dem Abendessen wieder weg. Rexie kriegt mehr Zeit mit dir als ich.«

Da hat sie natürlich recht. Aber warum sollte ich mich auch an einen Tisch setzen wollen, an dem ich mich nicht willkommen fühle – und das seit meiner Teenagerzeit? Rodericks Blick huscht zu mir, er wirkt leicht nervös. Ein wachsamerer Beobachter als er ist mir noch nie untergekommen, aber komischerweise stört mich das nie.

Ich sehe dich, sagt sein Blick.

»Gut, Ma, ich schlage den Baum. Aber ich kann danach nicht noch bleiben. Ich muss heute noch einiges erledigen, die Woche wird wieder stressig.«

»Du stellst ihn aber im Wohnzimmer auf, ja?«, drängt sie.

»Klar, solange Kyle mir dabei hilft.«

»Okay«, schnieft sie. »Das muss dann wohl reichen.«

»Gib mir eine Stunde«, sage ich zu ihr. Nachdem ich aufgelegt habe, schreibe ich meinem Bruder, damit auch er zu diesem kleinen Affentheater antanzt.

»Alles okay?«, fragt Roderick.

»Ach, du weißt schon, Eltern eben. Sie sind anstrengend.« Als er sich über den Tresen beugt, um das nächste Plätzchen zu verzieren, kommt mir eine Idee. »Du, Roddy?«

»Ja?«

»Ich muss für ein paar Stunden raus zu meinen Eltern.«

»Oh. Okay.« Er lässt die Schultern hängen. »Ich schiebe in der Zwischenzeit schon mal den Braten in den Ofen.«

»Ich hatte eigentlich vor zu fragen, ob du mitkommst. Du wolltest doch einen Weihnachtsbaum, oder?«

Sofort richtet er sich auf und knallt die Spritztülle hin. »Klar will ich einen Baum.«

»Dann fahr mit mir raus. Ich werde zwei schlagen, und einen

davon nehmen wir mit her. Dann brauchen wir allerdings noch einen Baumständer«, überlege ich, »und Lichterketten.«

»Gar kein Problem«, sagt Rod glücklich. »Das gibt's alles in der Drogerie. Wie toll! Was glaubst du, wie groß der Baum sein darf, damit er ins Wohnzimmer passt? Die Decke ist ziemlich hoch.«

»Wow, schön langsam, Kumpel. Nur weil wir eine dreieinhalb Meter hohe Decke haben, brauchen wir keinen Riesenbaum.«

»Wo schlägst du die Bäume eigentlich?«

»Ach, auf unserer Farm«, sage ich. »Wir haben eigens dafür ein paar Reihen angepflanzt.«

»Und es beschwert sich keiner, wenn einer mehr wegkommt?«, fragt er mit glücklicher Miene.

»Das würden sie nicht wagen. Wer, glaubst du, hat die Dinger im Sommer zurechtgestutzt? Hol deinen Mantel.«

»Die nächste Einfahrt ist es«, sage ich eine Stunde später, als wir in meinem Pick-up den Hügel hinauf zum Haus meiner Eltern kurven. Leichter Schneefall hat eingesetzt.

»Ziemlich langer Schulweg zur Highschool«, sagt Rod.

»Ja, aber unser Land gehört zum Ort Walden, in dem es keine weiterführende Schule gibt«, erkläre ich. »Wir hatten die Wahl, auf welche Highschool wir gehen. Alle unsere Cousins und Cousinen waren auf der in Colebury. Genauso wie meine Eltern.«

»Dann ist es also Tradition, zwanzig Meilen zur Schule zu fahren.«

»So ungefähr. In meinem ersten Highschool-Jahr hat Kyle mich mitgenommen. Und natürlich schickte mich mein Vater gleich in der Woche meines sechzehnten Geburtstags zur Führerscheinprüfung.«

»Als ich meinen Führerschein in der Tasche hatte, war das wie ein Wunder«, sagt er und lehnt den Kopf gegen die Kopfstütze. »Ich wollte unbedingt endlich meine Freiheit haben.«

»Ich auch.«

Roderick summt ein Weihnachtslied und guckt aus dem Beifahrerfenster. »Es ist schön hier draußen«, sagt er, während die Schneeflocken auf uns herunterrieseln.

»Ja.« Doch plötzlich habe ich Hemmungen, ihm den Ort zu zeigen, an dem ich aufgewachsen bin. »Aber nicht so wie bei meiner Tante Ruth. Hier steigen keine Partys.«

»Ich bin doch nur mit, um dir dabei zuzugucken, wie du mit der Axt einen Baum fällst.«

»Ist es ein Deal Breaker für dich, wenn ich stattdessen eine Säge nehme?«

»Nope!«, sagt er fröhlich. »Solange du für mich dabei die Muskeln spielen lässt.«

Wir albern herum, bis ich vorfahre und feststelle, dass Kyles Wagen nicht da ist. »Ach, verflucht.«

»Was ist denn?«

»Mein Bruder sollte hier sein und mir helfen, den Baum aufzustellen. Wie's aussieht, lässt er mich hängen.«

»Ich helf dir«, sagt Roddy. »Es sei denn, du willst nicht, dass ich mit reinkomme.«

»Nein, gerne«, sage ich schnell. Um ehrlich zu sein, möchte ich lieber nicht, dass er miterlebt, wie komisch wir in meiner Familie miteinander umgehen. Wir sind wie ein Sternbild am Nachthimmel – die Menschen bringen die einzelnen Sterne miteinander in Verbindung, dabei sieht es nur so aus, als bildeten sie eine Gruppe. Tatsächlich sind sie Millionen Lichtjahre voneinander entfernt.

Außerdem möchte ich nicht erklären müssen, warum ich der Grund dafür bin, dass alle in diesem Haus unglücklich sind.

Ich parke drüben beim Werkzeugschuppen. »Mummele dich warm ein, wir müssen den ganzen Weg da rüber laufen.« Ich zeige auf die andere Seite der Weide.

»No problemo.« Roderick zieht seine Handschuhe an und springt aus dem Wagen.

Ich hole eine Säge aus dem Schuppen. Als wir die Weide überqueren, geht die Haustür auf und zu. Ich höre ein glückliches Bellen. Rexie kommt mit fliegenden Ohren übers Feld geflitzt.

»Hallo, alter Junge!«, begrüße ich ihn und knie mich hin, damit er mich umschubsen und mir das Gesicht ablecken kann. »Hallo. Ja, so ein Braver.«

»Ooh!«, macht Roddy und klatscht in die Hände. »Ist das nicht süß? Dein Hund und ich reagieren bei dir instinktiv ähnlich.«

Ich lache, obwohl mir Hitze in die Wangen steigt. »Du hast doch keine Hundehaarallergie, oder?«

»Nein, warum?«

»Ich spiele mit dem Gedanken, ihn mit zu uns zu holen. Mein Dad will ihn allerdings behalten, obwohl er mein Hund ist.«

»Autsch.«

»Hätte ich nicht die zwei Jobs, hätte ich ihn schon längst entführt.« Ich kraule Rexie hinter den Ohren. »Aber ich arbeite bis spät. Vielleicht hat mein Dad recht.« Wobei ich eher vermute, dass er Rex aus reiner Sturheit behält.

»Ist das eure kleine Baumschule?«, fragt Rod und zeigt dabei auf eine Reihe wohlgeformter Douglas-Tannen.

»Ganz genau. Zeig mir, welchen Baum du möchtest. Gefällt kriege ich ihn schnell. Das Anstrengende daran ist, ihn zum Auto zu tragen.« Wir können ihn nicht einnetzen, wie es beim Weihnachtsbaumverkauf normalerweise gemacht wird.

»Sehr schön«, sagt Roddy und reibt sich die Hände. »Das ist wie ein Holzfällerporno, bloß in echt.«

»Holzfällerpornos gibt's doch gar nicht«, erwidere ich. »So was will doch niemand sehen.«

Er ist albern. Aber es gefällt mir trotzdem, das zu hören.

»Also, der hier ist größer«, sagt Rod und läuft dabei um einen Baum ganz am Ende der Reihe. »Aber der hier hat die schönere Form.«

»Gott, such einfach einen aus«, murre ich. Ich habe bereits einen Baum für meine Eltern geschlagen und über die Weide getragen. Wir hätten schon vor einer Viertelstunde fertig sein können, bloß habe ich nicht mit Rodericks Detailversessenheit in puncto Weihnachtsbaumgröße und -form gerechnet.

»Du bist doch *Künstler*«, sagt er empört. »So was sollte dir nicht egal sein.«

»Bäume sollen nicht perfekt sein«, wende ich ein. »Sie wachsen, wie sie eben wachsen, und ihnen ist egal, was du von ihnen hältst. Such dir deinen Favoriten aus, ja?«

Rod dreht eine weitere Runde um die Bäume. »Der hier«, sagt er. »Ich habe mich entschieden.«

»Halleluja.« Ich gehe auf die Knie, setze das Sägeblatt am Baumstamm an und fange an, ihn zu fällen.

»Ja, Babe«, sagt er. »Gib's ihm, gib's ihm.«

Ich schnaube. »Willst du tauschen? Das frische Harz riecht gut.«

»Nö, ich leck es nachher von dir ab.«

Ich muss das Sägen unterbrechen, weil ich einen Lachanfall bekomme.

Weihnachten kann doch ganz schön sein. Wer hätte das gedacht?

31

Roderick

Solange Kieran und ich allein sind, ist alles locker und entspannt, und er redet auch mehr. Richtig viel sogar, er ist viel offener als noch zu Beginn. Aber sobald wir uns mit dem Baum dem Haus seiner Familie nähern, kann ich förmlich sehen, wie er die Schotten dichtmacht. Mit geschäftsmäßiger Miene stellt er den Baum ab und rüttelt ihn leicht.

Als die Tür aufgeht, erscheint eine Frau mittleren Alters mit den gleichen hübschen Augen wie Kierans. »Der ist wunderschön!«, sagt sie. »Vielen Dank, mein Schatz.«

»Gern«, brummt Kieran. »Mom, das ist Roderick. Mein Mitbewohner.«

»Hallo, Roderick! *Du* bist also der Mitbewohner!«

»Yepp«, sage ich und nicke vor Nervosität übertrieben. »Der bin ich. Ich wohne im unteren Zimmer. Wir haben jeder ein eigenes Bad.« Ich presse die Lippen zusammen, damit ich endlich die Klappe halte, doch Kierans Unbehagen ist ansteckend.

»Kommt rein, kommt rein!«, sagt sie, ohne etwas zu merken. »Ich habe heißen Kakao gemacht.«

»Wie nett. Danke, Mrs Shipley.« Ich folge Kieran nach drinnen. Er hat vollauf mit dem Weihnachtsbaum zu tun.

»Nenn mich doch Sally!«, sagt sie strahlend.

Um ehrlich zu sein, wurmt mich das Ganze. Ich träume

davon, einen Mann zu lieben, der mich seiner Mutter vorstellt. Nicht als sein Mitbewohner, sondern als sein Partner.

Ich sollte lieber aufhören, mich in Kerle zu verknallen, die das nie tun werden. Man möchte meinen, ich hätte inzwischen was gelernt.

Das Heim der Shipleys ist ein Farmhaus, wie sie in Neuengland typisch sind, mit weißen Schindeln und diesen elektrischen Kerzen in den Fenstern. Es hat Dielenböden, und im Kamin brennt ein Feuer.

Doch gemütlich ist es nicht. Und auch nicht sonderlich komfortabel. Es ist die Art von Zuhause mit altmodischen Möbeln und Zierdeckchen auf den Tischen. Der Küchentisch steht in einer engen, kleinen Nische. Als ich mir die Einrichtung ansehe, überrascht es mich, wie sehr sie sich von unserem Haus in Colebury unterscheidet. Kieran hat fürs Wohnzimmer eine tiefe, bequeme Couch ausgesucht, Kissen mit modernen Prints und einen kuscheligen Teppich.

Interessant.

Kieran trägt den Baum ins Wohnzimmer, wo ein ernst dreinblickender Mann auf einem Lehnstuhl sitzt. »Hallo«, sagt er leise zu mir. »Kieran, danke, dass du den Baum geschlagen hast.« Er zuckt zusammen, als täte es ihm weh, das zu sagen. Vielleicht hat er aber generell Schmerzen.

»Kein Problem«, sagt mein Freund schnell. »Roderick, könntest du den unten über dem Ständer ausrichten und festhalten? Dann drücke ich ihn von oben rein.«

»Klar.« Ich knie mich hin und bringe den Baumstamm über dem Metallring des Ständers in Position. »Okay, du kannst.«

Ich könnte jetzt einen total versauten Spruch darüber reißen, dass er seinen Stiel durch meinen Ring stößt. Und da frage ich mich, warum mich Männer nicht ihren Müttern vorstellen!

»Wie sieht's aus, Dad? Steht er gerade?«, fragt Kieran.

Seine Mutter mischt sich ein. »Noch ein Stück weiter zum Fenster. Gut so. Jetzt noch mal ein Stück Richtung Tür.«

Nach einigen Minuten Hin und Her ziehe ich die Schrauben um den Stamm fest, während Kieran den Baum in der richtigen Position hält.

»Wie läuft der Bürojob?«, fragt sein Vater.

»Gut«, sagt Kieran. »Aber ich muss lange arbeiten. Liegt mit an den Feiertagen.«

»Und mit daran, dass die solche Penner sind«, murmele ich, während ich die letzte Schraube festdrehe.

»Ich weiß ja nicht«, meint Kierans Dad von seinem Lehnstuhl aus. »Lange Anfahrt für wenig Geld. Du hast gleich *zwei* Jobs ohne Zukunft. Man kann nicht sein Leben lang in einem Café arbeiten.«

»*Dad*«, keucht Kieran. »Lass es.«

Zum Glück schaffe ich es gerade noch, mir ein lautes Lachen zu verkneifen. Denn selbstverständlich habe ich vor, mein Leben lang in einem Café zu arbeiten. Dieses Ziel steht sogar ganz oben auf meiner Liste. Na gut, das und auf ein Konzert von Phish zu gehen.

Als ich aufstehe, kleben meine Finger vom Tannenharz. »Komm mit!« Sally Shipley führt mich in die Küche. »Hier hab ich Lava-Seife. Mit der geht das sofort ab.«

Ich lasse mich betüddeln und mir auch noch eine kleine Tasse lauwarmen Kakao und einen fad schmeckenden Keks anbieten. Es war kein Scherz, als Kieran meinte, seine Mutter sei keine tolle Köchin. Kakao muss dunkel und verführerisch sein. Aber vielleicht geht's auch nur mir so.

Kieran trinkt seinen gegen den Tresen gelehnt, und ihm ist anzumerken, dass er schon die Minuten zählt, bis er wieder gehen kann. Sein Hund stellt sich auf die Hinterbeine und bettelt ihn an. »Nein, du kriegst keinen Keks«, sagt er und krault ihn zwischen den Ohren.

Ich würde dem Hund ja sofort einen Keks geben, aber er hat nur Augen für Kieran.

Die Küchentür fliegt auf, und Kyle kommt herein. »Hallo! Sorry! Ich war noch für Dad in der Apotheke.«

Kieran runzelt die Stirn, sagt aber nichts.

»Soll ich dir helfen, den Baum aufzustellen?« Er zieht seine Jacke aus.

»Das haben wir schon gemacht«, sage ich. »War kein Ding.«

Kyle wirbelt herum und bemerkt mich auf dem Küchenstuhl. Verwirrt runzelt er die Stirn. »Okay, danke. Dann kümmere ich mich um die Lichterkette.«

»Guter Plan«, murmelt Kieran. »Wir müssen dann mal.«

»Jetzt schon?«, ruft Kyle aus. »Du hast doch heute frei. Du könntest noch bleiben, und wir gucken einen Film.«

»Ich kann nicht«, sagt Kieran und stellt seine leere Tasse ab. »Hab noch jede Menge Besorgungen zu machen. Und außerdem muss ich noch einen zweiten Baum zu Hause aufstellen.«

»Dann bleib doch wenigstens zum Mittagessen. Das würde Rexie gefallen.«

Oh, autsch. Kyle kämpft mit harten Bandagen.

»Nee. Vielleicht nächstes Mal«, sagt Kieran wenig überzeugend. »Muss los.« Er stellt den Wasserhahn an und spült seine Tasse ab.

Ich fasse das als Wink auf, meinen Kakao auszutrinken.

Sally Shipley kommt hereingewuselt und wiederholt die Einladung zum Mittagessen. Kieran lehnt ebenso schnell ab, aber sie folgt uns dennoch durch die Hintertür nach draußen. »Kieran? Kann ich dich um etwas bitten?«

Argwöhnisch dreht er sich um. »Klar doch, Ma. Worum geht's?«

»Es geht um die Tiere. Dein Bruder hat sich da diese große Idee in den Kopf gesetzt. Er will nächstes Jahr mit Angusrindern kreuzen.«

»Ja, cool. Wieso nicht?« Kieran zieht seine Schlüssel aus der Hosentasche.

»Dein Vater ist dagegen«, sagt sie. »Hochlandrinder und nichts anderes. So haben wir das schon immer gehalten.«

»Na und? Ist es denn immer so toll, wie wir die Dinge halten?«

Sallys Lippen bilden einen harten Strich, als bemühe sie sich angestrengt, nichts darauf zu erwidern. Beide starren einander für einen Moment an, als würden sie irgendeinen uralten Streit durch gedankliches Jiu-Jitsu fortsetzen. »Rede einfach mal mit Kyle«, sagt sie schließlich. »Sag ihm, dass jetzt kein guter Zeitpunkt für so was ist.«

»Nein«, sagt Kieran nachdrücklich, was alle überrascht. Selbst Kieran. »Dad will, dass Kyle hier mehr Verantwortung übernimmt. Das wünschen wir uns alle. Und wenn er es dann probiert, werden seine Ideen niedergemacht.«

»Es ist nicht bloß irgendeine Idee«, zischt seine Mutter. »Gleich unser ganzes Zuchtprogramm umstellen?«

»Er könnte doch auch nur ein paar Tiere dazunehmen, nicht gleich eine ganze Herde.« Kieran zuckt mit den Schultern. »Aber das werde nicht ich mit ihm besprechen. Wenn du, Dad und Kyle eine Entscheidung treffen müsst, könnt ihr euch zusammensetzen und das wie Erwachsene ausdiskutieren.«

»Aber auf dich hört Kyle«, versucht sie es.

»Das ist nicht meine Aufgabe. Genau genommen ist es seine. Ich kann nicht immer euren Vermittler spielen.«

»Verstehe.« Sie verschränkt die Arme vor der Brust. »Na schön. Gute Fahrt, pass auf dich auf.«

»Werde ich«, sagt er sanft. »Bis bald.«

Sie blickt hinunter auf ihre Schuhe. »Ich wollte dir noch sagen, dass wir Weihnachten bei deiner Tante Ruth feiern. Sie hat uns alle eingeladen. Du hast doch sicher nichts dagegen.«

»Nein, überhaupt nichts«, erwidert er. »Klingt gut.«

»War schön, dich kennenzulernen, Roderick«, sagt sie und setzt wieder eine höfliche Miene auf.

»Ganz meinerseits.« Ich winke ihr verhalten zu.

Und dann hauen wir ab. Kieran schweigt, bis wir wieder im Auto sitzen und der Motor läuft. »Shit«, stößt er hervor. »Tut mir leid, dass mein Vater das mit den Jobs ohne Zukunft gesagt hat.«

»Ach, das juckt mich nicht«, versichere ich ihm. »Ich brauche nicht die Zustimmung deines Dads, um meine Arbeit zu mögen.«

»Ich weiß.« Er seufzt. »Aber warum kann denn keiner einfach mal die Klappe halten?«

»Er sitzt auf diesem Lehnstuhl fest und zählt die Zeit bis zur nächsten Schmerztablette runter. Seiner Arbeit kann er nicht nachgehen und kommt sich total nutzlos vor.«

»Mist.« Kieran wirft mir einen Blick zu, als er den ersten Gang einlegt. »Stimmt absolut.«

»Tut mir leid, dass ich so eine Knalltüte war, als ich mit deiner Mom geredet hab. Ich habe endlos über die ganze Mitbewohner-Sache gefaselt.«

Er zuckt mit den Schultern. »War schon in Ordnung. Meine Eltern hören sowieso nur mit halbem Ohr zu. In diesem Haus hört keiner je zu.«

Außer dir, ergänze ich im Stillen. Kieran hört mehr zu, als dass er selbst redet. Außerdem scheint dieses Haus ein einziges Minenfeld zu sein. Ich habe keine Ahnung, warum, aber es belastet ihn eindeutig. »Dein Bruder hat dich letztendlich doch gar nicht hängen lassen«, stelle ich fest. »Das ist doch immerhin etwas.«

»Ja. Stimmt.«

»Er vermisst dich. Nicht ganz so doll wie der Hund, aber …«

Kieran lacht leise.

»Übrigens hat Audrey mich zu Weihnachten zu sich eingeladen. Ist es okay, wenn ich komme?«

»Na, klar kannst du kommen«, sagt er, und seine Laune hebt sich. »Weihnachten bei ihnen ist viel lustiger als da.« Er deutet dabei mit dem Daumen nach hinten. »Sie feiern eine große Party.«

»Cool.« Während wir die Schotterpiste in Richtung Hauptstraße hinunterkurven, bemühe ich mich, wieder in Weihnachtsstimmung zu kommen. Audrey macht einen Schinkenbraten mit einer Million Beilagen dazu. Ich habe angeboten, Bûche de Noël zu backen, diese Weihnachtstorte, deren Form und Dekor an ein Stück Baumstamm erinnert.

Kieran und ich werden zusammen dort hingehen. Nur eben nicht wirklich *zusammen*, und das wird an mir nagen. Auch wenn ich verstehe, dass Kieran sich erst mal über seine Sexualität klar werden muss. Ich würde niemals jemanden bedrängen, sich zu outen.

An den Feiertagen kommt das alles immer hoch. Als ich mit Brian zusammen war, flog er immer über Weihnachten ohne mich zu seinen Eltern nach Georgia. Und ich blieb allein zu Hause oder ging mit ein paar Freunden aus der LGBTQ-Community, die ich mit jedem Jahr seltener traf, ins Kino.

Ich liebe Weihnachten, aber es macht mich nachdenklich. Hier sitze ich nun also in Kierans Pick-up, hinten auf der Ladefläche ein Weihnachtsbaum, den er eben extra für mich geschlagen hat. Wieso kann ich mich nicht einfach darüber freuen?

32

Kieran

Zwei Tage vor Weihnachten muss ich an unserem freien Tag nach Burlington fahren. Die Dekanin der Fakultät für Bildende Kunst möchte ein Vorstellungsgespräch führen und meine Mappe gemeinsam mit mir durchgehen, bevor über meine Bewerbung entschieden wird.

Also stehe ich missmutig vor meinem Kleiderschrank und frage mich, was zur Hölle man zu einem solchen Anlass anzieht. Und ob ich überhaupt etwas Passendes besitze.

»Stimmt irgendwas nicht?«, fragt Roderick, als er ins Zimmer kommt. »Du hast gerade so genervt gestöhnt.«

Ich nehme ein weißes Hemd aus dem Schrank. »Ist das mein bestes Anzughemd? Was glaubst du, ich muss doch keine Krawatte tragen, oder?«

»Nein«, sagt er gelassen, nimmt mir das Hemd aus der Hand und hält es ins Licht. »Das ist in Ordnung. Aber ich würde ein anderes nehmen.«

Ich trete einen Schritt vom Kleiderschrank weg und schließe die Augen, als wäre das die Höchststrafe. »Genau aus dem Grund wollte ich bloß ein, zwei Kurse als Gasthörer belegen. Um ein *Vorstellungsgespräch* hab ich nie gebeten, verdammt noch mal. Oder dass ich meine Mappe einreichen darf.«

»Die Mappe war spitze«, sagt Rod, während er meine Hemden durchgeht.

»Aber jetzt geht es nicht mehr bloß ums Lernen«, erwidere ich. »Jetzt soll ich Geld dafür zahlen, dass mich Leute bewerten.«

»So kann man das auch sehen.« Rod lacht. »Es hat seine Gründe, warum das keine Uni als ihr Motto benutzt.«

»Macht es mich vielleicht zu einem besseren Menschen, wenn ich eine Diplomurkunde habe?«

»Nein.« Rod zieht ein Hemd aus dem Schrank. Es ist klassisch weiß-blau kariert. »Wenn dir das passt, dann zieh das zusammen mit einer dunklen Jeans an. Und steck es rein.«

»Jeans?«

»Wir sind hier in Vermont. Niemand versucht, etwas aus dir zu machen, was du gar nicht bist, Kieran. Der einzige Zweck dieser Übung ist, eine Ermäßigung auf die Gebühren für die Kurse zu kriegen, die du ohnehin belegen willst.«

»Ich hasse Vorstellungsgespräche«, grummele ich, während ich das Hemd anziehe.

»Was du nicht sagst.« Er kichert. »Es ist doch keine Haftprüfung, Schatz. Geh da rein und lächle die nette Dame an, damit sie dir Geld zum Studieren gibt.«

»Haftprüfung«, schnaube ich, während ich nach meiner dunklen Jeans greife. »Sprichst du da etwa aus Erfahrung?«

»Nein, aber der Tag ist noch jung. Jetzt hör auf zu jammern und mach dich vom Acker. Du siehst übrigens heiß aus in dem Hemd. Wenn du schön brav bist, ziehe ich es dir nachher aus.«

Das ist doch mal ein Ansporn. Also gehe ich. Widerwillig.

Zuerst geht das Gespräch ziemlich gut los. Dekanin Eloise Rubinstein ist eine elegante Frau Mitte sechzig. Rod würde ihr wahrscheinlich Komplimente für ihre Ohrringe machen und sie über die Gemälde an den Wänden ihres Büros ausfragen.

Aber mich schüchtert die abstrakte Kunst in dem großen Büro mit Blick auf den Skulpturengarten ein.

»Erzählen Sie mal, Kieran, warum möchten Sie bei uns studieren?«

Diese Frage habe ich erwartet. Was aber nicht heißt, dass ich eine zufriedenstellende Antwort darauf habe. »Tja, das ist es ja. Ich habe mich eigentlich gar nicht um ein Studium beworben. Im Grunde haben Sie mich dazu überredet.«

Sie lacht, das ist schon mal ein gutes Zeichen, nehme ich an. »Und doch sind Sie hier. Wie genau kam das also?«

»Verstehe. Also, ich habe Online-Grafikdesignkurse belegt. Ich hatte nie vor, der nächste große Künstler zu werden. Mit der Einstellung mache ich mich nicht ans Zeichnen. Aber ich entwerfe gern etwas und würde gern besser darin werden. Und wenn möglich würde ich gern einen Weg finden, daraus einen Beruf zu machen.«

Sie nickt ermutigend. Das Übrige sprudelt aus mir hervor. »Deshalb dachte ich, ich könnte ein paar Kurse als Gasthörer belegen. Weil Sie hier Wissen vermitteln, das ich nicht habe.«

»Wissen Sie, das ist eine ganz gute Einstellung, wenn man ein künstlerisches Studium beginnen will. Und außerdem verdienen mehr Leute, als man glaubt, ihr Geld mit Kunst, entweder direkt oder indirekt.«

»Das freut mich zu hören.«

»Wann ist Ihnen zum ersten Mal klar geworden, dass Sie sich für Bildende Kunst interessieren?«, fragt sie.

»Ach, ich war einfach ein Kind, das immer gezeichnet hat«, erzähle ich ihr. »Den Lehrern gefiel es. Sie sagten mir immer, ich sei kreativ, und hängten meine Bilder im Klassenzimmer in die Mitte der Pinnwand. Aber als Teenager hörte ich auf zu zeichnen. Mir wurde vermittelt, dass das bei Jungs uncool ist. Also belegte ich lange Zeit keine Kunstkurse.«

Sie zuckt zusammen. »Sie sind nicht der Erste in diesem Büro, der mir diese Erfahrung schildert. Ich bin besorgt um all die Jungen – und Mädchen –, denen gesagt wird, sie dürften sich nicht in dieser Form ausdrücken. Was hat Sie denn dazu gebracht, wieder anzufangen?«

»Die Farm«, sage ich mit einem leisen Lachen. »Meine Eltern wollten auf unserer Website Produkte zum Verkauf anbieten. Meine Mutter fragte mich, ob ich etwas entwerfen könnte, was professionell aussieht. Also fing ich an, Verschiedenes auszuprobieren. Mein jüngerer Cousin gestaltet auch alle Designs für die Farm seiner Familie und hat mir Photoshop gezeigt. Das Programm hat mir so gut gefallen, dass ich mich da reingefuchst habe.«

»Was hat Ihnen daran gefallen?«

»Wie praktisch es ist«, gestehe ich. »Wenn man beim Malen mit Pinsel und Farbe einen Fehler macht, lässt sich das teils schwer wieder ausbessern. Aber in Photoshop kann man alles rückgängig machen. Alles Mögliche reinkopieren. Alles Mögliche ausprobieren. Die Ergebnisse sind zwar nicht ganz so vielschichtig wie ein Gemälde oder eine Zeichnung. Aber ich schätze, ich bin da furchtbar praktisch veranlagt.«

Sie strahlt.

»Und eines Tages fragte ich mich, ob ich mir wohl mit meinem Hobby ein bisschen Geld dazuverdienen könnte. Also habe ich ›Photoshop‹ in einem Jobportal eingegeben. Durch Glück fand ich auf diesem Weg einen Job als grafischer Zeichner in einer Werbeagentur. Dass ich keine richtige Ausbildung habe, war ihnen egal. Sie fanden es ehrlich gesagt sogar vorteilhaft, denn sie bezahlen mir so gut wie nichts, und ich erscheine trotzdem immer bereitwillig zur Arbeit.«

»Ah«, sagt sie mit einem traurigen Lächeln. »Das Problem kennen viele junge Künstler.«

»Bestimmt. Für die Agentur habe ich also jede Menge digitale Entwürfe erstellt. Aber für mich privat habe ich auch angefangen, immer wenn ich mal Zeit habe, zum Pinsel zu greifen und zu malen. Was allerdings selten vorkommt, gerade jetzt rund um Weihnachten. Wenn ich aus der Agentur nach Hause komme, ist es schon dunkel draußen, noch dazu habe ich die letzten Wochen viele Überstunden gemacht. Deswegen ist keins meiner Bilder in der Mappe, die ich Ihnen geschickt habe.«

»Okay. Und die Arbeiten in Ihrer Mappe sind größtenteils in der Agentur entstanden?«, fragt sie.

»Genau. Ich habe viele Anmerkungen hinzugefügt, damit Sie wissen, was jeweils die Vorgabe war und was meine eigene Kreativleistung.« Gott, wahrscheinlich ist das die merkwürdigste Mappe, die sie je bekommen hat. Aber ich hatte bloß zehn Tage Zeit, um sie zusammenzustellen.

»Ihre Anmerkungen habe ich gelesen«, sagt sie langsam. »Aber vielleicht können Sie mir einmal an einem Ihrer Entwürfe erklären, wie Sie vorgehen. Ich erfahre gern, wie Künstler denken.«

»Na ja, ich werd's versuchen.« Ich lache nervös. Ich hoffe, sie merkt nicht, wie ich schwitze.

Die Dekanin klappt meine Mappe auf, eigentlich ist es bloß ein Hefter von *Staples*. Zuoberst liegt ein Poster, das ich für die Händlerkooperative des Bauernmarkts erstellt habe. »Das ist mein Lieblingsmotiv. Verraten Sie mir, was Sie dazu inspiriert hat?«

»Klar doch.« Ich räuspere mich. »Wie ich auch in meiner Anmerkung geschrieben habe, war das ein Projekt, bei dem ich kaum Vorgaben hatte. Mein Chef sagte im Grunde nur: ›Sie kommen doch aus einer Farmersfamilie. Überlegen Sie sich einfach was.‹«

Sie lächelt. »Sind Sie mit den Shipleys verwandt, die Cider herstellen? Ist das Ihre Familie?«

Wie so oft, wenn ich diese Frage gestellt bekomme, wird mir heiß und kalt. »Das sind Verwandte von mir. Sie bauen Äpfel an und haben Milchkühe. Meine Eltern halten Rinder. Deshalb habe ich in meinem Leben schon viel Zeit auf Bauernmärkten verbracht.«

»Und wie sind Sie auf dieses Design gekommen?«

Ich blicke hinunter auf das Bild von einem alten roten Pick-up, der Lebensmittel geladen hat. »Na ja, mein erster Entwurf war eine seitenfüllende lila Rübe mit stilisierter Schrift darin. Er war sehr grell und modern und gefiel mir unheimlich. Aber mein Chef wollte ein größeres Sortiment sehen. Es durfte nicht nur ein einzelnes Produkt dargestellt sein, verstehen Sie?«

»Klar«, sagt sie milde.

»Mein Grandpa hatte früher einen Pick-up wie diesen«, sage ich und deute auf das Bild. »Er war schwarz, hatte aber diese geschwungenen Radkästen der alten Modelle. Ich saß immer mit ihm auf der Ladefläche, während meine Grandma Äpfel verkaufte. So ein Pick-up ist typisch Bauernmarkt. Und die Ladefläche des Wagens bot mir eine Möglichkeit, mehr Details im Bild unterzubringen.« Dort stehen jede Menge Lebensmittel, aber statt sie naturgetreu abzubilden, sind sie überdimensioniert. Es gibt eine riesengroße Melone, einen verrückt langen Maiskolben, eine elefantöse Tomate und eine hoch aufragende Möhre. »Ich hatte beim Zeichnen diese farbenfrohen französischen Poster im Sinn. Deshalb habe ich auch alles auf Alt getrimmt.«

»Wunderbar«, sagt sie. »Und das Logo? Die mit dem Spaten überkreuzte Heugabel gefällt mir, wie Messer und Gabel.«

»Ja, mir auch. Aber es stammt nicht von mir. Das habe ich deshalb in meiner Anmerkung geschrieben.«

»Hmm«, macht sie. »Ich habe noch eine andere Frage an Sie, die ein wenig delikat ist. Lassen Sie mich bitte erst ausreden, okay? Ich habe noch eine andere Mappe erhalten, die einige ganz ähnliche Arbeiten enthält.« Sie holt eine Ledermappe hervor und schlägt sie an einer mit einem Klebezettel markierten Stelle auf. Dann dreht sie sie zu mir.

Einen Augenblick bin ich total verwirrt. Es ist eine Illustration von einem Heißluftballon, die ich letzten Juni für ein Festival in Quechee gestaltet habe. Aber jemand hat auf die einzelnen Rippen des Ballons noch Struktureffekte gelegt. Das Ergebnis ist übel. »Was zum …?«

Als die Worte meinen Mund verlassen, wird mir jedoch klar, dass ich schon weiß, wer das war. Und vor lauter Ärger stehe ich ruckartig auf, sodass mein Stuhl leicht nach hinten kippt. Weil ich mir wie ein Rüpel vorkomme, setze ich mich genauso schnell wieder hin. Dann atme ich einmal tief durch und versuche, meinen Ärger in Worte zu fassen. »Ich hoffe mal, in der Mappe befand sich auch eine Anmerkung dazu, wer den Heißluftballon gemalt hat, bevor er mit Clipart-Mustern verunstaltet wurde.«

Die Dekanin schüttelt langsam den Kopf.

Ich lege den Kopf in den Nacken und seufze schwer. Ich kann nicht fassen, dass Deacon Pratt den Ballon genommen, ihn derart verunstaltet und als seinen eingereicht hat. Ich kann nicht fassen, dass er überhaupt Kunst studieren will.

Für die Pratts zu arbeiten ist tatsächlich ohne Zukunft. Was zu allem Übel also obendrein noch bedeutet, dass mein Arschloch von Vater recht hatte.

»Kieran«, sagt die Dekanin. »Erläutern Sie mir doch bitte die Version in Ihrer Mappe.«

»Gern«, sage ich hölzern. »Die Version in meiner Mappe habe ich selbst gezeichnet. Ich habe sie mit in die Auswahl genommen, weil ich auch eine Tuschezeichnung drinhaben wollte. Die Kunden hatten den Wunsch, dass es handgemacht aussehen soll, deshalb habe ich freihändig gemalt. Aber wie Sie sehen, ist es nicht perfekt.« Ich bin ernüchtert. Die Frau ist jetzt bestimmt allem gegenüber misstrauisch, was aus der Agentur Pratt stammt.

Ich hasse mein Leben.

»Ihre Version hat mir besser gefallen«, sagt sie sanft. »Ich nehme an, Sie können sich denken, von wem die andere Version hier stammt.«

»Ja, sicher«, sage ich tonlos. »Da gibt es nicht viele Verdächtige.«

»Tja, tut mir leid, dass ich das ansprechen musste. Aber ich musste in Erfahrung bringen, warum ich zwei sehr ähnliche Mappen erhalten habe.«

Ich setze mich noch aufrechter hin. »Gibt es etwa noch mehr Beispiele?«

Sie nimmt die andere Mappe vom Tisch und legt sie neben ihrem Schreibtisch auf den Boden. »Ja. Aber die werde ich Ihnen nicht zeigen. Das würde Sie nur verärgern. Es ist offensichtlich, wer hier die Ideen hat und wer sie nur aufmotzt.«

Mir wird schlecht. »Mist. So habe ich mir das Gespräch nicht vorgestellt«, sage ich in einem seltenen Anfall von Direktheit.

»Das möchte ich wetten. Aber atmen Sie einmal tief durch, ja? Sie haben mir Ihre Vorgehensweise gut erklärt. Außerdem bewundere ich das Poster für den Bauernmarkt nun schon seit zwei Jahren.«

»Ja?« Ich muss lächeln.

»Und ob. Es ist so fröhlich. Und jetzt, wo ich den Künstler kenne, gefällt es mir sogar noch besser.« Sie klappt meine Mappe zu und reicht sie mir dann. »Es war mir eine Freude,

Sie kennenzulernen, Kieran. Sie bekommen in einigen Tagen wegen Ihrer Bewerbung Bescheid. Aber falls Sie angenommen werden, wird es noch ein paar Wochen dauern, bis Sie den Bescheid über die finanzielle Unterstützung erhalten, okay? Ich werde das zuständige Büro bitten, Ihren Antrag zu prüfen, obwohl die Frist eigentlich schon abgelaufen ist. Ich hoffe, es klappt.«

»Ich auch«, sage ich. »Und vielen Dank.« Ich stehe auf, schüttele ihr die Hand und sage alle üblichen Höflichkeitsformeln.

Aber wenn der Antrag auf finanzielle Unterstützung nicht durchgeht, war das alles reine Zeitverschwendung.

»Na, wie ist es gelaufen?«, fragt Roddy, als er ans Telefon geht.

»Ganz okay«, sage ich, während ich in den unfassbar blauen Himmel starre. »Wenn sie mich nehmen, werde ich's machen.«

»Jaaaa!«, jubelt er in mein Ohr. »Das ist voll aufregend.«

Ich lächle, denn seine Stimme macht mich fröhlich. Ich weiß immer noch nicht so recht, ob ein Studium das Richtige für mich ist. Aber solange ich jeden Abend zu ihm nach Hause kommen kann, ist es vielleicht gar nicht wichtig. »Ich fahre auf dem Rückweg durch Montpelier«, sage ich. »Was soll ich zum Abendessen besorgen?«

»Lass uns Lasagne machen.«

»Klingt gut.« Mit Roddy zu kochen ist immer gut.

»Bring ein halbes Kilo Hack, eine Packung Lasagneblätter und … Hast du einen Stift zur Hand? Ich habe große Pläne.«

»Wie wär's, wenn du mir deine Pläne aufschreibst und schickst, während ich zum Supermarkt fahre?«

»Prima Idee, Prachtkerl. Das wird super.«

Das weiß ich jetzt schon.

33

Kieran

Am Weihnachtsmorgen wache ich allein auf. Von unten dringt Musik herauf, begleitet vom verlockenden Duft nach Kaffee und gebratenem Speck. Es ist erst sieben, und ausnahmsweise muss ich mal nirgendwohin. Ich könnte mich umdrehen und weiterschlafen. Wäre da nicht der Speck.

Ich stehe auf, schlurfe ins Bad, um mir die Zähne zu putzen, und zockele dann nach unten. Roderick macht Arme Ritter und singt ein Album von Jane's Addiction mit.

»Hey!«, sagt er und wirft mir ein kurzes Lächeln zu. »Du kommst gerade richtig. Ich mache Arme Ritter. Willst du mithelfen?« Er hat zerzauste Haare und trägt eine Jogginghose und dazu ein uraltes Flanellhemd von mir. »Hast du schon mal welche gemacht? Geht ganz leicht.« Er wirft mir einen Blick über die Schulter zu.

»Was? Nein. Bring's mir bei.« Ich schlinge einen Arm um seine Taille und schaue hinunter auf den Tresen. Er hat eine Scheibe Brot in einen Teller mit verquirltem Ei getunkt.

»Das ist eine super Möglichkeit, trockenes Brot aufzubrauchen. Außerdem sind die eierhaltiger als Pancakes, haben also mehr Protein.«

»Schön«, sage ich und küsse ihn in den Nacken. Das hier muss der Grund sein, warum die Leute Weihnachten mögen. Ich versteh's jetzt.

»Ich gebe immer ein bisschen Zimt in die Eimischung. Aber das war's auch schon. Wenn man gutes Brot nimmt, kommt der Geschmack von allein.« Mit beiden Händen bugsiert er die vollgesogene Scheibe Brot in die Pfanne, wo sie zu brutzeln anfängt. Dann dreht er den Kopf zu mir. »Deine Kuschelqualitäten haben sich mächtig verbessert. Ich bin beeindruckt. Höchstnoten vom russischen Punktrichter.«

Ich lache an seinem Hals und küsse ihn wieder. »Ich habe ein Weihnachtsgeschenk für dich, das du auspacken darfst.«

»Steckt es etwa in deiner Hose?« Als er den Hintern an meinem Schritt reibt, springt mein Körper sofort darauf an. »Ich packe für mein Leben gern Geschenke aus«, neckt er mich.

»Nein, es liegt unterm Baum.«

»Okay, wir machen es so: Du wendest den Armen Ritter, und ich hole mein Geschenk für dich aus dem Auto.« Er dreht sich herum, küsst mich und schlüpft dann unter meinen Armen hervor, um nach draußen zu flitzen.

Ich tappe mit dem Fuß zu dem lauten Alternative Rock, während ich mich frage, wie es sein kann, dass mein Leben mit einem Mal so großartig ist.

»Oh mein Gott«, sagt Roddy ein paar Minuten später, als er sich vor dem Weihnachtsbaum hinkniet. »Ist es etwa das, was ich denke, dass es ist?«

»Ja. Manches lässt sich einfach nicht verpacken.« Ich esse ein großes Stück Armer Ritter. Er schmeckt fantastisch – außen knusprig und innen teigig.

Unterdessen stürzt sich Roddy auf den Gitarrenkoffer unter dem Baum und zieht die dürftige Schleife auf, die ich um das schmale Ende gebunden habe. »Ich fasse es nicht, dass du das gemacht hast! Bitte sag mir, dass du günstig ein gebrauchtes Instrument gekriegt hast.«

»Ich habe sie neu gekauft«, gestehe ich. Es fühlte sich einfach nicht richtig an, ein Geschenk secondhand zu kaufen. »Ich hoffe, sie gefällt dir.«

Er klappt den Deckel auf. »Sie ist *toll*. Gott. Viel schöner als meine alte. Das hättest du doch nicht machen sollen.«

»Wollte ich aber«, sage ich, bevor ich mir lässig noch mehr Frühstück in den Mund stopfe. Dass er sich so freut, stellt komische Dinge mit meinem Herzen an. Als er die Gitarre aus dem Koffer nimmt und mit dem Daumen über die Saiten streicht, sieht er aus wie das sprichwörtliche Kind an Weihnachten.

Bei dem tiefen Klang der Gitarre erschauere ich. Sie klingt echt gut. Nie in meinem Leben habe ich vierhundert Dollar lieber ausgegeben.

Rodericks Frühstück ist vergessen, er macht sich ans Stimmen. Und dann schlägt er eine schöne Melodie an, einfach so hier auf dem Teppich.

Ich stoße einen leisen Pfiff aus. »Meintest du nicht, du wärst nicht besonders gut?«

Er schüttelt den Kopf. »Nicht gut genug für Nashville. Aber ich spiele schon gern. Kieran, echt jetzt, das ist einfach der Wahnsinn.« Er seufzt glücklich und legt die Gitarre dann vorsichtig zurück in den Koffer. »Mein Geschenk für dich war nicht so teuer.«

»Ich brauche doch gar nichts«, sage ich nachdrücklich. Und gerade entspricht das auch der Wahrheit. »Iss dein Frühstück.«

»Aber jetzt bist doch du dran.« Er pickt sich einen Streifen Speck von seinem Teller und schiebt ihn sich in den Mund, bevor er aus dem Zimmer verschwindet. Er kommt mit einem in Geschenkpapier eingepackten Paket wieder und gibt es mir. Es ist noch ganz kalt, weil es draußen im Auto gelegen hat.

Ich reiße sofort das Papier auf und öffne den Karton. Darin

liegen zwei Geschenke: ein cognacfarbenes Flanellhemd und die gebundene Ausgabe eines Buchs von jemandem namens Christopher Kimball. Das Cover glänzt nigelnagelneu, aber zwischen den Seiten schauen schon einige Klebezettel heraus. »Hey, danke! Hast du Rezepte für mich ausgesucht? Wie war das noch mit ›Kochen lernt man nicht aus einem Buch?‹«

»Hey – wir kochen ja weiterhin zusammen. Aber auf die Art kannst du die Gerichte selbst aussuchen, wenn du magst. Übrigens hat Christopher Kimball eine Verbindung zu Vermont. Ich habe einige Rezepte markiert, die wir machen können. Beziehungsweise habe ich alles übersprungen, wofür man eine Küchenmaschine braucht oder was generell zu aufwendig ist.«

Mit der Hand streiche ich über das Buchcover, während ich mir ausmale, wie viel Zeit wir zusammen mit Kochen verbringen werden. »Vielen Dank. Das Hemd ist auch schön.«

»Na ja, das war ein eigennütziger Kauf. Das Flanell spricht meinen Holzfäller-Fetisch an. Und die Farbe wird toll zu deinen Augen passen.«

»Wenn du das sagst.« Lachend nehme ich es aus dem Karton. »Mir gefällt der Stoff einfach.«

»Gut.« Er steht auf und setzt sich neben mich auf die Couch. »Danke für dieses hammermäßige Geschenk. Ich liebe es.«

»Sehr gern geschehen«, sage ich ziemlich verlegen. »Jetzt lass uns essen, bevor alles kalt wird.«

Rod nimmt sich seinen Teller. »Ich hole mir Marmelade für den Armen Ritter.«

»Warte«, sage ich und zeige auf einen kleinen Krug Ahornsirup, den ich mit ins Wohnzimmer genommen habe. »Magst du Marmelade etwa lieber als Vermonts Spezialität?«

Roderick zuckt mit den Schultern, ohne mich anzusehen. »Ist beides gut.«

»Aber was magst du lieber?«, bohre ich.

»Wieso ist das denn wichtig?«, fragt er und beißt von einem weiteren Streifen Speck ab.

»Weil du mich ständig mit Essen versorgst, aber den Sirup nicht anrührst, den ich für uns mitgebracht habe.«

»Ich versorge Menschen gern mit Essen. Das ist mein Beruf. Abgesehen davon ist das teures Zeug«, sagt er.

»Ja, eigentlich schon«, räume ich ein. »Aber den haben Kyle und ich hergestellt.« Ich nehme mir ein Stück Speck und beiße eine wunderbar salzige Ecke davon ab.

Er sieht mich blinzelnd an. »Echt? Wie praktisch. Trägst du eine Axt mit dir herum, wenn du Bäume anzapfst, mein Holzfäller?«

»Du lenkst vom Thema ab.« Ich bin furchtbar schlecht darin, solche Dinge anzusprechen. Aber das Frühstück duftet richtig gut, und Roderick sieht aus, als hätte er schon immer in mein Wohnzimmer gehört. Er soll wissen, wie gern ich ihn bei mir habe. »Was, wenn ich dich auch gern mit Essen versorge? Vielleicht macht es mich ja glücklich, meine Lebensmittel mit dir zu teilen.«

»Nimm's nicht persönlich. Ich möchte dir bloß nichts schuldig sein. Mein Ex war in dem Punkt echt komisch. Er hat mir das Gefühl gegeben, ein Schmarotzer zu sein.«

»Werde ich aber nicht«, sage ich brüsk. Und dann poltert lauter Stuss aus mir heraus. »Wenn du nie etwas isst, das ich gekauft habe, weiß ich gar nicht, ob wir überhaupt ein Team sind. Es ist, als wolltest du mir nicht die Genugtuung geben, dich zu versorgen.«

Roderick zuckt zusammen. Er isst einen Bissen und kaut. »Ganz ehrlich, ich habe nicht damit gerechnet, dass ich dich dermaßen *gernhaben* würde. Ich suchte bloß einen Mitbewohner und später jemanden zum Rummachen. Ich dachte mir, ich bringe dich ein paarmal zum Orgasmus und schicke dich dann los, damit du dir einen Freund suchst. Aber du bist unwiderstehlich.«

»Ich will aber keinen anderen.« *Nur dich.*

»Gut, vielleicht bin ich genauso unwiderstehlich. Vorausgesetzt, du steht auf verkorkste Chaoten mit kaputten Autos und emotionalem Ballast.«

»Vielleicht ist das ja mein Fetisch«, sage ich und stopfe mir noch einen großen Happen Essen in den Mund.

»Anscheinend.« Wir essen eine Weile schweigend.

Dann stellt Roderick seinen Teller hin, nimmt meinen und stellt ihn ebenfalls beiseite, bevor er sich rittlings auf meinen Schoß setzt. »Frohe Weihnachten, Holzfäller. Dafür, dass du behauptest, Weihnachten zu hassen, hältst du dich ziemlich gut.«

»Es ist gar nicht so übel«, sage ich, küsse ihn auf den Kiefer und vergrabe dann die Nase in seinem Haar, um seinen Duft tief einzuatmen. Er riecht nach Speck und allem, was gut ist in meinem Leben. Wenn mir vor zwei Monaten einer gesagt hätte, dass ich derart in der Umarmung eines anderen Mannes versinken könnte, hätte ich ihn für verrückt erklärt. Aber hier bin ich nun und halte Roderick auf dem Sofa in den Armen.

Meinen *Freund.* Ich probiere das Wort in Gedanken aus. Es ist ungewohnt, aber das Konzept dahinter gefällt mir unheimlich. Es gefällt mir, in der Küche mit ihm zusammen Frühstück zu machen und unter unserem Tannenbaum Geschenke auszupacken. »Können wir bitte noch eine Portion Armer Ritter mit Sirup machen?«

Roderick lacht in meinen Armen. »Na klar. Ich dachte allerdings, du würdest sagen: Können wir bitte Sex haben? Ich hab eben nur das eine im Kopf.« Er küsst meinen Hals und schiebt dann eine Hand unter mein T-Shirt.

»Mhm.« Der Hautkontakt elektrisiert mich. »Jetzt, wo du's sagst, gefällt mir die Idee.«

Roddy redet nicht weiter herum. Stattdessen steckt er die Hand in meine Hose und streichelt meinen erwachenden Schwanz. Seine Lippen wandern zärtlich über meine Kehle. Ich kann nicht anders – ich drücke mich seiner Hand entgegen.

»Kieran«, sagt er an meiner Haut. »Ich habe noch ein Weihnachtsgeschenk für dich. Aber gerade bin ich mir nicht sicher, ob ich es dir wirklich geben soll.«

»Ohhh«, stöhne ich. »Gib's mir später.«

»Na ja, es passt zum Thema.« Er zieht ein Blatt Papier aus seiner Hosentasche und faltet es auseinander. »Guck, ich habe mich noch mal testen lassen.«

Ich schiele einen Sekundenbruchteil darauf. »Das ist gut, oder?«

»Ja, wegen seiner Seitensprünge wollte ich eine Nachkontrolle. Außerdem dachte ich mir ...« Er räuspert sich. »Na ja, ich dachte, dir ist vielleicht wohler bei dem Gedanken, mit mir zu schlafen, wenn du weißt, dass ich gesund bin. Nur falls es das ist, was dich davon abhält.«

»Oh.« Ich lehne mich auf der Couch zurück und seufze. »Das hat mich nie abgehalten. Du bist schlicht unwiderstehlich.« Um das zu unterstreichen, fahre ich mit einer Hand über seine Brust. »Aber wir haben doch so schon jede Menge Spaß zusammen. Und bei Sex denke ich an ...« Es ist nicht leicht, es laut auszusprechen.

»Du kannst es mir einfach sagen«, wirft er schnell ein. »Anal gefällt nicht jedem.«

»Oh, theoretisch gefällt mir der Gedanke. Aber ich habe keinerlei Erfahrung. Bisher ...« Wieder breche ich ab. Das hier ist total unangenehm. »Ich glaube, ich konnte noch nie jemanden befriedigen. Von mir selbst ganz zu schweigen. Und mit dir – es ist nicht so, als würde ich da mit einem Mal wissen, was zu tun ist.«

Roderick lacht nicht, auch wenn ich ihm das kaum verdenken könnte. Er streichelt mit dem Daumen über meine stoppelige Wange und sieht mir geradewegs in die Augen. »Das klingt nach Stress. Verstehe. Aber was, wenn wir das nicht als olympischen Wettbewerb betrachten? Ich möchte dir einfach nur ganz nah sein.«

»Oh«, mache ich langsam. »Für so was gibt's wohl kein Buch, aus dem ich es lernen könnte, oder? Du könntest die betreffenden Seiten markieren.«

Jetzt lächelt er. »Klingt nach einem echt guten Buch. Vor allem, wenn Abbildungen drin sind.«

»Sollten es jedenfalls.«

Roddy beugt sich herunter und gibt mir einen Kuss auf den Mundwinkel. Nur einen. »Ich hab einen Vorschlag. Wir könnten ein *mise en place* machen.«

»Ein was?«

»Du weißt doch, immer wenn ich dir ein neues Rezept beibringe, bereite ich alle Zutaten vor und stelle sie bereit, damit du dich auf die einzelnen Arbeitsschritte konzentrieren kannst.«

»Ja«, sage ich argwöhnisch.

»Komm.« Er klettert von meinem Schoß und zieht mich an der Hand. »Komm mal kurz mit.«

Ich lasse mich von ihm in die Küche führen. »Du brätst die restlichen Armen Ritter, die lassen sich nämlich gut einfrieren und noch mal aufwärmen.« Er gibt mir den Pfannenwender. »Und wenn du Adele hörst, kommst du nach oben.« Er stellt die Musik wieder an.

»Adele?«, wiederhole ich leicht verwirrt.

»Ja. Die kommt später in meiner Playlist. In der Zwischenzeit gehe ich nach oben und bereite alles für dich vor. Wenn Adele zu singen anfängt, kommst du nach oben. Du brauchst nach wie vor nichts zu machen, was du nicht willst. Aber überleg's dir.«

Dann stellt er die Musik lauter und dreht sich zum Gehen um. »Ach, und setz eine Kanne Kaffee auf. Für danach.« Dann geht er.

34

Kieran

Ich brate die restlichen Armen Ritter und wasche ein bisschen ab. Doch ich kann mich kaum konzentrieren.

Vielleicht wusste Rod, was für eine Wirkung das auf mich haben würde. Vorfreude ist berauschend. Ich bin zwar unerfahren, aber dennoch neugierig. Und verdammt geil.

Was macht er denn da oben? Wahrscheinlich streichelt er sich selbst, allein die Vorstellung macht mich schon ganz kirre. Aber vielleicht hat er auch das Gleitgel rausgeholt. Seine glitschigen Finger gleiten wahrscheinlich langsam rein und raus …

Ich stöhne unbehaglich. In meiner Flanellhose ist eine Beule. Ich glaube, Adele ist gar nicht auf dieser Playlist. Ich habe schon diverse Interpreten von drei Kontinenten gehört, aber Adele macht gerade einen auf Kyle – kommt zu spät, wenn ich sie dringend brauche.

Endlich singt sie die erste Zeile von *Hello*. Ich werfe das Geschirrtuch hin und verlasse Adele und die Küche. Mit klopfendem Herzen gehe ich die Treppe hinauf und werde auf den letzten Stufen langsamer. Es ist erst ein paar Monate her, dass ich Rod herausgefordert habe, zu mir nach oben zu kommen.

Ist es verrückt, dass ich mich frage, ob sein Herz da auch wie wild geklopft hat? Ich nehme immer an, dass er in so ziemlich allem selbstsicherer ist als ich. Aber sein flehender Blick, als er sagte: *Ich möchte dir ganz nah sein*, war schwer zu übersehen.

Hier stehe ich nun also vor dem Zimmer, in dem ich gleich eventuell zum ersten Mal einen Mann vögeln werde. Einen Mann, in den ich total verliebt bin. Gar keine große Sache.

Ich hole zittrig Luft, gehe durch die Tür – und verschlucke fast meine Zunge. Rod liegt auf der Seite, die Haare feucht vom Duschen. Seine nackte goldbraune Haut spannt sich über zuckenden Muskeln, während er es sich mit einem Sexspielzeug in der einen Hand und seinem Schwanz in der anderen selbst besorgt.

Du. Meine. Güte. So was Erotisches habe ich noch nie gesehen. Einen Augenblick lang stehe ich da wie eine Wachsfigur, während die Musik von unten weiter durch meinen Brustkorb vibriert.

Er dreht den Kopf und sieht, wie ich ihn beobachte. »Ich habe dir schon *immer* gern eine Show geboten. Es ist so sexy, wenn du mich auf diese Weise anguckst, Babe.«

Mit einem Mal reicht mir Zusehen nicht mehr. Ich stakse ins Zimmer und ziehe im Gehen mein Shirt aus.

»Oh ja«, flüstert Rod mit Schlafzimmerblick. »Zeig mir noch mehr.«

Ein heißer Schauer läuft mir über die Haut, als ich die Flanellhose herunterschiebe. Mein Blick klebt an seinem Schwanz, der hart und rosig in seiner Hand liegt. Ich will ihn in meinem Mund haben. Also streife ich auch die übrigen Klamotten ab, stütze ein Knie aufs Bett und schiebe seine Hand weg.

»Fuck, ja!«, flucht er, als ich ihn komplett aufnehme. Die Finger schiebt er in mein Haar und zieht daran. Ich liebe es. Davon werde ich nie genug kriegen. Und nachdem ich einige Minuten seinen Schwanz gelutscht habe, bin ich total heiß und nagele praktisch das Bett.

»Kieran«, stöhnt Roddy. »Ich bin kurz davor. Wenn du mich

je vögeln willst, dann wär jetzt ein guter Zeitpunkt.« Keuchend holt er tief Luft. »Ich sag's nur.«

Das hört sich auf einmal nach einem verdammt guten Vorschlag an. Mit einem Schmatzen lasse ich ihn frei und setze mich hin, meine Wangen brennen, mein Penis ist quälend hart.

»Hier«, sagt Rod und wirft mir das Gleitgel hin. »Wenn du ein Kondom willst, hol ich eins.«

Ich höre ihn kaum. Ich bin zu sehr damit beschäftigt, die Tube aufzumachen und das Gel auf meinen unerträglich harten Schwanz zu geben. Als ich es mit der Hand verteile, beobachtet Rod meine Bewegungen mit wachem Blick und leckt sich über die Lippen.

Und da wird mir klar, dass meine Zögerlichkeit dumm war. Ich werde nicht versagen, weil ich quasi schon in der Karma-Lotterie gewonnen habe.

»Sofort«, brummt er, wirft das Spielzeug auf den Boden und geht dann auf alle viere, um mir seinen Hintern hinzustrecken. Das ist eine wehrlose Stellung, für die es viel Vertrauen braucht, und ich habe nicht vor, ihn zu enttäuschen.

Ich gehe in Position und umfasse mit beiden Händen seine Hüften. Und endlich bringe ich die runde Spitze meines Glieds an seine Öffnung.

Roddy will nicht, dass ich langsam mache. Er schiebt sich nach hinten, sucht mich, während er den Kopf erwartungsvoll gesenkt hält. Langsam gleite ich in die Enge seines Körpers.

»Fuck, ja. Ja«, ruft er aus. »Weiter.«

Doch ich kann es nicht übereilen. Dafür ist es zu unglaublich. Fassungslos über die Vollständigkeit unserer Verbindung und vor Erregung kaum in der Lage zu atmen, beobachte ich, wie ich in meiner ganzen Länge in meinem Freund verschwinde.

»Du fühlst dich toll an, Babe«, flüstert er.

Ich muss zur Beruhigung einmal tief durchatmen, bevor ich

anfangen kann, mich zu bewegen. Er fühlt sich so verdammt gut an. Langsam ziehe ich mich zurück, wobei das Gel jede Bewegung zu einem sinnlichen Gleiten macht. Dann schiebe ich mich wieder hinein und ziehe seine Hüften dabei nach hinten, sodass unsere Verbindung noch enger wird. Es ist der reinste Wahnsinn. Die Lust ist so intensiv, dass ich nicht anders kann, als schneller zu werden.

»Oh Mann, ja. Härter. Hör nicht auf«, plappert Roderick, während wir uns gemeinsam bewegen. Er stützt die Unterarme aufs Bett, sodass sich der Winkel unserer Verbindung ändert. »Ja, so. Ohhh. *Oh Mann*«, sagt er in Richtung Bett. *»Fuck.«* Er wendet mir sein verschwitztes Gesicht zu, um mich anzusehen. Es scheint ihm zu gefallen, was er sieht, denn er schließt die Augen und lächelt.

Ich steh total auf dieses Lächeln. »Ich brauch deinen Mund«, knurre ich. »Sofort.«

»Dann drück mich doch runter«, keucht er. »Nimm dir, was du willst.«

Das braucht er mir nicht zweimal zu sagen. Ich drehe mich mit ihm auf die Seite, schlinge einen Arm um seine Taille und ziehe ihn eng an mich. Bei dem gesteigerten Hautkontakt durchfährt es mich heiß. Ungeschickt findet mein suchender Mund seinen, und wir stöhnen beide, als unsere Lippen und Zungen im Einklang gegeneinandergleiten.

In dieser Stellung kann ich mich nicht mehr groß bewegen, aber das ist wahrscheinlich ganz gut so. Ich fühle mich sowieso schon wie ein Feuerwerksböller mit brennender Zündschnur. Also umfasse ich Roddys Schwanz und fange an, ihn zu streicheln, während ich Roddy langsam vögele. Wir kommunizieren inzwischen nur noch über Atmung und Zunge, aber ich merke, dass er jetzt kurz davor ist. Ich bin *mehr* als kurz davor und halte nur aus purer Willenskraft noch durch. Ich lasse eine

Hand hinunterwandern, um sanft an seinen Hoden zu ziehen, während ich so fest die Hüften durchdrücke, wie ich es mich traue. Und endlich passiert es. Rod stößt einen Schrei aus, und dann verspannen sich auf einmal sämtliche Muskeln in seinem Körper.

Noch ehe ich spüre, wie er sich ergießt, komme ich – stöhnend und schaudernd und keuchend wie ein Läufer, der die Ziellinie überquert.

Als ich schließlich auf die Matratze sinke, fühle ich mich siegreich angekommen. »Fuck. Ich liebe Weihnachten.« Ich bin gefährlich kurz davor hinzuzufügen: *Ich liebe dich.* Das sagen wir einander nicht. Aber ich hatte noch nie derartige Gefühle für jemanden.

Roddy liegt schwer atmend in meinen Armen. »Danke, dass du mein neuestes Rezept ausprobiert hast. Ich hoffe, das machen wir mal wieder.«

»Oh, das wird ein Klassiker.« Ich ziehe mich aus ihm zurück und rutsche vom Bett. »Schön liegen bleiben, ja?« Ich husche ins Bad, um ihm ein feuchtes Tuch zu holen. Und nachdem wir uns schnell sauber gemacht haben, ziehe ich die Decke hoch, als ich wieder ins Bett steige, und lege einen Arm um ihn, denn meine Kuschelqualitäten haben sich *immens* gesteigert.

»Bist du müde?«, fragt er.

»Nein.« Was aber nicht heißt, dass ich diesen friedlichen Augenblick nicht noch länger genießen möchte.

»Wann sollen wir bei deiner Tante Ruth sein?«

»Um drei«, sage ich, was noch Stunden hin ist. Vor lauter zärtlichen Gefühlen für ihn rolle ich mich auf ihn und küsse ihn wieder. Es gefällt mir unheimlich, seinen muskulösen Körper unter mir zu spüren. Und mir gefällt, wie er lächelnd zu mir hochschaut. »Hattest du genug Frühstück?« Ich meine mich zu erinnern, dass er nicht viel gegessen hat.

»Ja, aber nicht genug Kaffee.« Er fährt mir mit der Hand durchs Haar. »Ich hatte eine Kanne gekocht, dann aber ganz vergessen, welchen zu trinken, als –«

Sein Blick huscht zur Seite. Er erschrickt und reißt die Augen auf.

Ich recke den Hals, um seinem Blick zu folgen. Doch da dreht sich mein Cousin Griffin bereits von meiner Schlafzimmertür weg. Kurz darauf stampft er die Treppe hinunter.

»Oh, Scheiße«, haucht Roddy. »Oh mein Gott. Wo kam er denn auf einmal her?«

Das kann nicht sein. *Das kann doch nicht sein.*

Ich springe vom Bett hoch, als würde das noch was bringen. Als könnte ich die Szene ungeschehen machen, in die Griff gerade hereingeplatzt ist. Ich husche ins Bad und mache die Dusche an. Ohne abzuwarten, bis das Wasser heiß wird, stelle ich mich unter den kalten Strahl und spüle mir den Sex ab. Es passt nur, dass ich am ganzen Körper Gänsehaut habe.

Griffin hat mich im Bett mit Roderick gesehen. Verdammte Scheiße.

Ich mag mir gar nicht *vorstellen*, was Griff jetzt denkt. Ich habe seinen Gesichtsausdruck nicht gesehen. War er angeekelt? Ich erschauere und weiß nicht mal, ob es am kalten Wasser oder an der Situation liegt.

Als ich keine zwei Minuten später aus der Dusche komme, steht Roderick komplett angezogen da. Er gibt mir ein Handtuch. »Er ist immer noch draußen, Babe«, sagt er leise. »Ich konnte vom Schlafzimmerfenster aus seinen Pick-up sehen. Ich glaube, er wartet auf dich.«

»Shit.« Ich habe keine Ahnung, was ich ihm sagen soll.

»Tut mir wirklich leid«, flüstert er.

»Ist nicht deine Schuld«, brumme ich.

»Ich weiß, aber …« Er stöhnt. »Das Weihnachtsessen.«

»Ja.« Das macht die Sache nur noch hundertmal schlimmer. In wenigen Stunden soll ich meiner ganzen Großfamilie gegenübertreten.

Und Griffin hat mich nackt auf Roderick gesehen. Der Tag hat sich für mich binnen fünf Minuten von super zu superschrecklich entwickelt.

Fluchend steige ich in meine Jeans und zerre mein T-Shirt über. Ich gehe nach unten wie ein Mann, der zum Galgen geführt wird. Als ich meine Schuhe anziehe und die Haustür aufmache, sitzt Griff mit dem Rücken zu mir auf der obersten Verandastufe.

Dass er sich nicht zu mir umdreht, jagt mir einen Angstschauer den Rücken hinunter. Nach Kyle ist Griff derjenige, dem ich am nächsten stehe. Ich ertrage den Gedanken nicht, dass er sich von mir abwenden könnte.

Als er dann ein Stück rüberrutscht, damit ich mich neben ihn setzen kann, fühle ich mich ein winziges bisschen besser.

Ich setze mich hin und warte ab, während Griff seine Hände betrachtet. Schließlich räuspert er sich. »Raus mit der Sprache«, sagt er. »Ist das eine neue Entwicklung?«

Das lässt sich überraschend schwer beantworten. »Jein. Ich hatte bis jetzt noch nie eine Beziehung. Aber, na ja …« Mir ist gerade dermaßen unbehaglich zumute, dass ich am liebsten spurlos vom Erdboden verschwinden würde. »Ich nehme an, es hat sich schon länger abgezeichnet.«

»Ich hatte keine Ahnung«, sagt er in Richtung seiner Schuhe. »Keinen Schimmer. Du hast nie was gesagt.«

»Sag bloß.«

»*Warum* denn nicht?« Die Frage klingt überraschend harsch. »Meine Schwester ist bisexuell. Du *weißt*, dass mir das nichts ausmacht.«

»Aber bei Männern ist es komischer«, sage ich leise. Es klingt nach einer Ausrede.

»Ist das so? Wenn Dylan schwul wäre, würde ich kein Stück anders über ihn denken …« Griff legt den Kopf in die Hände. »Shit. Hier geht's eigentlich nicht um mich. Vergiss es. Ich bin bloß überrascht, mehr nicht. Dass du das so lange mit dir herumschleppst und niemandem etwas sagst. Bist du deshalb zu Hause ausgezogen?«

Ja. »Auch. Zu Hause war alles so festgefahren. Dad und ich streiten. Kyle übernimmt keine Verantwortung, obwohl er sich zusammen mit Dad um die Farm kümmern soll.«

Griffin hebt den Kopf und sieht mir zum ersten Mal in die Augen. »Weiß Kyle von dir und dem Bäcker? Nein, oder?«

Ich schüttele den Kopf.

»Das neulich, als er das Maul darüber aufgerissen hat, dass du mit einem schwulen Kerl zusammenwohnst. *Verdammt.* Da wolltest du Kyle doch vermutlich am liebsten an die Gurgel gehen.«

»Ein bisschen«, gebe ich zu. »Aber Kyle ist hier nicht das Problem, okay?«

»Wer dann? Dein Dad?«

»Ja. Es ist, als ob …« Ich kann es Griffin unmöglich erklären, denn er kennt mein anderes Geheimnis nicht. »Ich bin noch nicht bereit, das mit Roderick zu erzählen, weil Dad dann nur noch mehr hat, worüber er meckern kann. Ich habe keine Lust, über mein Liebesleben zu diskutieren.«

Mein Cousin hört schweigend zu. »Okay. Das verstehe ich. So in etwa. Ich werde kein Wort sagen, wenn ich nach Hause komme. Und nachher auch nicht.«

»Uff.« Scheiß Feiertage. »Wieso hast du, äh, überhaupt auf einmal in meinem Schlafzimmer gestanden?«

Griffin lacht. »Ich habe dir eine Kommode vorbeigebracht.

Weißt du noch, dass ich sagte, ich frage meine Mom danach?«

»Oh. Und sie hatte einfach noch eine rumstehen?«

»Ja. Jedenfalls habe ich sie aufgeladen und auch noch sechs Kuchen zur Kirche gebracht für das Gemeinde-Weihnachtsessen später.« Er zeigt zu der Kirche drüben auf der anderen Seite der Grünfläche. »Zwei Fliegen mit einer Klappe. Du bist nicht an die Tür gegangen, aber es war offen und ich hab Musik gehört. In deiner Küche stehen lauter Teller voller Essen – danke übrigens für die Scheibe Speck –, und weil keiner geantwortet hat, als ich nach dir gerufen habe, bin ich die Treppe rauf.«

Das ist absolut logisch. Jetzt wird mein Gesicht erneut ganz heiß.

»Du kannst dich drauf verlassen, dass ich den Fehler nicht noch mal mache.«

Ich stöhne auf.

»Wird nachher ein bisschen schwierig, euch beiden in die Augen zu schauen, ohne loszulachen.« Er kichert. »Roderick kommt doch auch, stimmt's?«

»Ja«, sage ich leise. »Er hat sonst niemanden.«

»Ach, stimmt. Mom meinte was von wegen, dass seine Eltern arschig sind.«

»Tante Ruth hat nie im Leben *arschig* gesagt.«

»Nein, ich hab's in eigene Worte gefasst.« Er grinst.

In dem Moment weiß ich, dass zwischen Griff und mir alles normal sein wird. Kyle würde es nicht verstehen und Dad mich womöglich wie einen Aussätzigen behandeln, aber zwischen Griff und mir wird alles wieder gut werden.

»Dann lass uns das Mistding mal abladen, okay?« Griff steht auf und geht zu seinem Wagen. »Wenn ich nicht bald nach Hause komme, wird Audrey fragen, was so lange gedauert hat.

Und dann muss ich mir irgendeinen Quatsch über eine Entführung durch Außerirdische oder so ausdenken, damit ich nicht aller Welt dein großes Geheimnis verrate, wenn du es doch für dich behalten willst.«

»Ja, ich *will* es für mich behalten.« Ich folge ihm zum Pickup, und er klappt die Heckklappe herunter.

Griff springt auf die Ladefläche und schiebt das Möbelstück zu mir. »Bereit?«

»Kann losgehen. Aber, äh …« Wir heben beide gleichzeitig an, und ich gehe langsam mit der Kommode rückwärts, damit Griffin in der Lage ist, wieder herunterzusteigen. »… wir können sie nicht in mein Zimmer tragen.«

»Warum nicht?«

»Kann da noch nicht mit dir reingehen. Vielleicht nie wieder.« Da steht das *Bett* drin. Ich schäme mich immer noch.

»Schon okay. Ich halte auf dem Heimweg an und hole mir Bleiche für die Augen«, sagt er.

Da muss ich lachen. Die Anspannung in mir macht sich Luft, und ich bekomme einen Lachanfall.

»Wer trägt das Ding denn dann mit dir hoch?«, schnauft Griffin, als wir die Kommode auf die Veranda hieven.

»Roddy«, keuche ich immer noch lachend.

»Ich fass es nicht, dass der erste Kerl, mit dem du zusammen bist, ausgerechnet *Rod* heißt«, sagt Griffin. »Wobei, es könnte schlimmer sein, nehme ich an. Dicky zum Beispiel. Oder Hammer.«

Es ist sehr schwierig, ein Möbelstück zu tragen, während man lacht. Wir müssen es gleich hinter der Tür abstellen, damit ich Luft holen kann.

Bevor er geht, legt Griffin mir einen Arm um die Schultern. Es ist eine Mischung aus Wrestling-Move und einer Umarmung. »Ich darf dich ja wohl trotzdem noch aufziehen.«

»Nur nicht heute beim Weihnachtsessen.«

»Ja. Ich hab nichts gesehen.« Er drückt mich kumpelmäßig. »Scherz beiseite – das ist doch aber eine gute Sache, oder? Wir machen uns manchmal Sorgen um dich, weil du ziemlich eigenbrötlerisch bist. Heute Vormittag allerdings weniger.« Er lacht in sich hinein.

»Ja, es ist gut, aber noch ist es meine Privatangelegenheit.«

»Wirst du's denn jemals offiziell machen?«

»Glaub nicht.«

»Okay. Das kann ich irgendwie verstehen. Bis nachher.« Er klopft mir noch mal auf den Rücken und geht zur Tür hinaus.

»Sag Ruth Danke für die Kommode!«, rufe ich ihm nach.

»Du kannst ihr nachher selber danken. Drück dich bloß nicht, sonst fragen sie mich aus.«

»Okay«, sage ich, bevor ich die Tür zumache.

Wobei die Idee, sich zu drücken, mir gerade ziemlich gut vorkommt. Verdammt, was habe ich nur getan?

35

Roderick

Während Kieran und Griffin draußen sind, bin ich ein einziges Nervenbündel. Zuerst laufe ich im Wohnzimmer auf und ab, in der Hoffnung, dass ich plötzlich einen Röntgenblick entwickle und sie durch die Eichenholztür draußen sehen kann. Weil sich das als sinnlos erweist, putze ich stattdessen die Küche.

Als ich schon wieder angefangen habe herumzutigern, tauchen sie dann endlich in der Einfahrt auf. Ich sehe, wie Griffin Kieran in eine feste Umarmung zieht und ihm ein paarmal auf den Rücken klopft, bevor er ihn wieder loslässt.

Erst da bekomme ich wieder richtig Luft. So ein urplötzliches, unbeabsichtigtes Coming-out wünsche ich keinem. Aber eine Umarmung ist ein gutes Zeichen.

Ich verstecke mich in meinem Zimmer, als sie mit der Kommode hereinkommen. Nachdem Griffin endlich gegangen ist, komme ich herausgestürmt. »Bist du okay? Das war … Tut mir leid«, fasele ich. »Hat es geholfen, mit ihm zu reden, geht's dir ein bisschen besser?«

»Scheiße, nein«, sagt er und trottet ins Wohnzimmer, wo er sich auf die Couch plumpsen lässt. »Was für ein Schlamassel. Griffin wird es niemandem erzählen. Aber er ist praktisch Mr Ehrlich höchstpersönlich. Ich zwinge ihn also im Grunde, meinetwegen seine Frau und die ganze Familie anzulügen. Das ist eine Katastrophe.«

»Und wenn du ihn *nicht* zwingst?« Die Worte rutschen mir heraus, obwohl ich weiß, dass jetzt nicht der richtige Augenblick dafür ist. Kieran steht gerade unter Schock. Er ist nicht bereit, sich anzuhören, dass man seine Homosexualität nicht zwangsläufig geheim halten muss.

Sein entsetzter Gesichtsausdruck beweist das. »Roddy, ich bin nicht wie du.«

»Das weiß ich«, stimme ich rasch zu. »Wir befinden uns an unterschiedlichen Punkten des Weges.«

»Das trifft es nicht mal ansatzweise«, sagt er. »Es spielt keine Rolle, wie nett Griffin eben zu mir war. Der Zeitpunkt könnte nicht schlechter sein.«

Eine wohlbekannte Panik beginnt in mir hochzusteigen. »Das denkst du jetzt, weil du einen Schreckmoment erlebt hast. Aber wenn du erst mal ein Weilchen Zeit hattest, dich an den Gedanken zu gewöhnen, merkst du vielleicht, dass es gar nicht so beängstigend ist, anderen zu zeigen, wer du wirklich bist.«

»Wird nicht passieren«, blafft Kieran. »So läuft das nicht bei mir.«

Seine plötzliche Wut ist so ein Schock, dass ich einen langen Moment überlege, womit ich ihn so sauer gemacht habe. Und mir fällt nichts ein. »Hör zu, ich weiß, wie wichtig dir deine Familie ist.«

»Du hast nicht die geringste Ahnung«, sagt er eisig. »Griffin ist nicht das Problem.«

»Dann erklär's mir«, schieße ich zurück. Er macht nur ein finsteres Gesicht. »Ich versuche nicht, dir alles in rosigen Farben auszumalen. Versprochen. Aber deine Cousins und Cousinen lieben dich. Eine von deinen Cousinen ist bisexuell, verdammt noch mal. Dein Dad ist eh ein ziemlicher Idiot. Wird er sich wirklich noch schlimmer aufführen, wenn er weiß, dass du auf Männer stehst?«

In der darauffolgenden Stille muss ich dringend einmal tief durchatmen. Ich weiß nicht, wie es dazu gekommen ist, dass wir darüber streiten, ob Kieran sich outen kann oder nicht. Das Ganze ist vermutlich meine Schuld. Ich hätte die Tür abschließen sollen, nachdem ich sein Weihnachtsgeschenk aus dem Auto geholt habe. Außerdem sollte ich ihn nicht unter Druck setzen. Besonders nicht an *Weihnachten*, verdammt noch mal.

»Rod«, sagt er müde. »Wir müssen bald los. Ich muss mir noch ein ordentliches Hemd zum Anziehen raussuchen.«

»Achte bloß drauf, dass es auch schön hetero aussieht.« Mir ist bewusst, wie fies es ist, das zu sagen. So fies, dass er geschockt die Augen aufreißt. Er wartet ab, ob ich mich rechtfertige oder es zumindest irgendwie ins Lustige ziehe.

Aber das tue ich nicht. Ich lehne mich in die Sofakissen und schließe die Augen. »Geh, damit du nicht zu spät kommst.« Etwas Versöhnlicheres schaffe ich nicht zu sagen.

»Bist du denn schon abfahrbereit?«, fragt er leise.

»Ja.«

Er steht auf und geht die Treppe hoch, während ich auf der Couch sitzen bleibe und mir total mies vorkomme. Kieran hatte ein nervenaufreibendes Erlebnis mit seinem Cousin, und statt ihm zuzuhören, bin ich ausgerastet. Ich habe ihn von mir weggestoßen, weil ich Panik habe, dass er am Ende wie Brian ist – in Heimlichtuereien rund um seine Homosexualität gefangen, die ich mitspiele.

Die Angst ist nicht unbegründet. Kieran ist eindeutig noch nicht bereit. Das alles ist neu für ihn.

Für mich nur leider nicht. Überhaupt nichts hieran ist neu. Und ich habe mir geschworen, mich nicht wieder in eine solche Lage zu bringen. Mir *geschworen*.

Einige Minuten später kommt Kieran in einem netten blauen Button-down-Hemd die Treppe herunter, für das ich ihm nicht mal ein Kompliment machen kann, weil ich wegen seiner Hemdenwahl eben so arschig war. »Wir fahren zusammen, oder?«, fragt er. »Mit zwei Autos zu fahren, wäre Benzinverschwendung. Und Benzin spart jeder gern.«

Als ich diese unsinnige Argumentation höre, tut es mir im Herzen weh. Wenn ich eine Beziehung führe, dann mit jemandem, der keine hieb- und stichfeste Ausrede braucht, um sich mit mir ins selbe Auto zu setzen.

Und auch wenn ich weiß, dass Kieran noch nicht bereit ist, sich dieses Weihnachten zu outen, kann ich mir ohne Probleme vorstellen, wie ich *nächstes* Weihnachten erneut auf dieser Couch sitze, eine schicke Torte in der Küche stehen habe und mich frage, wie es sein kann, dass ein weiteres Jahr unserer heimlichen Beziehung vergangen ist.

Ich hole einmal tief Luft und bringe es hinter mich.

»Kieran«, sage ich ruhig. »Ich bin nicht in der Verfassung, heute mit dir mitzukommen. Kannst du die Torte mitnehmen, die ich gebacken habe, und einfach jedem, der fragt, erzählen, ich müsste mal Schlaf nachholen? Oder dass ich Kopfschmerzen habe?« Das ist nicht mal gelogen. Ich kann spüren, wie sich das Pochen hinter meinen Augen anbahnt.

»Was? Du hast doch gesagt, dass du kommst. Alle werden da sein.«

Das ist ja gerade das Problem, nicht wahr? Ich habe versucht, ein eigenständiges Leben in Vermont anzufangen. Aber wirklich jeder, den ich in dieser Stadt kenne, ist entweder blutsverwandt mit Kieran oder hat durch meinen Job mit ihm zu tun. Ich hab's schon wieder geschafft. Ich habe mich in eine Sackgasse manövriert, indem ich mich in einen Mann verliebt habe, der verlangt, dass ich meine Gefühle verberge.

Das ist allein meine Schuld. Nichtsdestotrotz werden wir alle beide darunter leiden.

»Ich hätte nicht zusagen sollen«, sage ich so sanft wie möglich. »Ich möchte nicht den ganzen Tag so tun, als wären wir beide nur WG-Genossen, die sich die Heizkosten teilen. Nicht an Weihnachten.«

»Oh«, macht er und runzelt die Stirn. »Aber heute früh meintest du doch noch, du freust dich darauf.«

»Ja«, gebe ich zu.

»Was habe ich falsch gemacht?«

In Gedanken probiere ich verschiedene Antworten auf diese Frage, doch sie klingen alle kleinkariert. *Du wirst mir nicht unter dem Tisch die Hand halten. Nachdem du ganze zwei Monate lang deine Sexualität erkundet hast, bist du noch nicht bereit, dein Leben zu ändern.* »Es liegt nicht an dir, sondern an mir«, behaupte ich am Ende. »Ich habe mich schon durch diverse solcher geselligen Anlässe gemogelt. Heute schaffe ich das einfach nicht.«

Als er die Stirn krauszieht, bin ich sicher, dass er etwas dagegenhalten will. Aber letztlich sagt er: »Okay.« Dann dreht er sich um und geht zur Hintertür, wo seine Jacke am Haken hängt.

Ich folge ihm mit meiner Torte, damit er nicht vergisst, sie mitzunehmen.

»Falls du deine Meinung noch änderst …«

Ich nicke schnell, während ich ihm die Torte übergebe. Kurz schauen wir einander blinzelnd an. Es ist seit langer Zeit der erste unbehagliche Moment zwischen uns.

Dann geht er. Ich stehe im Flur und lausche, wie der Motor seines Pick-ups warm läuft. Nach einer Minute setzt er aus der Einfahrt zurück und fährt weg. Trotzdem rühre ich mich nicht. Ich warte, bis die Motorengeräusche komplett verklungen sind. Keine Ahnung, worauf ich überhaupt gewartet habe. Definitiv nicht darauf, dass Kieran den Wagen anhält, wieder ins Haus gelaufen kommt und mich in seine Arme zieht.

Ich habe nicht darauf gewartet, dass er sagt: *Tut mir leid, dass du traurig bist*, und: *Ich liebe dich*. Für Letzteres ist es definitiv noch zu früh, wenn nicht auch für Ersteres.

Jetzt, wo er tatsächlich weg ist, steht mir ein komplett unverplanter Tag bevor. Wahrscheinlich werde ich ein paar Stunden Serien auf Kierans Computer bingewatchen.

Zuerst mal brauche ich aber eine Fleißaufgabe, damit ich mich gut fühle. Ich fange an zu putzen. Als Erstes sind die Bäder dran. Dann sauge ich im Wohnzimmer Staub und wische den Kühlschrank aus. Ich mache mir Musik an.

Meine Optionen fürs Mittagessen sind ziemlich beschränkt, weil ich davon ausgegangen bin, dass ich heute Audreys Kochkünste genießen würde. Das ist dementsprechend leicht deprimierend. Doch ich gieße mir eine Tasse Kaffee ein und beschließe, mir später übers Essen Gedanken zu machen.

Im Haus riecht es nach Putzmitteln und Entschlossenheit, als ich ein paar Stunden später einen Mann die Einfahrt hochlaufen sehe. Er kommt mir bekannt vor, aber ich weiß nicht, woher. Als er sich der Hintertür nähert, sehe ich sein Kollar. Das ist der Priester, den ich im Herbst kurz auf der Party der Shipleys kennengelernt habe. Der Priester jener Gemeinde, in der meine Eltern Mitglieder sind.

Auf einmal fährt es mir kalt durch alle Glieder. Ist etwas passiert? Bei den Shipleys? Oder – Moment – etwa bei meinen Eltern? Ich reiße die Tür auf.

Als der Priester mich anlächelt, überkommt mich große Erleichterung. »Roderick?«, sagt er fröhlich. Er hat einen abgedeckten Teller in der Hand. »Entschuldigung, dass ich unangemeldet vorbeikomme. Aber ich habe Ihnen etwas mitgebracht und dachte, wir könnten uns vielleicht kurz unterhalten.«

»Ja, okay …?« Ich bin immer noch leicht verwirrt, bedeute ihm aber hereinzukommen. »Ich habe Kaffee da, wenn Sie eine

Tasse möchten. Aber das ist schon so ziemlich alles. Es war schon den ganzen Monat jede Menge Weihnachtsgebäck zu backen, deshalb habe ich mir heute freigegeben.«

»Ich nehme liebend gern eine Tasse Kaffee!« Er tritt die Schuhe an der Fußmatte ab, die ich für drei Dollar im Sozialkaufhaus erstanden habe. »Und ich verstehe genau, was Sie meinen. Heute am ersten Weihnachtstag ist Hochsaison für mich. Ich halte mehrere Gottesdienste ab und fahre dann herum, um diverse Leute zu besuchen. Heute Abend veranstalten wir ein Gemeindeessen.«

»Ach, richtig. Hab davon gehört.« Dieses verdammte Essen ist der Grund, warum Griffin heute bei uns vor der Tür stand und der Ärger überhaupt erst anfing. Seht ihr? Kirche ist gefährlich. Wusste ich's doch.

Aber ist es nicht merkwürdig, dass der Priester mir einen Höflichkeitsbesuch abstattet? Ist er hier, um mich zu bekehren? Oder ist er etwa so ein richtig gruseliger Geistlicher?

»Vor einer Stunde habe ich bei den Shipleys vorbeigeschaut«, sagt er, während er seinen Mantel an Kierans freien Haken hängt.

»Sie kommen ja echt viel herum.« Ich führe ihn in die Küche und nehme einen Kaffeebecher aus dem Schrank.

»Na ja, Audreys Kochkünste sind ziemlich beeindruckend. Jeder muss schließlich was essen, selbst am arbeitsreichsten Tag des Jahres. Jedenfalls hörte ich da, dass Sie nicht ganz auf dem Posten sind, deshalb habe ich auf dem Rückweg in die Stadt eine Portion Essen für Sie mitgenommen.« Als er die Folie von dem Teller in seiner Hand nimmt, sehe ich eine dicke Scheibe Schinkenbraten, eine Ecke Kartoffel-Käse-Gratin, diverses Gemüse und eine Beilage, die nach Polenta aussieht, die ich jedoch erst probieren muss, um genau zu wissen, was es ist.

»Wow.« Wie unglaublich nett. Als der Duft von hausgemachtem Essen zu mir aufsteigt, bekomme ich – wie peinlich ist das denn?! – feuchte Augen. »Danke.« Ich nehme ihm den Teller ab und schaue weg.

»Na, na«, sagt Pater Peters sanft. »Für die Hälfte meiner Gemeinde ist Weihnachten ein wunderbares Fest. Und für die andere die schwerste Zeit des Jahres.«

»Nur für die Hälfte? Shit«, fluche ich. Und das vor einem Priester. »Verzeihung.«

Er schüttelt den Kopf. »Schon gut. Wärmen Sie das eine Minute in der Mikrowelle auf und holen Sie sich Besteck. Ich habe mich schon mit dem Schinken vollgestopft. Den sollten Sie sich nicht entgehen lassen.« Daraufhin nimmt er den Kaffeebecher, den ich für ihn rausgeholt habe, und schenkt sich selbst aus der Kanne ein.

Und so kommt es, dass ich das Weihnachtsessen mit einem Priester verbringe. »Sind Wasserkastanien in der Füllung?«

»Ich glaube schon«, sagt er. »Und Cranberrys. Was machen Ihre Kopfschmerzen?«

»Sind auf wundersame Weise verschwunden. Ich wollte einfach das große Familienessen nicht sprengen. Mir war nicht danach.«

»Verstehe«, sagt er und nippt an seinem Kaffee. »Und von Ihren Eltern kam nicht noch in letzter Minute eine Einladung?«

»Sie haben nicht mal meine Telefonnummer«, mache ich klar. »Aber das beschäftigt mich nicht weiter. Wirklich nicht. Ich habe heute nicht mal an sie gedacht.« Jedenfalls hätte ich das nicht, wenn der Streit mit Kieran nicht gewesen wäre. Doch als ich hier so allein in dem leeren Haus war, musste ich an all die Menschen denken, die ich schon hatte dazu bringen wollen, mich zu lieben. Meine Eltern. Brian. Kieran. Der ganze Haufen.

So ist das, wenn man sich zu sehr seinem Kummer hingibt.

»Es ist nicht richtig«, sagt Pater Peters leise. »Ich habe sie nach Ihnen gefragt.«

Die Gabel stockt auf halbem Weg zu meinem Mund. »Das brauchten Sie nicht. Ehrlich gesagt ist es leichter für mich, wenn Sie es sein lassen.«

»Ich habe lediglich ein Gesprächsangebot gemacht. Ich sagte Ihren Eltern, dass meine Tür immer für sie offen steht, falls sie das Bedürfnis haben, über die Beziehung zu ihrem Sohn zu reden.«

»Wie soll das denn gehen?«, frage ich bedächtig. »Die katholische Kirche lehnt mich ab.«

Er legt den Kopf schief, als würde er darüber nachdenken. »Genau genommen missbilligt die katholische Kirche die Tat und nicht den Menschen. Wobei die meisten Gläubigen, die durch meine Tür treten, etwas getan haben, was die Kirche missbilligt. Verhüten zum Beispiel. Oder sich scheiden lassen. Aber mich kümmert das nicht. Ich bin kein wandelndes Regelwerk. Und ich lehne Sie nicht im Geringsten ab oder verurteile Sie. Das ist nicht meine Aufgabe. Mein Job ist es, Sie als eines von Gottes heiligen Geschöpfen zu lieben. Und ich bin sehr gut in meinem Job.«

Mir steigen Tränen in die verdammten Augen. »Ich habe einen ziemlich schweren Tag«, sage ich zur Erklärung.

»Das merke ich. Aber mir geht's genauso, ich erwarte nämlich in vierzig Minuten zweihundert Leute zum Essen. Deshalb muss ich etwas unternehmen.«

»Gehen Sie nur«, sage ich und scheuche ihn zur Tür. »Ich komm schon klar.«

»Da bin ich sicher. Aber ich meinte eigentlich, dass ich Sie um einen Gefallen bitten möchte. Würden Sie für ein paar Stunden mitkommen und mir helfen, zweihundert Essen auszugeben? Sie werden vielleicht unsere Brötchen missbilligen, wir kaufen nämlich immer Tiefkühlware. Aber wir könnten ein zusätzliches Paar Hände gebrauchen. Und wie's aussieht, haben Sie das Haus schon von oben bis unten geputzt, daher …«

Ich muss lachen. »Das Ganze war eine einzige Rekrutierungsaktion? Sie sind ja ausgefuchst.«

»Nein, ich bin völlig unschuldig.« Er streckt die Hände von sich und lächelt mich an. »Aber uns fehlen immer Leute. Und Sie haben schon aufgegessen.«

Als ich hinunter auf den Teller sehe, stelle ich fest, dass er recht hat. Ich habe in kürzester Zeit das ganze Essen verschlungen. Das Mahl, das dieser Mann mir gebracht hat, weil er vermutete, dass ich heute allein zu Hause hocke. »Ich bin schon echt nützlich in der Küche«, gebe ich zu. »Aber wenn Sie denken, dass meine Eltern dort auftauchen werden, komme ich nicht mit. Dafür habe ich heute Abend nicht die Nerven.«

»Na ja, ich habe zwar keinen Peilsender an ihrem Auto, aber Ihre Eltern habe ich noch nie beim Gemeindeessen gesehen. Soweit ich es beurteilen kann, sind sie reine Sonntagskirchgänger.«

Mir wird klar, dass ich keinen blassen Schimmer habe, wie meine Eltern Weihnachten verbringen. Und das macht mich erneut ein bisschen traurig.

»Ach, kommen Sie, Roderick. Die Kirche ist doch gleich gegenüber«, sagt Pater Peters. »Nur einen Steinwurf entfernt.«

»Das klingt nach Vandalismus«, sage ich und nehme meinen inzwischen leeren Teller vom Tisch.

»Ich meinte es im übertragenen Sinn«, witzelt er. »Gegen Vandalismus hat die Kirche was. Steht im Regelwerk.«

»Da bin ich mir sicher.«

Fünf Minuten später schließe ich die Tür ab und gehe dann mit dem Priester die Einfahrt entlang.

»Also, gibt es einen bestimmten Grund, warum der heutige Tag besonders hart für Sie war?«, fragt er.

»Sicher doch. Ich mag Vermont sehr gern, bin mir aber nicht sicher, ob ich hierbleiben kann.«

»Wieso das? Wie mir scheint, haben Sie einen guten Job bei Menschen, denen an Ihnen liegt.«

»Guter Punkt«, murmele ich. »Aber wissen Sie – ich mag Menschen. Ich brauche Menschen in meinem Leben. Das ist doch eine gute Eigenschaft, oder?«

»Dachte ich zumindest immer.«

»Aber das hat auch so seine Nachteile. Bevor ich herkam, war ich mit einem Typen zusammen, der kein guter Mensch war. Aber ich bin trotzdem bei ihm geblieben, weil ich nicht allein sein mag. Dann kam ich nach Vermont und fing etwas mit einem echt netten Typen an. Nein – einem *tollen* Typen sogar. Aber er ist noch nicht bereit.«

»Bereit für …?«

»*Mich.* Ich bin ziemlich anstrengend. Ich habe viel zu geben, aber er ist nicht bereit, es anzunehmen. Und es sieht nicht so aus, als würde sich das so bald ändern. Wenn ich mein Leben also nicht auf absehbare Zeit aufs Wartegleis stellen will, sollte ich wohl gehen. Wir leben in einer Kleinstadt, und ich möchte ihn nicht unter Druck setzen. Aber das ist total *deprimierend.* Ich habe das Gefühl, ich werde den Rest meines erbärmlichen Lebens von Kerl zu Kerl springen. Dabei möchte ich doch nur den Richtigen finden und ihn *sehr* glücklich machen.«

Nach diesem Wortschwall muss ich nach Luft ringen. Ich kann nicht fassen, dass ich gerade ausgerechnet einem katholischen Priester mein Herz ausgeschüttet habe. Aber er ist ein echt guter Zuhörer. Wahrscheinlich hat er das gelernt.

»Das klingt herzzerreißend«, sagt er, als wir bei seiner Kirche um die Ecke biegen. »Aber dass Sie sich dieses Problems bewusst sind, ist schon viel wert. Nicht alle meine Gemeindemitglieder erkennen ihre Nöte so klar wie Sie.«

»Ich bin nicht immer so klarsichtig«, versichere ich ihm. »Bei dieser anderen Ratte blieb ich drei ganze *Jahre*.«

»Und wie viel Zeit haben Sie Ihrem Neuen schon gegeben?«

»Nicht viel«, sage ich ausweichend. »Aber die Situation kommt mir so bekannt vor. Ich weiß, dass er mich enttäuschen wird. Deshalb habe ich das Gefühl, ich sollte es einfach hinter mich bringen und uns beiden Leid ersparen.«

»Hmm«, macht er. »Und wie würde es ihm gehen, wenn Sie das machten?«

»Er wäre traurig«, sage ich ohne Zögern. »Aber vielleicht auch erleichtert.«

»Aha. Bevor Sie Colebury und Umgebung Ihre Sauerteigbrezeln wieder wegnehmen, sollten Sie da vielleicht lieber erst ganz sichergehen.«

Ich schnaube. »Ich ahne da einen Interessenkonflikt.«

»Geringfügig«, sagt er und tut es mit einem Handwedeln ab. »Das wird mein Urteil nicht beeinträchtigen. Mein Rat lautet, dass Sie einmal durchatmen sollten. Sie haben Angst, Ihren Freund unter Druck zu setzen. Aber am meisten setzen Sie sich heute selbst unter Druck. Einen Sauerteig würden Sie doch auch nicht hetzen, oder?«

Ich schüttele den Kopf. »Damit ruiniert man alles.«

»Lehnen Sie sich zurück, atmen Sie durch, lassen Sie die Küche Küche sein, Roderick. Aber bleiben Sie in der Stadt, sonst werden Sie sich immer fragen, was wohl gewesen wäre.«

Als ich tief ausatme und den Kopf hebe, sehe ich Menschen in die Kirche strömen. Aber Pater Peters beeilt sich nicht. Nur für den Fall, dass wir noch nicht fertig sind, geht er langsamer.

»Danke«, sage ich leise. »Ich werd's versuchen. Aber auch wenn sich alles klärt, könnte ich mich niemals in Ihrer Kirche trauen lassen, stimmt's?« Ich habe ziemlich mit mir zu kämpfen, ob ich über die Türschwelle treten soll, auch wenn es darum geht, Essen auszugeben.

»Stimmt«, sagt er fröhlich. »Was aber nicht heißt, dass ich nicht zu Ihrer Hochzeit kommen würde. Ich könnte in der ersten Reihe sitzen und jubeln. Was für eine Torte würden Sie denn servieren? Nur so rein hypothetisch?«

»Sie sind *überhaupt* nicht so, wie ich gedacht habe«, sage ich lachend.

»Gut. Jetzt lassen Sie uns Hände waschen und Schinken und minderwertige Brötchen servieren gehen.«

36

Kieran

»Geht's dir gut?«, fragt mich meine Cousine May, als sie beim Pokern eine neue Runde Karten austeilt. »Du bist sogar für deine Verhältnisse ungewöhnlich still.«

»Ja«, sage ich. Und mehr auch nicht.

Kopfschüttelnd deckt May zwei Karten auf. »Dann her mit deinem Einsatz.«

»Oh. Sorry.« Ich schiebe einige Chips in die Tischmitte und versuche, mich auf meine Karten zu konzentrieren.

Eigentlich geht's mir überhaupt nicht gut. Zwischen Rod und mir ist alles völlig offen. Er sollte hier mit uns pokern. Er hätte zu Tante Ruths Kuchen da sein sollen und bei der Runde »Fahnenraub«, die wir draußen im Dunkeln gespielt haben.

Wenigstens hat er etwas Gutes zu essen bekommen. Es war Audreys Idee, Pater Peters einen Teller für ihn mitzugeben, weil die Kirche von unserem Haus aus gesehen gleich gegenüber auf der anderen Seite der Grünanlage steht.

Allerdings hätte ich derjenige sein sollen, der ihn ihm mitbringt. Aber nicht dass ich bereit wäre, das laut zu sagen.

Roddy hat natürlich recht. Wir haben ein Problem, für das es keine Lösung zu geben scheint. Bis jetzt war mir gar nicht bewusst, wie sehr ich mich verstelle, um durch den Alltag zu kommen. Es gibt Gespräche, an denen ich mich nicht beteilige, weil das zu tief blicken lassen würde. (»Welches Model ist am heißesten?«) Ich habe es mir schon vor so langer Zeit angewöhnt, mehr zuzuhören als zu reden – selbst gegenüber meinen engsten Familienangehörigen –, dass ich gar nicht wüsste, wie ich das ändern soll.

Auf keinen Fall kann ich von jetzt auf gleich mehr so wie Rod sein – jemand, der alle Welt herausfordert, ihn so zu lieben, wie er ist.

Mir gefällt nicht, wie die Chancen für mich stehen. Wirklich nicht.

Unterdessen wünsche ich mir, er wäre hier. Ich vermisse ihn wie verrückt. Aber ich habe nicht vor, alle hier Anwesenden wissen zu lassen, dass wir ein Paar sind. Das geht einfach nicht. Und ich habe keine Ahnung, wie ich Roddy erklären soll, warum nicht.

Es ist nicht so, als würde ich mich für ihn schämen. Schwul zu sein macht mir keine Angst. Aber meine Privatsphäre ist im Grunde mein Lebenswerk. Außerdem war es nie leicht für mich, meinen Platz in der Shipley-Familie zu finden. Mich jetzt absichtlich abzusondern, würde sich anfühlen, als zöge ich mir die Haut ab.

»Gehst du mit oder nicht?«, fragt Grandpa auf einmal. »Der Einsatz sind zehn. Teure Hand, mein Junge. Aber du kannst dir trotzdem nicht den ganzen Tag mit der Entscheidung Zeit lassen.«

Ich schaue auf die Karten auf dem Tisch und dann auf die in meiner Hand. Fast schiebe ich zwei Chips auf den Tisch, bevor ich merke, dass ich einen Drilling habe.

»Okay. Sorry.«

Alle runzeln gleichzeitig die Stirn. »Kieran nervt«, sagt Kyle seufzend. »Man weiß nie, wann er blufft, weil er immer denselben Gesichtsausdruck hat.«

»Das Pokerface schlechthin«, stimmt ihm mein Cousin Dylan zu.

Sie haben recht. Weil ich nämlich immerzu bluffe.

Immerzu.

Um acht ist es endlich Zeit zu gehen. Ich wünsche allen Tuxbury-Shipleys noch einen schönen Abend und gratuliere Grandpa zu seinem Pokersieg. »Nächstes Mal krieg ich dich, du alter Schlawiner.«

»Ganz bestimmt«, spottet er. »Bring nächstes Mal mehr Geld mit.«

»Mach ich.« Dann verabschiede ich mich von meinen Eltern, während mein Vater langsam und unter Schmerzen zum Auto geht.

Schlussendlich eile ich zu meinem Pick-up, weil ich es nicht erwarten kann, nach Hause zu kommen, um zu sehen, wie es Roddy geht.

»Kieran? Kannst du mir einen Gefallen tun?«, ruft mein Bruder.

Oh, oh. »Worum geht's?«

»Also, ich weiß, es ist ziemlich spät und ziemlich Weihnachten heute, aber ich hatte gehofft, du könntest für ein paar Stunden mit mir nach Hause kommen und die Scharniere des Hoftors austauschen.«

»Was? Wieso denn?«

Er reibt sich den Nacken. »Dad ist heute Morgen mit dem Traktor dagegengefahren. Er ist immer noch ziemlich bewegungseingeschränkt.«

»Sogar beim Fahren? Shit.« Als ich zum Wagen meiner Eltern rüberschaue, sehe ich meine Mutter hinterm Steuer sitzen. Wenn er sie fahren lässt, muss es schlimm sein.

»Ja.« Kyle seufzt. »Er wollte es morgen mit mir reparieren,

aber wenn wir es schon ohne ihn erledigen, könnten wir ihm das zu Weihnachten schenken. Ich finde ja, er sollte nichts heben. Aber wir werden das Tor hochhieven müssen.«

»Gut«, bin ich einverstanden. Das wird im Dunkeln kein Vergnügen werden. Aber auf einer Farm wird man nun mal in den unpassendsten Momenten mit solchen Herausforderungen konfrontiert. »Fahren wir.«

Es wird elf, bevor ich nach Hause fahren kann. Aber das Tor ist repariert. Außerdem haben Kyle und ich uns überlegt, wie man Dad beschäftigen kann, bis er wieder fit genug ist, um normal zu arbeiten.

»Ich hab ihm vorgeschlagen, dass es doch ein guter Zeitpunkt wäre, den Ballenpressenanhänger zu reparieren, der immer Ärger macht. Daran kann er im Sitzen rumschrauben.«

»Vielleicht«, antwortete ich ausweichend. »Vielleicht braucht er aber auch einfach noch ein paar Wochen zum Gesundwerden.« Tatsache ist, dass es auf einer Farm nicht viel Schreibtischarbeit gibt, mal abgesehen von der Buchhaltung und der Saatgutbestellung.

»Sag du ihm das«, brummte Kyle.

Als ich nach Hause komme, ist im Haus mit Ausnahme des Weihnachtsbaums im Wohnzimmerfenster alles dunkel. Heute früh habe ich mich so darauf gefreut, Roddy sein Geschenk zu geben. Und dann hatten wir sagenhaften Sex. Innerhalb der Wände unseres Hauses ist mein Leben genau so, wie ich es mir wünsche. Ich bin daran gewöhnt, mein Glück hinter Wänden einzusperren, Roddy aber nicht. Und ich bin der Vollidiot, der ihn bittet, ewig damit weiterzumachen.

Leise gehe ich hinein, hänge meine Jacke auf und stelle das Stück Kuchen in den Kühlschrank, das ich für Roddy mitgebracht habe. Als ich einen Abstecher ins Wohnzimmer mache, um den Baum auszuschalten, bevor ich ins Bett gehe, entdecke ich ihn auf dem Sofa eingerollt, zugedeckt mit seinem Schlafsack, den Kopf auf einem Kissen. Statt in mein Bett – das ich inzwischen als unseres betrachte – hat er sich auf die Couch gelegt.

Mir wird übel. Ich kann nur starr dastehen und mich fragen, was nun mit uns ist. War's das? Habe ich ihn schon verloren?

Besorgt registriere ich zwei leere Weinflaschen auf dem Tisch. Aber dann merke ich, dass dort auch drei Weingläser sowie eine Wasserflasche stehen. Und eine fast leer gegessene Schüssel Popcorn.

Ich möchte ihn aufwecken und ihm lauter Fragen stellen. Wer war hier? Wie geht's dir? Warum liegst du nicht oben in unserem Bett?

Doch stattdessen schalte ich die Weihnachtsbaumbeleuchtung aus und gehe allein die Treppe hinauf.

Am nächsten Tag wird es nicht besser. Ganz und gar nicht. Roderick geht zur Arbeit, bevor ich aufstehe. Als wir während des morgendlichen Ansturms zusammen hinterm Tresen arbeiten, frage ich ihn, ob er einen guten Abend hatte.

»Er war sogar überraschend nett«, sagt er und lächelt mich verlegen an. »Ich habe zweihundert Portionen Weihnachtsschinken ausgeteilt und mich mit dem Priester, Sophie und Jude, dem Mechaniker, betrunken.«

»Jude trinkt doch gar nicht«, sage ich dümmlich.

»Genau.« Er nickt. »Aber es hat ihm nichts ausgemacht, dass wir getrunken haben.«

»Ach, du meinst, nach dem Gemeindeessen«, sage ich langsam. Jetzt kapiere ich es. Pater Peters ist spitze darin, Helfer anzuwerben, die sonst nichts zu tun hätten. »Cool.« Nur dass ich mir gestern die ganze Zeit Sorgen gemacht habe, weil der arme Roderick allein zu Hause ist. Dabei hat er sich mit seinen neuen Freunden besoffen.

»Pater Peters ist ganz anders, als ich dachte«, sagt Roderick, während er Milch aufschäumt. »Er ist lustig.«

»Können wir reden?«, frage ich urplötzlich.

Roderick schaut zu der Schlange vor uns und sieht mich dann mit hochgezogener Augenbraue an, als wollte er sagen: *Muss das jetzt sein?*

Muss es natürlich nicht. Aber als Roderick später Pause hat und ich ihn suchen gehe, steht er telefonierend draußen vor der Tür zur Küche und bestellt ein Einzelbett beim Matratzengeschäft.

Am selben Abend beobachte ich nach der Arbeit deprimiert, wie dieselben Lieferanten, die meine Matratze gebracht haben, eine für Roddy in sein Zimmer bringen. Weil ich mich überrumpelt fühle, stelle ich mich, nachdem sie weg sind, in die Tür, und mir entfährt ein: »Warum machst du das?«

Er schweigt kurz, während er geschäftig seine neue Bettwäsche auspackt. Dann legt er sie auf die Matratze, dreht sich um und setzt sich auf die Bettkante. »Ich finde, wir brauchen ein bisschen Abstand voneinander.«

»Warum? Erst war alles noch super, und jetzt benimmst du dich wieder wie ein Fremder.«

»Das stimmt nicht«, sagt er und fummelt dabei an der Kante seiner neuen Matratze herum. »Aber wir haben ein Problem. Und zwar, dass ich dich liebe.« Als er hochschaut, trifft mich sein trauriger Gesichtsausdruck bis ins Mark. »Ich weiß, dass dir auch etwas an mir liegt. Aber ich bin an einem Punkt in meinem Leben, wo ich keine heimliche Beziehung mehr haben kann.«

Ich liebe dich. Die Worte hallen durch meine Brust, während ich im Türrahmen stehe und nicht weiß, was ich sagen soll.

»Und du bist nicht an dem Punkt, wo du dich outen willst. Niemand hat Schuld. Es ist eben einfach so.«

»Aber eines Tages werde ich vielleicht dazu bereit sein.« Nicht dass es leicht wäre, sich das vorzustellen.

»Pass auf, ich weiß, dass du es ernst meinst. Du bist mit der ehrlichste Mensch, den ich kenne.« Als er die Arme um sich schlingt, als wollte er sich wärmen, kommt es mir vor, als wären fünf Meilen zwischen uns und nicht nur fünf Schritte. »Aber ich will dir keinen Druck machen. Und ich will andererseits meine Bedürfnisse nicht ignorieren. Was, wenn es da draußen einen Kerl gibt, der bereit ist, meine bessere Hälfte zu sein?«

Autsch. Hoch tausend. Die Vorstellung, dass er jemand anderen kennenlernt, reißt mich in Stücke. Doch mit einem Mal bin ich zu wütend, um ihm die Genugtuung zu geben, das auch zu sagen.

»Es ist nicht deine Schuld, dass ich das schon mal erlebt habe«, sagt er. »Aber ich kann die gleichen Fehler nicht wieder machen.«

»Aber ich bin *nicht* dein Vollidiot von Ex.«

Er lächelt traurig. »Nope. Du bist hundertmal anständiger. Danke, dass du mich daran erinnerst, dass ich nicht mehr im Idioten-Paradies einkaufen muss. Trotzdem werde ich mich nach einer eigenen Wohnung umsehen, Kieran. Es wird eine Weile dauern, Jude meinte nämlich, dass bei meinem Auto noch weitere Reparaturen nötig sind, und wie immer ist das Geld knapp. Aber es ist besser, wenn ich woanders wohne. Siehst du das nicht auch so?«

»Nein«, brumme ich. »Du brauchst nicht auszuziehen.« Damit wäre alles endgültig.

»Hör zu, ich will dich ja nicht ärgern, aber ich muss noch etwas ansprechen. Ich weiß nicht, ob es richtig ist, wenn ich die behalte.« Er steht auf und geht in die Ecke seines Zimmers, in der die Gitarre, die ich ihm geschenkt habe, an der Wand lehnt. »Vielleicht möchtest du sie umtauschen.«

»*Nein.* Auf keinen Fall. Ich wollte, dass du sie bekommst, und daran hat sich nichts geändert. Ich will …« Ich breche ab, denn Reden war noch nie meine Stärke. Im Moment versage ich darin jedenfalls. Nichts, was ich sage, kommt an. »Ich will so einiges. Aber die will ich nicht zurückhaben. Behalte sie. Verkauf sie. Mach, wie du meinst.«

Und dann verlasse ich das Haus und esse draußen im Auto ein Fertig-Sandwich, weil es mich zu sehr aufregt, zu Hause zu sein, während Roderick ein neues Leben ohne mich plant.

37

Kieran

Normalerweise fahre ich direkt vom Café aus zur Werbeagentur. Aber heute mache ich dazwischen einen kurzen Abstecher den Hügel hinauf zum Haus und sehe nach der Post. In vier Tagen fängt die Uni an, und ich warte noch auf den Bescheid über das Stipendium. Für den Studiengang habe ich schon eine Zusage, was aber nicht viel heißt, wenn ich es mir gar nicht leisten kann, mich einzuschreiben.

Als ich die Metallklappe des Briefkastens öffne, liegen ein Supermarktprospekt darin und ein einzelner flacher Briefumschlag. Gleich an Ort und Stelle – hinterm Lenkrad, bei laufendem Motor – reiße ich ihn auf und lese das Anschreiben.

Sehr geehrter Mr Shipley, wir freuen uns, Ihnen folgende Studienbeihilfen gewähren zu können. Auf diese Einleitung folgt eine Zahl, die mir extrem großzügig vorkommt, dazu ein Studiendarlehen über zweitausend Dollar. Am Ende heißt es, dass ich im Voraus bezahlen muss … Siebenhundert Dollar pro Kurs.

Ich lese alles noch zweimal. Die Kosten bleiben absolut tragbar, also stoße ich einen Jubelschrei aus.

Mein erster Gedanke lautet: *Es hat geklappt!* Ich kann es mir tatsächlich leisten, der älteste Ersti auf dem ganzen Campus zu werden.

Mein zweiter Gedanke lautet: *Ich kann's nicht erwarten, das Roddy zu erzählen.*

Und dann – rums – lande ich wieder auf dem Boden der Tatsachen. Denn Roderick und ich sind kein Paar mehr.

Seit Weihnachten ist Schluss. Er schläft jede Nacht unten in seinem neuen Bett. Während ich jede Nacht allein und aufgebracht oben verbringe.

Er bemüht sich sehr, mir ein Freund zu sein. Auf der Arbeit bringt er mir einen Bagel. Oder ein Stück von der Pizza, die er gerade ausprobiert. Sein Lächeln sagt: *Tut mir leid.*

Doch ich weiß nicht, wie ich zu einer reinen Freundschaft zurückkehren soll. Also gehe ich ihm aus dem Weg. Was allerdings noch nicht in meinem Unterbewusstsein angekommen ist. Jedes Mal, wenn ich etwas witzig finde oder etwas Interessantes lese, ist mein erster Impuls, es mit ihm zu teilen.

Er sieht sich schon nach einer anderen Wohnung um. Gestern Abend habe ich gehört, wie er jemanden anrief und sich nach einem Zimmer auf einer Farm in Tuxbury erkundigte.

»Das wäre ein schrecklich langer Weg zur Arbeit«, konnte ich mir nicht verkneifen anzumerken.

»Ich weiß«, sagte er leise. »Außerdem haben die schon einen Mieter gefunden. Aber die Miete hätte gepasst.«

Hier passt die Miete auch, möchte ich einwenden. Aber diese Diskussion hatten wir schon ein paarmal, und er ist immer noch entschlossen, auf Abstand zu gehen.

Ich versteh's ja. Er will nicht wieder so leben wie vor seinem Outing, und ich weiß nicht, wie ich mich outen soll. Manchmal liege ich wach in meinem großen Bett und stelle mir vor, es wäre anders. Dass ich ein anderer wäre und nach meinen eigenen Regeln leben könnte.

Unterdessen macht es mich fertig, ihm so nah zu sein, aber eben nur als Freund. Mein Herz hofft immer noch auf mehr.

Also rufe ich ihn nicht wegen der guten Neuigkeiten über die Studienunterstützung an. Er würde sich zwar für mich freuen, aber ich möchte nicht so klettig rüberkommen. Ich bin wieder ein Einzelgänger, und das kommt mir sehr vertraut vor. Ich behalte seit fünfundzwanzig Jahren alle meine tiefsinnigsten Gedanken und meine persönlichen Triumphe für mich. Was macht da schon einer mehr?

Zur Feier des Tages drehe ich das Radio auf, als ich losfahre. Musik von dem Countrysender, den Roddy hasst, erfüllt die Fahrerkabine. Den kann ich jetzt hören, sooft ich will.

Als ich nach Burlington komme, stelle ich fest, dass alle im Büro schlecht gelaunt sind. »Sie sind zu spät«, bellt Mr Pratt, als ich mich auf meinen Platz setze. »Sie sagten, Sie würden um halb eins anfangen.«

»Ja, ab *nächster* Woche«, erinnere ich ihn. Von da an ändert sich der Zeitplan. Da fangen die Unikurse an, und ich arbeite weniger Stunden im *Busy Bean*.

Er sieht finster zu mir herunter, wahrscheinlich, weil er es nicht gewohnt ist, dass ich ihm Widerworte gebe. Aber ich habe beschlossen, mir von den Pratts nichts mehr gefallen zu lassen. Nicht nach dem Fiasko mit Deacons Mappe.

»Passen Sie auf«, sagt Pratt. »Wir müssen diese Logoentwürfe bis vier für die Kundenpräsentation fertighaben. Ich habe gleich eine Telefonkonferenz.«

»Geht klar«, sage ich gelassen, während ich mich am Computer einlogge. »Welche Änderungen soll ich noch vornehmen?«

»Deacon hat meine Anmerkungen«, sagt er, ehe er zurück in sein Büro geht.

Tja, das wird die Sache verlangsamen. Seufzend durchquere ich den Raum, um zu der Ratte Deacon ins Büro zu gehen. Es hat mich unheimlich Beherrschung gekostet, Deacons Betrug mit seiner Mappe für die Kunstakademie nicht anzusprechen. Aber die Pratts haben seine Bewerbung mir gegenüber nicht erwähnt, und wenn ich etwas sage, bringe ich die Dekanin womöglich in Schwierigkeiten. Damit möchte ich mir wirklich nicht gleich einen Namen auf dem Campus machen.

Also sage ich nichts. Mr Pratt hat mir wie versprochen ein Empfehlungsschreiben ausgestellt. Und das muss annehmbar gewesen sein. Ich kann nur vermuten, dass er seinen Sohn gedrängt hat, sich ebenfalls zu bewerben. Ob er wohl abgelehnt wurde?

Da ich meinen Job gern behalten würde, werde ich nicht nachfragen.

»Hallo.« Ich lehne mich gegen den Türrahmen. »Dein Dad meinte, du hättest die Anmerkungen zum Mayer-Farm-Logo?«

»Seine Anmerkungen sind hier.« Er zeigt auf ein Blatt Papier mit der ordentlichen Handschrift seines Vaters. »Er will, dass du noch ein paar andere Schriftarten ausprobierst.«

»Okay, gut.« Das hört sich schnell gemacht an.

»Aber mir gefallen die Kühe nicht, die du gezeichnet hast.«

Mein Blutdruck schnellt in die Höhe. *Glaubst du, du könntest es besser?* Die Worte liegen mir auf der Zunge, aber ich verkneife sie mir. »Was ist denn falsch an denen?«

»Die Flecken sehen doof aus. Ich dachte eher an so was hier.« Er weckt seinen Computermonitor auf, um mir zwei Bilder von einer Stock-Art-Website zu zeigen.

Ich lache schallend, als ich sie sehe. »Oh Mann. Auf keinen Fall.«

»Oh doch«, sagt er mit seiner typischen Trotzhaltung. »Ich will etwas in der Richtung haben.«

Was für ein Trottel. »Okay, erstens sind das Bullen. Der Logoentwurf ist für eine Milchfarm, und Bullen geben nun mal keine Milch.«

Sein Kopf schnellt zum Bildschirm herum. Seine Lippen werden schmal, aber er gesteht den Fehler nicht ein.

»Zweitens haben die Mayers Randall-Rinder. Das ist eine besondere Rasse. Nur weil du das Muster auf den Gesichtern ›doof‹…«, ich male dabei Anführungszeichen in die Luft, »… findest, kannst du deswegen nicht ihre Herde austauschen.«

Als er die Mundwinkel nach oben zieht, weiß ich, dass er nicht nachgeben wird. »Mach einfach die Hälfte der Entwürfe so, wie ich es haben will, dann kann der Kunde entscheiden.«

Und yepp, da raste ich irgendwie aus. »Dein Ernst? Du willst meine Zeit verschwenden, nur damit du nicht zuzugeben brauchst, dass du deine Hausaufgaben nicht gemacht hast?«

»Solange du hier bist, gehört deine Zeit mir«, sagt er leise. »Also tu einfach, wofür wir dich bezahlen.«

»Bezahlt werde ich von deinem *Vater*«, bleibe ich stur. »Hauptsächlich dafür, dass ich deinen Mist korrigiere. Aber Scheck ist Scheck.«

»Du arrogantes Arschloch. Verpiss dich aus meinem Büro und mach deine ARBEIT!«, schreit Deacon.

Ach, Kacke. Das hätte ich kommen sehen sollen. Mit rot angelaufenem Gesicht und flatterndem Puls drehe ich mich um und gehe zurück zu meinem Schreibtisch. Ich streite sonst nie mit ihm, denn das hat eigentlich keinen Sinn. Außerdem zieht es nur noch mehr Mist nach sich.

Die Wahrheit ist nicht immer eine Option. Das weiß niemand besser als ich. Warum also habe ich das eben angezettelt? Helen, die Empfangsdame, wirft mir nervös verstohlene Blicke zu.

Und klar doch, eine Minute später kommt Mr Pratt mit dem Telefon ans Ohr gepresst aus seinem Büro. »Was zum Geier ist hier denn los?«, flüstert er laut. »Ich *telefoniere*.«

Egal. Selbst wenn ein Kunde Deacon im Hintergrund »Verpiss dich« hätte schreien hören, geht davon die Welt nicht unter. Diesmal bin ich jedoch so schlau, nichts zu erwidern.

Tatsächlich sage ich gar nichts. Ich zucke nur mit den Schultern und rufe den Ordner mit dem Mayer-Farm-Projekt auf – ich habe ihn versteckt, damit Deacon meine Arbeit nicht verschlimmbessern kann. Und dann schaue ich konzentriert auf Mr Pratts Anmerkungen wegen der Schriftart.

»Wo liegt das Problem?«, flüstert dieser von der Tür seines Büros aus.

»Ich habe kein Problem«, sage ich mit Bedacht. »Ich ändere jetzt die Typo.«

»Und die Kühe!«, ruft Deacon.

»Die Kühe nicht«, sage ich leiser. »An denen ist nichts verkehrt.«

Doch offensichtlich ist Deacons einziges Talent im Leben ein Supergehör. Denn er kommt aus seinem Büro gestürmt. Das Telefonat seines Vaters ist vergessen. Er will Blut sehen. Sein hochrotes Gesicht läuft immer dunkler an. Speicheltropfen fliegen umher, als er brüllt: »Ich habe dich *gebeten*, die Kühe zu ändern. Und das wirst du auch *machen*.«

»Du wolltest eine Änderung, die der Kunde niemals gutheißen wird«, sage ich leise. »Deshalb hat die Schrift Vorrang.«

»Das entscheidest *nicht du*«, sagt er mit zusammengebissenen Zähnen, während sein Vater nur mit ans Ohr gepresstem Telefon dasteht und diesen lächerlichen Vorfall beobachtet. »Du triffst hier nicht die Entscheidungen.«

»Ich treffe jede Menge Entscheidungen, wenn ich Entwürfe zeichne«, wende ich ein. »Das macht jeder. Und da ich selbst von einer Rinderfarm komme, sollte meine Meinung bei der Gelegenheit vielleicht umso mehr zählen.«

»Bullshit. Du hältst dich für den großen Künstler. Mit deinem neuen Studium und deinem tuntigen Freund.«

Mein Kopf ruckt nach hinten, als wäre ich geschlagen worden. »*Was* hast du gerade gesagt?«

»Du hast mich schon gehört«, erwidert Deacon wutentbrannt. »Komm von deinem hohen Ross runter und tu das, wofür wir dich eingestellt haben. Du bist hier immer noch bloß eine Aushilfe.«

Ich blicke hinunter auf meine Hände, die sich um die Stuhllehnen krallen. Mein Herz hämmert laut, doch ich habe nicht vor, es gut sein zu lassen. »Nur weil du der Sohn des Inhabers bist«, sage ich und hebe den Kopf, um ihm in die Augen zu sehen, »heißt das noch lange nicht, dass aus deinem Mund eine solche Beleidigung zu kommen braucht. Küsst du deine Mutter mit diesem Mund?«

Und dann stehe ich auf – mit meinen vollen eins sechsundachtzig. Nun blicke ich auf Deacon hinunter, der sich eindeutig in Rage geredet hat.

Sein Vater steckt sein dämliches Handy ein. So viel zu seinem superwichtigen Gespräch. »Jungs, das läuft total aus dem Ruder.«

»So würden Sie das nennen?« Meine Worte klingen wie splitterndes Eis.

»Jeder in seine Ecke und beruhigt euch. Deadlines sind immer stressig«, sagt Mr Pratt in einem Tonfall, als wäre er hier der einzig Vernünftige.

Ist er aber nicht. »Nachdem eben das Wort *Tunte* gefallen ist, kann ich nicht so tun, als wäre Deacon nur wegen eines bisschen Deadline-Stresses zum tobenden Schwulenhasser geworden.«

»Sie sind doch nicht mal schwul«, sagt Mr Pratt. Und dann macht er große Augen, als wäre ihm klar geworden, dass ihm womöglich etwas entgangen ist. »Oder?«

»Vielleicht, aber das geht Sie nichts an«, sage ich kühl. »Jetzt sind Sie alle beide zu weit gegangen.« Mit überraschender Gelassenheit ziehe ich die Schreibtischschublade auf und nehme meine Autoschlüssel sowie mein Handy heraus. Als ich mich umschaue, entdecke ich nur einen weiteren Gegenstand, der mir gehört: einen Stifthalter, den Roderick für einen Vierteldollar bei einem seiner Secondhandshop-Bummel gekauft hat, weil *Künstler Stiftehalter brauchen*.

Ich greife nach dem Stiftehalter und nehme meine Jacke von der Stuhllehne.

»Wo wollen Sie hin?« Mr Pratt klingt beunruhigt. »Das Logo mit den Kühen muss um vier fertig sein.«

»Dann sollten Sie sich wohl mal lieber beeilen. Ich geb Ihnen einen Tipp: Googeln Sie ›Randall-Rinder‹. Das ist Vermonts einzige ursprüngliche Rasse. Ich kündige.«

»Was?«, ruft Mr Pratt aus. »Aber wir haben doch auch noch ein Projekt für die Händlerkooperative des Bauernmarkts.«

»Den Entwurf kann Deacon übernehmen. Seine Mappe braucht noch ein paar neue Bilder – diesmal Originale.« Mann, fühlt es sich gut an, das zu sagen. »Und wehe, wenn mein letzter Scheck gekürzt wird, sonst melde ich Sie dem Arbeitsamt.«

Yepp. Auch das fühlte sich gut an.

»Kieran, warten Sie!«, ruft Mr Pratt, als ich zur Tür gehe. »Deacon wird sich entschuldigen!«

»Sparen Sie sich das für den Nächsten«, sage ich. »Der arme Wicht wird's brauchen.«

Ich gehe mit Glanz und Gloria. Zumindest fühlt es sich so an.

Diesen Job zu kündigen stand nicht auf meiner To-do-Liste, hätte es aber sollen. Mr Pratt hat von meinem Talent profitiert, sich aber nie anerkennend gezeigt. Und sein Sohn ist einfach nur ein Riesenarschloch. Sie haben einander verdient.

Was nun?, fragt mein Pick-up, während ich dasitze und den Motor warm laufen lasse.

Es ist erst fünfzehn Uhr an einem Wochentag. Mal davon

abgesehen, dass ich auf einmal unterbeschäftigt bin, habe ich ein paar Stunden ganz für mich. Das kommt sonst nie vor.

Und ich möchte unbedingt mit Roderick reden. Jetzt sofort. Ich gebe dem Bedürfnis nach, ziehe das Handy hervor und wähle seine Nummer. Er müsste gerade mit dem Backen fertig sein.

»Hallo? Kieran?«, geht er beim zweiten Klingeln ran. »Alles okay bei dir?«

»Ja«, brumme ich mit einem Mal schüchtern. Was hatte ich denn überhaupt vor zu sagen?

»Ich dachte, du hättest vielleicht eine Autopanne.« Er lacht leise. »Oder passiert nur mir so was?«

»Eher eine Lebenspanne«, sage ich, denn sein Gelächter klingt so schön in meinen Ohren, dass es mir einen Stich versetzt. »Ich habe gerade bei Pratt gekündigt.«

»Was? Wieso?«

»Weil ich genug von Deacon Pratt hatte. Er hat es mir allerdings leicht gemacht, indem er mich als ›Tunte‹ bezeichnet hat.«

»Oh *Schatz*«, keucht er. »Das tut mir so leid. Geht's dir gut?«

Als ich kurz darüber nachdenke, merke ich, dass es mir tatsächlich gut geht. Der Vorfall war eher schockierend als schmerzlich. »Ehrlich gesagt war es bloß ein Weckruf. Mir ist egal, was er von mir hält. Aber ich kann nicht für jemanden arbeiten, der so etwas sagt.«

»Nein, das geht nicht«, stimmt Roddy mir energisch zu. »Wieso hat er das überhaupt gesagt? Wahllose Beschimpfung? Zufallstreffer?«

Es ist komisch, aber bis jetzt habe ich mich das gar nicht gefragt. »Ich nehme an, er hat uns irgendwo zusammen gesehen. Wie dem auch sei, total egal. Du hättest ihre Gesichter sehen sollen, als ich gegangen bin.«

»Du erstaunst mich«, sagt er sanft. »Gratuliere. Allerdings tut es mir leid, dass du jetzt den Job los bist.«

»Ja.« Ich stoße ein komisches Kichern aus. »Das habe ich nicht zu Ende gedacht. Jetzt brauche ich einen Nachtjob, ich habe nämlich heute den Bescheid über die Studienunterstützung bekommen. Ich werde also definitiv nächste Woche zu studieren anfangen.«

»Echt? Glückwunsch! Das ist voll aufregend.«

»Danke.« Ich räuspere mich. »Auf jeden Fall habe ich jetzt frei, und wir haben schon eine ganze Weile nicht mehr zusammen gekocht. Wie wär's, wenn ich zum Supermarkt fahre und was besorge?« Kann sein, dass ich mich kläglich anhöre, aber das ist es wert. Ich möchte heute Abend nicht allein sein. Mein Leben hängt total in der Schwebe. Aber alles, was mich kümmert, ist, wie sehr ich ihn vermisse.

»Klar«, sagt er mit weicher Stimme. »Komm doch am besten zu Hause vorbeigefahren und nimm mich mit. Wir gehen zusammen einkaufen.«

»Okay, gut.« Mein Herz macht vor Freude einen Hüpfer. »Bin schon unterwegs.«

Dann lege ich schnell auf, bevor er es sich noch anders überlegt.

38

Roderick

Wieder mal breche ich meine eigenen Regeln. Dass ich Zeit mit Kieran verbringe, ist nicht das Problem. Er hatte einen verrückten, schrecklichen Nachmittag, und ich bin für ihn da. Das Problem ist die kribbelige Hoffnung, die mich erfasst, als ich in seinen Wagen steige und sein scheues Lächeln sehe. Es lässt sich nicht abstreiten, dass wir Gefühle füreinander haben.

Vielleicht wird aus ihm noch ein Mann, der keine Angst hat, sagt mein armes kleines Herz.

»Also, was wollen wir kochen?«, fragt er beim Losfahren.

»Ich weiß noch nicht genau. Mal sehen, was uns so anspricht. Wie wär's mit Fisch?«

Er zuckt mit den Schultern. »Wenn du ihn kochst, wird er mir bestimmt schmecken.«

Ach, Kieran. Manchmal macht er mich fertig.

Er lenkt den Pick-up vorsichtig einmal um die Grünanlage und dann in Richtung der Einkaufsstraße. Es ist ein kalter grauer Tag, aber im Auto ist es warm. Im Radio läuft wieder Countrymusik, denn anscheinend habe ich eine Schwäche für Typen, die Herzschmerz und quäkenden Gitarrensound mögen. Aber gerade bin ich gefühlsduselig drauf, deshalb lasse ich den Sender sogar an.

Im Becherhalter klingelt Kierans Handy. »Mann, ist das laut«, sagt er. »Kannst du es leiser stellen?«

»Klar.« Ich greife danach. »Es ist deine Mutter.«

»Ich rufe sie nachher zurück.«

»Wirst du deiner Familie sagen, dass du ein Kunststudium anfängst?«, frage ich.

»Nope«, sagt er. »Ich weiß eh schon, was mein Vater dazu sagen würde. Ich erspare uns beiden den Ärger.«

Jetzt tut es mir leid, dass ich gefragt habe. Das Handy klingelt ein zweites Mal. »Wieder deine Mutter.«

»Hmm. Na, vielleicht rufe ich sie noch kurz an, bevor wir in den Supermarkt gehen. Schaltest du es bitte auf stumm?«

Das mache ich, als Kieran einen erstaunten Laut ausstößt. »Hast du das gehört?«

Ich brauche einen Moment, bis ich kapiere, dass er den Bericht im Radio meint. Der Moderator sagt: »Folgendes hat Countrystar Brian Aimsley gestern Abend bei seinem Konzert in Tampa verkündet.«

Und dann höre ich die Stimme meines Ex. »Ich weiß, es wird viele meiner Fans überraschen zu hören, dass ich mich sowohl zu Frauen als auch zu Männern hingezogen fühle. Aber so bin ich einfach.«

Moment. *Wie bitte?*

»Ich erzähle meine Geschichte hier, weil es da draußen vielleicht Fans gibt, die Schwierigkeiten mit ihrer sexuellen Identität haben. Ich möchte ihnen zeigen, dass es okay ist, man selbst zu sein.«

»Gott.« Ich spüre, wie mich heiße Wut überkommt, und schließe die Augen, während Kieran in eine Parklücke einbiegt.«

»Hey, das ist ja irre!« Er zieht die Handbremse an. »Ich fasse es nicht, dass er bisexuell ist. Ziemlich cool von ihm, das einfach so bekannt zu geben.«

Ich gebe ein wütendes Grunzen von mir. »Ach was! Jemand hat ihn dazu gezwungen. Jede Wette, dass die Story sowieso rausgekommen wäre. Warte …« Ich nehme erneut Kierans Handy und entsperre es. Als ich schnell »Brian Aimsley« googele, füllt sich das Display mit Einträgen. Ich scrolle kurz nach unten und dann, *Boom.* »Guck. Es war schon eine Klatschnachricht.« Ich drücke Kieran das Smartphone in die Hand, damit er die Story sieht. »Jemand hatte Fotos.«

Wenigstens bin ich nicht drauf.

Shit. Bin ich doch nicht, oder?

»Oh *Gott.*« Kieran zieht scharf die Luft ein.

Mir wird innerlich ganz kalt. »Was ist denn?«

»Es geht um meinen Dad.«

»*Was?*« Kurz erzeugt mein Hirn das seltsame Bild, wie Brian Aimsley mit Kierans Dad rummacht. Aber dann begreife ich, dass Kieran auf seine Textnachrichten starrt. Ich beuge mich rüber, um zu lesen, was ihn so aschfahl hat werden lassen.

Kyle: Du musst ins Krankenhaus nach Montpelier kommen. Dad hatte einen Unfall. Es ist schlimm. Er schafft es vielleicht nicht.

Er lässt das Handy in den Schoß fallen und packt das Lenkrad. »Verdammt«, flüstert er. »Ich muss nach Montpelier.«

»Okay«, sage ich, atme einmal durch und versuche, trotz des Schocks nachzudenken. »Atme durch. Wie wär's außerdem, wenn du mich fahren lässt? Dann kannst du von unterwegs anrufen.«

»Ja. Okay.« Er löst seinen Gurt. »Tut mir leid.«

»Braucht es nicht.« Ich haste um die Motorhaube herum, am Eingang des Ladens vorbei, in den wir es nicht geschafft haben. Dann steige ich auf der Fahrerseite ein und rücke den Sitz ein paar Zentimeter nach vorn, denn Kieran hat tierisch lange Beine. »Schnall dich an. Los geht's.«

Während der zwanzigminütigen Fahrt spricht Kieran mit seiner Mutter und mit seinem Bruder. Anhand der einen Hälfte des Gesprächs und gelegentlicher Satzfetzen von Kyle kann ich mir die wichtigsten Informationen zusammenreimen.

Kierans Dad war allein in einem der Nebengebäude der Farm und hat versucht, irgendein Gerät zu reparieren. Aber er ist derzeit nicht sonderlich beweglich, und der Schraubenschlüssel, den er in der Hand hatte, hat sich mit dem Ringende in irgendeiner Art Drehspindel verhakt.

Dadurch wurde der Schlüssel zu einer herumwirbelnden Hochgeschwindigkeitswaffe und hat Mr Shipley mehrfach getroffen, bevor er davon wegkam.

»Er hat viel Blut verloren«, höre ich Kyle sagen. »Es ist schlimm, richtig schlimm.«

»Das sagst du schon die ganze Zeit«, presst Kieran hervor. »Wieso hat er überhaupt an der Zapfwellenspindel herumgeschraubt?«

»Weil er verdammt noch mal macht, was er will!«, schreit Kyle. »Er hört nicht auf mich. Es ist nicht meine Schuld. Mom und ich waren beim Futtermittelhandel.«

»Ich habe nicht behauptet, dass es deine Schuld ist«, sagt Kieran schnell. »Wer hat ihn gefunden? Mom?«

»Rexie«, erwidert Kyle. »Rexie hat ihm das Leben gerettet. Sobald ich aus dem Auto gestiegen war, hat sich Rexie die Lunge aus dem Hals gebellt. Da wusste ich, dass etwas nicht stimmt. Ich habe alles fallen lassen und bin ihm nachgerannt.«

Kieran legt auf, bevor wir am Krankenhaus ankommen. Er lässt das Handy fallen, als würde es ihn verbrennen, dann lehnt er sich zurück und schließt die Augen. »Ich kann nicht fassen, dass das passiert«, murmelt er. »Er überlebt es vielleicht nicht.«

»Es tut mir leid, Babe«, flüstere ich.

»Und ich …« Es entsteht eine lange Pause, bevor er weiterspricht. *»Flippe aus.* Ich glaube, das trifft es. Wir haben uns nie gut verstanden. Nie. Er mag mich nicht mal. Aber ich will nicht, dass er durch einen Unfall auf der Farm stirbt.«

»Hey.« Ich fasse nach seiner Hand. »Eure Beziehung ist schwierig. Das verstehe ich.«

»Schwierig trifft es nicht mal annähernd«, sagt er.

»Denk jetzt nicht weiter darüber nach«, schlage ich vor. »Steh es einfach durch. Hilf deiner Mutter, es durchzustehen. Wen sollen wir sonst noch anrufen?« Ich biege auf den Parkplatz des Krankenhauses und suche eine Parklücke. Es muss eine große sein, denn ich habe noch nie einen Pick-up eingeparkt.

»Wir sollten meine Tante Ruth anrufen«, sagt er. »Sie wird wissen, was zu tun ist.«

»Und Pater Peters«, füge ich hinzu. Jetzt, wo ich jede Woche mit einem katholischen Priester Zeit verbringe, verstehe ich endlich, wozu sie da sind.

»Ja. Ihn auch. Danke.«

Wir finden Kierans Familie schnell, doch dann sitzen wir alle stundenlang im Wartezimmer herum, ohne Neuigkeiten zu erfahren.

Mr Shipley wird operiert. Kyle hat gerötete Augen und sieht traurig aus. Kierans Mom ist weiß vor Angst. Sie hat Blut an der Kleidung, wenigstens bringt Ruth Shipley Sachen zum Wechseln mit, als sie kommt.

Dadurch, dass ich Ruth Shipley hergeholt habe, habe ich anscheinend den gesamten Shipley-Clan herbeigerufen. Griffin und Audrey sind gekommen. Fremde Leute werfen Audrey immer wieder Blicke zu und fragen sich vermutlich, ob sie hier ist, weil sie ihr Baby kriegt. So kugelrund ist sie inzwischen. Dylan ist auch da, genauso wie Grandpa Shipley.

Zara hat Sandwiches vorbeigebracht, die keiner anrührt.

Kieran sitzt zusammengekrümmt auf einem Stuhl. Als ich ihm eine Limo bringe, trinkt er sie automatisch. Griffin und sein anderer Cousin kommen rüber, um mit gedämpfter Stimme mit ihm zu sprechen, und Kieran nickt bei ihren lieben Worten. Aber er scheint sich in sich selbst zurückgezogen zu haben.

Pater Peters sitzt neben Kyle und hat ihm einen Arm um die Schultern gelegt, während Kyle versucht, sich zusammenzureißen.

Dann endlich – gefühlte zweiundsiebzig Jahre, nachdem wir hier angekommen sind – kommt die Pflegedienstleitung, um die Familie aufzuklären. »Er wird immer noch operiert, aber sie werden bald fertig sein«, sagt sie. »Er hat viel Blut verloren, aber seine Vitalwerte scheinen sich zu stabilisieren.«

»Das ist gut, oder?«, fragt Kierans Mom.

»Es ist ein positives Zeichen«, sagt die Schwester sanft. »Es dauert noch eine Weile, bis der Chirurg zu Ihnen kommen und die Behandlung erläutern kann.«

»Okay«, sagt Kierans Mutter zittrig. »Er hat eine seltene Blutgruppe.«

»Ja«, stimmt ihr die Schwester zu. »Wir mussten beim Roten Kreuz einige zusätzliche Blutkonserven anfordern. Sie werden für den Fall geliefert, dass er sie braucht.«

»Ich habe B negativ«, meldet sich Kyle. »Kann ich Blut spenden? Meine Mutter hat B positiv, deshalb kann sie nicht. Aber mein Bruder vielleicht.«

Als Kieran sich neben mir versteift, spüre ich, wie mir ein kalter Schauer den Rücken hinunterläuft, denn ich ahne Böses angesichts der Richtung, die dieses Gespräch nimmt. Ob er es weiß oder nicht, Kieran ist jetzt ein »MSM«, ein Mann, der Sex mit einem Mann hatte. Dadurch ist man automatisch von der Blutspende ausgeschlossen.

Oh, *Shit.*

»Na, Sie können natürlich gern Blut spenden, wenn Sie dazu bereit sind«, sagt die Schwester. »Sie können beide gleich mitkommen. Falls Sie nicht die passende Blutgruppe haben, wird ein anderer Patient davon profitieren.«

Kyle schießt von seinem Platz hoch. »Nee, meine Blutgruppe passt. Ich habe im Biounterricht ein Referat darüber geschrieben. Ich schwöre Ihnen, das war die einzige gute Note, die ich in dem Jahr bekommen habe, weil ich die Blutgruppenbestimmung so cool fand.«

Ach Kyle, denke ich wehmütig. *Ändere dich bloß nie. Es ist zu schade, dass wir nie Schwager sein werden.*

»Komm, Kieran«, sagt er.

Alle beobachten, wie Kieran langsam den Kopf schüttelt. »Ich kann nicht.«

»Doch, klar«, sagt Kyle. »Versuch's wenigstens.«

»Ich bin 0 negativ!«, sagt Audrey und steht mit ihrem dicken Babybauch voran aus ihrem Stuhl auf. »Ich passe immer, also mach ich's.«

»Tut mir leid«, sagt die Schwester kopfschüttelnd. »Schwangere Frauen sind vom Blutspenden ausgeschlossen.«

»Ach menno«, meint Audrey. »Ich darf aber auch gar nichts.«

»Gott sei Dank«, sagt Griffin.

»Komm, gehen wir, Kieran«, sagt Kyle. »Deine Blutgruppe passt wahrscheinlich.«

Als er den Kopf schüttelt, rutscht mir das Herz in die Hose. Dies könnte das unangenehmste Coming-out aller Zeiten werden. *Tu's nicht*, flehe ich, obwohl ich mir seit Monaten genau das von ihm wünsche.

»Was? Wieso nicht?«, donnert Kyle. »Dad würde das auch für dich machen.«

»Meine Blutgruppe passt nicht«, sagt Kieran leise.

Seine Mutter schnappt nach Luft. Sie macht sorgenvolle Kulleraugen.

Jetzt bin ich echt verwirrt.

Kieran scheint seinen Trancezustand abzuschütteln und sieht zu seiner Mom hoch. »Soll ich da reingehen und so tun als ob? Meine Blutgruppe ist AB. Das weiß ich bereits.«

»Du kannst nicht AB haben«, widerspricht Kyle. »Mom und Dad haben beide B. Das ist unmöglich.«

Und da dämmert es mir schließlich. Kieran redet gar nicht von den homophoben Bestimmungen. Einer seiner Elternteile ist nicht sein leiblicher. Er weiß das. Aber Kyle hat keine Ahnung.

»Kieran«, schluchzt seine Mutter. »*Stopp.* Wie hast du's …«

»Ich hatte das auch im Biounterricht.« Daraufhin steht er auf und verlässt den Raum, während ihm mehr als ein Dutzend Augenpaare hinterherstarren.

Unterdessen ist die Schwester so weiß geworden wie ihre Schuhe. »Du meine Güte«, ist alles, was sie sagt.

»Hey, testen Sie mich«, sagt Griffin und steht auf. »Ich bin der Neffe des Patienten.« Er legt dem fassungslosen Kyle einen Arm um die Schulter. »Wenn du Blut spenden willst, komme ich mit dir.«

»Aber …« Kyles Blick klebt an dem Türdurchgang, durch den Kieran verschwunden ist.

»Du kannst nachher mit ihm reden«, sagt Griff und führt Kyle weg, bevor die Situation noch seltsamer wird.

»Entschuldigt mich«, flüstere ich beim Aufstehen, obwohl mich überhaupt niemand beachtet. »Ich werde mal …«

Dann laufe ich Kieran nach.

Zum Glück ist Kieran leicht zu finden. Er steht draußen vor der automatischen Tür des Krankenhauses. »Hast du mal 'ne Zigarette?«, fragt er, als ich zu ihm trete.

»Auf keinen Fall. Lass uns deswegen nicht unsere Lungen vergiften«, sage ich erschrocken.

»Na gut.« Er senkt das Kinn auf die Brust.

Ich stelle mich so neben ihn, dass wir nun beide an der Wand lehnen. Und klammheimlich strecke ich den kleinen Finger aus und verschränke ihn mit seinem. »Bist du okay?«

»Nicht wirklich.«

»Das war dein wahres Geheimnis, stimmt's? Das, was alles andere erschwert hat.«

»Ja.« Er hakt den Finger um meinen.

Ich schaue hoch zum Winterhimmel, aber eigentlich sehe ich die vielen Gesichter im Wartezimmer, die Kieran anstarren, als er die Bombe platzen lässt – dass er gar nicht der leibliche Sohn seines Vaters ist. Er hat nicht gesagt, warum, aber wenn es so ein Riesengeheimnis ist, muss der Grund irgendwie beschämend sein.

»Ich hätte einfach mit Kyle mitgehen sollen, oder?«, sagt er. »Vielleicht hätte das Krankenhaus nichts gesagt. Hiervor habe ich mich mein ganzes Leben lang gefürchtet.« Als er mit geröteten Augen zu mir hochschaut, ist es, als könnte ich direkt in sein Innerstes sehen.

Er hatte gesagt, seine Familie habe Geheimnisse, aber das habe ich nicht wirklich verstanden. »Dann schleppst du das also schon lange mit dir herum? Das muss schwer gewesen sein.«

»Es war nicht mein Geheimnis und nicht an mir, es zu enthüllen«, krächzt er. »Ich sollte einfach bloß so tun, als wüsste ich von nichts. Damit meine Eltern das Gesicht wahren konnten.«

»Das ist anstrengend.«

»Stimmt, aber …« Er schluckt. »Die Belohnung war, dass ich Teil der Gruppe blieb, verstehst du? Meine Cousins sind eigentlich gar nicht meine Cousins, verdammt noch mal.«

Oh. »Doch, *natürlich* sind sie das«, sage ich scharf. Und dann stelle ich mich dicht vor Kieran und umarme ihn. Er schlingt daraufhin die Arme um mich und legt das Kinn auf meine Schulter.

Es fühlt sich so gut und so notwendig an, dass mir nach Weinen zumute ist. Mir dämmert gerade, weshalb Kieran so besessen von der Heimlichtuerei ist. Er hält schon sein ganzes Leben lang daran fest.

»Tut mir leid«, sagt Kieran. »Das ganze Drama. Wir wollten doch eigentlich nur Lebensmittel einkaufen gehen.«

»Mit dir geht's doch nie bloß um Lebensmitteleinkäufe«, flüstere ich. »Mit dir würde ich überall hingehen. Und ich würde alles für dich tun.« Wenn er mich nur lassen würde. Ich atme einmal tief durch und bringe dann die Herausforderung hinter mich, mich von dem Mann, den ich liebe, zu lösen, damit er die Fassade aufrechterhalten kann, dass wir bloß Kumpel sind.

Gerade ist er zu emotional, um sich selbst zu schützen. Also werde ich das für ihn übernehmen.

»Und außerdem«, fange ich an und drücke kurz seine Schultern, bevor ich mich wieder auf meinen Platz an der Wand stelle, »sind die Shipleys nie langweilig.«

Dankbar schenkt er mir ein schiefes Lächeln. Dann streckt er die Hand nach meiner aus. Diesmal alle fünf Finger. »Roddy, ich möchte nicht allein sein.«

»Das möchte niemand. Und du bist es gar nicht, weißt du?« Ich habe das Shipley-Rudel in Aktion gesehen. Ich würde Geld darauf verwetten, dass sie in einem Monat wie eh und je zusammen Sport gucken.

»Nein«, widerspricht er. »Ich meinte, dass ich *dich* brauche. Wenn du ausziehst, wird mich das fertigmachen. Ich möchte mit dir zusammen sein.«

»*Schatz.*« Mein Herz pocht heftig in meiner Brust. »Ich bin zu hundert Prozent für dieses Gespräch zu haben. Aber zuerst mal müssen wir diesen fürchterlichen Tag hinter uns bringen, bevor du noch irgendwelche weiteren lebensverändernden Verkündungen machst.« Falls Kieran je beschließen sollte, seiner Familie von uns zu erzählen, möchte ich, dass er es mit einem klaren Kopf macht, damit er es hinterher nicht bereut. Außerdem sollte sich niemand gegenüber seiner Familie outen, während der Vater blutend auf einem OP-Tisch liegt. »Eine Familienkrise nach der anderen, bitte.«

»Du glaubst mir nicht.«

»Doch«, sage ich ruhig. »Aber du solltest nicht zu deiner verängstigten Familie ins Wartezimmer marschieren und rufen: ›Übrigens, Shipleys! Dieser Hintern ist stockschwul!‹«

Kieran wirft mir einen Blick zu. »Wenn du das brauchst, dann mache ich es«, sagt er auf seine typisch ernste Art. »Ich würde sogar noch mit Glitzer um mich schmeißen, wenn du es von mir verlangst.«

Ich drehe mich zu ihm, um ihm in seine wunderschönen Augen zu sehen, und wir blicken einander eine halbe Sekunde lang an, bevor wir unpassenderweise in lautes Gelächter ausbrechen – so wie es nun mal passiert, wenn man einen superstressigen Tag hat und sich die Anspannung irgendwie entladen muss. Kieran verzieht übermütig das Gesicht, und ich sehe doch tatsächlich Tränen in seinen Augen, als er sich gegen die Backsteinmauer lehnt und lacht.

Ich bin genauso schlimm. Jedes Mal, wenn ich schon glaube, mit dem Kichern aufhören zu können, stelle ich mir vor, wie Kieran eine Handvoll Glitter wirft und …

Yepp. Lache ich schon wieder.

Wir hören nicht auf, bis die Krankenhaustür aufgleitet und ein älteres Paar ausspuckt, das uns böse Blicke zuwirft. Erst da schaffen wir es, uns zu beherrschen. Kieran drückt meine Hand, während wir nach Luft schnappen.

Auch ich halte seine ganz fest. Ich lasse sie los, als die Tür erneut aufgeht und einen megaangepissten Kyle Shipley freigibt, dem Griffin hinterhereilt. Sie haben beide Rotes-Kreuz-Aufkleber auf ihren Flanellhemden.

»Da bist du ja«, sagt Kyle außer Atem. »Was zum *Teufel* war das eben?«

»Ganz ruhig«, entgegnet Griffin und legt Kyle eine Hand auf die Schulter. »Vielleicht möchte Kieran nicht drüber reden.«

»Ach ja? Tja, *nicht* drüber reden funktioniert nicht besonders gut, oder? Wir spielen zu Hause eine seltsame Version von Stille Post. Unser Vater hat mich lieber, und unsere Mutter liebt Kieran mehr, und alle sind von morgens bis abends angespannt und komisch. Mein ganzes Leben lang wollte mir das nie jemand erklären. Und du …«, er pikt seinem Bruder mit dem Zeigefinger in die Brust, »… du denkst immer, ich würde es nicht mitkriegen. Als wäre ich taub und blind.«

Kieran wirkt, als wäre ihm unbehaglich zumute. »Na, du hast ja auch die Gabe, so zu tun, als wäre alles in Ordnung.«

»Die *Gabe*«, höhnt Kyle. »Als bekäme ich es nicht mit, wenn Dad wütend und Mom gestresst ist. Ich benehme mich so, weil irgendwer ja schließlich den Clown spielen muss. Würdest *du* Verantwortung übernehmen und den Scheißladen managen, wenn du so wie ich immer im Unklaren gelassen werden würdest?«

Kieran hebt die Hände an seinen Kopf und seufzt. »Nein. Schätze, das würde ich nicht.«

»Mir fällt so einiges auf, okay? Zum Beispiel, dass du in deinen Mitbewohner verliebt bist.«

»Was?« Kieran blinzelt.

Griffin lächelt. Und ich halte mir eine Hand vor den Mund.

»Du hast richtig gehört«, blafft Kyle. »Ich sehe Sachen. Ich weiß Sachen. Nicht als ob irgendwer sich je die Mühe machen würde, mich auf den neuesten Stand zu bringen. Was ist damals eigentlich passiert? Ich meine, ich war schon auf der Welt, als du geboren wurdest. Wie zum Teufel kommt es, dass du nicht …« Kyle unterbricht sich, bevor er den Satz zu Ende spricht. »Tut mir leid. Ich weiß gerade gar nicht, was ich sagen soll.«

»Ich schon«, sagt Griffin ruhig. Mit einem seiner Holzfällerarme lenkt er Kyle von seinem Bruder weg. Dann zieht er Kieran in eine feste Umarmung. »Hab dich lieb, Bruder. Was auch immer für ein Mist vor deiner Geburt passiert ist, ändert rein gar nichts daran.«

Als Kieran hörbar schluckt, steigen mir mit einem Mal Tränen in die Augen. »Ich. Dich. Auch«, brummt Kieran, obwohl diese verbale Gefühlsbekundung ihn fast fertigmacht.

»Okay. Okay«, sagt Kyle, der auf die Zuschauerplätze verbannt worden ist. »Wie immer ist Griff besser in so was als wir. Und ich stehe hier und brülle dich an.« Er seufzt. »Tut mir leid.«

Griffin löst sich und haut Kyle dann auf die Schulter. »Ist ein harter Tag. Atme erst mal durch. Vielleicht ist es außerdem nicht Kierans Aufgabe zu erklären, was in der Vergangenheit bei deinen Eltern los war.«

»Guter Einwand«, sage ich ungefragt.

Erneut geht die Krankenhaustür auf, und Grandpa Shipley erscheint. »Er ist aus dem OP raus!«, ruft der alte Mann. »Und in stabilem Zustand!«

Alle drei Shipley-Cousins lassen vor Erleichterung die Schultern sinken. »Na endlich«, sagt Kyle und läuft dann zur Tür.

Griffin sieht Kieran prüfend an. »Kommst du klar?«

»Ja«, sagt dieser heiser. »Aber ich möchte da jetzt nicht wieder reingehen.«

»Dein Dad wird eh nicht wach sein, und noch eine ganze Weile wird niemand zu ihm dürfen«, sagt Griffin. »Atme erst mal durch.« Er drückt noch einmal Kierans Schulter, klopft mir auf den Rücken und geht.

Grandpa Shipley kommt langsam rüber zu uns auf den Gehweg. Mit Tränen in den Augen bleibt er vor uns stehen. »Ich dachte schon, ich hätte ihn verloren. Ein Mann sollte nicht seine beiden Söhne begraben müssen. So ist es nicht richtig.«

»Da hast du recht, Grandpa«, sagt Kieran.

»Meine Söhne sind nicht perfekt«, fährt der Mann fort. »Wusstest du, dass dein Vater ein schwieriger, wütender Teenager war? Hat nie auf mich gehört.«

Kieran macht große Augen. »Nein?«

Grandpa Shipley schüttelt den Kopf. »Trotzdem liebe ich jedes einzelne sture Haar auf seinem Kopf. Und deins auch. Werde ich immer. Blutgruppen bedeuten einen feuchten Dreck, Junge. Aber weißt du, was zählt?«

Sprachlos schüttelt Kieran den Kopf.

»Wer ins Krankenhaus kommt, wenn man sich bei einem saublöden Farmunfall aufschlitzt. *Darauf* kommt es an.« Und daraufhin dreht der Mann sich um und humpelt wieder zur Tür.

39

Kieran

Nach der Nachricht, dass mein Dad aus dem OP ist, übernimmt Roderick alles Weitere.

Zunächst findet er heraus, dass das Krankenhaus zwei Besuchern auf einmal erlaubt, Dad auf der Intensivstation zu sehen. Diese Ehre haben Mom und Grandpa.

»Dann bringe ich dich mal nach Hause«, sagt er. »Es ist kalt hier draußen, und du zitterst.«

Das hatte ich gar nicht gemerkt. Aber ich lasse mich von ihm zum Pick-up führen, wo ich auf der Beifahrerseite einsteige und mich nach Hause fahren lasse.

Dann macht er mir ein Käsetoast, denn wenn man mit einem Bäcker zusammenwohnt, ist immer Brot im Haus. Ich esse es jedoch, ohne etwas zu schmecken.

»Komm«, sagt er anschließend. »Du siehst fertig aus. Lass uns eine Folge unserer Serie gucken.«

Wie betäubt folge ich ihm das erste Mal seit viel zu langer Zeit zum Sofa. Er setzt sich auf eine Seite. Und statt mich neben ihn zu setzen, lege ich den Kopf in seinen Schoß und erbettele mir schamlos Aufmerksamkeit, die ich eigentlich nicht verdiene.

Doch Roddy zögert nicht. Er legt mir eine Hand auf den Kopf und fährt mit den Fingern durch mein Haar. Es fühlt sich so gut an, dass meine Lider schwer werden.

»Danke«, sage ich schläfrig.

»Schon okay«, flüstert er. »Alles okay.«

»Ich liebe dich«, versuche ich es. Es ist gar nicht so schwer auszusprechen, wie ich dachte. »Ich liebe dich so sehr.« Genau genommen schmerzt es schon, das zu sagen. Aber auf eine gute Art. Wie ein Muskelkater nach einem ordentlichen Work-out. Der Schmerz fühlt sich nach Fortschritt an.

Roddy beugt sich herunter und gibt mir einen zarten Kuss auf die Schläfe. »Ich weiß«, sagt er. »Ich liebe dich auch. Jetzt ruh dich einfach aus.«

Daraufhin muss ich eingeschlafen sein, denn als ich wieder aufwache, liegt mein Kopf auf einem Sofakissen und Roddy macht jemandem die Tür auf.

»Ist er da?«, fragt meine Mutter ohne Umschweife.

»Ja, aber er *schläft*«, sagt Roderick.

»Ich muss mit ihm reden.«

Bevor ich ihnen zurufen kann, dass ich wach bin, höre ich, wie Roddy mit einer Erwiderung herausplatzt. »Ach, *jetzt* wollen Sie mit ihm reden? Weil es Ihnen so passt, sind Sie den ganzen Weg in die Stadt gefahren, um ein Gespräch zu führen, das seit Jahren überfällig ist?«

»Aber –«

»Wissen Sie was, Lady? Das ist das exakte Gegenteil von bedingungsloser Liebe. Es geht immer nur nach Ihrer Nase, nicht wahr? Tja, ich sage Ihnen, kommen Sie *später* wieder.«

»Roddy«, rufe ich mit vom Schlafen heiserer Stimme. »Ich bin wach.«

»Er ist auf«, faucht meine Mutter. Obwohl ich sie nicht sehen kann, weiß ich, dass sie sich soeben an Roderick vorbei ins Haus geschoben hat.

Als ich mich aufsetze, rückt das Zimmer allmählich gerade. Ich fühle mich träge, aber erstaunlich ruhig. Die heutige

Katastrophe war unausweichlich. Obwohl ich einen emotionalen Sonnenbrand gekriegt habe, als sich im Wartezimmer alle Augen auf mich richteten, empfinde ich auch Erleichterung.

Griffin hatte recht, als er sagte, es sei nicht an mir, alles zu erklären. Das sollte nicht meine Bürde sein. War es jedoch zehn Jahre lang.

Auf dem Weg von der Haustür bis ins Wohnzimmer kommt meiner Mutter der Eifer jedoch ein Stück weit abhanden. Denn sie steckt zuerst zaghaft den Kopf durch die Tür, bevor sie ganz hereinkommt. »Kieran, bist du wach?«

»Ja, Mom. Komm rein.«

»Dein Mitbewohner scheint mich nicht sonderlich zu mögen«, schnieft sie.

»Mein Partner«, berichtige ich und stehe auf.

Ihr klappt die Kinnlade herunter. »Was?«

»Mein Partner.« Ich gähne herzhaft. »Warte mal kurz. Setz dich.« Ich deute zur Couch und gehe dann Roderick suchen.

Ich finde ihn in der Küche, wo er neben Zara steht, die ihre Tochter Nicole auf dem Arm hat.

»Hey«, begrüße ich sie. »Wann habt ihr euch denn reingeschlichen?«

»Eben erst. Direkt nach deiner Mutter. Audrey hat mir von dem Unfall deines Vaters erzählt, da habe ich dir eine Lasagne vorbeigebracht.«

»Oh, wow. Danke.« Diese Art von Tag habe ich anscheinend – von derartiger Dramatik, dass die Nachbarn einem Ofengerichte vorbeibringen.

»Roddy scheint auch eine Portion davon gebrauchen zu können, er wirkt ein bisschen aufgebracht.«

»Tut mir leid, dass ich deine Mom angeschrien habe«, sagt er und reibt sich dabei den Nacken. »Ich hab, äh, eine Elternphobie, an der ich arbeiten muss.«

»Hey, ich fand das irgendwie scharf.«

Sein überraschtes Lächeln ist so süß, dass ich einfach nicht anders kann, als zu ihm zu gehen und ihm rasch einen Kuss zu geben. »Danke, dass du heute meinen Chauffeur und Türsteher spielst. Wärm schon mal die Lasagne auf. Wir werden sie brauchen.«

Als ich mich wieder von ihm löse, sieht Zara uns blinzelnd an. »Irgendwas sagt mir, dass mir die ein oder andere Entwicklung entgangen ist.«

»Aber so was von«, verkündet Roddy fröhlich.

»Cool«, sagt Zara. »Gebt mir einfach Bescheid, falls ich den Schichtplan für morgen ändern soll, damit Kieran ins Krankenhaus fahren kann. Ihr wisst ja, wo ihr mich findet.«

»Nazagne«, brabbelt Nicole. »Essen.«

»Ah, ganz Mamas Mädchen«, sagt Zara. »Komm, wir gehen nach Hause, da kriegst du eine Kleinigkeit.«

»Keks?«, fragt Nicole hoffnungsvoll. Der Anblick ihrer zwei Nachbarn, die sich küssen, bringt sie *kein bisschen* aus der Fassung. Zara scheint es auch nicht gestört zu haben, wenn ich jetzt so darüber nachdenke.

»Mal sehen.« Meine Chefin verdreht die Augen. »Nacht, Jungs. Lasst die Folie drauf, wenn ihr sie aufwärmt.«

»Danke, Boss!«, sagt Roddy. »Bis morgen früh.«

Sie geht und lässt Roddy und mich allein in der Küche zurück. Ich schaue in Richtung Wohnzimmer und senke die Stimme zu einem Flüstern. »Ich muss da wieder reingehen, oder?«

»Ich hab mein Bestes gegeben.« Seine Augen leuchten. »Aber ich bringe dir ein Erwachsenengetränk. Zum Mutantrinken.«

»Ja?«

»Na klar. Und denk dran: Du hast das Problem nicht verursacht.«

»Hmm«, mache ich, nur habe ich mein ganzes Leben lang etwas anderes gedacht. Ich habe das Problem verursacht, indem ich vor fünfundzwanzig Jahren das Licht der Welt erblickte.

Als er mir einen leichten Schubs verpasst, gehe ich ins Wohnzimmer, wo meine Mutter wartet.

Den Kopf in die Hände gelegt, sitzt sie auf dem Sofa. »Ich habe mich immer vor diesem Gespräch gefürchtet«, sagt sie.

»Muss der Grund sein, warum wir es nie geführt haben«, entgegne ich.

Sie schaut hoch. »Ich wusste einfach nicht, wie. Ich habe dich beschützt. Und deinen Vater auch. Wie hast du herausgefunden, dass du nicht sein leiblicher Sohn bist? War das wirklich im Biologieunterricht?«

Ich schüttele den Kopf. »Nee. Ich habe eine Unterhaltung vor der Kirche mit angehört. Eine meiner Lehrerinnen tratschte mit einer Freundin. Ich war auf einen Baum geklettert, damit keine von den alten Frauen mir in die Wange kneift oder mich nach der Schule fragt.« Ich habe das Kirchen-Kaffeekränzchen immer gehasst, weil ich nicht gern Small Talk mit Erwachsenen machte. So bin ich eben. »Sie redeten über Familien, die ›Hoppla‹-Babys bekommen haben.« Ich mache dabei Anführungszeichen in die Luft. »Und die eine Frau meinte: ›Also weißt du, das ultimative *Hoppla*-Baby hatte Bert Shipley. Er ist nicht mal der Vater.‹«

Ich kann zusehen, wie meiner Mutter sämtliche Farbe aus dem Gesicht weicht. »Oh Gott.«

»Ja.« Ich schlucke schwer, denn ich habe immer noch ihr Gelächter im Ohr. »Ich wollte dennoch nicht glauben, dass ich gemeint bin. Aber dann erwähnten sie Pater Craig.«

Pater Craig war ein allseits beliebter Priester, der Colebury kurz vor meiner Geburt verlassen hat. Jahre später hörte ich die

Leute sich öfter laut fragen, warum er wohl gegangen war. Ich nehme an, ich könnte der Grund gewesen sein.

»Verflucht.« Meine Mutter wischt sich über die Augen. »Woher wussten die das denn?«

Ich schüttele den Kopf. »Glaubst du etwa, ich bin vom Baum gesprungen, um sie danach zu fragen?«

»Nein, natürlich nicht.« Sie schnieft. »Dann hast du von zwei Klatschtanten vor der Kirche erfahren, dass ich eine Affäre mit dem Priester hatte.«

»Ja. Im Prinzip.«

Die Frauen hatten genug gesagt. Ich wusste sofort, dass es stimmte. Denn die schlimmsten Streitereien zwischen meinen Eltern endeten immer damit, dass mein Vater schrie: »Jetzt such bloß nicht Trost beim *Priester*.« Ich hatte nie verstanden, warum er das sagte. Bis zu diesem Tag damals.

»Wie alt warst du da?«, fragt meine Mutter.

»Vierzehn.«

»Das muss ein Schock gewesen sein. Ich wünschte, du hättest es mir erzählt.«

»Wie hätte ich denn danach fragen sollen? Außerdem war ich gar nicht sicher, ob ich es überhaupt wissen wollte.«

»Schatz, das tut mir leid«, sagt sie, während ihr Tränen über die Wangen laufen. »Selbst jetzt ist es schwer zu erklären. Ich habe etwas Schreckliches getan. Als ich schwanger wurde, erzählte ich deinem Vater alles. Ich bot ihm die Scheidung an. Aber …«

Roderick kommt mit einer Schachtel Taschentücher herein, stellt sie auf den Couchtisch und geht wieder.

Meine Mutter nimmt sich eins und tupft sich die Tränen weg. »Dein Vater entschied, dass er keine Scheidung wollte. Er wollte nicht, dass Kyle zwischen uns hin und hergereicht wird. Also machten wir eine Eheberatung. Er entschied, dass er auch dein Vater sein will. Und dass wir weitermachen würden wie bisher.«

Autsch. »Und wie ist das gelaufen?«

»Wir haben es versucht, Kieran. Du weißt, es gibt Spannungen.«

Ich schnaube laut.

»Was du nicht verstehst, ist, dass wir uns geliebt haben. Bevor ich alles kaputtgemacht habe, hatten wir eine gute Ehe, und dein Dad wollte versuchen, das wieder hinzubekommen. Aber nachdem das Vertrauen einmal weg war, wurde es sehr schwer.«

Ich hole tief Luft und stoße sie wieder aus. Heute scheint es einfach nie genügend Sauerstoff zu geben.

»Dein Vater liebt dich, Kieran. Das glaube ich aus tiefstem Herzen.«

»Das ist Wunschdenken«, widerspreche ich.

»Als du noch klein warst, standet ihr euch sehr nah«, sagt sie. »Er hat dich genauso behandelt wie Kyle. Aber als du ein Teenager wurdest, hattet ihr nicht mehr viel gemeinsam. Von da an kamt ihr nicht mehr miteinander klar. Und …« Sie legt die Hände wie zum Gebet zusammen. »Ich hoffe, dass das nicht auch meine Schuld ist. Wenn du aufgehört hast, dich als Kind deines Vaters zu betrachten, hat sich das wahrscheinlich auf eure Beziehung zueinander ausgewirkt.«

»Ja, vielleicht.« Ich weiß sogar, dass sie recht hat. Ich war so wütend über mein hässliches Geheimnis und habe mir oft gewünscht, es wäre nicht wahr.

»Sorry, Leute«, sagt Roderick, als er erneut ins Zimmer kommt. »Es ist Zeit für eine Margarita. Die Lasagne ist auch gleich aufgewärmt.«

Erleichtert sehe ich zu ihm hoch. Die Unterhaltung wurde gerade bedrückender, als ich ertragen konnte. »Margaritas?«, frage ich mit einem Blick auf das Tablett in seinen Händen.

Er hat es mit drei Gläsern und einem Krug mit einer geeisten Flüssigkeit beladen. Wir mixen sonst nie Cocktails.

»Tja, bei Tequila muss ich immer an dich denken, deshalb habe ich uns vor einer Weile eine Flasche gekauft, sie dann aber komplett vergessen.« Er stellt das Tablett auf den Couchtisch. »Mrs Shipley, möchten Sie eine Margarita?«

Meine Mutter schaut zwischen uns beiden hin und her, als versuche sie, ein Rätsel zu entwirren. »Sicher«, sagt sie einen Hauch zu spät. »Aber nur ein halbes Glas, ich muss ja noch fahren.«

»Krieg ich hin.« Er schenkt ihr ein maßvolles Glas ein und gibt es ihr dann. »Kieran?«

»Unbedingt. Danke.«

»Immer gern.« Als er aufsieht, treffen sich unsere Blicke. Er lächelt mich so warmherzig an, dass ich keine Ahnung habe, warum ich nicht bereit war, ihm alles zu geben, was er von mir wollte. Roddy ist mein Ein und Alles. Ich habe solches Glück, ihn in meinem Leben zu haben.

Als meine Mutter geht, bin ich so fix und fertig, dass ich kaum noch die Augen offen halten kann.

»Komm«, sagt Roddy. »Wir gehen hoch.«

Ich folge ihm wie befohlen. Ich würde ihm überallhin folgen.

Er bewacht mich, während ich mir die Zähne putze und mich wasche. Dann steckt er mich wortwörtlich ins Bett und deckt mich bis obenhin zu. »Hier«, sagt er, wobei er mein Handy am Nachttisch einstöpselt. »Falls es Nachrichten von deinem Dad gibt, hörst du es.«

»Danke«, murmele ich mit schweren Lidern. »Bleibst du heute Nacht hier? Ich möchte es gern.« *Bitte.*

»Ich komme nachher«, verspricht er. »Schlaf jetzt, okay?«

Ich bin mir nicht sicher, ob ich ihm noch antworte. Der Schlaf übermannt mich jedenfalls.

Das Nächste, was ich wahrnehme, ist, wie Roddy sich im Bett über mich beugt und nach meinem Handy greift. Eine Nachricht auf dem Display erhellt das dunkle Zimmer.

Mein verschlafenes Hirn ist träge. Mein einziger Gedanke lautet: *Roddy ist hier.*

»Wie spät ist es?«, krächze ich, als ich allmählich richtig zu mir komme.

»Halb vier. Die Nachricht ist von deiner Mom. Sie schreibt, dass dein Dad aufgewacht ist. Er spricht.«

»Das ist gut, oder?« Ich reibe mir die Augen.

»Ja. Sehr gut.« Als Roddy das Handy mit dem Display nach unten weglegt, ist das Zimmer wieder in Dunkelheit getaucht. »Mehr hat sie allerdings nicht geschrieben.« Er fährt mit der Hand an meinem Arm hinab und nimmt meine Hand. »In anderthalb Stunden klingelt mein Wecker. Wir sollten schlafen.«

Doch das kann ich nicht. Roddy ist hier, wo er hingehört, und seine Nähe lenkt mich ab. Eine Weile liege ich nur stumm da und frage mich, was das alles eigentlich bedeutet. Bald werde ich ein äußerst unangenehmes Gespräch mit meinem Vater führen müssen. Alle kennen jetzt unser dunkelstes Familiengeheimnis.

Was macht da schon eins mehr? Ich werde mich gegenüber meiner Familie outen – jedenfalls vor denen, die es nicht schon mitbekommen haben. Mir ist zutiefst unbehaglich zumute, wenn ich daran denke, dass ich in den nächsten Wochen das Gesprächsthema Nummer eins sein werde. Aber wenn ich im Gegenzug dafür Roddy an meiner Seite habe, ist es das wert.

»Ich hab dich vermisst«, flüstert er mit einem Mal in der Dunkelheit.

Mehr Ermunterung brauche ich nicht. Ich drehe mich auf die Seite, um näher zu ihm zu rücken. »Ich dich auch. Und zwar unfassbar doll.«

Er streicht mit dem Zeigefinger meine Nase hinab. »Es tut mir leid. Ich habe krampfhaft versucht, nicht dieselben Fehler noch mal zu machen.«

»Machst du aber gar nicht. Ich bin jetzt bereit. Also wag es ja nicht, irgendeinen anderen Grund zu erfinden, warum wir nicht zusammen sein können.«

»Werde ich nicht. Versprochen. Ich wollte dich einfach nicht unter Druck setzen. Der Impuls durfte nicht von mir kommen.«

»Kommt er auch nicht.«

»Stimmt.« Er stützt sich auf den Ellbogen, sodass wir Nase an Nase sind. »Ich werde keine Vorwände mehr finden, mich von dir fernzuhalten. Darin war ich sowieso nicht besonders gut. Ich habe mich gezwungen, aus dem Haus zu gehen und mir neue Freunde zu suchen. Aber die meiste Zeit habe ich mir gewünscht, du wärst an meiner Seite.«

»Zieh nicht aus«, flehe ich.

»Okay«, flüstert er. »Denkst du, du kannst jetzt weiterschlafen?«

»Nicht wirklich.« Ich schiebe eine Hand unter sein T-Shirt. »Aber warum auch?« Sein muskulöser Bauch fühlt sich warm und fest unter meiner Hand an.

»Guter Einwand«, sagt er, greift den Saum meines Shirts und hat dann damit zu kämpfen, es mir über den Kopf zu ziehen. »Willst du mir vielleicht zeigen, wie sehr du mich vermisst hast? Ich habe nämlich Lust, es dir zu demonstrieren.«

»Ich auch.«

Ich mache nicht viele Worte, doch mein Herz ist voller Ehrfurcht, als ich mich hinunterbeuge, um ihn auf die Schulter zu küssen. Und dann auf die Brust. Der vertraute seifig-frische Duft seiner Haut tut so gut, dass es mir die Tränen in die Augen treibt.

»Kieran«, flüstert er. »Ich brauche dich so sehr, dass es mir Angst macht. Das hatte ich nicht erwartet, als ich nach Vermont kam.«

»Hab keine Angst«, murmele ich an seiner Haut. »Ich gehe nicht weg.« Ich hebe den Kopf, um ihm im Dunkeln in die Augen zu sehen. Und endlich mache ich den großen Schritt. »Ich liebe dich, und ich brauche dich genauso. Ich kriege den Schritt hin, den du von mir brauchst.«

Roddy umfasst mein Gesicht mit beiden Händen. »Hast du schon.«

Wir nähern uns einander langsam, keiner von uns beiden möchte den Moment kaputtmachen. Aber ich will ihn unbedingt küssen. Also tue ich es. Ich beuge mich vor und bedecke seinen Mund mit meinem. Er schlingt einen Arm um mich, zieht mich an sich und erwidert meinen Kuss mit der gleichen Dringlichkeit, die auch mich antreibt.

Und als eine Stunde später Rods Wecker klingelt, liegen wir ineinander verschlungen da, mit vom Küssen geschwollenen Lippen und überquellenden Herzen.

40

Kieran

Der nächste Morgen ist genauso komisch und unangenehm, wie ich befürchtet hatte.

Als ich pünktlich zu meiner Schicht im Café erscheine, sind Zara und Audrey da. Sie bestürmen mich beide förmlich. »Kieran! Du brauchtest heute doch nicht herzukommen«, ruft Zara aus.

»Setz dich, setz dich«, sagt Audrey.

»Hey, mir geht's gut«, versichere ich. »Außerdem habe ich gestern meinen Job in der Werbeagentur gekündigt, deshalb brauche ich die Stunden. Für nachmittags muss ich mir jetzt wahrscheinlich einen neuen Job suchen.«

»Mach dir darüber mal noch keine Gedanken«, sagt Zara. »Wie geht's deinem Dad?«

»Der Textnachricht nach, die ich gekriegt habe, ist er nach der OP aufgewacht und hat dann die ganze Nacht geschlafen. Ich fahre nachher zu ihm.«

Roderick kommt hinter dem Tresen hervor, um mir einen Teller hinzustellen. Als ich hinunterschaue, ist es ein frischer Bagel mit Frischkäse und Räucherlachs. Er zwinkert mir zu und geht wortlos wieder zurück zum Verkaufstresen.

Audrey und Zara beobachten mich mit großen Augen.

»Was?«, frage ich, weil mir die Aufmerksamkeit unangenehm ist.

»Nichts«, sagen sie einstimmig.

»Hmm«, brumme ich. »Na los. Fragt schon, was ihr fragen wollt.«

Audrey setzt ihr bestes *Was, ich?*-Gesicht auf. »Ich bin nicht neugierig.«

»Du bist der neugierigste Mensch, den ich kenne«, erwidere ich.

»Na ja, ich versuche, mich zu beherrschen«, sagt sie mit einem Schnauben. »Aber Zara hat mir erzählt, dass du Roderick direkt vor ihren Augen *geküsst* hast. Und ich hab's verpasst.«

»Und was, wenn Zara dich bloß veräppelt?«, wendet Roddy von der Espressomaschine her ein.

»Sag schon, ja oder nein?«, sagt Audrey. »Seid ihr wirklich zusammen? Es fällt mir etwas schwer, das zu glauben.«

Ich war nie darauf aus, im Mittelpunkt zu stehen. Da es nun aber schon so ist, kann ich mir auch einen Spaß daraus machen. »Was würdest du sagen, wenn ich dir erzähle, dass Griffin die Antwort schon kennt?«

»*Nein.*« Audrey macht wieder große Augen. »Vor *mir?* Wie kann das denn sein?«

»Na ja ...« Da verlässt mich der Wagemut. Denn ich möchte auf keinen Fall von dem megapeinlichen Vorfall am Weihnachtsmorgen erzählen. »Roddy?«, rufe ich. »Hilfe!«

»Aww, du nennst ihn Roddy!«, kreischt Audrey. »Das ist ja voll süß.«

»Machst du doch auch!«, erwidere ich.

»Wenn du das machst, ist es viel niedlicher. Sag's noch mal. Warte, ich mache ein Video davon.« Sie entsperrt ihr Handy.

»Nein!«, jaule ich.

Lachend taucht Roderick wieder auf. Er stellt einen Espresso neben meinen Bagelteller. »Wo liegt das Problem?«

»Komm bitte mal kurz her. Näher.« Ich winke ihn zu mir. Da ich nicht gern meine Gefühle erkläre, scheint es mir auf die Art einfacher. Sobald er nah genug ist, ziehe ich ihn am T-Shirt zu mir und drücke die Lippen auf seine. »Danke für den Bagel und den Kaffee.«

»Immer gern.« Lächelnd drückt er meine Schulter, bevor er in der Küche verschwindet.

»Oh *Mann*«, sagt Audrey mit einem schwärmerischen Seufzen. »Ich shippe euch.«

»Du machst was?«

»Sie ist begeistert«, sagt Zara vom Tresen her. »Audrey, lass den Mann in Ruhe. Du kannst nach Hause gehen. Du hast doch gar keine Schicht.«

»Aber jetzt bin ich schon mal hier.« Sie schwingt die Füße auf einen freien Stuhl und reibt sich den Babybauch. »Ich gehe erst, wenn ihr zwei mir versprecht, dass ihr nächste Woche zum Donnerstagsdinner vorbeikommt.«

»Was gibt's denn zu essen?«, will Roderick von hinten wissen. »Kieran braucht schon einen Anreiz, wenn er nach Tuxbury rausfahren und sich anglotzen lassen soll.«

»Es wird niemand glotzen«, sagt sie mit einem beleidigten Schniefen. »Aber es gibt Buttermilk-Fried-Chicken, Kartoffelsalat mit Mayo, scharf eingelegtes Asia-Gemüse und Maispuffer.«

»Oh Mann«, hauche ich. »Dafür lohnt sich vielleicht sogar das Angeglotztwerden.«

Alle lachen.

Gegen Mittag wird mein Dad auf eine normale Station verlegt und darf mehr Besuch haben. »Ich sollte zu ihm«, sage ich und fürchte mich davor. Wie wird mein Vater auf mich reagieren, jetzt, wo sein Geheimnis raus ist?

»Wir fahren zusammen hin«, schlägt Roderick vor. »Danach können wir ja Ramennudeln essen gehen.«

Alle Nudeln der Welt würden es nicht einfacher machen. Aber ich fahre trotzdem mit Roderick an meiner Seite zum Krankenhaus.

Als wir uns Dads Zimmer nähern, sehe ich meine Mutter neben seinem Bett stehen. Als sie uns bemerkt, kommt sie zu uns auf den Flur und schließt die Tür hinter sich. Sie wirkt erschöpft.

»Sally«, sagt Roderick. »Versteh mich nicht falsch, aber wann hast du zuletzt geschlafen?«

»Ich weiß es nicht«, sagt sie.

»Komm, ich fahr dich nach Hause, Ma«, sagt Kyle, als er mit einem Becher Kaffee im Flur auftaucht. »Ich sage ihr das schon seit Stunden.«

»Okay«, willigt sie ein. »Danke. Lass mich nur eben meinen Mantel holen.«

Während sie ihn holt, legt mir Kyle eine Hand auf die Schulter. »Alles in Ordnung bei dir?«

»Klar«, brumme ich. »Wieso?«

Er zuckt mit den Schultern. »Weil das alles ein Mordsstress ist. Sorgt er sich auch gut um dich?«

Kyle nickt zu Roderick.

»Ähm, ja. Aber mir geht's gut.«

Kyle verschränkt die Arme und runzelt die Stirn. »Tut mir leid, dass ich gestern so ein Vollpfosten war.« Er dreht sich zu Roderick. »Und es tut mir leid, wenn ich dir gegenüber irgendwann einer war.«

»Mir sind schon schlimmere begegnet«, sagt Roderick knapp. »Aber diese machomäßige Großer-Bruder-Nummer, die du heute abziehst, ist irgendwie heiß.«

»Roddy«, stöhne ich.

Er kichert. »Sorry. Wenn ich nervös bin, sage ich immer noch umso unpassendere Sachen.«

Kyle grinst ihn kurz an. »Okay. Wie dem auch sei, ich fahre Mom jetzt nach Hause.«

»Brauchst du morgen Hilfe?«, frage ich ihn.

Er schüttelt den Kopf. »Nein, schon okay. Ich mach das schon. Geh nur.« Er zeigt zu Dads Zimmer. »Übernimm du hier. Er hat schon nach dir gefragt.«

»Okay«, sage ich, während sich mir der Magen verkrampft.

Ich kann es nicht mehr länger hinauszögern. Ich betrete das Zimmer allein. Mein Vater liegt auf dem Rücken, die Augen geschlossen, das Gesicht blass. Auf seiner Brust sind Verbände zu sehen, und er wirkt zerbrechlich, älter als ein Mann Anfang fünfzig.

Ich war schon oft sauer auf meinen Dad, aber bis jetzt habe ich mich noch nie groß gefragt, wie es wäre, ihn zu *verlieren*. Und dafür bin ich nicht bereit. Ich lasse mich schwer auf einen Stuhl fallen und versuche, mich zusammenzureißen.

Seine Lider flattern auf, und er dreht den Kopf, um zu sehen, wer bei ihm ist. »Kieran«, sagt er müde. »Geht's dir gut?«

»Ja«, sage ich mit brüchiger Stimme. »Klar doch.«

Er macht die Augen wieder zu. »So machen wir das immer, stimmt's? Wir sagen, dass es uns gut geht, egal, was los ist.«

»Ja«, stimme ich ihm zu. »Tun wir.«

»Deine Mutter hat mir alles erzählt. Ich fasse es nicht, wie sehr wir dich im Stich gelassen haben. In einem Baum vor der Kirche? Auf die Art solltest du die Wahrheit *nicht* erfahren.«

»Ich sollte sie überhaupt nicht erfahren, stimmt's?«

Er schlägt die Augen wieder auf. Sie haben die dunkelbraune Farbe, die allen Shipleys gemeinsam ist. »Es tut mir leid. Das war ein Fehler. Wenn ich die Zeit zurückdrehen und einen besseren Weg finden könnte, würde ich es machen. Du warst so wütend als Teenager, damit bin ich nicht klargekommen.«

»Ich weiß.«

»Jetzt begreife ich, dass du wahrscheinlich dachtest, ich würde deinen Bruder mehr lieben als dich. Wobei er schon leichter zu durchschauen war. Ich hatte keine Ahnung, was du durchmachst – dass deine Wut meine Schuld war.«

Jetzt schnürt es mir die Kehle zu. »Schnee von gestern«, krächze ich.

»Geheimnisse fressen einen auf«, flüstert er. »Das habe ich in jungen Jahren nicht kapiert. Wenn du es vermeiden kannst, dann mach nicht den gleichen Fehler.«

»Ich versuch's«, sage ich, während ich gegen die Tränen ankämpfe. »Versprochen.«

Er schluckt schwer. »Gut.«

»Ich bin in einer Beziehung mit einem Mann. Du hast ihn schon kennengelernt«, platze ich heraus. »Roderick. Du magst das vielleicht seltsam finden, ich aber nicht.«

»Okay«, sagt er. »An den Gedanken kann ich mich sicher gewöhnen. Danke, dass du es mir gesagt hast.«

Ich schlucke Tränen hinunter. »Gerne.«

»Hey, da in der Schublade liegt mein Portemonnaie.« Er nickt zu dem Tischchen neben dem Bett. »Da steckt ein Foto drin. Hol es mal für mich raus.«

Dankbar, etwas zu tun zu haben, mache ich die Schublade auf und angele Dads altes Lederportemonnaie heraus. Es hat zwei Fächer für Fotos. In dem einen steckt ein Bild von Kyle ungefähr als Erstklässler. Und das andere ist eins, das ich noch nie gesehen habe. Darauf bin ich vielleicht ein Jahr alt. Mein Dad hält mich auf dem Arm, während ich mit meiner kleinen Hand in sein Gesicht fasse. Und er lächelt mich breit an. So wie ein Mann seinen kleinen Jungen anlächelt.

»Es war nicht immer schwierig mit uns«, sagt er. »Lass uns versuchen, das im Kopf zu behalten.«

»Okay«, sage ich mit brüchiger Stimme.

»Nimm du es«, sagt er. »Ich habe das Foto auch noch mal zu Hause in meinem Büro stehen. Zeig es deinem Freund, damit er weiß, was für ein süßes Baby du warst.«

Ich ziehe das Foto aus dem Plastikfach. Meine Beziehung zu Dad ist belastet. Doch das Foto liegt leicht auf meiner Handfläche.

Als ich schließlich aus Dads Krankenzimmer komme, sitzen Roderick und Pater Peters mit gesenkten Köpfen nebeneinander im Wartezimmer und sind am Diskutieren.

»Hey«, krächze ich. »Was betuschelt ihr beide denn?«

»Tacos und Enchiladas!«, sagt Pater Peters. »Wir überlegen, was von beiden sich leichter für zweihundert Leute zubereiten lässt.« Er springt auf. »Wie geht's deinem Vater?«

»Ganz gut für einen Mann mit schweren Schnittverletzungen und fehlender Milz.«

»Ah. Ich gehe gleich mal zu ihm. Wie hältst du dich?«

»Gut.« Ich atme einmal tief durch. »Schon besser tatsächlich.«

»Schön.« Er klopft mir auf die Schulter. »Ich stelle dir jetzt eine Frage, auf die ich nicht sofort eine Antwort erwarte.«

»Okay?« Das klingt ominös.

»Möchtest du, dass ich deinen leiblichen Vater suche? Deine Mutter hat mir heute Morgen von ihm erzählt. Ich habe den Mann nie kennengelernt, aber ich könnte ihn sicherlich ausfindig machen. Falls dir das je wichtig sein sollte, sag einfach Bescheid.«

»Ich glaube nicht«, sage ich knapp. »Aber danke.«

Er umarmt mich kurz. »Ruf mich an, falls du irgendetwas

brauchst. Meine Tür steht immer für dich offen. Für euch beide«, schließt er Roderick mit ein. Und dann verlässt er das Wartezimmer mit großen Schritten.

»Wow«, sagt Roddy und steht auf. »Möchtest du deinen Samenspender mal kennenlernen?«

Ich habe mich natürlich gefragt, wie er wohl ist. Aber der Mann hat ein Gemeindemitglied geschwängert und sich dann dünngemacht. »Eltern sind schwierig. Ich glaube, ich habe mit meinen schon genug zu tun.«

»Aw. Das stimmt.« Roderick schlingt einen Arm um mich, und ich bekomme die zweite Umarmung innerhalb weniger Minuten. »Bist du bereit, jetzt mit mir Ramennudeln essen zu gehen?«

»Mehr als bereit«, bestätige ich. Und dann drücke ich ihn auch ganz fest.

41

Roderick

Man muss schon sagen, dass Audrey ein grandioses Backhähnchen macht. Es ist knusprig, saftig und sogar ein bisschen scharf. Ich schwebe im siebten Himmel, während ich Ellbogen an Ellbogen neben meinem Freund sitze und dieses umwerfende Essen verspeise.

Und es freut mich, berichten zu können, dass Kieran während des Tischgebets mit mir unterm Tisch Händchen gehalten hat. Ich hätte nie gedacht, dass dieser Tag einmal kommen würde. Aber hier wären wir.

Kieran war auf der Fahrt nach Tuxbury ziemlich schweigsam. Er hasst Aufmerksamkeit. Und heute Abend sieht er zum ersten Mal alle aus seiner Großfamilie auf einen Haufen. Aber im Moment ist er ganz auf sein Essen konzentriert und schmiert Butter auf ein Stück Maisbrot, das ich für das heutige Festmahl gebacken habe.

Es gab einige wenig subtile Blicke in Richtung unseres Tischendes, aber zu Kierans Glück werden nicht wir beobachtet. Durch einen skurrilen Zufall sind wir heute Abend nicht die größte Neuigkeit. Nicht mal ansatzweise.

Grandpa Shipley hat jemanden zum Essen eingeladen. Eine *Frau.* Ihr Name ist Lydia. Sie ist neunundsiebzig Jahre alt und isst das Backhähnchen vornehm mit Messer und Gabel.

Die Shipleys sind fasziniert. Und zwar allesamt.

»Also, Lydia«, sagt Ruth liebenswürdig. »Sind Sie neu in die Stadt gezogen?«

»Ich bin neu in die Stadt gezogen, als Roosevelt Präsident war«, sagt sie. »Aber meine Familie ist viel herumgekommen. Mein Vater war in der Armee.«

»Wir haben uns in der Highschool kennengelernt!«, sagt Grandpa Shipley und nimmt sich noch ein Stück Maisbrot. »Ich hatte mir schon überlegt, sie zu fragen, ob sie mich heiraten will, aber dann ist sie wieder weggezogen. Wenn nicht, wärt ihr jetzt alle wohl jemand anderes.«

Lydia legt die Gabel ab und dreht sich zu ihm. »Es ist irgendwie gruselig, wenn du so was zu deiner reizenden Familie sagst. Außerdem weißt du doch nicht mal, ob ich Ja gesagt hätte.«

Grandpa blinzelt. »Entschuldigung, Miss Lydia. Da hast du recht. Ich sollte nicht einfach etwas annehmen.«

Sämtlichen Shipleys klappt die Kinnlade herunter.

Er merkt es jedoch nicht, sondern schneidet sich ein Stückchen Butter ab, um sein Maisbrot dick damit zu bestreichen. »Roderick, das schmeckt fabelhaft. Du kannst jederzeit wieder vorbeikommen.«

»Vielen Dank, Sir. Gut zu wissen.«

»Backst du das auch für meinen Enkel?«, fragt er und sieht mich eindrücklich an.

»Also, ich backe vieles, aber Maisbrot habe ich, glaube ich, noch nicht zu Hause gemacht.«

»Hmpf«, sagt er mit vollem Mund. »Solltest du aber. Es ist köstlich. Und der Junge arbeitet hart.«

»Stimmt«, sage ich, obwohl ich mir irgendwie vorkomme, als wäre ich für die Rolle einer Hausfrau aus den Fünfzigern besetzt worden.

»Er kann nicht kochen«, fährt Grandpa Shipley fort.

»Eigentlich …«, will ich einwenden.

»Wenn er es *könnte*, hätte er mich doch schon mal zum Essen in euer neues Haus nach Colebury eingeladen.«

Ich klappe den Mund zu.

Kieran wirft mir einen amüsierten Blick zu. »Weißt du was, Grandpa, wir hatten uns *gerade* überlegt, dass du mal zum Essen bei uns vorbeikommen solltest. Stimmt's?« Unter dem Tisch stupst er mein Knie an.

»Oh, unbedingt«, sage ich und stupse zurück.

»Trinkst du Alkohol?«, fragt Grandpa mich als Nächstes. So langsam komme ich mir vor wie bei einem Bewerbungsgespräch.

»Gelegentlich«, gestehe ich.

»Und spielst du Poker?«

»Jetzt mal langsam, Grandpa«, sagt Kieran. »Roddy wurde zum Essen hierher eingeladen und nicht zu einem Verhör.«

»Pokern kann ich«, sage ich nichtsdestotrotz. »Aber ich bin nicht besonders gut darin.«

»Sehr gut!«, sagt Grandpa. »Na bitte, wusste ich's doch, dass du gute Gesellschaft bist. Wir spielen nachher eine Runde. Mit niedrigen Einsätzen. Nichts Wildes.«

»Ja, Sir.«

Kieran schüttelt nur den Kopf und tut sich noch einen Löffel Kartoffelsalat auf.

»Das war gar nicht so übel, oder?«, frage ich auf dem Heimweg.

»Für mich war's ein Kinderspiel«, sagt Kieran, während er auf den Highway auffährt. »Die schwierigen Fragen hast du gestellt bekommen.«

»So schwierig waren sie gar nicht. Dein Grandpa ist lustig.«

»Das stimmt.«

»Kann ich laut Musik auf deinem Handy anmachen?«

»Tu, was du nicht lassen kannst.«

Ich stelle ein altes Phish-Album an und rocke dazu ab. Ich gehe dermaßen ab, dass ich weder das Auto bemerke, das vor unserem Haus parkt, noch den Mann, der in der Januarkälte auf der Veranda sitzt. Jedenfalls nicht, bis Kieran mich auf ihn aufmerksam macht. »Wer ist das?«

»Oh, Shit«, flüstere ich, als der Mann aufsteht und quer über den Rasen auf uns zukommt. »Das ist B…Brian«, stammele ich und hantiere herum, um die Musik auszuschalten.

Ich kann nicht *fassen*, dass mein Ex hier in Vermont ist. Er muss irgendwas hier in Colebury zu tun gehabt haben. Denn der weiteste Weg, den er je nur für mich auf sich genommen hat, war, auf dem Heimweg vom Tonstudio bei einem Starbucks vorbeizufahren.

Mit einem Fuß auf der Einfahrt und einem noch im Auto erstarrt Kieran. »Roddy? Der Typ sieht aus wie *Brian Aimsley*.«

»Yepp.« Sollte Kieran jetzt total verlegen werden, weil er vor einem Star steht, kotze ich das ganze gute Essen aus, das ich heute Abend gegessen habe. Misstrauisch steige ich aus dem Wagen.

»Du bist Brian Aimsley«, sagt Kieran, während er langsam auf meinen Ex zugeht. Vor Überraschung spricht er ganz gedämpft.

»Ja.« Mein Ex lächelt ihn breit an. »Bist du ein Fan?«

Mir rutscht das Herz in die Schuhe.

Kieran bleibt stehen und reibt sich über die Stoppeln am Kinn. »Weißt du, ich *war* einer. Bis vor ungefähr zwei Sekunden. Bist du der Typ, der Roddy betrogen hat? Der seine Kreditkarten gesperrt hat?«

Brian vergeht das Lächeln. »Na, ich war wütend. Da habe ich eben überreagiert.«

»Aha«, sagt Kieran auf seine typisch ruhige Art. »Wusstest

du, dass deine Überreaktion dazu geführt hat, dass Roddy in seinem Auto schlafen musste? Bei Schnee.«

Man muss Brian zugestehen, dass er immerhin leicht entsetzt dreinschaut. »Babe?«, sagt er und dreht sich dabei zu mir. »Es tut mir so leid. Ich weiß, wir haben uns gestritten. Aber jetzt bin ich hier. Ich bin extra deinetwegen hergefahren. Ich kann dir jetzt endlich ein Partner sein.«

»Nein, kannst du nicht«, sage ich nachdrücklich. »Ich habe jetzt jemand Besseres. Jemanden, der zuhört, wenn ich etwas sage.«

Jetzt wirkt Brian nervös. »Ich weiß, dass du sauer bist. Aber es gab da so einiges, worüber ich mir klar werden musste. Diesen schweren Schritt bin ich gegangen, und jetzt bin ich für dich da. Ich habe dir deine Gitarre und alles mitgebracht.«

»Davon habe ich jetzt auch eine bessere.«

So verunsichert wie jetzt sieht man Brian selten, und ich hasse mich dafür, dass ich den Anblick genieße. »Hör zu«, versucht er es. »Ich habe mir ein Hotelzimmer genommen. Wie wär's, wenn wir dort reden?«

»Wie wär's, wenn du von unserem Rasen runtergehst?«, hält Kieran dagegen. »Sonst rufe ich die Bullen.« Er macht bedrohlich ein paar Schritte auf Brian zu. »Du bist hier nicht willkommen. Roddy lässt sich nicht mehr von dir in den Wahnsinn treiben.« Er dreht sich zu mir. »Oder brauchst du noch *irgendwas* von dem Kerl?«

Ich will schon den Kopf schütteln, merke dann aber, dass es doch etwas gibt. »Na ja, eine Sache schon.«

»Und die wäre?«, fragt Brian mit hoffnungsvoller Miene.

»Eine generelle Entschuldigung.« Auf die warte ich schon lange.

»Oh.« Er zieht die Stirn kraus. »Okay. Los geht's. Hör zu, es tut mir leid –«

»Das reicht«, sagt Kieran. »Oder?«

»Ja«, erwidere ich lachend. »Das passt schon.«

»Aber, *Babe* – «

Jetzt reicht es Kieran. »Verschwinde«, sagt er und macht einen weiteren Schritt nach vorn.

Brian macht einen zurück. »Ich wohne im *High Hill Inn!*«, sagt er und geht noch weiter zurück, als Kieran fortfährt, ihn von unserem Rasen herunterzutreiben. »Schreib mir!«

Ja, bestimmt. Ich habe seine Nummer längst gelöscht.

Kieran krümmt Brian kein Haar, er nähert sich ihm einfach immer weiter. Brian würde niemals riskieren, seine Gitarrenspielerhände bei einem Kampf um mich zu verletzen, deshalb steigt er in seinen Mietwagen und knallt die Tür zu.

Die Rücklichter leuchten rot, als er wegfährt.

»Verdammt«, sagt Kieran, als er wieder zu mir kommt. Er bedeckt die Augen mit den Händen. »Ich bin ein bisschen ausgetickt. Ich hoffe, du wolltest nicht wirklich eine ausführliche Entschuldigung, die hab ich wohl sonst kaputtgemacht.«

»No problemo«, sage ich. »Ein Glück, dass ich den los bin.«

»Ich bin froh, dass er so einfach zu vertreiben war. Ich möchte nicht ins Gefängnis wandern, weil ich einen Countrystar verprügelt habe. Aber der Mann hätte es verdient gehabt.«

»Ja, ich bin sehr froh, dass du nicht ins Gefängnis wanderst«, sage ich, obwohl ein fieser Teil von mir *echt* gern sehen würde, wie Brian eine aufs Maul kriegt. »Gefängnis ist richtig, richtig übel.«

»Was für ein Vollpfosten.«

»Yepp«, stimme ich zu.

»*Brian Aimsley.* Kein Wunder, dass du keine Countrymusik magst. Du hast nie was gesagt.«

»Schon aus Prinzip nicht. Und anders als er habe ich Prinzipien.«

»Ich kann's fast gar nicht fassen.« Kieran schüttelt den Kopf. »Müssen ein paar spannende Jahre gewesen sein. Du hast bestimmt ziemlich glamouröse Momente miterlebt.«

»Der Glamour hat schon manchmal Spaß gemacht«, gebe ich zu und greife nach seiner Hand. »Aber du verwöhnst mich mehr, als er es je getan hat.«

»Wie das? Wir haben immer noch weder einen Esstisch noch Stühle.«

»Du verwöhnst mich auf die Art, die wirklich zählt.« Ich nehme auch Kierans andere Hand, sodass ich jetzt beide halte. In unserer Straße ist es still, denn wir haben halb zehn an einem Wochentag im Januar. Die Sterne leuchten hell am Himmel, und der Mond geht auf und lässt den Schnee schimmern. Ich habe das Gefühl, eine Million Meilen weit weg von Nashville zu sein, und es gefällt mir hier unheimlich. »Du verwöhnst mich, indem du ehrlich bist. Früher habe ich immer davon geträumt, mal einen Kerl zu finden, der mich so ansieht wie du jetzt gerade.«

»Wie denn?«, fragt er mit einem humorvollen Funkeln in den braunen Augen.

»Als wärst du mit Haut und Haaren dabei, egal, was passiert.«

»Bin ich auch. Stimmt.« Er beugt sich herunter und küsst mich auf die Wange. »Komm mit rein, dann zeige ich dir, mit wie viel Haut und Haar genau.« Daraufhin küsst er mich richtig.

Als Zara eine Minute später ihre Haustür aufmacht, sind wir zwei immer noch voll dabei. »Nehmt euch ein Zimmer, ihr zwei!« Sie gackert los und schließt die Tür.

Das ist ein guter Rat. Also machen wir das.

EPILOG

Kieran

Zwei Jahre später

»Guck dir den Jungen da an.« Roddy stupst mich unter dem Tisch an. »Der ist ja mutig.«

Als ich den Kopf drehe, sehe ich ein ungefähr zwölf Jahre altes Kind, das auf einem Einrad die gepflasterte Straße entlangfährt und sich zwischen den Gästen auf der Church Street hindurchschlängelt. »Hm«, mache ich. »Gute Reflexe.«

Roddy und ich sitzen draußen vor einem Burlingtoner Ramen-Laden an einem Tisch und beenden gerade unser Essen. Man kann über unseren kleinen Bundesstaat sagen, was man will, aber Burlington mit seinen zweiundvierzigtausend Einwohnern ist an Sommerabenden ein toller Ort. Der Marktplatz ist für den Autoverkehr gesperrt, deshalb strömen überall Gäste aus den Bars und Restaurants hinaus auf die Straße. Alle Tische draußen sind besetzt. Es ist ein schöner Platz zum Essen und auch zum Leutegucken. Burlington kommt hier einer richtigen Stadt am nächsten und lohnt die einstündige Fahrt von Colebury aus. Ich bin wegen der Uni in den letzten zwei Jahren zweimal die Woche hier gewesen. Das Studium läuft ziemlich gut – mir gefallen meine Kurse, und über das Absolventen-Netzwerk bin ich an Freelancerjobs als Grafikdesigner gekommen. Im Moment sind allerdings Sommerferien, deshalb sind Roddy und ich einfach so hier.

Das Geld ist zwar immer noch knapp, aber wir gehen trotzdem aus. Roddy liebt das, und ich liebe es, ihn glücklich zu machen. Nur um die Haushaltskasse aufzubessern, übernehme ich immer noch manchmal Schichten im *Busy Bean.*

Gerade steckt mein Date heimlich eine Kreditkarte in die Mappe mit der Rechnung, von der ich gar nicht weiß, wann sie uns gebracht wurde. »Schatz, hast du mich etwa gerade mit einem Einrad fahrenden Kind abgelenkt, damit du die Rechnung übernehmen kannst?«

Er grinst mich frech an. »Ich nutze eben alle Möglichkeiten, die mir zur Verfügung stehen.«

»Aber du hast letztes Mal schon bezahlt«, wende ich ein.

Er zuckt mit den Schultern. »Kann ich dir eine ernsthafte Frage stellen? Warum machen wir das überhaupt?«

»Warum wir über die Rechnung streiten? Weil du ein hinterhältiger Quertreiber bist.«

Er gibt der Kellnerin die Mappe, bevor er sich mit nachdenklicher Miene wieder zu mir umdreht. »Wieso haben wir überhaupt getrennte Konten? Wieso eröffnen wir nicht einfach ein gemeinsames Konto und hören auf, alle Rechnungen zu splitten? Wird es nicht langsam Zeit?«

Wow. Ich nehme mein Bier und überlege mir meine Gegenargumente, während ich es austrinke. *Das können wir nicht machen.* Doch, könnten wir eigentlich. *Es ist zu kompliziert …* Ach was. Genau genommen wäre es einfacher.

Wenn man es sich recht überlegt, habe ich eigentlich nur einen Einwand. »Aber ich verdiene weniger Geld als du. Wie soll ich dann noch wissen, ob ich überhaupt genug beisteuere?«

Er sieht mich kopfschüttelnd an. »Du steuerst Tag für Tag genug bei. Das ist es ja. Es ist mir egal, dass du nicht so regelmäßige Einkünfte hast wie ich.« Da Roddy immer wichtiger für Zaras und Audreys verschiedene Unternehmen geworden ist, ist sein Gehalt grundsolide.

Meins steht und fällt mit meinen Aufträgen als Freelancer, und die Uni nimmt einen großen Teil meiner Zeit in Anspruch. »Manchmal bin ich pleite«, stelle ich klar.

»Ja, und ich weiß noch genau, wie sich das anfühlt.« Er zuckt mit den Schultern. »Aber das wird nicht immer so bleiben. Niemand arbeitet härter als du. Außerdem teilen wir auch alles andere. Die Einkäufe. Die Heizkosten. Den Kabelanschluss. Ich liebe dich, Kieran. Wir werden sowieso noch mehr als das teilen, oder? Warum nicht auch das Bankkonto?«

Er hat recht – es gibt kein vernünftiges Gegenargument. Aber ich habe ein Problem mit diesem Vorschlag.

»Denk einfach drüber nach«, sagt er. »In der Zwischenzeit habe ich jetzt erst mal vor, dich abzufüllen.«

»Ja? Zu Hause?«

Er schüttelt den Kopf. »Weißt du noch, dass du meintest, in Vermont gäbe es keine Gay Bars?«

»Ja. Wieso?«

»Ein Stück die Straße rauf hat gerade eine neu eröffnet, und ich finde, die sollten wir abchecken.«

»Was, echt?«

»Echt. Wir müssen nicht unbedingt sofort hingehen, aber ich habe gehört, dass es heute Livemusik gibt.«

»Ja? Okay. Das macht die Entscheidung leichter. Wobei du wahrscheinlich auch mit der Kontosache recht hast.«

Er grinst. »Klar hab ich recht.«

»Wir wissen beide, dass ich mit dir überallhin gehen und alles machen würde, worum du mich bittest. Manchmal brauche ich bloß einen Moment, um mich an den Gedanken zu gewöhnen.«

»Was du nicht sagst.«

Ich verpasse ihm einen leichten Tritt unter dem Tisch. »Sei

lieber dankbar. Und jetzt erzähl mir von dieser neuen Bar«, verlange ich. »Wo hast du davon gehört?«

»Im Radio. Der Laden heißt *Vino und Veritas*. Die eine Hälfte ist eine LGBTQ-freundliche Weinbar. Oder wie ich es nennen würde: eine Schwulenbar. Und die andere Hälfte ist eine inklusive Buchhandlung.«

»Aha. Ist das nicht eine ziemlich seltsame Kombi?« Wobei, seien wir mal ehrlich, ich komme kaum je raus aus Vermont. Und ich war noch nie auch nur in der Nähe einer Gay Bar. »Was macht eine queere Buchhandlung überhaupt queer?«, muss ich nachfragen.

»Ach, nicht viel«, gibt er zu. »Der Unterschied ist vermutlich nur, dass die LGBTQ-Bücher vorne im Laden stehen statt ganz hinten. Und in der Kinderabteilung hängen wahrscheinlich lauter Regenbögen.«

»Okay. Und die Bar?«

»Leckere Typen und eine gemütliche Atmosphäre. Das sind so die Parameter.«

»Gefällt mir jetzt schon.«

»Siehst du? Du bist leicht zufriedenzustellen«, sagt Roderick und streckt die Hand aus, um meinen Oberschenkel zu drücken.

»Flöß mir ein paar Drinks ein, und es wird sogar noch leichter.«

»Hört sich gut an«, sagt Roddy. »Dann lass uns gehen.«

Roderick

Einige Minuten später schlendern wir über den Marktplatz. »Siehst du? Da ist der Laden.« Ich zeige auf ein großes Backsteingebäude mit einem *Vino-und-Veritas*-Neonschild davor. Und dann nehme ich Kierans Hand.

Ich halte Kierans Hand so oft wie möglich. Wobei meine Gründe, es jetzt zu tun, ein bisschen oberflächlich sind. Kieran mag noch nie in einer Gay Bar gewesen sein, ich aber schon. Sobald wir den Laden betreten, wird jeder, der Augen im Kopf hat, sofort meinen Freund abchecken.

»Sieht nett aus«, sagt er, ohne meine Machenschaften zu durchschauen. »Und in einer Sache hattest du recht: Im Schaufenster der Buchhandlung hängen jede Menge Regenbögen. Aber guck mal – da sind auch Bücher über Landwirtschaft.«

Er hat recht. Eins der Schaufenster ist dem Hühnerzüchten gewidmet. Stell sich das einer vor.

Als wir an der Tür sind, hält Kieran sie für mich auf. Drinnen ist links die Bar und rechts der Buchladen. Er schließt jedoch gerade, daher müssen wir ihn ein andermal abchecken.

Aber die Bar füllt sich. Gut drei Viertel der Tische und Hocker sind besetzt. Auf der Bühne spielt ein Typ Gitarre und singt dazu, während ihn ein Bassist und ein Schlagzeuger begleiten.

Der Laden gefällt mir jetzt schon.

Ich sehe mich um und schiebe Kieran dann zu zwei freien Plätzen am Ende des Tresens. Sobald wir uns hingesetzt haben, schiebt uns ein total heißer, tätowierter Barkeeper die Getränkekarte hin. »N'Abend, Jungs. Seid ihr zum ersten Mal im *Vino und Veritas?*«

»Aber ja«, sagt Kieran leise. »Was kannst du empfehlen?«

»Kommt drauf an, wonach euch ist. Unsere Weinkarte ist einmalig. Wir haben frisch gezapftes Goldenpour und eine große Auswahl an Vermonter Craft-Bieren. Außerdem den Shipley-Cider und …« Der tätowierte Hottie sieht meinen Freund stirnrunzelnd an. »Ach, warte. Du bist ein Shipley, oder? Du kommst mir bekannt vor. Ich war ein Jahr lang auf der Highschool in Colebury.«

»Ah, klar«, sagt Kieran langsam. Ich habe das Gefühl, er erinnert sich nicht an den Typen, möchte aber nicht unhöflich sein. »Wie geht's dir so?«

Jetzt, wo ich das weiß, kommt mir sein Gesicht bekannt vor. »Ich war auch zwei Jahre auf der Schule, und ich glaube, du warst in meiner Klasse. Ist dein Name Tanner? Und hast du nicht einen Bruder?«

Kieran wirft mir einen erleichterten Blick zu, weil einer von uns seinen Namen weiß.

»Ja.« Ein Lächeln erscheint auf seinem markanten Gesicht und verschwindet dann genauso schnell wieder. »Mein Bruder und ich hatten allerdings ziemlich viele Fehltage. Schnee von gestern, stimmt's?« Er hält mir seine Hand hin. »Und du bist …?«

»Roderick Waites.« Wir geben uns die Hand.

»Was kann ich euch beiden denn zu trinken bringen?«, fragt Tanner, nachdem die Vorstellungsrunde beendet ist.

»Wie ist der Prosecco?« Ich tippe auf die Karte. »Eher trocken oder eher süß?«

»Er ist, äh …« Tanner macht ein unmutiges Gesicht. »Okay, Zeit für ein Geständnis: Ich bin ein super Barchef, aber mit Schaumwein kenne ich mich noch nicht aus. Wie wär's, wenn ich dir ein Glas aufs Haus einschenke und du mir verrätst, wie du ihn beschreiben würdest?«

»Da sage ich nicht Nein.« Ich kann mir allerdings nur ein Glas genehmigen, da ich heute Abend der Fahrer bin.

Tanner schenkt mir ein Glas Blubberwasser ein und zapft Kieran ein Bier. Er bedient weitere Gäste, während ich den Prosecco probiere und mich umsehe. »Das ist also die Vermonter Version von einer Gay Bar. Faszinierend. Wenig Leder. Viele Hightechmaterialien. Robust. So würde ich mir eine Schwulenbar in Island vorstellen.«

Kieran schaut sich um. »Nett hier.«

»Total.« Der Sänger bringt ein Akustikcover eines alten Cranberries-Songs, und ich steh drauf.

»Das könntest du da oben sein«, sagt Kieran auf einmal. »Mit deiner Gitarre. Du würdest super klingen.«

»Nee«, tue ich die Vorstellung ab. »Ich spiele nur für dich. Ich mag Musik zwar, habe aber keinen Ehrgeiz zu spielen. Ich sitze lieber hier neben dir als oben auf der Bühne.«

Er wirft mir einen zärtlichen Blick zu, der nur dadurch unterbrochen wird, dass Tanner wiederkommt. »Okay, Colebury-Fraktion, beschreibt mir den Geschmack.« Er tippt mit seinem Stift auf einen Notizblock. »Rettet mich vor der Unwissenheit.«

Ich nehme einen Schluck von dem Prosecco und behalte ihn auf der Zunge. Dann halte ich das Glas gegen das Licht. »Die Farbe ist strohgelb mit leicht grünem Einschlag. Das Aroma ist duftig mit Noten von Zitrone und Honig.«

Tanner blinzelt. »Irgendwas sagt mir, dass du das schon mal gemacht hast.«

»Ich war auf der Kochschule.«

»Hier in der Gegend?«, fragt er.

Ich schüttele den Kopf. »In Nashville. Lange Geschichte. Ich war acht Jahre weg aus Colebury.«

»Aha.« Tanner reibt sich das Kinn. »Ich bin auch von da weg. Aber es hat mich dorthin zurückgezogen.«

»Ich schätze, so ging's mir auch«, gestehe ich.

»Andere sind wiederum nie weg gewesen«, sagt Kieran und stützt einen seiner breiten Ellbogen auf den Tresen.

»Wie macht sich Colebury so?«, fragt Tanner. »Es gibt ein paar neue Bars, oder?«

»Ja, zwei«, sagt Kieran. »Die *Gin Mill* und das *Speakeasy*. Außerdem das Café, in dem Roddy die Küche leitet.«

»Nicht schlecht. Habt ihr noch Kontakt zu irgendjemandem von der Highschool?«, erkundigt sich Tanner.

»Nur mit ihm.« Ich zeige auf Kieran. »Wobei wir uns damals eigentlich gar nicht kannten.«

»Nicht, äh, gut jedenfalls«, sagt Kieran und schenkt mir ein geheimnistuerisches Lächeln. »Hast du noch Freunde in Colebury?«

»Eigentlich nicht, ich habe ja nur ein Jahr dort gelebt. Aber jeder Abschlussjahrgang hat eine Facebookgruppe. Mein Bruder hat mir den Link geschickt. Seht ihr?« Er legt sein Handy vor uns auf den Tresen. »Zweihundert Mitglieder.«

»Hm«, mache ich. »Meine Highschool-Zeit war nicht so besonders, darum habe ich nicht unbedingt den Drang, sie wiederaufleben zu lassen. Außer …« Ich schiele auf das Display. »Ist das …?« Ich unterbreche mich gerade noch rechtzeitig. Schließlich ist es nicht cool, wenn man auf seine alten Affären zu sprechen kommt, während der eigene Freund neben einem sitzt.

Doch es ist schon zu spät. Kieran hat sich herübergebeugt und schielt auf Tanners Handy. »Jared Harvey«, sagt er. »Was macht er so?«

»Ist Fußballspieler, oder?«, sagt Tanner. »Ich weiß nur noch, dass er echt heiß war.«

Ich lache nervös. »Was soll's …«

Ohne mein Unbehagen zu bemerken, tippt Tanner auf Jareds Bild. »Er wohnt in Barre, unterrichtet aber an der Colebury High. Ha. Schätze, manche konnten nicht genug von der Schule kriegen. Oh …« Er legt das Handy wieder auf den Tresen. »Hier. Meine Bierlieferung ist da. 'tschuldigt mich, Jungs.« Tanner huscht davon, um einen der Angestellten abzufangen.

Kieran und ich wechseln amüsiert einen Blick. Dann schaut er hinunter auf Tanners Handy. »Möchtest du nicht wissen, welche Fächer Jared unterrichtet?«

»Nee.« Tatsächlich hatte ich Jared Harvey ganz vergessen. Das mit ihm ist schon zehn Jahre her. Außerdem hatten wir keine Gemeinsamkeiten und haben kaum je miteinander geredet. Er wollte von mir nur schnelle körperliche Erleichterung. Und ich wollte nur Sex mit ihm haben und rebellieren.

Kieran zieht das Handy zu sich und scrollt durch die Seite. Dann lacht er verblüfft laut auf. »Oh mein Gott.«

»Was denn?«

Kieran legt seinen Wuschelkopf in den Nacken und lacht. »Er ist Sportlehrer.«

»Was? *Nein.*«

»Doch, wirklich!« Kieran lacht noch lauter. »Er kam einfach nicht von der Turnhalle los. Zu viele Erinnerungen.«

»Du machst Witze.« Ich beuge mich herüber und schnaube, als ich das Foto vom erwachsenen Jared in seinem Colebury-Trainingsanzug sehe, mit einer Pfeife um den Hals. »Ich glaub's nicht.«

»Ich hab's dir doch gesagt.« Kieran stupst mich mit dem Knie an. »Du hinterlässt Eindruck bei den Menschen. Mächtig Eindruck.«

»Ach, hör auf.«

»Doch.« Kieran legt einen Arm um mich und drückt mich an sich, während die Musik lauter wird. »Ich kann mich glücklich schätzen, Roddy.« Er gibt mir schnell einen Kuss auf die Wange. »Das unter der Tribüne war nur der Anfang.«

»Dabei war ich da nicht mal in Höchstform«, sage ich und sauge Kierans Zuneigung auf. »Wenn wir nachher nach Hause kommen, zeige ich dir alle meine neuen Tricks.«

»Ich verlass mich drauf«, sagt er.

Und ich weiß, dass ich mich genauso glücklich schätzen kann.

TRIGGERWARNUNG

Dieses Buch enthält neben expliziten Szenen
und derber Wortwahl auch Elemente,
die potenziell triggern können.

Diese sind:
Homophobie